SUSANNE AYOUB

Engelsgift

Das Buch

Es ist ein Prozess, der Geschichte schrieb, und der 1938 ganz Wien in Aufregung versetzte. Karoline Streicher, wegen ihrer Schönheit und ihrem schnellen Aufstieg in die besseren Kreise in aller Munde, steht vor Gericht. Das Urteil: Schuldig des vierfachen Giftmordes an ihrem Mann, der neugeborenen Tochter, der reichen Tante und der alten Untermieterin.

Sechzig Jahre später will die Autorin Marie Horvath ein Drehbuch über das düstere Schicksal der Karoline Streicher schreiben. Karolines Sohn Hermann liefert ihr eine vollkommen neue Version der Verbrechen. Seine schöne Mutter war für ihn eine Bestie in Menschengestalt – aber keine Mörderin. Wurde der »blonde Todesengel« Opfer eines Justizirrtums? Marie gerät in den Bann von Hermanns Erzählungen. Beinahe zu spät erkennt sie die lauernde Gefahr.

Die Autorin

Susanne Ayoub wurde in Bagdad geboren und zog sechsjährig mit ihrer Mutter nach Wien. Nach dem Studium der Theaterwissenschaft und Kunstgeschichte arbeitete sie für den Österreichischen Rundfunk. Sie schrieb Drehbücher, Hörspiele und Theaterstücke. »Engelsgift« ist ihr erster Roman.

SUSANNE AYOUB

Engelsgift

Roman

Diana Verlag

FSC
Mix
Produktgruppe aus vorbildlich bewirtschafteten Wäldern und anderen kontrollierten Herkünften
Zert.-Nr. SGS-COC-1940
www.fsc.org
© 1996 Forest Stewardship Council

Verlagsgruppe Random House
FSC-DEU-0100
Das FSC-zertifizierte Papier *München Super* für Taschenbücher aus dem Diana Verlag liefert Mochenwangen Papier.

Taschenbucherstausgabe 10/2005

Printed in Germany 2005
Umschlaggestaltung: Hauptmann & Kompanie Werbeagentur, München -Zürich
Satz: Buch-Werkstatt GmbH, Bad Aibling
Druck und Bindung: GGP Media GmbH, Pößneck
ISBN: 3-453-35096-0

http://www.heyne.de

TEIL EINS

1. Kapitel

Staubige Sonnenstreifen fielen durch das Gangfenster auf Maries Gesicht. Sie wich zurück bis an das andere Ende des Stiegenabgangs, das im Schatten lag. Im Treppenhaus roch es wie immer. Nach Kraut. Nach Katzenurin. Weiter unten, wo die Gastarbeiterfamilien wohnten, wechselten die Gerüche. Zigarettenrauch, der stechende Duft von Lammfleisch, eine zarte Wolke Parfums, wenn die gepflegte Dame aus dem vierten Stock beim Briefkasten gewesen war.

Niemand begegnete Marie, das Haus lag still um diese Zeit des frühen Nachmittags. Nur die allmählich verfließenden Speisegerüche zeugten vom Leben hinter den verschlossenen Türen. Selbst wenn jemand käme, sie würde sich vorbeidrücken mit einem flüchtigen Gruß, zwei Stufen auf einmal nehmend, rasch, rasch weitereilen. Oder umkehren. Alle Schlösser zusperren. Sich verschanzen. Wie sie es seit vielen Monaten tat. Vor der Welt. Vor sich selbst. Dem Schrecklichen, das sie getan hatte, das mit ihr geschehen war. Dem Unfassbaren.

Sie lockerte ihren Griff um das glatte, von vielen Händen polierte Holz des Stiegengeländers. Stufe um Stufe ging sie hinunter und hielt erst beim Briefkasten kurz an. Der Duft von gefüllten Paprika stieg ihr verführerisch in die Nase. Nachdem sie sich Wochen von Pizzadienst und Konserven ernährt hatte, sehnte sie sich plötzlich nach einem frisch gekochten Mahl. Auf dem Rückweg würde sie einkaufen gehen. Vielleicht. Der Briefkasten war bis zum Rand gefüllt. Sein Inhalt erweckte keine Neugierde. Das konnte warten.

Der Hof empfing sie mit seinem alten, kühlen Maueratem. Die Sträucher, im Vorjahr von der Hausverwaltung angepflanzt, blühten, kleine rote und gelbe Blüten im wuchernden Grün, Gewächse ohne Anmut. Sie streckten ihre langen, dünnen Zweige aus dem engen Korsett des Beetes in alle Richtungen, den Mülleimern, dem Fahrradständer, dem Papiercontainer entgegen. Marie trat in den Hausflur, von dem links und rechts die Aufgänge zu den vorderen Stiegenhäusern führten. Vor hundert Jahren, als das Haus erbaut worden war, verlief hier die Grenze zwischen Arm und Reich, doch inzwischen hatten sich die Seiten verkehrt. Die Wohnungen auf der Straßenseite waren schöner ausgestattet, mit Stuckdecken und weitläufigen Zimmerfluchten, mit Erkern und Balkonen in der Beletage, aber vor den Fenstern flutete der Autoverkehr ohne Unterlass, bei Tag und Nacht.

Marie zog das schwere Eingangstor mit einem Ruck auf. Der Verkehrslärm hüllte sie augenblicklich ein, so vollständig, dass jedes andere Geräusch davon verschluckt wurde. Sie stand vor dem Haus und blickte zum Himmel hinauf, dem blassblauen, wolkenlosen. Die Passanten machten unwillig einen Bogen um sie, ohne einen Blick in ihr Gesicht. Das Postamt lag zur linken Hand, nur ein paar Minuten entfernt.

Zwei weiße Kuverts in ihrer Hand. Der Anfang, das Schwerste. Aber würde sie wie früher die Geduld besitzen und die Ausdauer, würde sie neugierig genug bleiben bis zum Ende? Marie legte die Antwort in andere Hände. Zwei Briefe. Zwei Empfänger. Streicher. Nemecz. Ein Fremder. Ein Freund. Drei Uhr zehn. Sie lenkte ihre Schritte nach links.

*

Der Schmerz packte Karoline. Er fuhr an ihrer Wirbelsäule entlang, durchdrang die Muskeln und das zarte Fettgewebe, wühlte in den Schlingen des Darmes und durchflutete schließlich ihren ganzen Leib. Als die Welle verebbte, weil das Hindernis, das sie so gewalttätig ans Licht drängen wollte, nicht von der Stelle wich, wimmerte sie vor Schwäche und Erleichterung. Im Himmel über ihrem Kopf zuckten die Sterne. Ein Kleid raschelte neben ihrem Ohr, eine Hand wischte den Schweiß von ihrer Stirn. Sie roch Essig, der ihre Schläfen beleben sollte, Desinfektionsseife an der Hand, die den Schwamm an ihr Gesicht presste. Die Decke über ihrem gequälten Körper wurde von ihr gezogen. Sie wich zurück vor den kundigen Fingern, die in sie drangen, tasteten, prüften. Sie weckten den Schmerz, der still auf diesen Augenblick gelauert hatte und nun mit tausend Zähnen in ihr Fleisch biss.

»Nein«, schrie sie auf. »Nicht noch einmal. Ich kann nicht mehr!« Aber die große Flut war schon in ihr und brach sich an dem Hindernis und zerrte und riss an ihr. Sie hörte, fremd, gellend, einen Sirenenton, der an der höchsten Stelle brach, zu einem atemlos würgenden Gurgeln herabsank, ihre eigene Stimme.

»Atmen Sie ruhig. Tief aus und ein. Nicht weinen, das kostet nur Kraft.«

Dann war kein Atem mehr da, nur eine wütende Sonne in ihren Eingeweiden, die ein großes Feuer entzündete, sie versengte, verbrannte. Nicht mehr hinaus drängte die Welle, sie warf sich tobend hin und her, um das Hindernis in Bewegung zu setzen, die große Sonnenkugel selbst. Das Hindernis, die Höllenqual, das Kind. Ihren Sohn. Mich.

Im Korridor des Hotels Weißes Kreuz lag ein fadenscheiniger roter Teppich. Darauf zählte mein Vater die Stunden der Nacht ab. Jedes Mal, wenn Karolines Stimme durch die geschlossene Tür drang, blieb er stehen und horchte mit angehaltenem Atem. Er lehnte den Kopf gegen die Wand, erschöpft vom langen Warten. Der Beinstumpf in seiner schlecht angepassten Prothese schmerzte, aber er setzte sich nicht hin, obwohl der Stuhl neben der Tür für ihn vorbereitet stand. Er lauschte hinein, bis das verzweifelte Heulen verstummte. Dann humpelte er weiter auf dem roten, abgetretenen Teppich, hin und her, hin und her.

Hätte meine Mutter mich töten können in den Stunden ihrer Qual, sie hätte nicht gezögert, es zu tun. Was war ihr mein Lebenslicht, mein Recht auf Leben? Gibt es denn so ein Recht für die unerwünschten, für die verabscheuten Ungeborenen? War nicht ihr Anspruch, der ablehnte, was gegen ihren Willen und mit Gewalt in ihren Leib gepflanzt worden war, der größere, der wahrhaftigere? Vielleicht wäre sie eine andere geworden, hätte nicht die Natur das Leben aus ihr herausgezwungen in jener Sommernacht, in einem schäbigen Hotel am Stadtrand, wo sie niederkam, weil der Krüppel, der sie geschwängert hatte, nicht einmal für ein Dach über ihrem Kopf sorgen konnte.

Aber warum hat sie mich nicht sieben, acht Monate früher getötet, den bewusstlosen Zellhaufen in ihrem Uterus mit Seifenlauge verätzt, mit langer Stricknadel aufgespießt, den zerstückelten Rest davonschwimmen lassen im schweigenden Strom des Menstruationsblutes? Sie hat es nicht einmal versucht, dessen bin ich gewiss, sonst wäre ich nicht am Leben. Meine Mutter war keine Frau, die von einem Ziel abließ, das sie sich einmal gesetzt hatte. Vielleicht hatte sie Angst. So unglaublich der Gedanke dem zitternden Kind, das immer noch in mir wohnt, das nichts vergessen hat und nichts verziehen, erscheinen mag, auch sie muss Angst gekannt haben. Angst vor der Auslöschung. Frauen, die unter dem

Messer der Engelmacherin verbluteten, waren eine Alltäglichkeit in jenen Tagen, als nur die Tugend vor unfreiwilliger Schwangerschaft bewahrte. Aber sie war verheiratet, der Beischlaf gehörte zu ihrer ehelichen Pflicht, das Gebären der Kinder gab dem Lebensbund erst seinen Sinn. So schwach und letztlich rückgratlos mein Vater war, in dieser einen Sache stand er seinen Mann, forderte seinen Tribut. So wurde ich geboren, Karoline Streichers erstes Kind, ihr einziger Sohn, unerwünscht und ungeliebt, aber kerngesund. Ein zähes Leben.

Der Hass meiner Mutter war unpersönlich. Er richtete sich gegen die Tatsache des Gebärens und der Kinderaufzucht, nicht gegen den Säugling, der das Leben aus ihren Brüsten saugte. Der Hass meiner Mutter war allumfassend. Sie hasste meinen Vater, der wie ein Bleigewicht an ihr hing, sie hasste die Gesellschaft, die ihr alles vorenthalten hatte, was ihr zustand, sie hasste ihren Körper, der fruchtbar war gegen ihren heißen, zornigen Willen. Als ich älter wurde, änderte sich unsere Beziehung. Karoline hatte entdeckt, dass ich ihr Gefühl mit gleicher Heftigkeit erwiderte.

Wer an die Unschuld von Kindern glaubt, ist ahnungslos oder beschränkt. Ich weiß es, weiß es aus meiner eigenen Erfahrung: Die Unschuld gibt es nicht. Ich war der Feind meiner Mutter, noch ehe ich die Bedeutung des Wortes erfasste. Ich hasste sie mit jeder Faser meines vernachlässigten Kinderfleisches, mit einer Intensität, die ihre weit übertraf, weil ich anders als sie nie in meiner Aufmerksamkeit erlahmte. Sie war mein Mittelpunkt, mein Ein und Alles, der schwarze Altar, dem ich meine bösen Gefühle zu Füßen legte, zu dem ich betete an jedem Tag, meine finstere Litanei.

Der Tag ist warm, ein Geschenk des Sommers an den September. Nur in den Schatten wohnt schon die erste

Kühle des Herbstes, tritt man ins Licht, brennt die Mittagssonne heiß im Nacken. Vor mir liegt der Friedhof. Ich bin eine Station zu früh aus der Straßenbahn gestiegen, habe ein Stück der Ottakringer Straße passiert, gedankenlos, nein, blicklos, zu tief in Gedanken. Es ist der Bezirk meiner Kindheit, aber die Jahrzehnte haben die breite Vorstadtstraße bis zur Unkenntlichkeit verändert. Ich suche nicht nach Spuren der Vergangenheit, das ist nicht nötig, weil ich die Vergangenheit mit mir herumtrage, ich selbst bin die Vergangenheit.

Ich gehe durch die belebte Einkaufsstraße und wundere mich, dass die Menschen, die mir entgegenkommen, ausweichen, dass die Autos Halt machen, wenn ich den Zebrastreifen überquere. Ich fühle mich unsichtbar wie die mütterliche Hand an meiner Seite, die mich mit derbem Griff umklammert, weiterzerrt, den widerspenstigen Knaben, in eine Seitengasse, um ihn an einer unbeobachteten Stelle zu züchtigen für das Vergehen, am Leben zu sein. Zwei Stimmen durchbrechen die Stille, das lang gezogene Heulen eines Kindes und das gellende Keifen einer Frau. Messerscharfe Krallen reißen Striemen in seine Haut, tief schlägt das Kind seine spitzen Hundezähne in die strafende Hand. Ein ungleicher Kampf. Noch bleibt sie Siegerin. Das Kind kommt in den Keller, um Gehorsam zu lernen.

So hat es Karolines Mutter mit Karoline gemacht. So macht es Karoline mit ihrem Sohn. Es gibt keine Schuld, nur eine unausweichliche Tradition und nur einen Ausweg, den Teufelskreis zu durchbrechen. Ich habe keine Kinder. Ich habe keine Familie. Ich habe Karolines Fehler nicht wiederholt. Ich bin allein geblieben.

Es ist Freitagnachmittag. Die Glocken der Ottakringer Kirche läuten drei Uhr. Der Gott, zu dessen Ehre sie schlagen, ist für mein unsterbliches Leben ans Kreuz genagelt worden. Auf dem Friedhof liegen die Toten der

Familie Streicher begraben. Meine kleine Schwester Ursula, die nur wenige Tage alt wurde, und mein Vater Ferdinand. Meine Großmutter Anna Streicher und ihr trunksüchtiger Ehemann. Ferdinands Tod brachte seine Mutter um den Verstand und brach seinem Vater das Herz.

Nur Karoline Streicher fehlt. Als vierfache Mörderin hat man sie angeklagt und verurteilt. Zwei Tage nach ihrer Hinrichtung wurde sie auf dem Zentralfriedhof bestattet, als Gratisleiche, wie man das im Amtsdeutsch nennt, das heißt in einem Massengrab.

Kein Grabstein trägt ihren Namen, erinnert die Nachgeborenen an die Schönste der Frauen, die Leuchtende, Rätselhafte, die Bestie in Menschengestalt. Nur ich, triumphierend, härter als Stein, unversöhnlich, unverbrüchlich treu, trage ihr Angedenken weiter.

Von Zeit zu Zeit besuche ich das Grab der Familie und sehe nach dem Rechten. Meine Tante Gudrun wird inzwischen zu gebrechlich, sie kann den weiten Weg nicht mehr machen. Die sterblichen Überreste meiner Toten bedeuten mir nichts. Nach sechzig Jahren ist das Fleisch weggefault, die Särge sind verrottet, die Knochen haben sich von den Sehnen und Bändern gelöst und sind tief in das Erdreich gesunken. Es gibt keine letzte Wohnstatt, Tote wohnen nicht. Ich pflege die Gräber weiter, weil Gudrun mich darum gebeten hat. Bald wird auch sie hier liegen, dann ist das Kapitel Friedhofsbesuche abgeschlossen. Ein Platz in ihrem Grab wäre noch frei, sie hat mich eingeladen, ihn einzunehmen, wenn meine Zeit gekommen ist. Ich habe ihr Angebot abgelehnt. Soll ich als Toter den Familiensinn demonstrieren, der mir im Leben abging?

*

Nemecz machte kein Geheimnis daraus, dass er von Maries Konzept begeistert war. Bei ihrem Eintritt kam er eilends hinter seinem Thonet-Schreibtisch hervor und schüttelte ihr mit breitem Willkommenslächeln die Hand. Er hatte sein Gebiss reparieren lassen, seit sie ihn das letzte Mal gesehen hatte. Wenn er den Mund öffnete, blitzten die Goldplomben.

»Wunderbar, Marie, diese rothaarige Hexe, die Ehemann, Tochter, Tante und als Draufgabe noch die Untermieterin vergiftet. Das ist ganz vorzüglich, ich bin hellauf begeistert. Wir können es gleich schriftlich machen, *hic et nunc.*«

Marie stand im kühlen Luftstrom der Klimaanlage und suchte nach einer Antwort. Nemecz hielt ihre Rechte mit beiden Händen umklammert, als wollte er damit den Optionsvertrag besiegeln.

»Gut, dass du an mich gedacht hast«, sagte er, weil sie immer noch schwieg. »Ich habe das sehr bedauert damals«, er ließ endlich ihre Hand los und fuhr nach einem kurzen Moment der Verlegenheit fort, »dass du dich zurückgezogen hast. Ich schätze dich. Ich weiß, dass du ein großes Talent bist, und diese neue Arbeit bestätigt es mir. Wenn du nun dein, wie soll ich's nennen ... Trauma – wenn du deinen Unfall überwunden hast und sozusagen zu den Lebenden zurückkehrst, können wir weitermachen wie früher. Von meiner Seite steht jedenfalls nichts im Wege.«

»Danke«, sagte Marie. »Das ist ein großes Kompliment für mich.« Wie hatte sie vergessen können, dass er ein Geschäftsmann war, der von der Kreativität der anderen lebte? Die teilnahmsvolle Miene war nur Maske, und die freundlichen Phrasen gehörten dazu. Konnte man sich auf Marie Horvath verlassen, nach allem, was mit ihr geschehen war? Dieser Gedanke war das Einzige, was ihn bewegte. Der Fall Karoline Streicher war ein lockender Köder, aber Nemecz würde ihn nicht schlucken, bevor er sich vergewissert hatte. Er war kein Freund, konnte ihr Freund nicht sein.

»Wie lange ist es her, dass wir das letzte Mal zusammengearbeitet haben?«, fragte er, wie als Antwort auf ihre Gedanken. »Ich wollte dich ein paar Mal anrufen, aber du weißt, wie es bei uns zugeht, immer kommt einem was Unvorhergesehenes dazwischen. Das Privatleben findet so gut wie nicht statt.«

»Zwei Jahre.« Marie vermied seinen Blick. »Ich habe seitdem nicht mehr geschrieben. Ich bin auch jetzt nicht sicher. Das ist nur ein Versuch.«

»Genau der richtige Stoff zur richtigen Zeit!«

»Ich möchte lieber noch keinen Vertrag machen.« Aber wozu hatte sie ein Filmexposé geschrieben und es an einen Filmproduzenten geschickt?

»Hast du es noch jemandem angeboten?«, fragte Nemecz, plötzlich misstrauisch.

Marie schüttelte den Kopf.

»Dann gibt es doch kein Zögern. Natürlich musst du es schreiben. Jetzt, wo der Hausenberger-Prozess in aller Munde ist. Damit kriegen wir das Publikum!«

Marie verstand ihn nicht gleich. Sie las keine Zeitungen, seit langem nicht mehr. Während Nemecz ihr von der Altenpflegerin Elise Hausenberger erzählte, die ihre Patienten mit blutdrucksenkenden Medikamenten vergiftet und dann beerbt hatte, jahrelang, ohne dass jemand gegen sie Verdacht schöpfte, wurde Marie unruhig.

»Erstens muss ich den Fall vorher genau recherchieren, und dann –«

»Ja, ja, du recherchierst«, unterbrach Nemecz. »Ich bezahle dich natürlich dafür. Aber rasch, unverzüglich! Ich will das Buch in drei Monaten auf dem Tisch haben. Bevor noch jemand auf diese Idee kommt.«

»– und dann gibt es noch ein Problem«, setzte Marie fort. »Hermann Streicher.«

»Wer ist das, ein Verwandter?« Nemecz kehrte an seinen Schreibtisch zurück und bot Marie mit einer ungeduldigen Geste Platz an.

»Der Sohn.«

»Was für ein Sohn? Von der Streicher? Die hat doch ihre Verwandten vergiftet.«

»Nicht alle. Hermann Streicher taucht in den Unterlagen nur am Rande auf. Möglicherweise ist er der einzige noch lebende Zeuge.«

»Der muss doch uralt sein.« Nemecz stieß einen ärgerlichen Schnauflaut aus, so energisch, dass die Papiere auf seinem Schreibtisch flatterten. »Vielleicht ist es überhaupt der Falsche.«

»Vielleicht. Ich habe ihm geschrieben. Bis jetzt hat er nicht geantwortet.«

»Geschrieben, sehr gut, wunderbar.« Nemecz nickte beruhigt. »Wenn er der Richtige ist, wird er reagieren. Wir lassen ihn eine Einverständniserklärung abgeben und gelten ihm eine gewisse Summe ab. Wenn er nicht antwortet, umso besser, dann hast du ihn zumindest informiert.«

»Das ist keine Rechtsfrage für mich.« Marie sah die roten Flecken des Ärgers auf Nemecz' Stirn und zuckte die Achseln. »Hermann Streicher hat als Zwölfjähriger erlebt, dass seine Mutter zum Tod verurteilt wurde. Ich möchte auf alle Fälle zuerst persönlich mit ihm sprechen. Danach erst entscheidet sich für mich, ob ich die Geschichte schreiben kann.«

»Ich bin ein Filmproduzent, kein Moralist«, antwortete Nemecz nach einer Pause wütenden Schweigens. »Wenn du es nicht machen willst, schreibt das Buch jemand anders. Für Ideen gibt es kein Urheberrecht, schon gar nicht bei einem authentischen Kriminalfall. Überleg es dir also bitte schnell, Marie.«

In seinem Sakko begann das Handy zu läuten. Nemecz hob ab, und Marie benützte die Gelegenheit zu gehen.

*

Meine Tante Gudrun wohnt immer noch an dem Platz, wo alles angefangen hat. Ein echter Tatort, das würde der jungen Dame, die sich so genau für die Morde meiner Mutter interessiert, gefallen. Ein Sensationsprozess. Macht das Publikum schaudern, auch nach sechzig Jahren. Ein Buch will sie schreiben, oder ist es ein Film? O ja, sie soll nur kommen, ich habe ihr einiges zu sagen. Vielleicht werde ich sie zu meinem Ritual am 6. Dezember einladen, damit sie nicht länger ihre Phantasie anstrengen muss, damit sie aus eigener Anschauung begreift, was tödliche Wirkung bedeutet. Sie kommt gerade recht zum Jubiläum. Zum Großen Ritual. Ich werde ihr die ganze Wahrheit versprechen, und ich werde sie nicht enttäuschen.

Von Gudrun werde ich ihr nichts verraten. Gudrun ist eine Randerscheinung wie ich. Natürlich hat sie vor Gericht ausgesagt, aber sie hatte nichts Wichtiges zur Aufklärung der Morde beizutragen. Gibt es jemand Glaubwürdigeren als eine erwachsene Frau mit einem Kindergesicht und rot geweinten Augen? Rührend. Zu Herzen gehend. So schlicht, so durchschnittlich, vom Schicksal herumgeschubst, aber brav weiter auf dem Pfad der Pflichterfüllung wandelnd. Sie kümmerte sich um ihre Eltern, sie bestellte den Gemüsegarten, sie pflegte eine bettlägrige alte Frau, um etwas Geld zum Haushalt beizutragen. Auch später, als ihr Vater und ihre Mutter verstorben waren, verdingte sie sich als Pflegerin. Sie kannte und konnte nichts anderes.

Ich bin, da irrt die junge Dame, nicht der einzige Überlebende der Familie Streicher. Es gibt immer noch

Gudrun, meine Tante, die Schwester von Ferdinand Streicher. Die wie ich die Wahrheit kennt und wie ich sechzig Jahre darüber geschwiegen hat.

Die ganze Wahrheit, das ist ein großes Wort. Ich bin ein Mann der großen Worte, darin gleiche ich meiner Mutter. Sie konnte Menschen für sich gewinnen durch die Macht ihrer Worte. Ich habe ihr zugesehen, wie sie schmeichelte, umgarnte, wie sie ihre Netze legte und enger und enger zog, bis das Opfer willenlos gefesselt vor ihr lag. Um Karoline war ein eigener Glanz. Sie selbst erzeugte ihn, sie entwarf das Bild, das alle sahen, die schöne Karoline Streicher, eine Zierde ihres Geschlechts.

Was für eine Verschwendung der besten Gaben der Natur, sagte der Staatsanwalt in seiner Rede an die Geschworenen, es klang beinahe bedauernd. Nach der langen Untersuchungshaft saß Karoline auf der Anklagebank, gezeichnet von schlechter Ernährung, von Licht- und Luftmangel und immer noch ungebrochen. Wenn sie aufstand und das Wort ergriff, hielt sie alle Blicke gefangen. Sogar der Staatsanwalt, der Mann, der ihr den Tod brachte, selbst er war bezaubert. Er gab ihr den Namen, der mir ins Herz gemeißelt ist, mein Herz, das Karolines einziger Grabstein ist, der die Erinnerung am Leben erhält, solange ich am Leben bin: der blonde Todesengel von Ottakring. Der Dämon mit dem Engelsgesicht.

Eigentlich war es ein Kompliment. Eigentlich hatte sie rotes Haar. Eigentlich täuschte sie Glanz vor, das war ihre Kunst.

Ich bin erschrocken bei Gudruns Anblick. Wie lange war ich nicht hier? Zehn Tage? Vielleicht mehr? Seit Marie Horvaths Brief angekommen ist, habe ich auf sie vergessen.

Ich weiß, dass du auf meinen Tod wartest, sagt Gudrun. Ihre Stimme klingt wie das Ächzen eines morschen Astes im Herbstwind. Die Haut hängt lose an ihren Wangen und unter ihrem Kinn bis zu den Schlüsselbeinen, weißrosa und zerknittert wie das Spinnenpapier, mit dem meine Schulhefte eingebunden waren. Das Fleisch darunter ist vertrocknet, mumifiziert.

Hat sie gesprochen, oder bilde ich mir das nur ein? Die porzellanblauen Augen blicken unschuldsvoll wie eh und je, ohne Arg und Hinterlist, und die Lider sind rotgeschwollen, nicht mehr von Tränen wie früher, oder vielleicht doch. In sechzig Jahren ist kein einziges Wort zwischen uns gefallen, die Dunkelheit zu erhellen. Sie hat mir nicht verboten zu sprechen, es verstand sich von selbst. Ich weiß, sagten ihre Augen, ich weiß und du weißt. Das muss genügen.

»Ich wünsche dir noch ein langes Leben«, antworte ich vorsichtig.

Gudrun bleckt ihr schneeweißes, falsches Gebiss zu einem seltenen Lächeln. Sie schiebt sich mit mühsamen Bewegungen zum Herd, wo das Kaffeewasser gerade zu kochen beginnt. Ihre Hüftgelenke sind abgenützt wie alte, zerbrochene Mühlsteine, ich höre ihr Knacken und Knirschen bis hierher. Vor zwanzig Jahren hätte sie sich noch operieren lassen können, aber sie weigerte sich. Sie war überzeugt davon, dass die Operation ihr Leben kosten würde, und zog die Behinderung dem Sterben vor. Inzwischen ist sie fast bewegungsunfähig. Sie muss schreckliche Schmerzen haben, aber die bespricht sie nicht mit mir.

Ich sitze an dem wackeligen Holztisch, an dem mein Großvater, Gudruns und Ferdinands Vater, seine letzten Jahre abgesessen hat, mit einer Flasche Obstler vor sich als der einzigen Gesellschaft, die ihn niemals enttäuschte. Auch der Kohlenherd mit der abgeschlagenen Emailtür ist noch derselbe wie damals, in meiner Kindheit, als wir alle zusammen unter diesem Dach lebten, und auf dem Tisch steht, seltsam anmutend zwischen dem ärmlichen Hausrat, das Hutschenreuther Teeservice, elfenbeinfarben mit goldenem Rand, der letzte Rest vom verflossenen Wohlstand.

Gott gibt und Gott nimmt, sagt Gudrun und knirscht auf ihren kaputten Gelenken durch die Küche. Sie kann Gedanken lesen, meine Tante Gudrun. Ich habe keine Angst davor. Sie bedeutet mir nichts, aber ich wünsche ihr nicht den Tod.

»Was hat Gott dir denn gegeben?«

Ich erwarte mir keine Antwort. Je schlechter es den Frauen der Familie Streicher erging, desto gläubiger wurden sie, desto häufiger besuchten sie die Messe, desto inbrünstiger beteten sie zu ihrem unbarmherzigen Gott. Karoline verachtete ihre Demut. Sie ging nur zum Heiraten in die Kirche und später, um ihre ungeliebten Kinder zu taufen. »Troll dich zu deiner feinen Verwandtschaft. Zwei Betschwestern und ein versoffener Haderlump, da passt das Krüppelspiel gut dazu. Geh weg! Komm mir nie wieder unter die Augen!«, schrie sie Ferdinand an, wenn das Geld, das er nach Hause brachte, wieder einmal nicht zum Leben ausreichte. Religion und Alkohol waren ihr ein Synonym für Lebensunfähigkeit. Ferdinand widersprach nicht. Er glaubte nicht an Gott, aber an Karoline. Was sie sagte, war sein Evangelium.

Im Garten jammert der alte Birnbaum von seinen großen Schmerzen. Die hellen blauen Augen verraten nichts. Ich kann Gudruns Worte ebenso gut geträumt haben. Nach einem langen Leben mit mir allein verwischen sich die Grenzen. Sie kann meine Gedanken lesen, aber ich weiß nichts mehr von ihr. Der Kaffee schmeckt dünn, immer noch Nachkriegskaffee, fünf

Bohnen auf eine Kanne. Es macht nichts. Wir werden nicht mehr oft an diesem Tisch sitzen, Gudrun und ich. Es ist vielleicht die letzte Gelegenheit, miteinander zu sprechen. Ich liebkose das zarte Elfenbein des Porzellans und suche nach Worten.

Nein, sagt Gudruns stumm zusammengepresster Mund. Zu spät. Es war immer schon zu spät für uns beide.

An einem bitterkalten Märztag des Jahres 1919 bestellte Karoline eine Mietdroschke zu ihrem Haus in Rodaun und fuhr quer durch die ganze Stadt ins Liebhartstal, einen Ortsteil des Bezirkes Ottakring. Das Pferd, das vor den Wagen gespannt war, hatte wie der Kutscher auf dem Bock schon bessere Tage gesehen. Beide waren klapperdürr, steifbeinig und übel gelaunt. Sie kamen nur langsam voran, der Weg war lang und umständlich. An einer Straßenecke sah Karoline einen Mann im Schnee sitzen, der die Uniform des ehemaligen kaiserlichen Heeres trug, zerschlissen und verdreckt, die Rangabzeichen von den Schultern gerissen. Aus seinem aufgekrempelten Hosenbein ragte ein nackter, blutig verkrusteter Beinstumpf. Bettelnd und anklagend streckte er ihn den Passanten entgegen, aber keiner blieb bei ihm stehen. Er war ein zu abstoßender Anblick und ein alltäglicher dazu in diesem ersten Nachkriegswinter.

Bei der Philadelphiabrücke musste die Kutsche Halt machen, weil eine Demonstration den Weg versperrte, ein nicht endenwollender Zug von Frauen und Kindern, die Schilder aus Pappendeckel vor sich hertrugen. Keine politischen Parolen, keine Aufforderungen zum Umsturz, zur Rebellion, nur »Brot« stand darauf geschrieben. Während sie an der Kutsche vorüberzogen, starrten sie zu Karoline herein, die Kinder groß und fragend, die Mütter erloschen, abgestumpft, ohne Neugierde auf die

Frau dort drinnen in ihren warmen, schönen Kleidern, die sich noch eine Kutschenfahrt leisten konnte.

Ein schwarzer Schleier trennte Karoline von der Welt des Elends. Er verbarg ihr Gesicht, die Augen, die sagten: Ich gehöre nicht zu euch, ich werde nie mehr zu euch gehören, die zitternde Unterlippe, die sie mit den Zähnen festhielt, die scharfe Falte auf ihrer glatten Stirn zwischen den Augenbrauen, wo ihr Misstrauen wohnte und ihre Angst. Sie konnten die Tür aufreißen und sie hinaus in den Dreck zerren. Ihr schwarzer Pelzmuff bedeutete eine Woche Brot für eine Familie, ihr Hut, ihre Handtasche, ihr warmes Cape, alles ließ sich in Nahrung umsetzen, wenn man verzweifelt genug war.

Karoline bereute heftig, dass sie die warnende Zeitungsmeldung, in der Stadt stünden Unruhen bevor, ignoriert hatte. Ungeduldig klopfte sie an das Fensterchen hinter dem Kutschbock, aber der Kutscher zuckte nur die Achseln. Es gab kein Vor und kein Zurück, sie konnten nur warten, bis die Demonstration vorüber war.

Niemand tat ihr ein Leid, niemand trachtete nach ihrem Hab und Gut, das sie sich so sauer verdient hatte. Sie kam nach einer endlosen Fahrt wohlbehalten bei der Kleingartensiedlung im Liebhartstal an und trug dem Kutscher auf, ihre Rückkehr abzuwarten. In einem der primitiven Schrebergartenhäuschen musste die Familie Streicher wohnen, eine genauere Adresse hatte Karoline nicht in Erfahrung bringen können. Vor dem Krieg hatten die Streichers eine Handschuhfabrik in Znaim besessen und ein Doppelhaus in der Wiener Innenstadt. Jetzt gab es nur mehr diesen Schrebergarten.

Der erste Eindruck war nicht einladend: Die Gärten lagen unter einer dicken Decke von Schnee und Eis begraben, der Himmel hing tief über den nackten, entlaubten Bäumen, und in dem schneidend kalten Wind war keine

Ahnung des nahen Frühlings zu spüren. Vorsichtig bewegte sich Karoline auf dem spiegelglatt vereisten Fußweg vorwärts, von Grundstück zu Grundstück. Die meisten Gartenpforten waren mit Vorhängeschlössern abgesichert, winterfest gemacht, die Fensterläden der Häuser geschlossen. Keine Menschenseele begegnete ihr auf dem Weg. Der Nachmittag neigte sich schon, sie war erschöpft von der Fahrt, die hinter ihr lag, und hatte noch einen ebensolchen oder schwierigeren Rückweg vor sich. Dennoch ging sie weiter. Sie war, wie ich schon sagte, eine Frau, die von keinem Ziel abließ, das sie sich einmal gesetzt hatte. Damals hieß ihr Ziel Ferdinand Streicher. Ein junger Soldat, der, so hoffte Karoline, inzwischen von der Front zurückgekehrt war. Er konnte natürlich auch gefallen sein, aber diesen Gedanken ließ sie nicht zu.

Ein fernes Geräusch mischte sich mit ihren keuchenden Atemzügen, ein Geräusch, so regelmäßig wie der Pendelschlag einer Uhr. Sie blieb stehen und horchte, sie spürte ihre Knie vor Müdigkeit zittern und hielt den Atem an. Holz machte dieses Geräusch, Holz und Metall, jemand hackte Holz, hier in der Nähe. Vor ihr teilte sich der Weg. Geradeaus führte er zum anderen Ende der Siedlung, rechts war eine Treppe, über die man zu den höher gelegenen Gärten gelangte. Das Holzhacken verstummte, bevor Karoline orten konnte, aus welcher Richtung es kam. Ihre Müdigkeit verlockte sie, den geraden Weg zu wählen, aber sie folgte ihrem Gefühl, das ihr den mühsamen Aufstieg befahl.

»Frag sie, was sie will«, sagte Frau Streicher zu Gudrun, die Holzscheite neben dem Ofen aufschichtete.

»Wer?«

»Die da draußen.«

Gudrun richtete sich auf und folgte dem Blick ihrer

Mutter. Eine junge Frau in schwarzen Kleidern und mit einem verschleierten Trauerhut hielt sich am Gartenzaun fest.

»Geh schon«, drängte Frau Streicher.

»Sie wird anklopfen, wenn sie zu uns will«, widersprach Gudrun. »Ich muss nachlegen, bevor uns das Feuer ausgeht.«

»Ja, ja, du Arme, hast ja immer so viel zu tun«, höhnte ihre Mutter und ging selbst zur Tür. »Wollen Sie zu uns?«, rief sie hinaus.

»Wohnt hier ein Ferdinand Streicher?«, fragte die Fremde.

»Na, siehst du!« Frau Streicher trat ins Freie und öffnete ihr die Tür. »Ich bin seine Mutter«, sagte sie. »Und wer sind Sie?«

Statt einer Antwort zog Karoline eine Visitenkarte hervor und überreichte sie ihr mit einer kleinen, stolzen Geste.

»Kommen Sie nur weiter.« Frau Streicher warf nur einen kurzen Blick auf die Karte und spähte dann aufmerksam durch den schwarzen Schleier. »Wie ist der Name? Ohne meine Lesebrille verschwimmt mir alles.«

»Karoline Kritsch, Versicherungsdirektorswitwe«, antwortete Karoline mit leicht erhobener Stimme. »Ist Ihr Sohn zu Hause?«

»Mein Sohn? Ja, ja, er ist da. Kommen Sie herein, Frau Kritsch.«

Drinnen in der Küche nahm Gudrun die Schnapsflasche vom Tisch. »Willst du dich nicht niederlegen, Vater? Wir bekommen Besuch.«

Herr Streicher gab keine Antwort. Seine Finger strichen mechanisch die Zeitung glatt, die er vor sich liegen hatte, ohne sie zu lesen. Sein Blick wanderte unstet über die dünnen Bächlein Kondenswasser, die an der Küchenwand hinunterflossen.

»Komm, Vater. Oder willst du dich in deinem Zustand vor fremden Leuten zeigen?« Gudrun schob eine Hand unter seinen Arm, und er ließ sich widerstandslos von ihr in die Höhe ziehen.

»Was für ein Zustand?«, nuschelte er. »Meinst du, dass ich betrunken bin?«

Bei seinen Worten kam Karoline in die Küche. Sie hob den schwarzen Tüll von ihrem Gesicht, das von der Kälte gerötet war. Den Hut behielt sie auf, aber als sie den Schleier zusammenfaltete, löste sich eine Strähne aus ihrer Frisur, eine kleine Locke ihres leuchtend roten Haars. Alle drei starrten darauf, der Vater, der plötzlich aus seiner taumeligen Schläfrigkeit erwachte, die Mutter mit der gehässigen Neugierde, die manche alten Frauen den Jüngeren, Begehrenswerten entgegenbringen, und Gudrun gedankenvoll, von einer bangen Vorahnung erfüllt.

»Woher kennen Sie den Ferdinand?«, fragte Frau Streicher.

Karoline wartete nicht auf eine Einladung, sondern nahm ungefragt am Küchentisch Platz. »Das wird er Ihnen gleich selbst erzählen.« Sie zog ihre Handschuhe aus und hauchte ihre klammen Fingern an.

Herr Streicher sank ihr gegenüber auf seinen Stuhl zurück.

»Ich gehe ihn holen«, kündigte Gudrun mit einem schnellen, fragenden Seitenblick zu ihrer Mutter an.

Frau Streicher nickte. »Er ist drüben in der Werkstatt«, erklärte sie. »Was heißt Werkstatt, ein Schuppen ist es, den er sich hergerichtet hat. Seit er wieder zu Hause ist, bastelt er dort an seiner Erfindung herum, ohne irgendeine Aussicht auf Erfolg, leider muss ich das sagen, leider, als seine eigene Mutter, aber ich glaube, seit der arme Ferdinand aus diesem furchtbaren Krieg zurückgekommen ist …«

Gudrun schloss die Tür hinter sich. Der endlose Sermon ihrer Mutter plätscherte weiter, durchdrang die dünnen Wände, folgte ihr bis in den Garten.

»Der Krieg hat uns ins Unglück gebracht, die ganze Familie Streicher ... Unser Haus in der Bognergasse, im Stadtzentrum! ... Mein Mann hat sich nie mehr erholt von dem Verlust ...« Tagein, tagaus, vom ersten Augenaufschlag am Morgen bis zum Nachtgebet: der Krieg, das Haus, die Fabrik, der betrunkene Vater, der verlorene Sohn, die sitzen gebliebene Tochter, ohne Aussicht auf Heirat. Dem Vater verschloss der Schnaps die Ohren, und Ferdinand verkroch sich in den eisigen Schuppen zu seiner elektromagnetischen Erfindung, Gudrun aber hatte keinen Zufluchtsort, sie war dem Geschwätz ihrer Mutter ausgeliefert.

Bevor sie die Werkstatt erreichte, ging die Tür noch einmal auf, und schnelle Schritte eilten hinter ihr her durch den Garten.

»Machen Sie sich keine Mühe. Ich spreche gleich selbst mit ihm.« Karoline schob sich an Gudrun vorbei zum Eingang des Schuppens.

»Ich erinnere mich an Sie. Die Tochter der Wäscherin. Hieß sie nicht Resi? Das sind Sie doch?«

Gudrun stand so nahe bei ihr, dass sie den sauberen Geruch von Karolines Kleidern spürte, den zarten Fliederduft ihres Parfums und den stärkeren, leicht bitteren, der dem Atem der Besucherin entströmte.

Karolines Hand lag still auf der eisigen Türklinke der Schuppentür.

Schließlich wandte sie sich zu Gudrun um. »Sie haben ein gutes Gedächtnis, Fräulein Streicher. Ich erinnere mich nicht so gern daran.« Sie wollte noch weitersprechen, aber etwas in Gudruns Miene hinderte sie daran. »Stimmt es, was Ihre Mutter von Ferdinand erzählt?«, fragte sie stattdessen.

»Ich weiß es nicht«, antwortete Gudrun und ließ Karoline allein.

*

Das Buch mit den Darstellungen berühmter Kriminalfälle stand im Bücherschrank ihrer Schwiegermutter, wohin Marie niemals einen Blick getan hatte, obwohl sie im letzten Lebensjahr der alten Frau so viele Male zu Besuch gekommen war. Das Buch kam ihr in die Hände, als sie den Haushalt der Schwiegermutter auflöste, eine Aufgabe, die ihr zufiel, weil es außer Marie keine Familie mehr gab, die sich dafür zuständig fühlen konnte. Das Lesezeichen, verstaubt wie der Band, in dem es steckte, fiel ihr auf. Sie nahm sich vor, das Buch zu lesen, und vergaß es wieder.

Die Schwiegermutter hatte im selben Haus gewohnt wie Marie, auf der straßenseitigen Vorderstiege, in einer großen Wohnung, die wie die alte Frau selbst von Mal zu Mal ungepflegter wurde. Die Besuche bei ihr, einmal die Woche am Sonntag, später, als sie krank wurde, beinahe täglich, waren Marie lästige Pflicht gewesen. Nach ihrem Tod bemerkte sie, dass sie die Schwiegermutter vermisste. Es war die Abwesenheit eines lange gewohnten Schmerzes. Er hatte ihr Halt gegeben. Maries eigene Eltern waren jung gestorben. Mit ihrer Schwiegermutter hatte sie ihre letzte Anverwandte verloren. Sie war nun wirklich allein.

Da erst erinnerte sie sich des Buches und holte es zwischen den anderen hervor aus der Schachtel, die immer noch in ihrem Vorzimmer stand, neben Stapeln von leeren Pizzakartons und zugebundenen Müllsäcken. Sie schlug die Seite mit dem Lesezeichen auf, neugierig zu erfahren, was für eine Art von Vermächtnis ihr damit hinterlassen worden war.

Maries erster Blick fiel auf das Foto eines jungen Paares. Ein Mann im Rollstuhl, mit blondem Haar und sanften blauen Augen. Seine Frau stand hinter ihm, eine Hand liebevoll Besitz ergreifend auf seiner Schulter. Auch sie hatte helles Haar, dicht gelockt und wie eine Krone um ihren Kopf gewunden, die Augen aber dunkel. Eigensinnig starrte sie aus dem Bild heraus. Ihre Lippen waren fest zusammengepresst, was ihr einen Ausdruck zornigen Ernstes gab, während er Ruhe und Gelassenheit ausstrahlte. »Das Ehepaar Streicher beim Versicherungsprozeß«, stand unter dem Bild. Der Bericht war in einem pathetischen Stil geschrieben, schwelgend in allen schauerlichen Details des Kriminalfalls und widerwillig fasziniert von der Person der schönen Mörderin, ein Gefühl, das auch Marie beim Lesen erfasste.

Das Buch war alt, in gotischen Lettern gesetzt und mit einem Lederrücken gebunden. Das Erscheinungsjahr fehlte, aber als Marie danach suchte, fand sie auf der Innenseite des Buchdeckels ein »Ex Libris«-Schild, ein kleines Kunstwerk in Jugendstil. Es stammte aus einer verflossenen Ära, in der das Buch noch einen bleibenden Wert darstellte. Deshalb trugen alte Bücher oft den Stempel des Besitzers oder, wie hier, ein vom Buchhändler eingeklebtes Signet. Der Name war nicht auf das Schild gedruckt, sondern unter dem blonden Jugendstilengel mit der Hand eingefügt: »Elisabeth F. Horvath«.

Es war tatsächlich ein Vermächtnis, eine Botschaft, die ihr die Schwiegermutter, ohne es zu wissen, hinterlassen hatte. Ein Weg. Ein unerwarteter Ausweg. Marie fürchtete sich nicht mehr, ihre Wohnung zu verlassen. Im Gegenteil, sie konnte es kaum mehr erwarten. Sie war, wie es Nemecz so plump und gefühllos ausgedrückt hatte, zu den Lebenden zurückgekehrt.

Zweimal stieß sie auf Hermann Streichers Namen. Einmal wurde eine mitleidige Nachbarin erwähnt, die das Kind nach Karoline Streichers Verhaftung bei sich aufgenommen hatte; ein zweites Mal, als er seiner Mutter einen Brief ins Gefängnis schrieb. Was nach ihrem Tod aus ihm wurde, schien den Autor nicht interessiert zu haben. Aber er lebte. Wenn er auch nicht auf ihren Brief antwortete, Marie war überzeugt, dass er Karoline Streichers Sohn war.

Er wohnte im 19. Bezirk, einer der teuersten Wohngegenden von Wien, im Villenvorort Nußdorf. Von der Endstation der Straßenbahnlinie D führte der Weg bergauf, vorbei an gepflegten Heurigenlokalen und aufwändig renovierten oder neu erbauten Apartmenthäusern und Luxusvillen. Am Beethovengang veränderte der Vorort sein Gesicht, hier begann ein neues Wohngefühl, die Stadt wich allmählich zurück. Linker Hand schlängelte sich der Nußbach entlang der Straße, auf der rechten Seite wurden die Abstände zwischen den Häusern größer, nicht jedes Grundstück war bebaut.

Marie kannte die Gegend, den Weg, der immer steiler zum Nußberg anstieg. Im Sommer jährte es sich zum zweiten Mal. Mit jedem Schritt, den sie ging, wuchs ihr Unbehagen, aber sie kehrte nicht um. Wie das Lesezeichen im Buch der Schwiegermutter war auch dieser Ort, an den sie nun zurückkehren musste, um Hermann Streicher zu begegnen, ein Echo ihrer eigenen Vergangenheit.

Sie nahm einen kleinen Umweg, damit sie nicht durch die Eroicagasse gehen musste. Aber dann sah sie doch hin, aus dem Augenwinkel. Das Messingschild hing an seinem alten Platz. Er war also da, er war geblieben. Warum hätte er nicht bleiben sollen? Vielleicht wartete er auf sie. Aber diesen Gedanken verbot sie sich und ging rasch weiter.

Die rostige Gartentür stand ein Stück offen. Der Hund, vor dem ein zersprungenes Schild warnte, musste längst in den Hundehimmel aufgestiegen sein. Waldreben und Hagebuttensträucher überwucherten den Weg und verdeckten den Blick auf das weiter hinten gelegene Haus fast vollständig.

Die nadelspitz gestachelten Zweige klammerten sich zornig an Maries Kleider und verwehrten ihr den Eintritt. Sie rief zwei Mal laut durch den Garten, aber sie bekam keine Antwort. Auf Zehenspitzen stehend, erhaschte sie einen Blick auf das Haus, ein verwittertes einstöckiges Gebäude mit blinden, verstaubten Fenstern.

Das war die simple Erklärung für Hermann Streichers Schweigen: Niemand wohnte hier. Er hatte ihren Brief gar nicht bekommen. Vom Nußbach wehten die ersten Nebelschwaden des Herbstabends herüber und tauchten den Garten in ein spinnwebzartes graues Licht. Nichts regte sich, nur die roten Köpfchen der Hagebutten nickten aufgeregt, als Marie sich mit einem Ruck aus dem Strauch befreien wollte.

»Frau Horvath?«, fragte eine leise Stimme hinter ihr, und Marie erstarrte in ihrer Bewegung. Eine Hand schob sich in ihr Blickfeld, eine Hand mit runzeliger, sonnengebräunter Haut und langen, fleischlosen Fingern. Geschickt lösten sie die Dornen, die ihren Mantel gefangen hielten.

Marie wandte sich um. Ein Mann stand hinter ihr, in einem schwarzen Anzug aus feinem Stoff, der mürbe war vor Alter. Dazu trug er ein weißes Hemd, zerknittert und mit abgenütztem Kragen, eine schwarze Krawatte und schwarze Schuhe. Sie erkannte die Ähnlichkeit mit Ferdinand Streichers ebenmäßigen Zügen, Karolines großen dunklen Augen. Aber er war zu jung. Die Haut spannte sich straff um seinen schmalen Kopf, faltenlos bis auf zwei scharfe Einkerbungen links und rechts vom Mund und einer zwischen den farblosen Augenbrauen. Er war beinahe kahl, nur über den Ohren wuchs ein kurz geschorener Kranz weißen, noch immer rötlich schimmernden Haars. Er streckte ihr die Hand zum Gruß hin.

»Woher wissen Sie, wer ich bin?«, fragte Marie und versuchte, ihre Nervosität zu verbergen.

»Ich bekomme sonst keinen Besuch«, antwortete der Mann. »Hermann Streicher«, fügte er mit einem angedeuteten Kopfnicken hinzu.

Marie starrte ihn an. Die Hände, seine mageren Hände mit der pigmentgefleckten, faltigen Haut, sie allein verrieten sein Alter.

»Ich bin hier, weil Sie auf meinen Brief nicht geantwortet haben«, brachte sie schließlich hervor.

Hermann Streicher bedeutete ihr, ihm zu folgen. Dicht hinter dem verrosteten, verbogenen Maschendrahtzaun war eine Schneise durch das Gestrüpp geschlagen, auf der man ungehindert zur Rückseite des Hauses gelangte. Dort hinten war der Dschungel gezähmt, die hohen Sträucher zurückgestutzt und sogar ein Gemüsegarten angepflanzt. Auf einem Stückchen Wiese stand ein Liegestuhl mit einem zusammengeklappten Sonnenschirm daneben. Zum Eingang des Hauses führten zwei weiße, gesprungene Steinstufen, die Tür stand offen.

»Ich lebe zurückgezogen, wie Sie sehen«, sagte Streicher. »Ich mag keine neugierigen Spaziergänger, die mich über den Zaun anstarren.«

»Ich verstehe«, murmelte Marie. Sie stand wie angewachsen neben dem Liegestuhl, der sie tröstlich anmutete, weil er so alltäglich aussah, der einzige Anhaltspunkt für ein normales Leben. Sie war, wie die Spaziergänger, zu neugierig gewesen, sie hatte Hermann

Streicher zu nahe angestarrt. Sie wollte nicht in sein Haus gehen.

»Wundern Sie sich über meinen schwarzen Anzug? Ich laufe nicht immer so herum. Heute ist ein besonderer Tag, der Todestag meines Vaters. Ich war auf dem Friedhof.«

Zum Umkehren war es zu spät, sie ließ sich von ihm hineinführen. Wie vorher der Anblick des Liegestuhls beruhigte sie auch die Einrichtung. Es war ein kleines Cottage, zwei Zimmer, Küche, ein schmaler, finsterer Vorraum, von dem eine Holztreppe zum Dachboden hinaufführte. Persönliche Spuren des Besitzers fand sie kaum, keine Bilder, keine Bücher, keinen Fernsehapparat.

Auf dem Küchentisch lag ein Heft, die aufgeschlagenen Seiten dicht beschrieben mit einer winzigen, akkuraten Handschrift. Hier war er gesessen, bis Marie an der Gartentür erschienen war. Das Fenster führte auf diese Seite.

»Sie brauchen meine Erlaubnis für Ihren Film nicht«, sagte Hermann Streicher. Er ließ das Heft in der Tischlade verschwinden. »Der Fall Streicher ist ein Stück Kriminalgeschichte. Sie können damit machen, was Sie wollen. Ich werde Ihnen bestimmt kein Hindernis in den Weg legen, was die Wahrung meiner persönlichen Sphäre, oder wie immer sich das nennt, betrifft.«

Der Zweck ihres Besuches war erreicht. Sie konnte ihm danken und weitermachen, Nemecz' Vertrag unterschreiben, ein Honorar kassieren, ohne schlechtes Gewissen, ohne Selbstvorwürfe, weil sie eine wahre Geschichte auf Kosten des Opfers ausbeutete.

»Wollen Sie die Wahrheit wissen?«, fragte er. »Das, was nicht in den Zeitungen stand, was im Prozess nicht zur Sprache kam, weil niemand meiner Mutter Glauben schenkte?« Er beugte sich über den Tisch Marie entgegen und starrte sie mit seinen wüsten, aufgerissenen Augen aus nächster Nähe an. »Karoline Streicher war das Opfer eines Justizirrtums«, flüsterte er triumphierend.

*

Sie glaubt mir nicht, sie spricht es nicht aus, ich sehe es an ihrer abwehrenden Haltung. Sie versteckt ihre Angst hinter der Fassade höflicher Verwunderung, sie täuscht Gelassenheit vor und sogar ein wenig Verächtlichkeit. Wer, wenn nicht Karoline Streicher, sollte diese vier Menschen auf dem Gewissen haben, wer hätte Interesse an ihrem Tod gehabt und die Möglichkeit, diese Verbrechen unbemerkt auszuführen? Ich werde antworten, ich werde alle ihre Fragen beantworten. So lange habe ich vor diesem Augenblick gebangt. An die Stelle der Angst ist die Sehnsucht getreten, dass es endlich geschehen möge, damit sich mein Schicksal erfüllt.

Die ganze Wahrheit. Das Schicksal hat sich ein sonderbares Kleid erwählt. In Gestalt einer skeptischen jungen Frau tritt es mir entgegen und lächelt mich ungläubig an und will die Wahrheit als das Hirngespinst eines alten Mannes abtun. Dennoch, es ist kein Irrtum möglich. Sie kann nicht gehen. Ich kann sie nicht gehen lassen. Sie muss zuhören. Ich muss sprechen. Aber die Entscheidung zur Tat ist nur der erste Schritt zur Tat. Ich habe gelernt zu verschweigen, was niemand je erfahren durfte. Jetzt muss ich lernen, die Worte zu finden für das Unsagbare.

Aus dem Brombeergestrüpp flattert ein Vogel auf, erschrocken über das Lachen der Spaziergänger, die draußen vorübergehen. Die junge Frau zuckt zusammen, ihr Blick wandert sehnsüchtig durch den Garten. Wir sind nicht allein. Da draußen ist die Welt, zu der sie gehört, die tröstliche Gleichgültigkeit der anderen. Sie will fort, ich bin ihr nicht geheuer, aber das will sie nicht zeigen. Ich biete ihr Wein an, Wein von den Hängen des Berges, der vor unseren Augen liegt, im verklärten Septemberlicht des frühen Abends. Ich fülle das Glas in Erwartung ihrer Ablehnung, aber sie nimmt es, lächelt und trinkt mir zu. Sie denkt nicht oder noch nicht an Gift.

Sie gleicht der Frau, die ich verlor, ihre Haut, ihr Haar, ihre Nixengestalt. Sie sind verwandt, funkelnd in den Farben des Regenbogens. Weiß sie, ahnt sie, wer Felicitas mir war? Die goldgelbe Kühle des Weins taucht ein in das Purpurdunkel des Mundes, befeuchtet die Zunge, die eingesperrt hinter dem weißen Gefängnis der Zahnreihen liegt, löst sie und weitet die zugeschnürte Kehle, dringt tiefer, durch die Schleimhäute ins Blut, kreist durch die dunklen, verästelten Gänge tiefer und weiter ins innere Leben, findet den geheimnisvollen, unerforschlichen Weg in die unsichtbare Menschenseele.

Ihr Zweifel steht nicht länger zwischen uns. Sie hat verstanden. Für diesen einen kostbaren Augenblick hat sie mich begriffen. Wir setzen uns an den Küchentisch, einander gegenüber, Glas an Glas, die Flasche steht in der Mitte. Morgen wird es wieder anders sein.

Meine Mutter war eine Leserin. Dünne Heftchen in greller Aufmachung, gedruckt auf billigem Papier. »Schundhefte« nannte sie mein Vater mit dem kleinen, verächtlichen Lächeln des gebildeten Mannes. Wo Karoline war, lagen sie herum, in der Küche und in ihrem Schlafzimmer, in ihrer Handtasche, stets griffbereit, damit sie sich darin versenken konnte, wann immer es ihre Zeit erlaubte. Mit gierigen Augen, vor Aufregung an ihrer Unterlippe nagend, verschlang sie die Geschichten von Gouvernanten, die, von edler Herkunft, aber in Not geraten, sich auf einsamen Schlössern verdingen mussten, von gehässigen Nebenbuhlerinnen und geldgierigen Stiefmüttern, die das Nachsehen hatten, wenn am Ende die jungfräuliche Braut ganz in Weiß und strahlend vor Glück vor den Altar trat.

Die Bildung ist ein Podest, von dem man nicht heruntergestoßen werden kann. Selbst Ferdinand, der so tief fiel, sah auf sie herunter. Wenn er auch keine Selbstachtung mehr besaß, unterdrückt, verspottet und bemitleidet wurde, ein Simandl unter dem Pantoffel der rothaarigen Hexe, blieb er doch ein Mann von Stand und Bildung und sie, ohne Erziehung, ohne Geschmack, ein Proletenkind. An diesem letzten Rest von Stolz klammerte er sich fest, es war die einzige Waffe, mit der er sie treffen konnte. Dieser Makel ließ sich nicht auslöschen.

Vorurteile bestimmen die Menschen, die Gebildeten haben andere als die Ungebildeten, aber keiner ist frei davon. Waschweib nannte er sie, weil sie einmal aus dem Blechnapf gefressen, weil sie seine Unterhosen gekocht hatte im dampfenden Kessel auf dem Dachboden, wo sich in der Bognergasse die Waschküche befand, einmal in der Woche, wenn sie am Waschtag mit Resi ins Haus kam, während er aus Hutschenreuther Porzellan gespeist hatte und mit seiner Bonne am Nachmittag im Park spazieren ging, der junge Fabrikantensohn, in hübschen neuen Lederschuhen.

Karoline stammte nicht aus »niederen Verhältnissen«, wie die Zeitungsschreiber nicht müde wurden zu wiederholen, um ihre Schlechtigkeit aus schlechten Erbanlagen zu erklären. Die Waschfrau Resi Cermak bekam vier Gulden jährlich dafür, dass sie Karoline als Pflegekind in ihrem bescheidenen Haushalt großzog. Zweimal im Jahr kam Resis alte Freundin Josefa auf Besuch und bezahlte das Geld für Karoline. Sie war Köchin in Baden. Josefa ging mit Karoline in die Kirche, malte ihr ein Weihwasserkreuz auf die Stirn und sprach ihr das Gebet an ihren Schutzengel vor. »Behüt dich Gott, Kind«, sagte sie zu ihr, bevor sie wieder heimging, immer um die gleiche Zeit. Halb fünf. Um fünf Uhr fuhr der letzte Zug nach Baden ab.

Karoline erinnerte sich nicht mehr an die Zeit, bevor sie zu Resi gekommen war. Sie war noch zu klein, kaum drei Jahre alt gewesen, aber sie wusste, dass die Frau, die das Pflegegeld brachte, nicht ihre Mutter war. Karolines Mutter kam nie.

Karolines Mutter hieß Lotte Loew und war eine geborene »von«, die unter ihrem Stand geheiratet hatte, den gut aussehenden, aber verschlossenen und verdrossenen Felix Loew, der Bahnhofsvorstand war in einem kleinen, stillen Vorort von Wien, in Inzersdorf. Tagein, tagaus starrte Lotte aus dem Fenster ihres schmucken Häuschens auf die Ödnis des Bahngeländes und erinnerte sich der Chancen, die sie vertan hatte, an die glänzenden Gesellschaften, die Konzerte, die Kutschenfahrten in den Prater. Felix träumte währenddessen über seiner Briefmarkensammlung von fernen Ländern. Es war die unglückliche Verbindung eines unzufriedenen Paares, und zwischen ihnen, sprachlos, ein Kind, ein dumpfes Geschöpf ohne geistige Anlagen, enttäuschend wie die Ehe selbst.

Nur die Köchin Josefa verstand, dass Karoline aus Schrecken verstummt war, seit dem Tag, als sie auf dem Bahndamm eine tote Frau gefunden hatte, ein obdachloses, verwahrlostes Geschöpf, erfroren im Schnee. Zur Strafe, weil sie ohne Erlaubnis aus dem Haus gelaufen war, wo sie ihre schaurige Entdeckung gemacht hatte, wurde das Kind in den Keller verbannt. Und danach, so erzählte es die Köchin ihrer Freundin Resi Cermak, und so wiederholte sie es später vor dem Untersuchungsrichter bei Karolines Mordprozess, danach stimmte es nicht mehr in Karolines Kopf.

Eines Tages stieg der Bahnhofsvorstand in den einzigen Fernzug, der in der Station Inzersdorf hielt, und verschwand auf Nimmerwiedersehen. Später hieß es, er sei Hotelier in Massachusetts geworden, aber Genaueres erfuhr man nie, und vielleicht war es auch nur ein Gerücht. Die untröstliche Lotte heiratete bald darauf wieder, dieses Mal den Richtigen, einen ehemaligen Verehrer, der sie immer noch liebte. An seinen Heiratsantrag knüpfte er nur eine Bedingung, die Lotte widerstandslos erfüllte: ohne das Kind.

*

Als der Wein in der Flasche sich neigte und Marie Horvath das verwunschene Haus hinter den Dornenhecken endlich verließ, schwankte sie, nicht nur, weil sie zu viel getrunken hatte, auch innerlich. Die Angst vor Hermann Streicher war nicht gänzlich von ihr gewichen und mahnte sie zur Vorsicht vor dieser rückwärts gewandten Besessenheit, der die Gegenwart nur ein Epilog war, weil alles, was von Bedeutung war, sich schon zugetragen hatte, vor langer Zeit.

An diesem Abend konnte Marie Horvath nicht schlafen gehen. Ein altes, beinahe vergessenes Gefühl ihrer Kinderzeit befiel sie, die Scheu vor der Dunkelheit, wo die Nachtgesichte warteten, die ihr die Kehrseite der Dinge des Tages offenbarten, drohend und abgrundtief. Die ganze Wahrheit.

2. Kapitel

Leise, raschelnde Geräusche erhoben sich, als Karoline in den Werkzeugschuppen eintrat, erhoben sich und verstummten wieder, sobald sich die scheuen Bewohner in die Ritzen des Holzbodens, die Risse der Schuppenwände zurückgezogen hatten, die heimlichen, für Menschenaugen unsichtbaren Zufluchtsorte. Nur der Mann blieb, wo er war, an seinem Arbeitstisch, auf dem ein großer Apparat stand, in dessen Innerem Karoline ein Gewirr von Drähten erkennen konnte, ohne zu wissen, welchem Zweck das Gerät dienen sollte.

Eisige Kälte erfüllte den Raum. Bei jedem Windstoß draußen erzitterten die dünnen Wände, und die großen Zeichenblätter, die auf dem Boden lagen, hoben und senkten sich im Luftzug. Es waren technische Pläne, fein säuberlich gemalt, beschriftet und signiert.

»Sie sind Ferdinand Streicher«, sagte Karoline. Sie stieß einen tiefen Seufzer der Erleichterung aus und kam näher ins Licht, damit er sie sehen konnte.

Er nickte und stand auf, um sie zu begrüßen, aber sie sah an seiner verständnislos fragenden Miene, dass er nicht wusste, wer sie war. Mit blinzelnden Augen, wie in einem Traum befangen, sah er ihr zu, wie sie den Schleier zurückschob, die langen Nadeln, mit denen ihr Hut befestigt war, herauszog und den Hut abnahm. Es leuchtete, heller als der Schein der Petroleumlampe auf Ferdinands Arbeitstisch, das Feuerlicht von Karolines Haar, es entzündete die Erinnerung an ein blasses, unterernährtes Kind mit bloßen Füßen in viel zu großen Holzpantoffeln, ein armseliges Geschöpf, das vor dem Haus in der

Bognergasse herumlungerte, ihn mit hungrigen Augen anstarrte und davonlief, als er sie nach ihrem Namen fragen wollte. »Sprich nicht mit ihr«, ermahnte ihn die Bonne und zog ihn weiter. »Das gehört sich nicht für dich.«

Ferdinand musterte die elegante junge Frau, die wie eine Erscheinung aus einer anderen Welt in seiner heruntergekommenen Werkstatt stand und die klammen Hände in ihrem schwarzen Pelzmuff zu wärmen suchte, und schüttelte ungläubig den Kopf.

»Aber ich bin es«, sagte Karoline lächelnd, »ich bin es, und ich bin es nicht«, und weidete sich an Ferdinands staunender Miene. »Ich wäre nicht gekommen, um Sie daran zu erinnern. Aber wir sind uns wieder begegnet, wissen Sie es denn nicht mehr?«

Damals war das rothaarige Pflegekind der Wäscherin schon eine Frau, nicht nach Jahren, aber nach ihrem ehelichen Stand, und erwartete am Arm ihres Gatten inmitten einer riesigen Menschenmenge mit Ungeduld den Anblick der prunkvollen schwarzen Kutsche, die den toten Kaiser Franz Joseph durch die Straßen zog, auf seinem letzten Weg. Viele seiner Landeskinder weinten, andere taten ihre Sorge um die Zukunft des Heimatlandes kund und bangten um den Untergang des großen Reiches, nun, wo der große alte Mann, der es so lange in seinen Händen gehalten hatte, sie nicht mehr beschützen konnte. Karoline in ihrer Mitte dachte nur an das grüne Kleid, das sie sich schneidern lassen wollte, grün wie der Frühling und grün wie die Hoffnung, was ging denn sie der Kaiser an, fragte sie ihren Ehemann, der in die Klage der Menge einstimmte, was hat denn der Kaiser je für mich und meinesgleichen getan, und zog ärgerlich ihre Hand aus der ihres Mannes, weil er ihr verbot, solche unbotmäßige Rede in diesem hohen Augenblick im Mund zu führen.

Da sah sie, in dem Lazarettzug, der wegen der aufgeregt geballten Menschenmenge am Straßenrand nicht weiterkonnte, unter den verwundeten Soldaten ein Gesicht, das sie erkannte, Ferdinand. Sie bahnte sich den Weg zu ihm, so hastig und unbedacht, dass sie ihren Hut im Gedränge verlor und mit bloßem Kopf vor ihm stand. Bevor sie noch ein Wort herausbrachte, richtete er sich auf seiner Bahre auf, griff nach ihrem langen kupferroten Zopf und zog sie nahe zu sich heran. Du, gib mir einen Kuss, Feuerköpferl, sagte er, wer weiß, ob ich morgen noch leb'. Komm, lass dich halten, sagte er, grad nur einen Augenblick, und sie küsste seine stoppelige Wange und ließ sich umarmen, grad nur einen Augenblick, aber lange genug, um die Traurigkeit aus seinen Augen zu zaubern, dann musste er weiter. Dass die Sonne für ihn an diesem Tag noch einmal aufgegangen sei, rief er ihr noch zu, und wenn er, der Ferdinand Streicher aus dem Liebhartstal, die ganze Schweinerei dieses Krieges überstanden hätte, dann würden sie sich wiedersehen. Das versprach sie ihm und vergaß es nicht.

Ohne zu unterbrechen, hörte Ferdinand ihr zu und verbarg nur mit Mühe seine Ungeduld. Er schien nicht zu begreifen, was Karoline zu diesem anstrengenden und sogar gefährlichen Weg durch die Stadt bewogen haben konnte, zu einem Fremden, der ihr nichts zu sagen hatte, was über die allgemeinsten Höflichkeiten hinausging, selbst wenn er sich der Begegnung, die sie mit lebhaften Worten vor ihm entwarf, nun allmählich entsann. Immer wieder ließ er den Blick zu der Lampe auf seinem Arbeitstisch wandern, in der das kostbare Petroleum zur Neige ging, und zurück zu der Frau, die nun endlich zu einem Ende fand und auf eine Antwort wartete. Er konnte sie nicht fragen, was sie denn eigentlich von ihm wollte. Sie war eine reiche Frau, gerade verwitwet und wahrscheinlich einsam. Aus irgendeinem verborgenen Grund hatte sich gerade Ferdinand in ihrem Gedächtnis festgesetzt, und sie befriedigte eine Laune, indem sie ihn besuchte. Aber Karoline fand das Zauberwort, das ihm den Mund öffnete.

»Dieser Apparat, an dem Sie arbeiten, was für eine Erfindung ist das?«, fragte sie. Erfinder nannte sie ihn. Für sie war er kein verrückter Träumer, sondern ein Mann, der an einem wichtigen Auftrag arbeitete, einem Fernmeldegerät für eine japanische Firma. 5000 Dollar waren ihm für das Patent in Aussicht gestellt. Noch hatte er das Hauptproblem nicht gelöst, den Schaltmechanismus, mit dem es sich selbstständig in Funktion setzen sollte, aber bald, dieser Tage gewiss, würde es ihm gelingen. Und Karoline nickte und sah hin, wohin Ferdinands Zeigefinger erklärend deutete, versuchte zu verstehen, wovon er sprach, fragte und fragte weiter, mit vor Konzentration und Eifer gerunzelter Stirn, bis er ihr seine Erfindung vorgestellt hatte. Dann nickte sie noch einmal stolz, gratulierte ihm und sagte ihm eine glänzende Karriere voraus, sie ermutigte ihn, sich nicht von seiner schwierigen Lage knicken zu lassen, die er bald überwinden würde, das fühle sie, und sie wolle ihm gerne beistehen, wo es in ihrer Macht liege. Sie spielte ihm nichts vor. Sie bewunderte ihn schwärmerisch, wie sie es immer getan hatte, seit ihren Kindertagen. Sie blickte zu ihm auf. Es war Balsam für Ferdinands gedemütigtes Herz.

Moritz Kritsch war gerade sechs Wochen unter der Erde, als Karoline Ferdinand einlud, zu sich nach Hause in die Villa in Rodaun. »Ich erwarte Sie am 30. März zum Tee. Vier Uhr nachmittags, wenn Ihnen genehm. Mit vorzüglicher Hochachtung, Ihre Karoline Kritsch, Versicherungsdirektorswitwe«, schrieb sie in ungelenken Großbuchstaben wie ein Volksschulkind.

Die Nachbarn würden sich das Maul über sie zerreißen, aber das konnte ihrem Ruf in Rodaun keinen Abbruch mehr tun, denn sie war bereits abgestempelt als gierige Erbschleicherin. Man munkelte sogar, dass sie bei Kritschs Tod die Hände mit im Spiel gehabt hätte. War er nicht noch vor wenigen Wochen gesund und munter mit Karoline durch den Ort spaziert, plaudernd und scherzend wie eh und je? Keine Spur von Schlaghaftigkeit in seinem ausgreifenden Schritt, rosig die Haut und kerzengerade die Haltung, sah so ein vom Tode Gezeichneter aus? Man traute es ihr zu, dem rothaarigen Früchtchen, das dem alten Mann den Kopf verdreht hatte, wie leicht konnte sie nachgeholfen haben, man traute es ihr zu.

Sieg oder Niederlage, dazwischen gab es nichts für Karoline Streicher. Am Ende ihres Lebens, als ihr der Prozess gemacht wurde, stellte sich heraus, dass sie in einer Welt voller Feinde gelebt hatte, Feinde, die ihren Hass gegen sie Jahrzehnte lang genährt hatten, um es ihr nun endlich heimzuzahlen. Einer von ihnen war Johann Kritsch, der Sohn von Moritz Kritsch, Karolines erstem Ehemann. Johann Kritsch war schon ein alter Mann, ein zitternder Greis, den die Parkinsonsche Krankheit zu den absonderlichsten Gesten zwang, während er das alte Lügengespinst noch einmal wob und die Weiche zu Karolines Untergang stellte.

»Jetzt kommt es endlich ans Licht, was sie für eine ist, schon immer gewesen ist, ein gewissenloses, gerissenes Luder. Alle hat sie getäuscht, die Ärzte und auch die Richter, mit ihren Unschuldswangen und mit ihrer glatten Larve. Sie hat meinen Vater umgebracht. Die Hand lasse ich mir abhacken, dass sie's war!« Er schlug mit der Handkante der Rechten auf seine spastisch zuckende Linke und ließ sie wie von einem Axthieb getroffen auf den Tisch krachen, mit solcher unvermittelten Kraft in seinem gebrechlichen Körper, dass der Untersuchungsrichter zusammenzuckte. Später, im Zeugenstand vor den Geschworenen, wiederholte er es, und da war es Karoline, die sich aufrichtete und zurückwich, Karoline, die bei keinem Vorwurf wankte, vor dieser triumphierend erhobenen Greisenhand, vor dem dumpfen Schlag, mit der sie auf den Tisch fiel, wandte sie sich ab, und wer aufmerksam genug hinsah, bemerkte die Tränen in ihren Augen, und wer sie kannte, der wusste, wovor sich ihr Blick entsetzte.

Bei den Erhebungen im Mordfall »Karoline Streicher und Kumpane« – so steht es auf den Akten, die Karolines Schicksal auf Hunderten Seiten mürben Papiers dokumentieren, Anklageschrift und Vorermittlungen, Zeugenaussagen und Gutachten, technische, medizinische, chemische Befunde und was noch an Material zusammengetragen wird, wenn die Justiz über ein Menschenleben entscheidet –, in diesen viele Monate dauernden Untersuchungen gegen die mutmaßliche, wenn auch nicht geständige Giftmörderin wurde Karolines erster Ehe anfänglich keine Bedeutung zugemessen.

In Karolines dreizehntem Lebensjahr kam Moritz Kritsch in das Haus ihrer Pflegemutter Resi, auf Empfehlung, wie er sagte. Er wünschte ein Zimmer zu mieten, das er, nach langen Arbeitstagen, wenn ihm der Weg nach Rodaun zu anstrengend war, zum gelegentlichen Übernachten benützen wollte. Kritsch war leitender Angestellter bei der Stern-Versicherungsgesellschaft, gut situiert und verwitwet. Er hatte zwei erwachsene Söhne, die er bei der Aufzählung seiner Lebensumstände erwähnte und danach nie wieder. Resis Wohnung war bescheiden genug, aber das schien Kritsch nicht zu stören. Er warf nur einen gleichgültigen Blick in das Wohnzimmer, das Resi ihm als einzig mögliche Unterkunft anbot, und sagte zu.

Resi verstand nicht recht, warum ein Herr wie er mit einer so anspruchslosen Bleibe Vorlieb nahm, aber da er drei Monatsmieten im Voraus bezahlte und versicherte, er würde ihr keine Umstände bereiten, fragte sie nicht weiter. Das Wohnzimmer spielte in Resis Tagesablauf ohnedies keine Rolle. Sie verbrachte sechs Tage in der Woche in fremden Haushalten, und wenn sie spätabends heimkehrte, legte sie sich in der Kammer neben der Küche nieder, in dem von Bratendunst gebeizten und vom Herdfeuer gewärmten lichtlosen Gelass, das sie mit ihrer Pflegetochter Karoline teilte. Resis Freizeit war spärlich, Gäste hatten sie nicht, das Wohnzimmer ging niemandem ab.

Zeitig am Morgen ließ Kritsch sich von Karoline das Frühstück bringen, eine Schale Kaffee und eine Marmeladesemmel, die er zu Karolines Freude meist nur zur Hälfte aß, und heißes Wasser zum Rasieren, mehr verlangte er nicht. Danach verließ er das Haus, pünktlich um halb acht, und kam erst am Abend wieder, so spät, dass Resi und Karoline oft schon zu Bett waren. Und ohnedies benützte er das Zimmer nur in Ausnahmefällen, gewöhnlich fuhr er nach der Arbeit nach Rodaun, in der ersten Zeit jedenfalls. Später, als sein Interesse für das mürrische, vor Trotz und Abwehr wie eine Wurzel gekrümmte Mädchen erwacht war, blieb er häufiger über Nacht.

Da erst kehrten Resis anfängliche Zweifel über den anspruchslosen Zimmerherrn wieder. Sie wurde misstrauisch, und es dauerte nicht mehr lange, da stellte sie ihn zur Rede. Er war ein gnädiger Herr, er zahlte brav und pünktlich die Miete, ein angenehmer Mensch ansonsten, Manieren und Äußeres und so weiter, aber das war doch nicht recht, alles was recht ist, das war doch eine Unanständigkeit mit diesem halb zurückgebliebenen Mädel, ein Kind, beinah ein Kind mit noch nicht dreizehn Jahr, das war, bei allem Respekt, Herr Kritsch, ja schon ein Fall für die Sittenpolizei.

Zu Resis Verblüffung leugnete Kritsch nicht, was geschehen war, sondern rechtfertigte sich damit, dass Karoline, zwar jung an Jahren, aber durchtrieben wie eine Große, ihn verführt hatte, und äußerte sogar den Verdacht, dass es sich um eine abgekartete Sache handelte zwischen der Resi Cermak und dem Mädchen, weil sie ihm Geld abpressen wollten.

»Da hab ich ihm aber was eingeschenkt, das kannst glauben, Josefa, das wird ihm nicht so leicht vergehen, das sitzt. Das alte Schwein, das!«

Dicker weißer Dampf aus dem Wasserkessel umwallte Resi und füllte dichter und dichter die Waschküche, so dass man die zwei Frauen kaum mehr sehen konnte und sie nicht das Mädchen, das mit einem schweren Korb voller schmutziger Wäsche hereingekommen war und nun seine Last abstellte und erschöpft darauf niedersank.

»Weißt du«, Resi senkte die Stimme, aber Karoline war nahe genug, um sie verstehen, »ich sag es nicht gern, Josefa, aber es ist was dran an dem Kritsch seiner Red.«

Josefa stieß einen kleinen Schrei aus und bekreuzigte sich. »Nein, nein, Resi, das ist nicht wahr, nein, das darfst du nicht sagen, das arme Kind.«, widersprach sie, aber Resi ließ sie nicht zum Reden kommen.

»Du hast nicht unter einem Dach mit ihr gelebt, was weißt du denn schon? Für alles war sie zu blöd, zum Schreiben, zum Rechnen, zum Handarbeiten, aber jetzt im Nachhinein komm ich darauf, die hat sich die ganze Zeit verstellt, die ist nicht schwachsinnig, die wollt nur nicht, und wenn sie will, dann kann sie sehr wohl denken. Und nichts Gutes! Josefa, du bist eine mitleidige Seel, du willst es nicht zugeben, aber ich sag's dir, dass sie eine Verschlagene ist, eine ganz eine Verschlagene, und dass ich sie nimmer dahaben will, und wenn du es noch so gut meinst, nein, ich will sie nicht mehr im Haus.«

»Es ist leicht, ein guter Mensch zu werden, wenn einem Gutes widerfährt. Ich kenne Karoline seit ihrem ersten Lebenstag, ich kann alle Grausamkeiten, die diesem armen, unschuldigen Kind angetan wurden, bezeugen«, sagte Josefa vor dem Untersuchungsrichter. »Der Schein spricht gegen sie, aber ich weiß, dass meine Karoline nicht fähig wäre, einen Menschen zu töten.«

Die Köchin Josefa Ganglbauer hatte ihren ehemaligen Schützling schon lange aus den Augen verloren, als sie ihre Aussage machte. Es war ihr gelungen, Resi Cermak noch einmal umzustimmen, unter der Bedingung, dass das Pflegegeld auf die doppelte Summe erhöht wurde. Karolines Mutter erklärte sich einverstanden, für ein Jahr, dann wäre Karoline vierzehn und damit alt genug, sich eine eigene Arbeit zu suchen.

Erleichtert über diesen Ausgang der Dinge verschwieg Josefa Resi damals, dass sie wusste, warum Kritsch sich gerade bei Resi eingemietet hatte. Mehr als zwanzig Jahre vergingen, bis Josefa darüber sprach, als Zeugin der Verteidigung in Karoline Streichers Prozess.

»Lotte Mattuschka, vormalige Loew, Karolines leibliche Mutter, hat den Herrn Kritsch hingeschickt. Sie kannte seine Neigungen und hat ihm ihre Tochter sozusagen vermittelt.«

Noch bevor das letzte Jahr bei Resi um war, übersiedelte Karoline in Kritschs Villa in Rodaun. Kritsch erbat in einem Brief an ihre Mutter, die Minderjährige an Tochter statt zu sich zu nehmen. Er versprach, für ihre weitere Erziehung zu sorgen und alle Unkosten dafür zu tragen. Lotte gab ihre Zustimmung. Zwei Jahre später, als Karoline sechzehn war, willigte sie auch in die Eheschließung ein. Zur Hochzeit erschien sie nicht, auf Karolines ausdrücklichen Wunsch, wie Josefa berichtete. Als die Köchin einige Tage davor kam, um der jungen Braut Glück zu wünschen und ihr ein Hochzeitsgeschenk von ihrer Mutter zu überbringen, ließ Karoline sie nicht eintreten. Josefa erkannte sie kaum wieder. Aus dem mageren, bemitleidenswerten Kind war eine schöne Fremde geworden, eine junge Dame, die Klavier spielte und einen eigenen Wagen hielt.

»Komm niemals wieder hierher«, sagte Karoline zu ihr auf der Türschwelle ihres Hauses. »Das gilt auch für meine Mutter, richte es ihr aus. Sie braucht mir keine Briefe mehr zu schicken, ich lese sie nicht. Ich habe keine Sehnsucht, ich will keinen von euch jemals wiedersehen.«

Wenn etwas dazu angetan war, Sympathien für die Angeklagte zu erwecken, dann Josefas Bericht. Aber Josefa hatte nur eine einzige schwache Stimme, die unterging in dem lauter und lauter anschwellenden Hassgesang der anderen, und so rührte die Köchin die Herzen der Geschworenen nur für sich selbst, weil sie treu und unerschütterlich zu Karoline stand, die ihr die Wohltaten ihrer Kindheit so schlecht gedankt hatte.

»Um ehrlich zu sein«, erklärte Johann Kritsch vor dem Untersuchungsrichter, »waren wir erleichtert. Sie hielt unseren Vater von der Straße fern, wenn Sie verstehen, was ich meine. Er hatte diese verhängnisvolle Hingezogenheit zu jungen Mädchen, Kindern. Er konnte jederzeit an die Falsche geraten, eine aus ordentlichem Haus, deren Familie dann gleich zur Polizei laufen würde. Einmal hatten wir eine solche Geschichte gerade noch abwenden können. Diese kleine Loew war dagegen eine vernünftige Lösung. Wir hätten uns natürlich nicht träumen lassen, dass Vater eine Ehe mit ihr eingehen würde. Er ließ sich aber keinesfalls von diesem Schritt abhalten, er war völlig besessen von ihr.«

Dass Kritsch Karoline an Tochterstelle aufgenommen hatte, war kein leeres Wort. Abends, hinter verschlossenen Türen, ließ er sie in Kleinmädchenkleidern auftreten, er flocht ihr langes Haar zu Zöpfen und hängte ihr eine Schultasche auf den Rücken. Dann griff er ihr ins Höschen und erregte sich an ihrem gespielten oder auch nicht gespielten Widerstand. Alle wussten es, niemanden kümmerte es. Karoline selbst schien zufrieden mit ihrer Lage.

»Er wollte sie bilden und erziehen, einen ordentlichen Menschen aus ihr machen, der in seinen Gesellschaftskreisen verkehren, als Ebenbürtige an unserem Tisch sitzen konnte, aber das kam natürlich nicht in Frage, das ging uns denn doch zu weit.«

»Zur Sache, Herr Kritsch.« Der Untersuchungsrichter klopfte ungeduldig auf den dicken Akt auf seinem Schreibtisch. »Haben Sie etwas zu sagen, das zur Aufklärung der Verbrechen beiträgt? Ich habe mir den alten Obduktionsbericht kommen lassen. Moritz Kritsch war siebzig. Hoher Blutdruck, verkalkte Herzkranzgefäße, Übergewicht, Todesursache Gehirnschlag. Das Gutachten lässt keinen Zweifel darüber, dass Ihr Vater eines natürlichen Todes gestorben ist.«

»Kaum dass er eine Lebensversicherung zu ihren Gunsten abgeschlossen hatte. Kommt Ihnen das nicht bekannt vor, Herr Rat? Und keiner hat in diesen Fällen Verdacht geschöpft, nicht bei der Tante, nicht bei der Untermieterin, nicht wahr?« Verschwörerisch beugte sich Johann Kritsch dem Untersuchungsrichter entgegen. »Ich weiß, es war nicht Gift, das haben wir damals bereits feststellen lassen. Aber sie hat ihn in den Tod getrieben, ihn aufgereizt und aufgegeilt, bis sie ihm das Lebenslicht ausgeblasen hat, genau so, als ob sie selbst Hand an ihn gelegt hätte. So eine gewissenlose Verbrecherin ist sie!«

»Machen Sie sich auf das Ende gefasst«, sagte der Arzt, den Karoline in aller Eile mitten in der Nacht an das Krankenlager ihres Mannes rief. »Es ist keine Hoffnung mehr.«

Karoline trug noch das Schulmädchenkleid, in dem sie für Kritsch aufgetreten war, das kurze Röckchen mit der weißen Spitzenunterhose darunter, die im Schritt geöffnet war und ihr rotes Schamhaar aufblitzen ließ, wenn sie sich vorbeugte.

»Du bist krank. Der Doktor sagt, du brauchst Ruhe«, hatte sie protestiert. »Trink deine Bouillon, du hast es versprochen, Kritsch.«

Aber ihm stand der Sinn nicht nach Suppe, er fühlte das Ende nahen und krallte sich mit letzter Kraft am Leben fest. »Einmal noch, mir zur Freude. Tu es für mich, mein Lieb«, bettelte er, und so schlüpfte Karoline widerwillig in die engen Kinderkleider und wandte ihm ihre Hinterseite zu. Er griff zwischen ihre weißen Schenkel, aber dieses Mal war es nicht mehr die Lust, die ihn keuchen und japsen ließ, sondern der Tod, der seine unerbittliche große Hand auf sein Herz presste.

Karoline lief, wie sie war, Hilfe zu holen, und bemerkte in ihrem Schrecken nicht einmal den anzüglichen Blick des Arztes. Sie kniete neben Kritschs Bett und legte ihren Kopf in seine gelähmte Hand. »Verlass mich nicht, wie soll ich leben ohne dich, komm zurück, Kritsch, Liebster, mein geliebter Mann!«

Der Arzt verzog abfällig die Miene vor diesem Schauspiel. Wie jedermann wusste er, dass Karoline nur auf den Tod des Alten lauerte, den keiner bedauerte, hatte er doch geerntet, was er gesät. Karolines Verschwendungssucht, ihre Gier nach Schmuck und Kleidern und Pelzen, die mit jedem Jahr anwuchs, die Kritsch in den Ruin getrieben hätte, wäre ihm nur genügend Zeit verblieben.

»Ich kann hier nichts mehr tun. Morgen früh werde ich nochmals nach ihm sehen. Obwohl ich, ehrlich gesagt, bezweifle, dass er die Nacht übersteht.« Der Arzt verzichtete auf die üblichen Floskeln der Ermutigung. Karoline sollte wissen, dass er sich von ihren Tränen nicht täuschen ließ.

Am nächsten Morgen, als er wiederkehrte, fand er das Vorausgesagte eingetreten. Kritsch lag tot in seinem Bett. Die junge Witwe saß an seinem Sekretär über den Papieren, die sie in aller Eile durchwühlt hatte, den Kopf auf die kostbare Versicherungspolice gebettet, in tiefem Schlaf.

Und der Untersuchungsrichter lauschte, wie nach ihm die Geschworenen, erhitzt und gleichzeitig verlegen der Szenerie, die Johann Kritsch noch einmal auferstehen ließ, der würdelose Lustgreis und die lockende Kindfrau in ihrer letzten Umarmung. Und unwiderstehlich angezogen wanderten die Blicke der Zuhörer zu dem Objekt der längst erloschenen Begierde, der Frau auf der Anklagebank. Die Macht der Bilder war stärker als die trockene Sprache des Gutachters, die Karoline von jeder Schuld am Tod ihres ersten Ehemannes freisprach.

Als Johann Kritsch den Zeugenstand verließ, war ihre Verurteilung besiegelt.

Gudrun las Karolines Karte als Erste. Sie sah den Briefträger kommen und ließ das Essen auf dem Herd stehen. Bevor er sie in den Briefkasten, der am Gartenzaun hing, einwerfen konnte, war sie zur Stelle und nahm die Post in Empfang.

»Wer schreibt uns denn?«, fragte Frau Streicher neugierig.

Hätte die Mutter sie nicht beobachtet, wäre die Karte im Herdfeuer gelandet, so aber zog Gudrun sie widerwillig aus ihrer Schürzentasche hervor und legte sie auf den Küchentisch.

»Was will diese Person? Sie erwartet ihn. Als ob der Ferdinand nichts Besseres zu tun hätte, als so einer die Aufwartung machen.«

»Die wird ihn, bevor er noch einmal den pythagoreischen Lehrsatz aufgesagt hat –«, antwortete Streicher und unterstrich seinen Kommentar mit einer obszönen Geste. »Die Blöden haben eben das Glück.«

»Pfui Teufel«, rief Frau Streicher ungehalten aus. »Vor deiner eigenen Tochter!«

Die Elendsjahre und der Schnaps hatten den verarmten Fabrikanten zersetzt, seinen Verstand wie seine Persönlichkeit. Seine Zunge wusste nicht mehr, dass er einmal ein feiner Herr gewesen war. Er sprach so primitiv wie nur irgendein ungebildetes Subjekt von der Straße. Vor allem seine Frau, die von nichts als ihrer Vergangenheit zehrte, quälte er damit.

»Worüber regt ihr euch so auf?«, fragte Ferdinand, der gerade in die Küche kam.

»Du hast Post bekommen«, antwortete Gudrun kurz angebunden. »Das Essen ist gleich fertig, nimm dem Vater die Flasche weg.« Sie rührte den Eintopf so gewalttätig um, dass der Saft bis an die Wand spritzte.

»Du gehst natürlich nicht hin«, sagte Frau Streicher, bevor sie Ferdinand die Karte zum Lesen gab. »Das ist ein ordinäres Frauenzimmer, und wenn sie sich noch so teure Fetzen anzieht, das Gassenmensch schaut trotzdem darunter hervor. Keinen geraden Satz bringt sie zu

Stande, schau dir die Schrift an, eine halberte Analphabetin, aber zum Tee will's dich einladen, die feine Dame spielen.«

»Warum ereiferst dich denn gar so?« Ferdinand steckte die Karte ein und half Gudrun beim Aufdecken.

»Recht hast du, Sohn«, nickte der alte Streicher in der Hoffnung, seine Frau weiter aufzustacheln. »Lass dir deine Chancen nur nicht entgehen. Alle Tag kommt so was nicht hereingeschneit, da muss man zupacken. Sie erwartet dich, na, eine Frau in Erwartung muss man beglücken.«

Gudrun unterbrach ihn, indem sie das Mittagessen auf den Tisch stellte. »Der Ferdinand weiß schon, was er tut. Nicht wahr, Ferdinand? Du hast ja Augen im Kopf.« Beschwörend wandte sie sich an ihren Bruder.

Aber der war schon an der Tür. »Ich habe heute keinen Hunger«, sagte er über die Schulter zu ihr und kehrte in seine Werkstatt zurück.

Die vierzehnjährige Mathilde aus dem Burgenland war erst seit einer Woche Dienstmädchen bei Karoline. Ihre Vorgängerin hatte Ida geheißen, sie war nicht viel älter gewesen, als sie ins Haus gekommen war. Karoline warnte Mathilde. Die kleine Ida hatte sich mit einem Mann eingelassen. Als sie in die Hoffnung kam, wollte er nichts mehr von ihr wissen, und statt sich Karoline anzuvertrauen, ging Ida zu einer Engelmacherin. Mathilde wusste nicht, was das bedeuten sollte, aber sie wagte nicht zu fragen. Etwas Schlimmes, so viel begriff sie. Karoline selbst hatte Ida gefunden, in ihrem Dienstbotenzimmerchen, im Bett voller Blut, mit riesigen Fieberaugen, die an Karoline vorbeisahen, in eine weite Ferne, aus der sie nicht mehr zurückkehrten. Jetzt lag Ida unter der Erde, wie Karolines Ehemann. Zwei Tote in nur einem Monat zu betrauern.

Dann läutete es an der Tür. Karoline sprang wie elektrisiert auf. »Vier Uhr«, sagte sie und wurde plötzlich rot. Ida, an der ihr Herz gehangen hatte wie an einer kleinen Schwester, war mit einem Schlag vergessen. »Worauf wartest du, Matilda, hast du die Glocke nicht gehört?«

Das Drama stand dem Mädchen noch ins Gesicht geschrieben, als sie dem fremden Herrn die Tür öffnete.

»Na, na«, sagte Ferdinand freundlich, »schreckst du dich immer so, wenn Besuch kommt?«

Mathilde öffnete den Mund und schloss ihn wieder. Wortlos führte sie Ferdinand durch den langen Schlund des Korridors in den Salon, wo Karoline auf ihn wartete.

»Du kannst gehen, Matilda. Geh schon, wir brauchen weiter nichts«, befahl sie schroff, als ob es das vertrauliche Gespräch zwischen ihnen nie gegeben hätte.

»Ist etwas vorgefallen?«, fragte er noch einmal, aber Karoline schüttelte nur nervös ihre Hände und bot ihm einen Platz auf einem der klobigen Möbelstücke an, mit denen der große Raum voll gestellt war.

»Ich freue mich so, dass Sie gekommen sind.«

Ferdinand setzte sich. Seinen Hut, den er irrtümlich mit hereingebracht hatte, legte er verlegen auf seinen Knien ab, worauf Karoline hinzusprang und ihn an sich nahm. »Es tut mir Leid. Diese Matilda ist das ungeschickteste Dienstmädchen, das wir je hatten.«

Er lächelte dazu, und Karoline warf den Hut mit einer heftigen Geste auf das Klavier.

»Sie machen sich lustig über mich, Sie meinen, dass ich auch nichts Besseres bin als sie?« Sie sah drein, als wollte sie gleich in Tränen ausbrechen.

Ferdinand erhob sich halb aus seinem Fauteuil und sank wieder zurück. Er wusste nicht, was er darauf erwidern sollte. Gedankenvoll und beschämt über ihren Ausbruch glättete sie den Hut, und zwei endlose Minuten lang grübelte Ferdinand verzweifelt nach einer unverfänglichen Bemerkung, die das Gespräch wieder in Gang bringen konnte, bis Karoline das Schweigen endlich brach.

»Ich muss mich entschuldigen.« Sie setzte sich ihm gegenüber auf das Sofa, ein Gegenstück zu dem Ungetüm, in dem Ferdinand seinen Rücken marterte. »Ich kann mich nicht benehmen. Kritsch hat sein Bestes versucht mit mir, aber jetzt ist er tot, und ich weiß nicht, wie ich es ohne ihn anstellen soll. Ich passe nicht hierher, man merkt es ja auf den ersten Blick. Ich kann das Haus nicht führen, ich gehe nicht so mit dem Personal um, wie es sich gehört. Ich mache mich nur lächerlich, die ganze Zeit, wie jetzt gerade bei Ihnen.«

Ferdinand starrte sie an, aufs Neue sprachlos über dieses unerwartete und überflüssige Geständnis.

Karoline zog das Teetischchen näher, auf dem ein ausladend verziertes silbernes Service und Tabletts mit Kanapees und Petits Fours standen. »Trinken Sie Tee? Oder lieber Kaffee?«

Sein Magen knurrte laut und unüberhörbar, und Karoline hielt mit dem Einschänken inne. »Wir haben auch noch Schweinsbraten vom Mittagessen, wollen Sie einen Teller?«

Ferdinand verneinte, hastig und mit abgewandtem Blick. Er nahm eine Tasse von ihrem Tee und aß drei Stück von den winzigen Sandwiches und ein Stückchen Kuchen. Die Verlegenheit, ihre und seine, stand wie eine Mauer zwischen ihnen.

»Gefallen Ihnen meine Möbel?«, fragte Karoline angestrengt. »Sie sind aus Majolika. Kritsch hat sie für mich anfertigen lassen, weil ich sie mir gewünscht hab. Wir waren bei einer sehr vornehmen Familie auf Besuch, die hatten auch solche Stühle, wie Thronsessel, finden Sie nicht? Sie waren schrecklich teuer, aber ich habe darauf bestanden.«

Ferdinand nickte höflich und tupfte mit der Serviette an seinen Lippen herum, um die Antwort hinauszuzögern. »Sehr ungewöhnlich«, erklärte er und schwieg wieder, den Blick unwillkürlich auf die Kanapees gerichtet, von denen mehr zu verspeisen ihm die Erziehung verbot, obwohl Karoline ihn drängte.

»Ich glaube, ich muss mich jetzt auf den Heimweg machen«, bemerkte er schließlich, nachdem sie ihm mit bleiernen Fingern den türkischen Marsch vorgespielt hatte. »Es ist ziemlich weit von hier draußen bis nach Ottakring.«

Er war kaum eine Stunde geblieben. Er ging, wie er gekommen war, zu Fuß, nicht nur, weil er das Fahrgeld sparen wollte. Der Druck ihrer Hände beim Abschied, ihr Angebot, ihm zu helfen, der Blick, der ihn nicht loslassen wollte, ihm unverwandt folgte, als er das Haus verließ, all die unübersehbaren Zeichen, die sie ihm gegeben hatte, verwirrten ihn zutiefst.

»Ich spüre, dass etwas Großes in Ihnen steckt. Zum Glück habe ich Sie wiedergefunden. Sie dürfen sich nicht dagegen wehren, Sie dürfen nicht aufgeben.«

War es nur der Dünkel seiner Mutter, der ihn zurückweichen ließ? Oder waren es die pathetischen Worte, die geradewegs aus den Romanheften, die sich auf dem Majolikatischchen im Salon stapelten, zu kommen schienen und die er nicht ernst nehmen konnte? Sie liebte ihn, bot sich ihm an, unverhüllt oder, wie seine Mutter gesagt hätte: schamlos. Aber zählten denn noch Tugendhaftigkeit und Anstand, nachdem die alte Welt in Blut und Tränen, verlorenen Schlachten und Millionen von toten Männern untergegangen war? Karoline versprach ihm die Zukunft. Der Heimweg war nicht lange genug, um seine Gedanken zu klären. Er war durcheinander, bestrickt, ratlos und bezaubert.

Frühmorgens um acht, Karoline war noch im Bett und frühstückte, meldete Mathilde, dass zwei Männer unten im Flur warteten und sie zu sehen wünschten.

»Kritsch?«, fragte Karoline ungläubig. »Drei Jahre haben sie sich nicht anschauen lassen, wozu jetzt auf einmal? Sag ihnen – »

»Wir müssen ein ernstes Wort mit dir reden«, sagte Johann Kritsch und drängte sich an Mathilde vorbei ins Schlafzimmer.

»Ich kann mich nicht erinnern, dass wir per du sind. Matilda, führe die Herren hinaus. Ich empfange um diese Zeit keinen Besuch«, sagte Karoline mit erhobener Stimme und zog sich die Bettdecke über die Schultern.

Johann Kritsch nahm unbeeindruckt Platz, in Ermangelung einer anderen Sitzgelegenheit an Karolines Bettende. Sein jüngerer Bruder Wilhelm, dem die Szene ein wenig peinlich war, blieb in der Tür stehen und winkte nur dem Dienstmädchen, hinauszugehen. »Was wir hier bereden, ist privat.«

»Du bleibst, Matilda«, rief Karoline befehlend. »Und Sie, meine Herren, verlassen auf der Stelle mein Haus.«

Mathilde fing vor Schreck an zu weinen. Widerstandslos ließ sie sich von Wilhelm Kritsch hinausexpeditieren.

»Reg dich ab, Karolin. Das vornehme Getue nimmt dir doch keiner ab«, sagte Johann spöttisch. »Dazu wissen wir zu viel von dir. Oder glaubst, dass wir vergessen haben, aus welchem Unrat unser Vater dich aufgelesen hat?«

Er beugte sich zudringlich über ihr Bett, und Karoline zögerte keine Sekunde, sie richtete sich auf und gab ihm einen heftigen Stoß. Er konnte gerade noch den Kopf abwenden, sonst hätte sie ihn ins Gesicht getroffen.

»Wir werden nicht dulden, dass du aus dem Haus unseres Vaters ein Hurenlager machst!«, schrie er sie zornig an. »Es genügt, dass du ihn vorzeitig ins Grab gebracht hast und sein ganzes Vermögen verschleuderst. Entweder du gehst, oder wir zeigen dich an bei Gericht. Dann wird es sich ja herausstellen, ob es mit rechten Dingen zugegangen ist bei seinem Tod.«

»Johann«, ließ sich jetzt der jüngere Kritsch im Hintergrund vernehmen, »ich glaube, wir sollten das besser dem Rechtsanwalt überlassen.«

Johann achtete nicht auf ihn. Karoline lehnte sich in ihre Pölster und sah gelassen von einem zu anderen. Die Bettdecke war hinuntergeglitten, aber sie hob sie nicht auf, sie gab ihre schönen nackten Schultern und die zarte blasse Haut ihres Dekolletees den Blicken der zwei Männer preis. Sollten sie sich nur anschauen, was Kritsch für sein Geld bekommen hatte.

»Ich habe keine Angst vor Ihnen«, erwiderte sie nach einer wirkungsvollen Pause, in der die beiden Männer sie anstarrten. »Tragen Sie Ihr Geld nur zum Rechtsanwalt, laufen Sie zum Gericht, das schreckt mich nicht. Ich habe nichts zu verbergen.«

»Das werden wir schon sehen«, sagte Johann Kritsch dumpf, während ihn Wilhelm mahnend am Ärmel zupfte.

Karoline erhob sich und schlüpfte ohne Eile in ihren Morgenmantel. »Gehen Sie jetzt endlich?«, fragte sie. »Oder wollen Sie mir auch beim Baden zusehen?«

In ihrem Versteck unter dem Stiegenaufgang lauschte Mathilde so angespannt, dass sie ihre Fingernägel bis auf die Haut abnagte. Als die Männer aus Karolines Schlafzimmer kamen, schlüpfte sie schnell um die Ecke, ohne den Lohn für ihren Verrat in Empfang zu nehmen. Sie hatte schreckliche Angst, Karoline unter die Augen zu treten. Wer, wenn nicht Mathilde, konnte den Kritschs erzählt haben, dass ihre Herrin am Vortag Männerbesuch empfangen hatte? Sie würde nicht lügen können, nicht wenn sich Karolines schwarzer, stechender Blick bis in ihre Eingeweide bohrte. Karoline hatte einen Mann geschlagen, was würde sie erst mit Mathilde anstellen?

Aber die Karoline, die eine Viertelstunde später in der Küche erschien und nach einem zweiten Frühstück verlangte, war in bester Laune und nicht zu Nachforschungen aufgelegt. Mathilde blieb unentdeckt.

Später sagte das Mädchen, Karoline sei ihr von Anfang an unheimlich gewesen. Sie habe damals schon gespürt, dass diese Frau nichts Gutes im Sinn hatte, und bald darauf habe es sich ja bestätigt. Eine der vielen freiwilligen Zeugenaussagen, mit denen nichts bewiesen wurde, was die Mordanklage untermauerte, und die dennoch zu Protokoll genommen wurden, weil sie ein schönschauriges Bild entwarfen, die Legende des blonden Todesengels aus Ottakring.

Moritz Kritsch hatte den Neid seiner Söhne vorausgeahnt und ein Testament hinterlassen, das sich als unanfechtbar erwies. Er vermachte das Haus seinen Kindern, beließ aber Karoline das lebenslange Wohnrecht. Sie erbte lediglich das Inventar des Hauses, darunter die von ihr so geliebten kostbaren Majolikamöbel. Um sie nach seinem Tod nicht unversorgt zurückzulassen, hatte Kritsch außerdem eine Lebensversicherung für sie abgeschlossen.

»Ihr Vater wusste genau, was er tat«, erklärte der Rechtsanwalt, den die beiden Söhne aufgebracht konsultierten. »Ich kann Ihnen von einem Rechtsstreit nur abraten. Es sei denn, Sie können Ihre Anschuldigungen gegen Frau Kritsch beweisen.«

»Es gibt Zeugen dafür, wie sie es mit ihm getrieben hat auf seinem Totenbett«, geiferte Johann Kritsch, aber Wilhelm, der zurückhaltendere der Brüder, drängte ihn zurück.

»Was bleiben uns für Möglichkeiten?«, fragte er den

Rechtsanwalt. »Müssen wir ruhig zusehen, wie sie jeden Schilling durchbringt, der uns zusteht?«

»Sie können Ihren Verdacht bei Gericht vorbringen«, meinte der Anwalt. »Wenn Sie ihn begründen können. Die bösen Zungen der Nachbarn reichen nicht aus, das ist Ihnen hoffentlich bewusst. Frau Kritsch könnte den Spieß umdrehen und Sie wegen Rufschädigung und übler Nachrede belangen. Jemandem einen Mord vorzuwerfen ist schließlich keine Kleinigkeit.«

Beim nächsten Besuch kam Wilhelm Kritsch allein. »Sei gescheit, Karolin«, sagte er mit falscher Herzlichkeit. »Der Johann lässt sich nicht abhalten, er zeigt dich an. Ich meine es dir gut, Karolin, ich weiß, was der Vater für einer war und dass du nichts dafür kannst. Aber mitgespielt hast du doch bei seinen Unanständigkeiten, das lässt sich nicht ableugnen, und darauf werden sie sich wie die Geier stürzen, und du kannst deine Unschuld noch so laut hinausschreien, keiner wird dir zuhören. Sei gescheit, nimm das Geld von der Lebensversicherung und fang damit ein neues Leben an, drinnen in der Stadt, wo keiner weiß, wie du es dir verdient hast. Wenn du jetzt freiwillig gehst, ziehen wir einen Schlussstrich und keiner kräht mehr danach, woran der Vater wirklich gestorben ist.«

Karoline hörte seine lange Rede zu Ende an, ohne ihn zu unterbrechen.

»Ich lasse dir bis morgen Zeit, damit du dir alles in Ruhe überlegen kannst«, schloss Wilhelm und bedachte sie mit einem aufmunternden Kopfnicken.

»Den Weg können Sie sich ersparen«, antwortete Karoline mit großer Sicherheit. »Ich lasse mich nicht erpressen. Ich werde auf nichts, was mir zusteht, verzichten.«

3. Kapitel

»Na, das war wohl nichts mit der Brautschau?«, spottete der alte Streicher, die Stimme noch heiser vom tiefen Alkoholschlaf, aus dem er eben erwacht war. Er hielt seinen struppigen Kopf aus der Tür und ließ sich vom linden Maiwind die Stirn erfrischen. In Gudruns Gemüsegarten streckten die Kartoffelpflanzen die ersten Triebe aus der Erde, und auf dem alten Birnbaum, der nur zögernd seine spärlichen Blüten öffnete, sang ein Amselpärchen das Jubellied der jungen Liebe.

Ferdinand saß vor dem Schuppen und zeichnete, das Reißbrett auf die Knie gestützt.

»Wundern tut's einen nicht, wenn man dich anschaut«, setzte Streicher mit einer gehässigen Grimasse hinzu.

Auf dem steilen Fußweg zwischen den Schrebergärten tauchte Gudruns kleine Gestalt auf, langsam Schritt vor Schritt setzend unter dem Gewicht des Rucksacks auf ihrem Rücken, mit unbedecktem Kopf, wie eine Arbeiterfrau.

Ferdinand antwortete nicht auf die gewohnte Anrede seines Vaters. Drinnen in der Werkstatt stand seine neue Erfindung, das erste Modell einer mechanischen Puppe. Sie konnte greifen, heben, gehen, den Rumpf beugen und die Richtung ändern. Eines Tages würde sie den Menschen am Fließband der Fabrik ersetzen können, aber bis dahin war noch ein weiter Weg. Es fehlte ihm an Geld, an Möglichkeiten, an technischem Wissen. Die Puppe in der Werkstatt war nur ein Spielzeug, ein Beweis seiner Unzulänglichkeit.

»Du weißt schon, wen ich meine.« Mit seinen klauengleich verkrümmten Händen malte der Vater eine Frauenfigur in den blassblauen Frühlingshimmel, üppige Brüste und geschwungene, runde Hüften. »Die Frau Versicherungsdirektorswitwe. Kannst sie nicht sehr beeindruckt haben. Wenn du es überhaupt probiert hast.« Er sah Ferdinand herausfordernd an, aber ohne Erfolg, sein Sohn blieb still.

Atemlos von ihrem Aufstieg kam Gudrun bei der Gartenpforte an und wartete erschöpft, dass einer der Männer sie bemerken und ihr den Rucksack abnehmen würde.

»Na, was!«, schrie der Alte auf. Sein unrasiertes Kinn bebte vor Schadenfreude. »Die hat doch längst einen, der ihr das Bett anwärmt.«

»Vater!«, rief Gudrun über den Zaun. »Ferdinand! Helft mir doch!«

»Ein solches Vollblutweib. Aber du greifst nicht hin, Trottel, recht geschieht dir. Was soll sie auch anfangen mit so einem Krepierl, nix als den Zeichenblei hat er in der Hose, eine erbärmliche Kreatur.«

Gudrun stieß die Gartenpforte auf und schleppte mit vorwurfsvollen Blicken auf Vater und Bruder ihre Last herein. Bevor sie das Wort an ihn richten konnte, zog sich Streicher ins Haus zurück.

»Du sollst ihn nicht aufregen«, sagte Gudrun, noch immer außer Atem. Sie warf Ferdinand den Rucksack vor die Füße. »Trag ihn wenigstens in die Küche. Von dir aus können wir uns zu Tode rackern, die Mama und ich, du rührst keinen Finger, dich interessiert ja nix als das.« Anklagend wies sie auf die Zeichnung auf dem Reißbrett.

»Ich habe ihn nicht aufgeregt«, erwiderte Ferdinand und hob den Blick noch immer nicht von seiner Beschäftigung. »Der Schnaps hat ihm das Hirn aufgeweicht. Man kann kein vernünftiges Wort mehr mit ihm sprechen.«

Drinnen hörte man Streicher in der Kredenz herumkramen und leise Flüche murmeln, auf der Suche nach der versteckten Obstlerflasche.

»Und mit dir?«, sagte Gudrun mit halblaut unterdrückter Stimme, damit der Vater nicht zuhören konnte. »Er hat wenigstens schon etwas geleistet in seinem Leben. Aber du? Erfindungen. Der Arbeiter der Zukunft. Wen interessiert denn das? Warum arbeitest du nicht selbst, wie andere junge Männer?«

»Du redest wie Mutter.« Das war alles, was er dazu äußerte.

»Bitte, Ferdinand!« Gudrun griff nach der widerstrebenden Hand ihres Bruders und hielt sie fest. »Bitte, wach auf! Siehst du nicht?« Ihre Mundwinkel zuckten weinerlich, aber sie schluckte ihre Tränen wieder. »Ich brauche dich. Ich schaffe es nicht allein.«

Ferdinand riss seine Hand los. Er trug seine Zeichnung in die Werkstatt und kehrte zurück, um den Rucksack ins Haus zu schaffen.

»Liegt dir nichts an mir?«, fragte Gudrun traurig. »Willst du uns wirklich im Stich lassen?«

»Was liegt denn euch an mir? Wenn ich tu, was du von mir erwartest, was bleibt mir dann noch? Ebenso gut könnte ich mir eine Kugel durch den Kopf jagen.«

»Dann tu es doch endlich!«, schrie Gudrun auf und hielt sich dann erschrocken die Hände vor den Mund. »Ich habe es nicht so gemeint. Aber wem kann ich sonst sagen, wie es mir geht?«

Ferdinand hörte nicht hin, sah sie nicht an, ging in die Werkstatt zurück, mit unbehaglich hochgezogenen Schultern, gelangweilt und schuldbewusst wie immer, wenn er sich erinnerte, dass dieses kümmerliche Gewächs seine leibliche Schwester war, siebzehn Jahre alt, eine Blüte, die zu wenig Sonne bekam, um zu reifen.

Armut ist der Druck von zu engen Schuhen, weil Kinderfüße zu schnell wachsen. Armut ist Kranksein ohne Medizin, das Arzthonorar unerschwinglich.

Armut ist eine Klostersuppe, ein Platz am Tisch der Wohltätigkeitsanstalt, wo die Bedürftigen im Sitzen schlafen. Sie haben kein Bett. Armut ist das Glücksgefühl in den erstarrten Fingerspitzen, die sich an einem Feuer wärmen dürfen in einer kalten Winternacht. Armut ist ein Armengrab.

Armut ist, wo die Romantik kein Zuhause hat, nur Schmerz und dunkle Wut gegen die anderen, die alles haben und es dir vorenthalten, als ob du nicht das gleiche Recht auf Überleben hättest wie sie.

»Als kleines Mädchen habe ich mir gern ausgemalt, wie es wäre, arm zu sein. Richtig arm, wie das Mädchen mit den Schwefelhölzern, Hänsel und Gretel oder Sterntaler, frierend und hungrig und ganz allein in der Welt«, sagt Marie Horvath. Sie kann sich das Kind mit den nackten Füßen in den viel zu großen Holzpantoffeln vorstellen, aber nicht, dass es keine anderen Schuhe besaß.

Ich spule den Schicksalsfaden zurück, von mir zu Karoline, zu ihrem Anfang, der auch nur eine Fortsetzung ist. Lotte Loew im Bahnwärterhäuschen am Fenster, träumend wie der stumme Gemahl über seinen Briefmarken, zwei Enttäuschte an der Wiege meiner Mutter, auch sie verdienen meine Aufmerksamkeit, auch sie hatten Gründe, ihre Beweggründe, auch sie setzen fort. Der Spielball der Schuld wird zurückgeworfen von Generation zu Generation, bis sich die Spur in der Vergangenheit in gesichtslosen Ahnen verliert. In dem kunstvoll gewirkten Gewebe, verkettet von Begegnungen und Umständen, gerissen, geknotet, geflickt, suche ich meine Geschichte. Und Marie Horvath, das Kind ihrer Zeit, hört zu, gespannt und auch ungeduldig, weil ich mich immer weiter entferne von dem, was sie das Eigentliche nennt, Story, Skandal, das Unerhörte von Karolines Verbrechen.

Auf ihrem täglichen Weg in die Stadt musste Karoline unten am Kanal entlanggehen, vorbei an den vom Leben ausgespienen Gestalten, die dort hausten. Das Wiener Kanalsystem war ihre letzte Heimstatt, in den vielfach verzweigten Gängen mit ihren Kammern und Nischen fanden Hunderte, Tausende Platz zum Schlafen. Manche verließen den Kanal den ganzen Tag über nicht, aus Vorsicht, den eroberten Zufluchtsort wieder zu verlieren. Die meisten aber trieben der Hunger und das Bedürfnis nach Tageslicht ins Freie. Sie lehnten an der Ufermauer und streckten den Vorübergehenden eine bettelnde Hand entgegen, schmutzstarrend, stinkend in ihren Lumpen, wie der Abfall, von dem sie sich ernährten. Karoline wandte den Kopf, wenn sie ihnen begegnete. Blicklos und eilig strebte sie weiter, aber das hoffnungslose Unglück dieser Elendsgestalten verfolgte sie bis in ihr Tagwerk, bis in ihre Nächte, die bange Ahnung, dass sie wieder verlieren könnte, was sie sich erobert hatte, dass es keine Sicherheit gab für eine wie sie.

In jedem von uns lebt das Kind, das man einst gewesen ist. Nirgendwo fühle ich mich meiner Mutter nahe als dort, wo ihr Kind meinem Kind begegnet, das verstoßene, geschlagene, von niemandem geliebte Kind. Bis Kritsch kam, der sie erlöste und missbrauchte und ihr die Augen öffnete für ihre eigene Macht: den Männern zu gefallen, wenn sie ihren Nutzen daraus ziehen konnte, und diejenigen zu bekämpfen, die sich als Gegner erwiesen. Kein Zögern, der Augenblick verweilt nicht. Ist die Gelegenheit vertan, kehrt sie nicht wieder. Der Abgrund lauert hinter jedem falschen Schritt.

Sie trieb Geschäfte, um die Angst zu vertreiben, schmutzige Geschäfte mit einem zwielichtigen Menschen, der in ihrem Leben aufgetaucht war. Er hieß Max Hafner. Sie nannte ihn den »Leutnant«.

Seit der Schlacht am Isonzo trug er das Eiserne Kreuz für seine Tapferkeit vor dem Feind. Als er heimkam, gab es die Armee, der er gedient hatte, nicht mehr und nicht das Herrscherhaus, das ihn in den Krieg geschickt hatte. In der jungen Republik wimmelte es von Offizieren, hoch dekoriert und beschäftigungslos. Keiner fragte mehr nach ihren Verdiensten, die Orden waren wertlos geworden wie ihre Träger selbst, die Welt aus den Fugen geraten.

Max, der schlaue, wendige Keuschlersohn aus dem Mostviertel, stimmte nicht ein in die Klage der Heimkehrer, er hatte nicht vor, mit ihnen unterzugehen, diesem namenlosen Heer von Arbeitslosen, Obdachlosen, Heimatlosen anzugehören. Eine neue Zeit war angebrochen, die neue Menschen verlangte, Menschen, die nicht nach links noch rechts und schon gar nicht zurücksahen, Menschen, die handelten, ihren Vorteil ergriffen, wo sie ihn fanden. Essen mussten sie alle, die Gewinner der neuen Zeit wie die Untergeher am Straßenrand, in den Kanälen, in den Ziegelöfen und in den Wartesälen der Wohltätigkeitsanstalten. Wer Nahrungsmittel herbeischaffte in die hungernde Großstadt mit ihren geplünderten Lagerhäusern, geschlossenen Geschäften, verwaisten Märkten, konnte dabei reich werden.

Das wollte Max. Das wollte Karoline. So wurden sie Partner.

Wie Max Hafner meine Mutter kennen lernte, weiß ich nicht. Kritschs Söhne hatten sich von der Warnung ihres Anwalts nicht abhalten lassen und Karoline bei Gericht angezeigt. Zwar ließ sich ihre Anschuldigung nicht beweisen, aber sie hofften, Karoline durch den Rufmord in die Flucht zu schlagen. Die Zeitungen berichteten vom Mordverdacht gegen die junge Witwe und fanden in Kritschs Lebensversicherung ein logisches Tatmotiv. Möglich, dass Max so auf sie aufmerksam wurde.

Er brauchte Kapital, um ins Schwarzmarktgeschäft einzusteigen. Die Bauern aus seiner niederösterreichischen Heimat gaben keinen Wurstzipfel auf Kredit her, das hatten sie bei der gewaltigen Nachfrage nicht nötig. Ob er von Karolines Vermögen aus der Zeitung erfuhr und deshalb den Kontakt mit ihr suchte oder ob ein Zufall die Wege dieser zwei Gleichgesinnten kreuzte, jedenfalls wurde Karoline Teilhaberin in Max' Schwarzmarkthandel. Allerdings begnügte sie sich nicht damit, ihr Geld zu investieren. Wenn Max über Land zu den Bauern fuhr, saß Karoline neben ihm. Sie hörte ihm zu, wie er gerissen um den besten Preis feilschte, sie half ihm, den Karren mit der kostbaren Fracht zu beladen, sie hielt die Augen offen und lernte schnell. Jeden Morgen stand sie mit Max am Verkaufsstand und prüfte die goldenen Eheringe, die Broschen und Halsketten, die im Tausch für das verrottete Fleisch, das wurmige Mehl und die ranzige Butter über das Ladenbrett wanderten. Geld war nicht länger ein Zahlungsmittel. Nur wenn etwas absolut Unverkäufliches auf dem Verkaufskarren liegen blieb, von Maden wimmelndes Fleisch, zum Himmel stinkende Schweinedärme, war es um Geld zu haben.

Ferdinand verabscheute Max. »Er stinkt noch immer nach dem verfaulten Fleisch, das er den Hungernden angedreht hat«, sagte er. »Da hilft kein neuer Anzug und kein teures Eau de Cologne. Das lässt sich nicht mehr abwaschen.«

Ferdinand lernte ihn erst lange nach den Schwarzmarkttagen kennen, als Karoline den »Leutnant« in ihrem neu gegründeten Unternehmen anstellte.

»Du hast mir ein Kind gemacht«, antwortete Karoline erbittert über seinen Hochmut, »und jetzt bist du nicht einmal im Stande, dich selbst zu ernähren, geschweige denn eine Familie zu erhalten. Sag nie wieder ein Wort gegen Max! Er ist der Einzige, der mir noch helfen kann.«

Nach Ferdinands Besuch in Rodaun meldete sich Karoline nicht, und er machte keinen Versuch, den Kontakt zu ihr aufzunehmen. Der Mordverdacht gegen sie musste ihm bekannt sein. Selbst wenn er keine Zeitungen las, sein Vater tat es und hatte ihn gewiss mit boshafter Genugtuung über die Umtriebe der schönen Witwe unterrichtet. In der Werkstatt stand der Kurzwellensender fertig zum Verkauf, aber die japanische Firma hatte das Interesse verloren, so verstaubte der Apparat in einer Ecke des Schuppens, zwischen Harke und Schaufel und anderen Gartengeräten. Zum Patentieren der Idee fehlte Ferdinand das Geld, zur Weiterarbeit an seiner neuen Erfindung, dem Roboter, der Enthusiasmus.

Die Vorwürfe der Frauen und der Spott des Vaters trugen endlich Früchte. Ferdinand hörte auf, an das bahnbrechende Werk zu glauben. Er betrat seine Werkstatt nur mehr selten, und wenn, dann starrte er vor sich hin und hörte den Wühlmäusen und Ratten zu, die dort hausten, wunderte sich über ihre Ausdauer, die Unermüdlichkeit, mit der sie ihren Lebenskampf bestanden, und wünschte sich, er könnte etwas davon in sich aufspüren, eine Überzeugung, die ihn weitertrug.

Als die Untersuchung, die Kritschs Söhne angestrengt hatten, Karolines Unschuld am Tod ihres Mannes ergab und der Fall abgeschlossen war, schrieb sie an Ferdinand. Der Brief war kurz und wie ihr erster in ungeübter Kinderhandschrift verfasst. Dieses Mal gab es keine Zeugen, als der Postbote kam. Gudrun nahm den Brief in Empfang, las ihn und warf ihn ins Feuer. Unaufgefordert, hoffte Gudrun, würde Karoline nicht erscheinen. Das gebot schon der Anstand.

Man hat meinen Vater als den liebenden, weltfremden Toren dargestellt und meine Mutter als die berechnende, kaltherzige Versucherin seiner Tugend. Sie sei nicht fähig zu lieben, stand im Gutachten des Gerichtspsychiaters, der sie gegen ihren Willen untersucht hatte und, weil sie ihm Rede und Antwort verweigerte, sein Bild aus den Aussagen der anderen zurechtzimmerte. Er kam zu dem Schluss, dass eine Frau, über die keiner ein gutes Wort verlor, auch keines verdiente. Meine Mutter hasste alles, was ihr Fleisch und Blut war, ihre Eltern, die sie verlassen hatten, und ihre Kinder, die sie nicht erwünscht und nicht erwartet hatte, aber nicht Ferdinand. Damals nicht. Damals liebte sie ihn ganz und gar unzweifelhaft, leidenschaftlich, wahrhaftig. Er spürte den Druck ihrer Besitz ergreifenden Hände bei seinem ersten Besuch in ihrem Haus und wich zurück. Er war keine Kämpfernatur. Wie Karoline hatte er ein Ziel, für das er lebte, dem er entgegenfieberte, aber es war ein geistiger Anspruch, die Überwindung der Grenzen des Möglichen, das Unerhörte des noch nie Gedachten, Versuchten, die Findung, seine Erfindung.

Wenn er sie je geliebt hat, dann weil sie an ihn glaubte. Karoline aber hatte ihn schon als Kind angehimmelt, den blonden, schönen Knaben mit den rosigen Lippen; den Soldaten, der neckend nach ihrem Haar griff, sie berührte und erweckte. Was Kritschs kundigen Lüstlingsfingern in drei Jahren nicht gelungen war, bei Ferdinand geschah es in einem Wimpernschlag, einem Atemzug.

Die Sonne brannte auf dem Gras. Zwischen den Obstbäumen hing die Luft bewegungslos in heißen, dicken

Klumpen. Schatten ohne Kühle lag auf dem hölzernen Gartenstuhl, in dem Gudrun ausruhte, mit bloßen Füßen und nur mit einer dünnen blauen Arbeitsschürze bekleidet. Sie flocht ihr schweißnasses, aufgelöstes Haar neu, zu einem langen, straffen Zopf und entdeckte die Besucherin erst, als sie ihre Arme wieder sinken ließ. Eine zierliche Frau in einem knöchellangen Kostüm, von einem hellen breitkrempigen Hut gegen die Sonne geschützt, Karoline am Gartentor.

»Ich hätte Sie beinahe nicht erkannt«, sagte Gudrun. »In diesen Kleidern«, fügte sie mit einem raschen Seitenblick hinzu. Nach kaum einem halben Jahr hatte Karoline die Trauerkleider abgelegt, und Gudrun deutete die Zeichen.

Sie bat die Besucherin ins Haus. Zum Glück war wenigstens der alte Streicher nicht da, so musste man sich nur für die schäbigen Möbel schämen und für den wässrigen Kaffeeersatz.

»Ferdinand hat jetzt eine Arbeit«, sagte Gudrun hastig, bevor Karoline nach ihm fragen konnte. »Sogar in seinem eigenen Beruf, als Techniker. Das ist ja schon ein Glück bei dieser Arbeitslosigkeit, nicht wahr? Als wir beinahe keine Hoffnung mehr hatten, dass er etwas findet. Aber dem lieben Gott sei Dank, in einem Elektroladen, seit einem Monat.«

»Laden?«, wiederholte Karoline anklagend.

»Er repariert dort die kaputten Geräte, Radios und alles andere. Die Bezahlung ist vorläufig noch bescheiden, aber er hat –«

»Aber seine Erfindung! Er war doch beinahe fertig und wollte sie patentieren lassen. Deshalb bin ich übrigens gekommen.«

Kaffee schwappte auf den Tisch, als Gudruns zitternde Hand die Tasse abstellte. »Frau Kritsch …«, begann sie und unterbrach sich, weil ihr die Stimme nicht gehorchen wollte. Neben Karoline fühlte sie sich plump und hässlich, stinkend vom Schweiß der Arbeit in ihrer zerlumpten blauen Schürze.

»Wo ist dieses Geschäft?«

»Ich kann Sie nur bitten, Frau Kritsch …« Wieder brach Gudrun ab, um sich zu räuspern und Mut zu fassen vor dieser Frau, die so unerträglich überlegen war, obwohl sie doch nur Verachtung verdiente. »Er ist wieder zur Vernunft gekommen. Er hat dort Chancen, sich zu verbessern mit der Zeit. Ich ersuche Sie, lassen Sie die Erfindung ruhen, machen Sie ihm keine Hoffnungen, die sich nicht erfüllen können.«

Eine kleine nachdenkliche Falte erschien zwischen Karolines Brauen und zuckte dort, bis sie sich an die Stirn griff und sie wegstrich. »Warum trauen Sie Ihrem Bruder nichts zu, Fräulein Streicher?«, fragte sie. »Glauben Sie nicht an seine Fähigkeiten?«

Sie traf Gudrun, wo die unerwiderte Liebe zu Ferdinand saß, ihre Angst um ihn, ihre Hoffnung, dass seine Wünsche, wie unrealistisch sie auch waren, sich erfüllen sollten. Vielleicht irrte sie sich, vielleicht war diese da genau die Richtige, eine, die kämpfen und ihren heißen, starken Willen durchsetzen würde, für Ferdinand?

Karoline fand das kleine Geschäft in der Hernalser Straße, einen alten Uhrmacherbetrieb, der nun, dem Zug der Zeit folgend, auch Radioapparate zum Verkauf anbot und in Reparatur nahm. Im Hinterzimmer, das dem Besitzer als Werkstatt und Wohnung diente, hatte Ferdinand, eingekeilt zwischen Bettstatt und Waschtisch, seinen Arbeitsplatz. Radioreparaturen kamen nur ausnahmsweise vor. Ferdinand entstaubte verschmutzte Uhrwerke, ölte Pendelgewinde, entwirrte verknotete Kettenglieder und besserte beschädigte Furnierteilchen der Gehäuse mit Schellack aus. Mehr als diese Handlangerdienste ließ ihn der Uhrmacher nicht verrichten, für die Reparatur der Mechanik war nur er selbst zuständig. Er hatte keine Frau, keine Freundin, keine Hobbies, ging nicht ins Gasthaus und verbrachte sogar den Sonntag hinter dem heruntergelassenen Rollladen seines Geschäftes über den Uhren. Er brauche keine andere Unterhaltung, sagte er zu Ferdinand, ihre Melodie, ihr Rhythmus, ihre Harmonie und innere Schönheit waren ihm sein Ein und Alles. Kein Mozart, kein Leonardo da Vinci konnten sein Ohr und Auge mehr erfreuen als eine alte Uhr, der er neues Leben einhauchte. Zu Mittag schloss er den Laden, und während Ferdinand in eine kleine Wirtschaft auf der anderen Straßenseite essen ging, hielt der Uhrmacher ein Schläfchen zwischen seinen Uhren und ließ sich vom vielstimmigen Chor ihres Tickens einlullen.

Karoline stand draußen in der Mittagssonne und spähte durch die Auslagenscheibe. Sie klopfte zaghaft, dann energischer mit dem Elfenbeingriff ihres Sonnenschirms, aber drinnen rührte sich nichts. Während sie überlegte, ob sie eine Nachricht hinterlassen oder in der kochenden Hitze des Nachmittags den Weg ein zweites Mal machen sollte, sah sie Ferdinand aus der Gastwirtschaft treten, in seinem abgetragenen Anzug, dem man die ehemalige Uniform ansah, mit dem fernen, verklärten Ausdruck in den Augen, der ihr das Herz zusammenpresste. Sie eilte ihm über die Straße entgegen, und alle Worte, die sie sich zurechtgelegt hatte, verließen sie, als sie vor ihm stand. Sie trank ihn mit ihren Augen, seinen Mund, die zarte Haut seiner Schläfen, das feine blonde Haar im Sonnenlicht, die Augen, die erwachten, als er sie erkannte, und ihren Blick nicht losließen, als könnten sie nicht fassen, dass sie es wirklich war.

Nur zehn Minuten hatte sich der alte Uhrmacher von Ferdinands Dienstzeit abringen lassen, und auch dies nur, weil ihn die Bemühungen der jungen Frau mit dem wunderbaren roten Haar um den verhärmten Herrn Ingenieur rührten. Ihre dunkle, ein wenig heisere Stimme klang lieblich und melancholisch zugleich, wie des Uhrmachermeisters liebster Besitz, eine josephinische Spieluhr, die sein Eigentümer zum Glück nie mehr von der Reparatur abgeholt hatte und die vier verschiedene Melodien spielen konnte, eine für jede Tageszeit. Am meisten liebte er das Brahmslied, das ihn jede Nacht in den Schlaf begleitete: »Guten Abend, gut' Nacht, mit Rosen bedacht ...«

Wenn er Karoline ansah, fühlte er die Musik in seinem alten Herzen schwellen, und wäre er nicht in die Zweisamkeit mit den Uhren vernarrt gewesen, hätte Karolines Melodie ihn wohl anziehen können. So sah er ihnen freundlich und neidlos nach, wie sie in den sommerlichen Abend davongingen.

Das Ziel, das Ferdinand vorgeschlagen hatte, war entlegen, in Neuwaldegg, womit ihn Kindheitsausflüge verbanden.

Karoline hatte nichts dagegen. Solange sie in Ferdinands Nähe war, konnten ihr nicht Hitze noch eine staubige Vorstadtstraße die Laune verderben. Einen Teil des Weges legten sie mit der Tramway zurück, dann, von der Endstation der Hernalser Linie aus, gingen sie zu Fuß weiter, durch die hellen Laubwälder des Hameau. Dort lag ein romantischer kleiner Waldsee, der Hanslteich, damals und bis heute beliebtes Ausflugsziel der Wiener.

Wenn die Streichers an Sonntagnachmittagen herausgewandert kamen, hatte Ferdinands Vater oft am Hanslteich ein Ruderboot gemietet. Nur die kleine Gudrun wollte nie mitfahren, sie fürchtete das dunkelgrüne, mit Froschlaich und Seerosenblättern gesprenkelte Wasser. So waren nur Ferdinand und sein Vater ins Boot gestiegen, die Mutter und Gudrun inzwischen in der Jausenstation eingekehrt.

Nun saßen Karoline und Ferdinand an diesem Platz, Seite an Seite auf einer rohen Holzbank, und Karoline lauschte seinen Knabenerinnerungen. Die Wespen kreisten begierig um den Krug mit Apfelmost, den sie bestellt hatten. Von Zeit zu Zeit blies der Abendwind die letzte Glut des schwindenden Tages in ihre Nacken. Karoline legte ihre Kostümjacke ab, weil ihr vom Alkohol heiß wurde, und Ferdinand schob die Ärmel seines Hemdes bis zu den Ellbogen hinauf. Er sah ihren Hals an und ihre nackten Arme, die von einem hellen Flaum bedeckt waren wie reife Pfirsiche. Karoline hielt still unter seinem verlangenden Blick, nur ihr Atem ging schneller. Sie rückte ein winziges Stück näher, bis sie sich berührten, ihr nackter Unterarm an seinem, und sie wich nicht zurück und er nicht. Sie regten sich nicht und fühlten den Strom, der zwischen ihnen hin und her lief wie ein mächtiges Wasser, und sahen sich auch nicht an.

Da, plötzlich, ertrug Ferdinand die Spannung nicht länger, er streckte die Hand aus, um Karoline an seine Schulter zu ziehen. Im gleichen Augenblick wendete sie sich ihm zu. Sie hielt ihm ihren Mund entgegen, die Lippen halb geöffnet wie ein Gefäß, ihn zu empfangen, und er küsste sie. Seine Zunge trank ihre Lippen, tauchte ein in das Rot ihres Mundes, der süß schmeckte vom Most und, tiefer drinnen, nach einer fremden, seltsamen Frucht, herb wie Thymian, Minze, die Kräuter des Gartens. Seine Hand wanderte ihren Nacken hinunter, und er spürte, wie ihr Körper ihn drängte, nach ihm verlangte. Ferdinands Erfahrungen mit Frauen stammten aus dem Krieg, gekaufte Liebe oder Lust, die er sich mit Gewalt von den Frauen des Feindes geholt hatte, er erinnerte sich an ein armes Bauernmädel, das ihm vor das Bajonett gekommen war und sich von ihm aufspießen lassen musste, wollte sie nicht ihr Leben lassen, an gesichtslose Frauen, die er in der Stunde der Sieger eroberte und nicht nach ihrem Willen fragte. Was Frauenliebe, weibliches Begehren bedeuteten, wusste er nicht. Als Karoline unter seinen Lippen und seinen Händen in Erwartung zerfloss, ihn erhitzte mit der Vorstellung, wie es sein würde, in ihr Innerstes vorzustoßen, erwachte er. Sie schenkte ihm eine neue Existenz.

Karoline rettete ihn, bevor ihn das Alltagselend seiner Familie, das Hungerdasein zwischen Uhrmacherladen und Schrebergartenhütte zerbrechen konnte. Sie tat ihm Schlimmes an danach, aber davor rettete sie ihn. Sie gab ihm etwas, das ich niemals erfuhr. Das Fest der Sinne. Er begehrte sie, die er nicht liebte, ihre Berührung infizierte ihn, lebenslänglich. Auch als sie ihn längst verabscheute und kein gutes Wort mehr für ihn hatte, konnte er nicht von ihrem Körper lassen, bis zu seinem letzten Atemzug.

*

Die Tage wurden kürzer, wurden Wochen, hasteten heran und vorbei, bunt und bleich zugleich, Oktobertage, Novembertage im Tränenschleier des Herbstes, neblig, wolkenschwer. Träume jagten durch Maries Schlaf, die sich am Morgen zu einem unbestimmten Gefühl überstandener Gefahr verwischten. Sie hielt sich wach, solange sie konnte, bis ihr die Müdigkeit die Augen zupresste und das Buch aus den Händen gleiten ließ. Die Geschichten verschwammen, die Gedanken entschlüpften, nichts konnte ihre Aufmerksamkeit fesseln als Hermann Streicher. Süchtig nach Fortsetzung stieg sie am Morgen aus dem Bett und fuhr mit der Straßenbahn nach Nußdorf, wo er sie erwartete.

Sein Schreibheft lag aufgeschlagen auf dem Tisch. Eng pressten sich Buchstabe an Buchstabe, Zeile an

Zeile, schwarze Gedankentinte, sein tintenschwarzes Geheimnis. Mehr als einen Blick darauf gönnte er ihr nicht, dann wanderte das Heft in die Lade, und er begann zu sprechen, ungefragt, ungeordnet, wohin ihn der Fluss seiner Gedanken trug, ein müßiger Wanderer zwischen den Zeiten.

Das Telefon schreckte Marie aus ihrem bleiernen Morgenschlaf. Sie hatte Wein getrunken. Immer öfter, beinahe jede Nacht. Wein half ihr beim Wachbleiben und tröstete sie beim Eintauchen in die Schwärze ihres einsamen Bettes. Am Morgen aber matte Glieder, klopfende Schläfen, gefesselter Verstand.

Benommen griff sie nach dem Hörer und zog ihre Hand gerade noch rechtzeitig zurück. Es gab niemanden, den sie sprechen wollte.

»Hinterlassen Sie Ihre Nachricht nach dem Signalton«, sagte ihre Stimme auf dem Band des Anrufbeantworters.

Dann war ein helles, aufgeregtes Schnarren zu hören, Produzenten-Tenor, Empörung, dass jemand zu widersprechen wagte, wenn auch nur durch Schweigen. »Wie weit sind wir, Marie? Ersuche dringend um Rückruf, wir müssen die Disposition machen. Ende Dezember ist dein Abgabetermin. Ich möchte aber schon vorher was zum Lesen kriegen, damit wir uns ein Bild machen können. Die große Linie, du weißt schon. Hast du übrigens schon nachgedacht, wer die Hauptrolle spielen könnte, diese Mörderin? Eine Französin, was meinst du? Ein internationaler Name jedenfalls. Also, ich warte. Schönen Tag!«

Ja, sie hatte die große Linie gefunden. Sie zeichnete sie auf, mit bedächtigem Strich, bis das Bild zu erkennen war. Marie drückte die Löschtaste und ließ das Band zurücklaufen.

*

Der Schlag kommt von hinten. Er trifft das Ohr. Es brennt, es klingt, es bringt die grell erhobene Stimme zum Singen, es verwandelt ihre Worte in Zaubersprache, tausend kleine Echos, nah und fern. Ein Luftzug streicht über die Stirn, bevor die große Hand wiederkehrt, zur Faust geballt. Ein brausender Donnerhall. Verstummt die Musik. Still ist es nun. Betäubt und ertaubt das Kind. Tränen, die nicht fließen, blenden den Blick, Glasmurmeln die Augen, erstarrt wie das Kind. Erfroren im Herzen. Der Garten tanzt. Winter und Schnee. Ewiger Herzenswinter. Was habe ich getan? Ich erinnere mich nicht. Nur an die Kälte des ersten Bewusstseins. Dass hier keine Liebe war. Dass es die Liebe nicht gab und die Hoffnung auf Liebe vergeblich war. In diesem meinem Leben. In ihrem. In seinem. Die Hand meiner Mutter hat die Liebe aus mir herausgeschlagen. Mein Vater sah ihr dabei zu. Er hinderte sie nicht. Er hätte nichts verhindern können. Er zuckte zusammen, als wäre er der Getroffene, aber es war mein Schmerz, nicht seiner.

Wir waren nicht allein. Es gab Zeugen für Karolines Missetaten an ihrem kleinen Sohn. Die Nachbarn, die mitleidig mein blau geschlagenes Gesicht streichelten und mir ein Stückchen Zucker zwischen die aufgeplatzten Lippen schoben, manche, die sich empörten über die rohe Gewalt und fanden, eigentlich müsse sie jemand dafür anzeigen, es aber selbst unterließen. Sie alle sind zu Wort gekommen, haben gegen Karoline Streicher, das fühllose Monster, das ihr eigenes Kind zu Schanden schlug, gezeugt. Gattenmörderin, Kindsmörderin, Erbschleicherin, Versicherungsbetrügerin. Deren Kopf sie forderten als Tribut. Deren Kopf sie bekamen. Damals blieben sie stumm. Wie mein Vater schauten sie hin und entsetzten sich und schauten weg und vergaßen, was sie gesehen hatten, schneller als die Tränen des Kindes trocknen konnten.

Es waren die guten Tage, wenn die Sonne hervortrat nach einem gewaltigen Sturm und Karoline die Hände in den Schoß legte und ausruhte, da erzählte sie von dem Haus mit dem hübschen Zwiebeltürmchen in Rodaun, drüben am Ende der Stadt, wo sie so glückliche Zeiten verbracht und nicht geahnt hatte, dass dies schon das Glück war, dass es mehr Glück nicht geben würde, beschrieb die hohen, vornehmen Räume, von den stuckverzierten Plafonds bis zum glänzenden Eichenholz des Sternenparketts, die Möbel, die sie mit Sorgfalt und Liebe und ohne Rücksicht auf ihren Preis ausgewählt, die Bilder, die Kritsch ihr geschenkt hatte und die im Salon aufgehängt wurden, Landschaftsmalereien ausnahmslos, weil Kritsch Porträts nicht ausstehen konnte und überhaupt zeit seines Lebens ein Menschenfeind und Einzelgänger war, sie rief sich die Farben der Vorhänge in Erinnerung und die der Blumen, die sie im Garten gepflanzt, die seltensten Rosenarten, und die Kleider, die sie besessen, und die Romane, die sie in einem zierlichen Mahagonibücherschrank aufbewahrt hatte, um sie eines Tages zu lesen, aber dieser Tag kam nicht mehr. Kein Gegenstand war zu unbedeutend, dass sie ihn nicht im Gedächtnis behalten hatte, um ihn nun zu betrauern, wieder und wieder, aber mich langweilte die Wiederholung nicht. Ich lernte das Haus kennen, als hätte ich selbst darin gelebt.

Einmal träumte ich, dass wir dort wohnten, Karoline und Ferdinand und ich. Es war Nacht, ich spielte im Garten. Das Mondlicht schien auf die Rosenbeete, und drinnen im Haus schliefen meine Eltern in einem Himmelbett unter einem azurblauen, sternenbestickten Baldachin. Ein köstlicher Duft drang aus dem Haus, nach gebratenem Speck und Eiern und Schokolade, und eine Stimme rief lockend süß: »Hermanderl! Komm! Komm zu mir!« Meine Mutter stand am Fenster. Ihr langes offenes Haar warf goldene Strahlen rund um ihren Kopf, heller als der Mond. »Du kommst in den Himmel, Hermanderl«, sagte sie, und davon erwachte ich, noch immer geblendet. Die Morgensonne schien mir ins Gesicht, und Gudrun stand vor mir und rief mich zum Frühstück, Wasserkakao und eine altbackene Scheibe Brot mit Margarine. So tief und lebendig war der Traum gewesen, dass ich noch lange, während ich aß, auf den grünen Ölanstrich auf der Küchenwand starrte und darauf wartete, dass der Traum, der die Wirklichkeit war, endete, damit ich in das weiße Haus meiner Mutter zurückkehren konnte.

Ferdinand liebte die Geschichten von Karolines verlorener Villa nicht. Er sprach es nicht aus, so standen die Dinge nicht zwischen diesen Eheleuten, aber ich merkte es an seiner verdüsterten Miene, an den Lippen, die er zusammenkniff, damit ihnen kein Wort entgleiten konnte, während die rastlos wandernden Hände seine Ungeduld und Anspannung verrieten. Meine Großmutter, giftig und bitter wie das Bilsenkraut in der Hexen Küchengarten, hatte nach dem Tod ihres Mannes alle Scharfzüngigkeit eingebüßt. Sie begann schlecht zu hören oder gab es jedenfalls vor, wenn Karoline in ihrer Nähe war. Karolines Rückschau, so ähnlich ihrer eigenen auf die verblichenen Hausherrentage in der Bognergasse, erweckten keinen Widerhall in der alten Frau. Wenn hin und wieder ein wenig von der alten Feindseligkeit in ihre Lebensgeister zurückkehrte, war Gudrun zur Stelle und führte sie aus dem Zimmer.

Gudrun hielt sich abseits. In diesem engen Schrebergartenhäuschen, wo fünf Menschen sich zwei Zimmer zum Wachen und zum Schlafen teilen mussten, wo Nähe unvermeidlich war, selbst dort blieb sie unnahbar. Sie hackte das Holz und wusch die Wäsche, sie kochte, pflegte ihre Mutter, die oft ganze Tage nicht das Bett verließ, bestellte den Garten und hielt das Haus sauber. Als mir mein Vater zum ersten Mal das Märchen vom Aschenputtel vorlas, erkannte ich sogleich Gudrun, das Aschenputtel, das niemand mehr freien würde und das sich nachts die Augen ausweinte, heimlich, wenn die anderen schliefen.

Erinnerungen. Träume. Sie bestimmten die Tage und Nächte unter dem gemeinsamen Dach der unseligen Gegenwart. Ich besaß nicht einmal diesen Trost. Die schönen Dinge hatten alle schon stattgefunden, bevor ich zur Welt gekommen war. Eine hasste mich. Eine sah mich nicht. Einer litt mit mir und half mir doch nicht. Eine wärmte mich. Eines Nachts erzählte sie mir das Geheimnis von Karolines Hochzeitstag.

»Atlasseide«, sagte Karoline, »weil sie die glänzendste ist und die edelste und teuerste von allen Seiden der Welt. Atlasseide.« Genießerisch zog sie das Wort in die Länge. »Heute nicht mit Geld zu bezahlen, nicht einmal mit einem ganzen Zimmer voll Geld. Der teuerste Stoff der Welt für den wunderbarsten aller Tage auf Erden.« Sie kreuzte die Hände auf ihren Schultern und ließ sie langsam und lustvoll ihre Arme hinuntergleiten. Verzückt schaute sie auf das Bild im Spiegel, als ob es nicht ihr eigenes wäre, sondern eine fremde, atemberaubende Schönheit.

»Das soll sie blenden, das sollen sie sich merken, das soll ihnen die Lästerzungen im Maul vertrocknen lassen!« Sie bog den Kopf zur Seite und schmiegte sich an ihre eigene Haut, koste mit der Wange die Schulter, zärtlich sanft, ohne den Blick zu wenden von ihrem Spiegelbild, bis die Brautjunger, die mit dem Schleier und dem Hochzeitskranz aus Orangenblüten wartend bei der Frisierkommode stand, zur Eile mahnte.

»Was machst du denn für ein Gesicht, Schwägerin?«, rief Karoline. Sie ließ die steifen Röcke ihres Hochzeitskleides rascheln, hob sie hoch und ließ sie wieder fallen, wie ein Kind, das spielt, aus Freude am Schimmern und Knistern des Stoffes, sie entblößte ihre Beine bis zu den spitzenbesetzten Strumpfbändern hinauf. »Ich weiß, dass du nicht glücklich bist, aber du darfst es nicht zeigen, heute nicht, Gudrun, das wäre nicht recht. Das würde dir Ferdinand nicht verzeihen.« Sie lachte auf, so strahlend und überschäumend vor Lebensfreude, dass Gudrun weinen musste.

Karoline wurde ruhig, als sie das sah, kam durch das Zimmer zu ihr, streckte die Arme nach ihr aus und holte sie in ihre Umarmung. »Ich liebe deinen Bruder. Ich will ihn glücklich machen. Ich werde alles tun, damit er bekommt, was er verdient. Alles, alles. Deshalb sollst du mir Glück wünschen und es ehrlich meinen, auch wenn du nicht glücklich bist darüber.«

Gudrun trat schnell einen Schritt zurück, damit ihre Tränen nicht auf die kostbare Seide tropften. Sie nahm den Brautschleier mit den weißen, duftlosen Blüten und befestigte ihn an Karolines kunstvoll um den Kopf gewundenem Haar. Dann erst wischte sie sich das nasse Gesicht ab.

»Ich wünsche dir alles Gute für deine Ehe«, antwortete sie und sah Karoline fest in die Augen. »Es tut mir Leid, wenn ich ungerecht war gegen dich. Ich werde nie wieder …« Sie zögerte einen Atemzug lang, da kam ihr Karoline zu Hilfe.

»Wir wollen uns nicht anlügen, heute nicht, an meinem schönsten Tag, nicht wahr? Niemals ist lang, und wer weiß, vielleicht kannst du es nicht halten, was du mir jetzt versprechen willst. Mir ist es genug, dass du heute auf meiner Seite bist.«

In der Küche, hinter dem Paravent, wo meine Schlafstatt war, lag ich eng an Gudrun gekuschelt und lauschte ihrer Stimme in der Dunkelheit. Ich sah die Seide von Karolines Hochzeitskleid in der Sonne leuchten, die weiße Hochzeitskutsche vorfahren, in der sie mit ihren Brautjungfern saß, die unruhigen Schimmel, die darauf warteten, loszutraben, ich hörte die Glocken läuten und meines Vaters Jawort, so laut, dass es von den steinernen Wänden widerhallte, und die feierliche Stimme der Orgel, die sich über den Köpfen der Hochzeitsgäste erhob, während Karoline ihren Schleier zurückschlug und ihrem Ehemann die Lippen reichte zu ihrem ersten Kuss.

»Alles nur Lug und Trug«, sagte Gudrun, »Täuschung und Arglist und Betrug. Es gab keine Hochzeitstafel, keine glückliche Vermählung des jungen Paares.«

Fettige, schwarze Wolken von Rauch wehten der Hochzeitsgesellschaft bei ihrer Rückkehr nach Rodaun entgegen und verschlugen allen den Atem. Die Villa brannte. Das Dienstmädchen Mathilde war in Panik davongelaufen, und erst als die Nachbarn das Feuer entdeckten, wurde, zu spät, viel zu spät, die Feuerwehr alarmiert. Bis zum Dach hinauf loderten die Flammen, aber Ferdinand ließ sich davon nicht abhalten, er lief in das brennende Haus, um Karolines Möbel zu retten, Stück für Stück ihrer geliebten Majolika-Intarsien, bis sich ein Hochzeitsgast, Ferdinands ehemaliger Frontkamerad Karl Ludwig, beherzt auf ihn warf und ihm den Weg versperrte. Dafür hatten sie nicht vier Jahre Krieg überstanden, schrie er, damit er nun wegen ein paar Sesseln sein Leben aufs Spiel setzte! Bevor Ferdinand widersprechen konnte, brach der Dachstuhl ein, und das Haus war verloren.

»Sie war es.« Gudrun senkte ihre Stimme zu einem heiseren Flüstern. »An ihrem Hochzeitstag, im Brautkleid, mit den weißen Orangenblüten in ihren goldenen Locken, legte sie das Feuer und fuhr zur Kirche. – Pst! Still!«, fuhr sie mich an, weil ich einen erschrockenen Laut ausstieß, und hob wachsam den Kopf, aber von der anderen Seite des Paravents war nichts zu hören als die ruhigen, regelmäßigen Atemzüge der Schlafenden.

Karoline hatte dem Dienstmädchen befohlen, beide Kamine zu heizen. Es war noch April, aber sommerlich warm, Kaiserwetter am Tag ihrer Hochzeit, keine Wolke am Himmel, nur leuchtendes Blau und Sonnenschein. In Eile verließen Karoline und Gudrun das Haus. Es war Zeit, höchste Zeit, wollte die Braut nicht zu ihrer Hochzeit zu spät kommen. Und plötzlich kehrte sie um. Einen Augenblick nur, sagte sie zu Gudrun, ich hab etwas vergessen, steig inzwischen in die Kutsche, ich bin gleich zurück.

»Aber ich blieb, wo ich war, auf dem Gartenweg, ich sah ihr nach, ungeduldig, sah sie durch das Haus laufen, in den Salon, ich weiß, was sie tat. Wie leicht fällt ein glühendes Holzscheit auf den Teppich, wenn man mit dem Schürhaken im Feuer stochert. Ein Feuer, das zu keinem anderen Zweck entzündet worden ist, als den Brand zu legen. Ich weiß es, und Mathilde, die wieder auftauchte, lange nachdem das Haus in Schutt und Asche lag, auch sie wusste es, aber die Angst vor Karoline verschloss ihr den Mund. Und ich schwieg wie sie, ich konnte Karoline nicht verraten, weil sie die Frau meines Bruders war.«

Sowohl Haus als auch Mobiliar waren noch zu Moritz Kritschs Lebzeiten gegen Feuerschaden versichert worden. Sie sei nicht die Besitzerin des Hauses, erklärte Karoline dem Versicherungsdetektiv, warum hätte sie also für die Prämie aufkommen sollen? Schließlich habe Kritsch das Haus seinen Söhnen vermacht. Die andere Versicherung dagegen, jene für Karolines teure Möbel, hatte sie ordnungsgemäß beglichen, und nachdem ein Lokalaugenschein die restlose Zerstörung aller Gegenstände, auch jener Majolika-Möbel, die Ferdinand im letzten Augenblick zu retten versucht, ergeben hatte, wurde ihr die Versicherungssumme in voller Höhe zugesprochen.

Kritschs Söhne gingen leer aus. Ihr Erbe war nur mehr verbrannte Erde. Dafür hatte Karoline das Glück ihres Hochzeitstages geopfert. Dafür nahm sie in Kauf, dass sie kein Dach mehr über dem Kopf hatte. Dafür verzichtete sie auf ihre Hochzeitsnacht. Mit Ferdinand an ihrer Seite harrte sie aus, bis die Feuerwehr die letzten Glutnester gelöscht hatte und das Vernichtungswerk vollendet war. Dann erst kehrte sie den rauchenden Trümmern den Rücken.

Im Weißen Kreuz, demselben Hotel, in dem ich später zur Welt kommen sollte, fand die Vereinigung, nach der sie beide so verlangt hatten, endlich statt. Brandgeruch wohnte in Kleidern und Haar, in jeder Hautfalte, in jedem verborgenen Winkel ihrer Körper, die sie neugierig und unersättlich erkundeten, mit dieser Leidenschaft, die nicht zu stillen war, bis die Sonne hoch am Himmel stand und Karl Ludwig, der Besitzer des Hotels, an ihre Tür klopfte, um sie mit einer Flasche Champagner als Morgengabe zu überraschen. Aber sie öffneten ihm nicht. Sie blieben hinter verschlossener Tür, ineinander verschränkt und verschlungen, als wären sie tatsächlich eins geworden, so lange, bis der Hunger und Durst sie aus dem Bett trieb, nach zwei Tagen und zwei Nächten.

Das war die Vermählung von Karoline und Ferdinand, im Zeichen des Feuers. Es leuchtete so hell, als könnte es niemals mehr dunkel werden um sie.

»Wer ihr in die Quere kommt, büßt es. Keiner kann sie aufhalten«, flüsterte Gudrun, und ich sah die Feuersbrunst von weitem leuchten und spürte die Erde beben unter dem schweren Tritt des Drachen, näher und näher kam das Verderben, leckte mit brennender Zunge am Dach unseres Hauses, zermalmte die hilflose Gestalt meines Vaters unter seinem mächtigen Leib, beugte sich über mein Bett, mit glühenden Nüstern. Ich lag in den Flammen, stumm, ohne Atem, und schloss die Augen vor dem Tod. Ein Krallenhieb schleuderte mich aus dem Bett und zu Boden. Ich spürte die splitternden Holzbretter unter meinen Händen, ich roch den Moder des feuchten Winkels, in dem ich kauerte, ich lebte. Eine Hand legte sich um meinen Nacken, riss mich hoch und beutelte mich, schüttelte jeden Gedanken aus meinem Kopf, und ich schrie, schrie, immer wieder und wieder, um Hilfe, aber vergeblich.

4. Kapitel

Die Elektrizität, sagte mein Vater, der Träumer, der Erfinder, der Visionär, wird das Licht der Aufklärung zu den Menschen bringen, landauf, landab, bis in die entlegensten Dörfer und Höhen und Täler, wird ihre Häuser wohnlich machen, ihre Maschinen antreiben, mit ihr wird der Wohlstand kommen, ein menschenwürdiges Dasein für alle. In einem Land, wo es Wasser im Überfluss gibt, sagte mein Vater zu meiner Mutter, die andächtig zuhörte, seine Hand hielt, ihn streichelte, zärtlich und stolz, weil ihr das alles nun gehörte, nicht nur das Fleisch, auch die Erziehung, die Bildung, das Wissen, muss man nichts weiter tun, sagte mein Vater, als die Kraft des Flusses in den Dienst der Elektrizität zu stellen.

Mariental, eine kleine Marktgemeinde im Lafnitztal, wurde Jahr für Jahr von Überschwemmungen heimgesucht. Nach der Schneeschmelze im Frühjahr, oft auch im Sommer und Herbst nach schweren Regenfällen trat die Lafnitz aus ihren Ufern und bedrohte die Ernte, das Vieh und die Bewohner des Tales mit Hunger und Tod. Wasser, das ist alles, was wir haben, klagten die Bauern. Wenn man Wasser essen könnte, müssten wir nie mehr Hunger leiden.

»Wer dort sein Geld in den Bau eines Kraftwerkes investiert«, sagte Ferdinand zu Karoline, »ist ein gemachter Mann. Wenn ich ein Vermögen hätte …«

»Du hast ein Vermögen«, erwiderte Karoline, »denn was mein ist, ist dein. Du wirst dein Kraftwerk bauen, ich verspreche es dir.«

»Weißt du denn, wie viel so ein Unternehmen kostet?«

Karoline küsste die Frage von seinen Lippen, von seiner Zunge, umschlang ihn, erstickte den Zweifel zwischen ihren seidenmatt schimmernd vor ihm geöffneten Schenkeln, bis nur mehr die Lust blieb, die sie aufs Neue und immer heftiger entfachte, die Feuerkundige mit den flinken, unermüdlichen Fingern.

Er wusste nicht, wie viel sie besaß. Ein Haus in der vornehmsten Wohngegend Wiens wünschte sie sich, Hietzing, meinte sie, Hietzing sei standesgemäß für Ingenieur Streicher und Gattin. Eine Terrasse sollte es haben und einen Pavillon im Garten, ein Lusthaus für das junge Liebespaar, versteckt hinter den Rosenbüschen, für sie beide ganz allein. Als Übergangslösung, bis Karoline das Haus, das ihren Vorstellungen entsprach, gefunden hatte, wurde eine kleine Wohnung angeschafft, und Karoline begann einzukaufen. Zuerst eine neue Garderobe für sich und Ferdinand, dann Hausrat, weil alles, was sie besessen hatte, ein Opfer der Flammen geworden war, einen kostbaren chinesischen Teppich, der ihr gefiel, und noch einen zweiten, Rashimi, aus Persien, mit zarten Blumenfarben gefärbt, für unser Haus, sagte Karoline, ist er nicht zauberhaft, Ferdinand, und ein Pianino, weiß wie das erste, das Kritsch ihr geschenkt hatte, aber sie spielte nicht darauf, sie konnte nicht lange stillsitzen. Sie kaufte seidene Kissen und Vorhänge, Figuren aus Porzellan, Lampenschalen, Geschirr, einen goldenen Füllhalter, ein Zigarettenetui, eine Krawattennadel für Ferdinand, diamantbesetzt, und einen dazu passenden Ring für sich selbst, doch jeder Wunsch, den sie sich erfüllte, ließ eine Sehnsucht zurück, die nicht zu stillen war.

Der Brief von der Versicherung kam. Karoline las ihn, sprang auf und nahm ihn mit sich auf ihrer Wanderung über den chinesischen Seidenteppich, auf und ab, auf und ab, mit einer steilen Nachdenkfalte zwischen den Augenbrauen, ohne ein Wort der Erklärung zu Ferdinand, bis er sie besorgt aufhielt.

»Was schreiben sie?«, fragte er. »Hast du schlechte Nachrichten?«

Karoline faltete das Papier zusammen, bevor Ferdinand einen Blick darauf werfen konnte. »Der Feuerschaden wird in der vollen Höhe ausbezahlt.« Sie verschloss den Brief in ihrer Dokumentenmappe. »Mach weiter mit deiner Arbeit, bitte, Ferdinand, lass dich jetzt durch nichts unterbrechen und abhalten. Die Pläne müssen fertig sein, damit wir dein Projekt vorstellen können.«

»Wovon redest du denn?«

»Das Kraftwerk, Ferdinand.«

Er schüttelte den Kopf über so viel Ahnungslosigkeit. Ein Wasserkraftwerk konnte man nicht in der Theorie bauen. Das Gefälle des Flusses, die geologische Beschaffenheit des Untergrundes und des umgebenden Gesteins, das und vieles, was sich als Hindernis erweisen konnte, musste vor Ort geprüft werden, ehe man ein Projekt solcher Größenordnung plante. Das Kraftwerk Mariental war nicht mehr als eine Idee in Ferdinands Phantasie, eine Mappe mit ein paar Zeichnungen und Notizen. Niemand hatte bisher ein Flusskraftwerk errichtet, weder die Kosten noch die technischen Probleme, die zu bewältigen waren, ließen sich abschätzen, es war ein Wagnis in jedem Fall.

»Eben«, sagte Karoline unbeeindruckt. »Worauf warten wir dann noch? Man muss es einfach tun.«

Sie mietete sich einen Wagen und reiste hin, nach Mariental an der Lafnitz, eine der ärmsten Regionen des Landes, im südlichen Burgenland. Ferdinand erfuhr erst nach ihrer Rückkehr davon.

»Du hast den Auftrag«, eröffnete Karoline ihrem verblüfften Ehemann. »Das Kraftwerk Lafnitztal wird neunzig Gemeinden mit Strom versorgen, so wie du es in deinem Konzept beschrieben hast. Der Bürgermeister gibt uns noch diese Woche Nachricht wegen der Vertragsunterzeichnung.«

»Du hast …?« Ferdinand stammelte.

»Ich habe es dir versprochen«, setzte sie fort. »Jetzt liegt es an dir. Aber du musst dich beeilen, damit du bald ein gemachter Mann bist. Ich habe so gut wie nichts mehr.«

»Das hättest du … dein ganzes Geld, Karoline? Das hättest du … nicht tun dürfen.« Ferdinand kniete nieder vor ihren müden Füßen, die in staubigen Knopfstiefelchen steckten, bohrte den Kopf in ihren Schoß und schluchzte. Karoline legte ihre Hände auf sein weiches Blondhaar, feierlich, als ob sie eine Messe zelebrierten, unten der büßende Sünder, über ihm die Madonna, sein Schutz und Schirm und Segen.

Es sei, erzählte Ferdinand seiner Schwester Gudrun, der erhebendste Augenblick seines Lebens gewesen, und Gudrun gab es Jahre später an mich weiter, zischend wie Wassertropfen im heißen Öl prasselten die Worte in das Ohr des Kindes. Dein Vater hat einen Pakt mit dem Teufel geschlossen.

Später behaupteten die Verkäufer von Schauerromanen und lebensechten Skandalen, die so genannten Biografen, dass Karolines Verschwendungssucht maßlos gewesen sei, dass der größte Teil von Kritschs Geld bereits verprasst war, bevor sie ins Kraftwerksgeschäft einstieg, und die Feuerversicherung ihrer Möbel keinesfalls hoch genug gewesen sein konnte, um als Investition in einen Bau dieser Größenordnung auszureichen. Das ganze Unternehmen Lafnitztal sei vom Anbeginn eine Hochstapelei gewesen und Ferdinand ein naiver und willensschwacher Mann, niemals hätte er sich sonst eingelassen auf alles, was folgte.

Bedauerlicherweise wurde das Gebäude der Stern-Versicherung im Zweiten Weltkrieg zerstört, so dass es über die Versicherungen, die Kritsch zu Karolines Gunsten abschloss, keinerlei Unterlagen gibt. Um wie viel Geld es sich tatsächlich handelte, darüber konnte und kann nur spekuliert werden. Gewiss ist, dass Karoline kein weiteres Vermögen mehr besaß. Drei Monate nachdem Ferdinand mit dem Bau des Kraftwerkes begonnen hatte, ohne auch nur eine Krone des vertraglich vereinbarten Gehalts erhalten zu haben, wurde Karoline die Wohnung aufgekündigt. Sie konnte die Miete nicht mehr bezahlen. Dem jungen Paar blieb kein anderer Unterschlupf als das Schrebergartenhaus von Ferdinands Familie im Liebhartstal.

In Mariental an der Lafnitz begrub Ferdinand den großen Erfindertraum. Der Winter endete mit schweren Regenfällen. Der März kam, der April, der Mai, es regnete weiter, es regnete ohne Unterlass. Kein Wind rührte die Wolken, die mild und milchig weiß auf dem Wechselgebirge lagen wie ein riesiges Federbett, an jedem Morgen, wenn Ferdinand den ersten Blick zum Himmel aufschlug und die fiebrig warme Frühlingsluft ihn ermattete, noch ehe er sein Tagwerk begonnen hatte. Stetig und ruhig fiel der Regen. Er wischte die Farben von den Dingen, der Landschaft und den Menschen, er weichte die Dächer der Häuser auf, schwemmte die Saat aus den Feldern, brachte die Stallungen des Viehs zum Einstürzen und ließ das Heu und das Getreide in den Silos verfaulen. Die Eisenträger des Spannungswerkes rosteten im Schlamm der verlassenen Baustelle. Seit der Bürgermeister die Auszahlung der Löhne zum dritten

Mal angekündigt hatte, nur um sie ein weiteres Mal zu vertrösten, verweigerten die Arbeiter den Dienst. Viele von ihnen waren obdachlos geworden durch die Wetterkatastrophe des Frühlings. Die Regierung versprach, einen Hilfszug mit Zelten und Nahrungsmitteln zu senden. Das linderte die schlimmste Not, aber der Regen hörte nicht auf. Ein weiterer Monat verging. Es wurde sommerlich warm, über den Feldern dampften die Wasserschwaden, und immer noch lag die Wolkenwand breit auf den Bergen vor ihnen und ließ keinen Sonnenstrahl in das Tal dringen. Und noch immer gab es keinen Lohn für die Arbeiter, und noch immer stand das Kraftwerk still.

Karoline war ohne Nachricht von Ferdinand. Schließlich hielt sie die Ungewissheit nicht länger aus. Sie fuhr ihm nach. Was sie vorfand, übertraf ihre schrecklichsten Vorstellungen. Nicht die Naturkatastrophe, nicht die Verzögerung des Bauwerks, nicht das finanzielle Desaster bestürzten sie, es war Ferdinand selbst, der im Pfarrhof hauste, krank vor Verzweiflung und zu kraftlos, sich aus dem Bett zu erheben. Seine Schulter war beim Errichten des Kraftwerkdammes verletzt worden und seitdem nicht verheilt. Es liege an der alles durchdringenden Feuchtigkeit, erklärte die Pfarrerköchin, die Ferdinand betreute und eine erfahrene Krankenpflegerin war, es sei ein rheumatischer Schmerz, ein häufig verbreitetes Leiden in den sumpfigen Niederungen jenseits des Wechselgebirges. Aber nicht nur die kranke Schulter lähmte ihn, sah Karoline voll Bangen. Die anschwellenden Fluten der Lafnitz hatten als letzten Höhepunkt der Katastrophe den Damm gesprengt. Nun glaubte niemand mehr an die Fortsetzung des Kraftwerkbaus.

»Ohne Lohn keine Arbeit«, sagte Ferdinand matt. »Die Menschen haben andere Sorgen. Es gibt nichts zu essen. Nur Wasser. Das Wasser ist Leben und Tod.«

»Hör auf, so zu reden!«, rief Karoline. »Du wirst doch nicht aufgeben wollen? Ferdinand!«

Er wagte nicht, ihr in die Augen zu sehen. Er drehte den Kopf zur Wand.

»Warum bekommen die Arbeiter keinen Lohn?«, fragte Karoline den Bürgermeister. »Ich mache Sie persönlich verantwortlich, dass die Arbeit wieder aufgenommen wird. Ich habe mein ganzes Geld in dieses Projekt investiert.«

Der Bürgermeister winkte mit einer mutlosen Geste ab. Er befand sich in ähnlicher Verfassung wie der junge Ingenieur, krank und entkräftet von dem langen, vergeblichen Kampf gegen die Natur und die säumigen Geldgeber in der Landesregierung. Er zog sein Taschentuch hervor und hustete lange und qualvoll hinein.

»Das Kraftwerk wird gebaut!« Karoline hielt es nicht länger an ihrem Platz. Sie sprang auf und gab dem Sessel einen zornigen Tritt.

Der Bürgermeister verkroch sich hinter seinem Schreibtisch. »Ich bin zurückgetreten«, sagte er, bevor sie ihn weiter bedrängen konnte. »Ich gehe nach Amerika, zu meinem Bruder nach Chicago.«

Nicht nur der Bürgermeister, ganz Mariental wolle auswandern, erfuhr Karoline, alle, die jung und kräftig genug waren für einen Neubeginn.

»Wir wollten dem lieben Gott ein Schnippchen schlagen, aber das Wasser ist stärker als wir. Ich bedaure tief, Frau Streicher, Sie haben bestimmt das Beste gewollt, Fortschritt für unsere rückständige, darbende Bevölkerung, Wohlstand für alle, ich bewundere Sie für Ihre Courage und Ihren Unternehmergeist, ich habe Sie und den Herrn Ingenieur mit Freude und Optimismus in Ihrem Vorhaben unterstützt. Aber es hat nicht sollen sein, Gott hat es nicht werden lassen. Davor müssen wir uns in Demut beugen. Es wird kein Kraftwerk Lafnitztal geben. Das ganze Geld, das die Regierung und unsere burgenländischen Gemeinden in den Bau gesteckt haben, ist verloren. Leider auch Ihr Geld, Frau Streicher.«

»Erzählen Sie mir nichts von Gott!«, schrie Karoline ihn an. »Es regnet und hört wieder auf. Die Überschwemmung geht vorüber, und der Damm wird neu errichtet. Sie werden das Geld für die Arbeiter herbeischaffen, ich bestehe darauf. Wer ist Ihr Vorgesetzter in der Landesregierung? Ich werde ihm schon das Entsprechende erzählen, darauf können Sie sich verlassen.«

»Wenden Sie sich an meinen Nachfolger.« Der Bürgermeister spuckte erleichtert in sein Taschentuch. »Ich bin ab heute für nichts mehr zuständig.«

Durch knöcheltiefen Morast und tiefe wassergefüllte Fahrrinnen auf nahezu unpassierbaren Straßen kämpfte sich Karoline von Haus zu Haus und ließ sich nicht abweisen, bis sie in die Stube eintreten und ihr Anliegen vorbringen durfte. Sie sprach die Frauen an, nicht die Männer, streichelte ihre rachitischen Kinder und legte jeder Familie ein kleines Geschenk auf den Tisch, Milchpulver, ein Säckchen Linsen, ein Stück Kautabak oder eine Scheibe gepökeltes Fleisch, alles, was sie in der kurzen Zeit und unter größten Mühen hatte zusammentragen können.

»Ein Monat Arbeit zum halben Lohn«, plädierte sie. »Das ist nicht viel, aber besser als verhungern. Ich verbürge mich dafür, dass die ausständigen Löhne bezahlt werden. Ich habe persönlich mit dem Landesreferenten in Eisenstadt gesprochen, er hat es mir zugesagt. Wenn die Bauarbeiten wieder aufgenommen werden, investiert auch die Regierung weiteres Geld. Dann werden die Löhne auf das Doppelte erhöht. Ein Monat, liebe Frau, das lässt sich durchstehen. Das ist doch ein kleineres Risiko, als nach Amerika auszuwandern. Ein Monat, und Mariental hat wieder eine Zukunft!«

Sie setzte ihren Willen durch. Mehr als dreißig Arbeiter stimmten den neuen Bedingungen zu. Sobald das Geld da war, würden weitere folgen, das ließ sich absehen.

»Aber das Geld«, fragte Ferdinand, »woher soll es kommen? Die Regierung hat bisher noch kein Versprechen gehalten. Was macht dich so sicher, Karoline?«

Sie saß auf der Bettkante und trocknete ihr nasses Haar, ihre Zähne klapperten vor Kälte, und sie zitterte vor Erschöpfung. Ferdinand massierte ihre Füße zwischen seinen Händen, er küsste die erstarrten, bläulich verfärbten Zehen, eine nach der anderen, und hauchte sie mit seinem Atem warm.

»Willst du denn noch mehr von deinem eigenen Geld hineinstecken?«

Karoline befreite ihre Füße aus seinen Liebkosungen. Sie zog Ferdinand an sich und ließ sich mit ihm auf das Bett fallen, in den sanften Modergeruch der feuchten Gänsefedern. »Ich besitze nichts mehr«, antwortete sie. »Deshalb müssen wir durchhalten. Mach das Licht nicht aus, Liebster, ich will dich ansehen. Ich habe dich so viele Nächte vermisst.«

Der Regen hielt an. Karolines Nase lief, ihre Lunge schmerzte beim Atmen, ihre Beine wurden schwer, als hätten sie sich mit der Feuchtigkeit, die sie umgab, voll gesogen. Sie lag im Bett und starrte Stunde um Stunde die rosa Samtvorhänge an. »Sie erinnern mich an etwas«, sagte sie, aber nicht, woran. Und dann endlich der erlösende Satz: »Morgen fahren wir nach Wien zurück.«

Ferdinand widersprach nicht, Ferdinand stellte keine Fragen. Er war ein Erfinder, kein Handwerker, seine

Werkzeuge waren der Zirkel, die Schätzleiste, das Zeichenpapier. Er sehnte sich nach dem Orgasmus der neuen Idee. Das Chaos der Wirklichkeit stieß ihn ab, die Kälte und Hitze, der Schweiß der schweren körperlichen Arbeit, die schlecht gelaunten, unterernährten Hilfsarbeiter, die das Wort Elektrizität nicht einmal buchstabieren, geschweige denn ihren Nutzen erkennen konnten. Er hasste Mariental. Ginge es nach ihm, konnte die Lafnitz das ganze Tal unter Wasser setzen. Er wollte kein Kraftwerk mehr bauen. Nur Karolines Ehrgeiz hielt ihn davon ab, die Wahrheit einzugestehen.

Es hatte der burgenländischen Sintflut bedurft, um Karoline schließlich die Augen über Ferdinand zu öffnen. Das abschätzige Urteil seiner Familie kam der Wahrheit näher als ihr schwärmerischer Glaube an sein Genie. Er blieb, der er gewesen war, als sie ihn in seiner Erfinderwerkstatt im Liebhartstal gefunden hatte – ein Gestrauchelter, ein Versager. Erwecken ließ sich nur seine Sinnlichkeit, nicht sein Ehrgeiz. Sie konnte ihn nicht erheben, stattdessen drohte er nun, sie hinunterzuziehen, wo immer noch und schon wieder der Abgrund auf sie lauerte. Das war es, was ihr den Atem abschnürte, sie aufs Bett warf, sie angstvoll erstarren ließ. Sie hatte sich in ihm getäuscht.

»Ich werde einen Termin mit Herrn Riemer ausmachen. Er war ein Freund von Kritsch, ein Kollege. Er arbeitet jetzt bei einer anderen Versicherung.«

Ferdinand döste in der Ecke der rumpelnden Pferdekutsche, die sie nach Wiener Neustadt zur Bahn bringen sollte. Bei dem Wort Versicherung öffnete er die Augen. »Was willst du versichern?«

In seiner Stimme lag ein leiser Unterton, ein Vorwurf, der sich nie recht hervorgewagt hatte, seit das Haus in

Rodaun an ihrem Hochzeitstag verbrannt war. Zum Glück für uns, hatte Karoline ihm zugeflüstert, mit einem Blick, der ein Widerschein des Feuers war, lodernd und unersättlich. Sie war geblieben, bis nichts mehr übrig war als Schutt und Asche, triumphierend, siegreich wie das Feuer. Jetzt lächelte sie ihn geheimnisvoll an, und er sah, dass sie etwas vorhatte. Er kannte diesen Zug ruhiger Entschlossenheit in ihren Augen, das Lächeln der Vorfreude, wenn sie sich einer neuen Herausforderung stellte. Sie streichelte seine kranke Schulter, beschützend und aufmunternd zugleich.

»Dich«, sagte Karoline.

Ferdinand wandte den Kopf zum Fenster. Die Regentropfen trommelten an die Scheibe. Er hatte Angst.

»Mein Mann hat sich bei dieser Arbeit bereits einmal verletzt, an der Schulter. Glücklicherweise ist es glimpflich ausgegangen, aber nochmals darf man das nicht riskieren. Wenn ihm auf der Baustelle etwas passiert und er hat keine Unfallversicherung, wie steht er dann da? Die Gemeinde Mariental ist finanziell nicht so gestellt, dass man von dort auf eine Entschädigung hoffen könnte.«

Der Kommerzienrat Riemer war ein alter Hase im Geschäft. Er glättete und spitzte seine Schnurrbartenden, während er Karoline zuhörte und sie dabei eingehend musterte, den wohlgeformten Busen, die zierliche Taille, die schlanken Beine in den hautfarbenen Seidenstrümpfen. Aus dem sonderlichen halbwüchsigen Rotschopf, der Kritsch den Kopf verdreht hatte, war eine höchst anziehende Frau geworden, durchaus im Stande, seine alten Sinne zu wecken, worauf sie es, wie er wohl bemerkte, auch anlegte. Sie überschlug ihre Beine und ließ dabei den Rock zurückgleiten, lange genug, damit er einen Blick auf ihre Schenkel tun konnte, sie öffnete die Knöpfe ihrer Kostümjacke und reckte ihm den Busen entgegen, sie befeuchtete ihre Unterlippe mit einem verschleierten Blick voll heimlicher Versprechungen. Ja, sie legte es darauf an, es war unübersehbar, wenn auch Ferdinand, der schweigend zu ihrer Rechten saß, nichts davon bemerkte oder sich zumindest den Anschein gab. Was Karoline äußerte, hatte Hand und Fuß. Sie wollte sich absichern. Dazu waren Versicherungen da.

Riemer nickte zustimmend. »An welche Summe haben Sie gedacht?«

Karoline öffnete ihre Tasche und zog ein Bündel Banknoten hervor, ein zweites, ein drittes, immer wieder griff sie in die große schwarze Ledertasche und stapelte das Geld auf Riemers Schreibtisch, säuberlich geordnet, Stoß auf Stoß, in großen Scheinen. »Vierhunderttausend Dollar.«

Riemer glaubte, nicht recht gehört zu haben. »Kronen?«

»Vierhunderttausend Dollar«, wiederholte sie, und ihr Mann nickte bestätigend, seine erste Reaktion seit dem Beginn des Gesprächs.

»Aber –«, Riemer räusperte sich mehrere Male, um seine Fassung wieder zu gewinnen, »– das ist ein ungeheurer Betrag! Allein die Prämienzahlung wäre unerschwinglich.«

»Zählen Sie nach«, forderte Karoline ihn auf. »Wir wollen die Versicherung nur für die Zeit, bis die erste Bauphase abgeschlossen ist. Danach wird es hoffentlich keine Unfallgefahr mehr für meinen Mann geben. Das wären die nächsten sechs Monate, eine Halbjahresprämie also. Wenn so etwas möglich ist.«

Sie wusste natürlich, dass kurzfristige Versicherungen möglich waren, dazu hatte sie lange genug mit einem vom Fach zusammengelebt, von solchen Fällen lebte seine Gesellschaft. Die Prämien waren hoch, das Risiko für die Versicherung ebenso. Aber unterm Strich blieb mehr übrig als bei dem Kleinkram, der alltäglich von den Vertretern gekeilt wurde. Unüblich war nur die Summe. Jetzt, wo jedermann, der etwas von Wirtschaft verstand, die Währungsreform erwartete, zeugte es von Umsicht und Verstand, die Versicherung in Dollar abzuschließen. Aber vierhunderttausend! Seines Wissens hatte seine Versicherung, die Sagittarius, noch nie einen solchen Vertrag gemacht. Allerdings gab es keine Bestimmung, die dagegen sprach. Und zehn Prozent davon würden Riemer gehören, als seine Provision. Das war beinahe ein Jahresverdienst.

Riemer wand sich in seinem Sessel. Karolines Blick ruhte auf ihm, mit unverschämter Offenheit. Ich weiß es, und du weißt es, war darin zu lesen. Zier dich nur ein wenig, am Ende musst du doch ja sagen.

»Bei einer Entscheidung von dieser Größenordnung brauche ich den Konsens mit den Kollegen von der Generaldirektion. Sie verstehen, sollte tatsächlich – Gott möge es verhüten! – der Versicherungsfall eintreten, muss das Geld in unserer Gesellschaft liquid sein. Wir sind ein seriöses Institut, ich meine, wir versprechen nicht mehr, als wir halten können.«

»Das will ich auch hoffen«, antwortete Karoline mit einem kleinen, heftigen Auflachen, das wie ein Schluckauf klang.

Ferdinand wandte sich ihr im gleichen Augenblick zu, als hätte ihn das Geräusch aus seiner Betäubung geweckt. »Wir können ja inzwischen ein Angebot von der Konkurrenz einholen«, schnarrte er.

Riemer musterte ihn mit tiefer Antipathie. Er hielt nichts von Männern, die ihren Frauen das Reden überließen. Dieser Streicher entsprach allem anderen als dem Bild, das man sich von einem Pionier des Fortschritts machte. Der war nicht einmal Manns genug, seiner Frau das Flirten mit Fremden zu verbieten, oder, schlimmer noch, förderte es, als Mittel der Geschäftsanbahnung. Eine verächtliche Figur, wie man es auch betrachtete. Sie dagegen, mehr als eine Sünde wert.

Riemer schob seinen Sessel zurück. Er stand auf und deutete eine Verbeugung vor Karoline an. »Wenn Sie sich fünf Minuten gedulden würden, gnädige Frau?«

Wusste sie, dass das Kraftwerk Lafnitztal verloren war, dass der Bau niemals mehr fortgesetzt werden würde, damals, als sie die Unfallversicherung abschloss, auf diese atemberaubende Summe, die in die Geschichte der Versicherungsgesellschaften einging als der spektakulärste Fall des Jahrhunderts? Mit Geld aus einer Quelle, die nur sie allein kannte. Es sei ihr Geld gewesen, behauptete Karoline, wessen Geld sonst, und keinem Zweifler, Rechner, Schnüffler gelang es, ihr das Gegenteil zu beweisen. Nicht wer ihr das Geld gegeben, noch dass sie die Gesundheit ihres Mannes in vorsätzlicher Betrugsabsicht versichert hatte.

Es ist ein Rätsel, das undurchsichtigste von allen im Leben dieser Ränkeschmiedin. Und wenn es so war, wie man ihr vorwarf, war Ferdinand mit Karolines Plan einverstanden? Oder erfuhr er erst im letzten Augenblick, welche Rolle in dem Handel ihm zugedacht war?

»Haben Sie nie daran gedacht«, fragt Marie Horvath, »dass es auch Ferdinands Plan gewesen sein könnte?«

»Hätten Sie meinen Vater gekannt«, antworte ich ihr, »würden Sie diese Frage nicht stellen. Er war Wachs in ihren Händen.«

Aber der Mann, den Karoline liebte und begehrte, hatte zwei Beine, er war jung und gut aussehend, wohl erzogen und begabt. Er war die Erfüllung ihres Kindertraums, ihr Märchenprinz, ihr blonder Gott. Ich habe nur den Krüppel gesehen, den Schiffbrüchigen, einen Hoffnungslosen, den niemand mehr achtete, der sich selbst am meisten verachtete und dem das Leben eine Strafe war, eine Strafe, die er verdiente.

Fräulein Horvath zweifelt mit Recht. Vielleicht war es Ferdinands Plan. Aber ohne Karoline wäre seine Ausführung unmöglich gewesen. Nur das ist gewiss.

5. Kapitel

Das alte Ehepaar Streicher schlief fest wie gewöhnlich, bis zum Morgen. Als Gudrun sie weckte und ihnen die Ereignisse der Nacht berichtete, schienen sie nicht zu begreifen. Sie wollten es nicht glauben, bis sie Ferdinand mit eigenen Augen sahen. Es tötete den alten Vater. Es warf die Mutter ins Greisenalter, verbarg die Schändlichkeit der Welt barmherzig hinter dem Schleier der Senilität. Der einzige Sohn.

Auch Gudrun schlief. Sie träumte. Es war ein schöner Traum, in leuchtenden Farben. Sie behielt ihn, was selten vorkam, nach dem Erwachen, dem furchtbaren Erwachen. Ein Traum aus ihrer Kindheit, in jener Nacht kehrte er wieder und schenkte ihr ein kurzes Glück. Sie träumte vom Wasser. In zornigen Wirbeln schäumte es unter ihr. Ohrenbetäubend laut brandete es gegen das felsige Ufer. Es musste das Meer sein, das Meer, das sie nie mit eigenen Augen gesehen hatte, denn die Wasserfläche dehnte sich unendlich, blau und grün und grau. Den Himmel sah sie nicht, sie blickte in die Tiefe, angezogen vom wechselnden Spiel der Farben. Sie sog den starken Geruch des Wassers ein, sie schmeckte das Salz auf ihren Lippen, zwischen ihren Zähnen knirschte fein der Sand. Und dann geschah das Wundersame, Sonderbare. Sie blickte durch das Wasser auf den Felsen, den weiß und rosa gemaserten Stein, auf dem nicht das kleinste Fleckchen Grün wuchs, den Felsen, auf dem sie stand, und sah die Sonne darüber, leuchtend und blitzend in der Reflexion des Wasserspiegels. Sie blickte hinunter und sah, was über ihr war. Sie war im Wasser, aber sie atmete, ruhig und tief, spürte keine Nässe, keine Kälte, sie hatte das Element gewechselt, war ein Teil des Meeres selbst und ohne Schrecken verwundert, dass der Himmel sich unter dem Meer befand und sie sich darunter und darüber, an einem geheimnisvollen dritten Ort.

Ein Schrei durchbrach die laue Stille der Sommernacht. Ein jaulendes Kreischen wie die Zähne der Säge, wenn sie sich in hartes Holz verbeißen. Höher und höher gellte er, drang in das schlafende Haus im Liebhartstal, in den schönen Traum von der verkehrten Welt, er riss ihr den Kopf aus dem Kissen, der Schrei eines Gefolterten, der kein Ende nehmen kann, solange noch ein Atem in der Lunge wohnt, ein Schrei, der jedes fühlende Herz bewegen muss. Der salzige Tropfen, den sie aus ihrem Schlaf mitgebracht hatte, versickerte im Augenwinkel, die Füße suchten nach einem Halt auf den unebenen Brettern des Küchenbodens, die Hand tastete nach der Kerze und griff ins Nichts. Ein Windstoß fuhr durch den Raum. Ein Sessel stürzte um. Eine Stimme, flüsternd vor Atemlosigkeit, kam aus der Dunkelheit. Gudrun, fragte sie, Gudrun, bist du das? Es war Karoline, im Kerzenlicht, das Gudrun nun endlich entzündet hatte, Karoline in ihrem durchscheinenden weißen Nachtgewand, mit schlafverworrenem Haar und träumerisch verlorenen Augen, aus ihrer Nachtwelt gerissen wie Gudrun, aus einem anderen Traum.

Jemand schrie, immer noch, Mann oder Frau, die Stimme zur Unkenntlichkeit von einem maßlosen, tödlichen Schmerz verzerrt. Die Stimme kam durch die offene Tür, der Wind musste sie aufgerissen haben, obwohl die Luft lind und von keinem Hauch bewegt unter den Bäumen stand, als sie hinaustraten, um dem Lärm auf den Grund zu gehen. Sie kam aus der Tiefe des Gartens, sie wurde schwächer, je näher sie kamen, verlor bebend an Kraft, verebbte schluchzend, verstummte. Licht drang durch die rissigen Holzwände des Werkzeugschuppens, malte gelbe Streifen ins hohe Sommergras, Licht in der Werkstatt. Ferdinands Werkstatt. Ferdinands Stimme.

Karoline fasste sich schneller als Gudrun. Sie lief ihr voran. Die Tür war abgeschlossen, sie riss daran, mit aller Kraft. Gudrun hörte die alten Türangeln ächzen unter dem drängenden Griff, sie stand still, die Angst lähmte sie bis zur Bewegungslosigkeit, sie zitterte und horchte, aber es war nichts mehr zu hören als der helle, quengelnde Klang des Eisens, als der alte Riegel in Karolines Händen endlich brach. Sie folgte Karoline nicht, sie hielt die Kerze in der Hand und starrte blicklos in das kleine flackernde Licht, bis Karoline drinnen in der Werkstatt einen jammervollen Laut ausstieß, Gudrun, Gudrun, komm, hilf mir, Gudrun! Ferdinand ist … Ferdinand ist …

Nein, nicht tot, Ferdinand ist nicht tot, Ferdinand kann nicht tot sein, Ferdinand darf nicht sterben.

Die große mechanische Puppe lag umgestürzt neben ihm. Am Abend hatte er an ihr gearbeitet, jeden Abend, seit er mit Karoline aus dem Regenland heimgekehrt war. Blut spritzte in einer hellroten Fontäne auf den hölzernen Leib, Gudruns stockendem Schritt entgegen, Blut auf der Hacke, die Ferdinand im Fallen entglitten war. Blut, überall Blut, aber er lebte, seine Augen starrten auf das rote Leben, das aus ihm hervorsprang, auf das Bein, das von der Hacke getroffene, schwer verwundete. Die Wunde war unsichtbar im Strom des Blutes, dem Karoline sich entgegenwarf. Sie zog ihr Nachthemd vom Körper, zerriss das dünne Gewebe, presste mit ihren Händen den flüchtenden Lebenssaft zurück. Sie ertastete die Wunde, die grauenhafte, und wich nicht zurück. Nackt kniete sie in Ferdinands Blut und verband das Bein dicht unter dem Knie, und Ferdinand bäumte sich ihr entgegen mit einem letzten lautlosen Schrei, bevor er ohnmächtig zurücksank.

»Gudrun! … Siehst du nicht? … Ruf Hilfe!«

Karoline stammelte, lallte, kroch zu seinem Kopf, auf den Knien, blutbefleckt, aller Kaltblütigkeit beraubt, endlich hilflos, flennend, jämmerlich, endlich besiegt, und Gudrun weidete sich daran, später, als der Schock abgeklungen, als Ferdinand gerettet war, es war ein Bild, das sie immer wieder hervorholte und mir ausmalte, in all seinen schaurigen Farben.

»Gehen Sie nach Hause, gute Frau, beruhigen Sie sich. Der Blutverlust ist groß, aber es besteht keine Lebensgefahr. Er wird wieder gesund. Kommen Sie morgen wieder. Am Nachmittag wird er aus der Narkose erwacht sein.«

Der routiniert gütige Tonfall des Chirurgen wirkte nicht, auch nicht das tröstliche Tätscheln der Schulter. Störrisch klammerte sich Karoline an die Krankenbahre.

»Ich gehe nicht. Ich muss bei ihm bleiben. Bitte schicken Sie mich nicht fort!«

Der Chirurg sah ungeduldig auf die Uhr und gab dem Pfleger einen Wink, den Patienten in den Operationssaal zu schieben. Zwei Schwestern ergriffen ihre Arme. Mit sanfter Gewalt führten sie Karoline auf den Gang zurück.

»Ferdinand!«, schrie sie. »Ferdinand, ich verlasse dich nicht.«

»Er ist bewusstlos, er hört Sie nicht. Gehen Sie jetzt nach Hause.«

Sie ging nicht. Sie stemmte sich gegen den Griff der Krankenschwestern und hörte nicht auf, nach ihrem Mann zu rufen. Erst die Drohung, man müsse sie des

Ortes verweisen, brachte sie endlich zum Schweigen. Der Chirurg warf einen letzten Blick auf sie, bevor er in den Operationssaal trat. Sie stand an die Wand gelehnt, mit gesenktem Kopf, wartete. Das Warten konnte man ihr nicht verbieten.

Als er zurückkam, lange nach Mitternacht, lag sie zusammengekauert auf dem schmalen Besucherbänkchen. Unentschlossen verharrte er im Schritt. Sie schlief. Er sah nachdenklich auf sie hinunter. Die Operation war ohne Komplikation verlaufen, eine simple Angelegenheit in den Händen eines erfahrenen Chirurgen, wenn der Patient, wie in diesem Fall, jung und gesund war. Gut genährt, gepflegt, saubere Wäsche. Bestimmt keine mittellosen Verhältnisse. Dennoch, der Unfallhergang, den die Frau schluchzend, aber keineswegs unverständlich geschildert hatte, ließ Fragen offen. Auch der Argloseste musste sie sich stellen. Selbstverstümmelung, darauf stand Kerker. Immerhin, er konnte sich irren. Ein harter Nachtdienst lag hinter ihm, eine Notoperation stand ihm bevor. Dazwischen eine halbe Stunde Pause, Zeit für einen Kaffee und einen Schnaps zum Aufmuntern. Er musste nur weitergehen. Keine Fragen stellen. Wie schnell ist ein Unglück geschehen, erlebte er es hier nicht Tag für Tag? Auch Unfälle, die unwahrscheinlich, unglaublich, geradezu widersinnig waren, kamen vor. Zwei Promille Blutalkohol, Bewusstseinstrübung, das gefährliche Werkzeug in einer unsicheren Hand, die scharf geschliffene Schneide des Beils. Für und wider. Er war kein Richter. Er hatte nur die Pflicht, das Menschenleben zu bewahren.

Da, als er sich schon entschieden hatte, schlug sie die Augen auf. Sie richtete sich von ihrem unbequemen Lager auf, hellwach. Sie ließ ihn nicht gehen und ruhen, drängte ihn. Sie brauchte keine Schonung, sie wusste, dass das Bein nicht mehr zu retten gewesen war, etwas anderes wollte sie ihn fragen. Ob Ferdinand Streicher denn wieder werde arbeiten können in seinem Beruf.

»Mein Mann hat eine Unfallversicherung abgeschlossen. Wenn er arbeitsunfähig ist, muss ich es sofort der Versicherung melden, so steht es im Vertrag.«

»Glauben Sie, dass es sich um einen Unfall handelt?« Er wartete nicht auf ihre Erwiderung, sondern kehrte in den Operationssaal zurück, wo der Narkotiseur schon den nächsten Patienten vorbereitete. »Herzog!«, rief er. »Er ist doch hoffentlich noch nicht nach Hause gegangen. Ich brauche ihn sofort.«

»Da bin ich ja, Herr Doktor. Was wird gewünscht?« Die Glasscheiben des Medikamentenschranks klirrten leise, als Herzog vorsichtig die Türen schloss.

Aber der Chirurg hatte andere Sorgen, er horchte nicht hin. »Bringen Sie die Amputation in die Pathologie«, befahl er. »Und bestellen Sie, dass ich nach der Operation selbst nachkomme. Wir brauchen einen Befund.«

»Du sagst kein Wort. Was immer sie dich fragen. Lass dich nicht von ihnen einfangen.«

Karoline hatte den Versicherungsdetektiv abgewiesen und die Herren von der Polizei, die, vom Krankenhaus verständigt, schon zwei Mal an Ferdinands Krankenbett erschienen waren, um ihn zu vernehmen. Sie wich nicht von seiner Seite. Er weinte vor Schmerz, seit er aus der Narkose erwacht war, ein Leiden, das kein Mittel beruhigen konnte, weil der Schmerz das Gespenst eines Schmerzes war. Er saß dort, wo nichts mehr war als ein weiß verbundener Stumpf, in dem amputierten Unterschenkel, den sie weggetragen hatten, um ihn mit argwöhnischen Mienen zu untersuchen, ein Phantomschmerz. Das Heulen riss an Karolines Nerven. Sie trocknete seine Tränen mit ihren Lippen, sie bettete ihn an die weichen Polster ihrer Brüste, sie liebkoste seine

Haut unter dem Krankenhaushemd, geduldig, unermüdlich.

»Hörst du mich, Liebster?«, raunte Karoline in seinen Fieberschlaf. »Du darfst nicht erschrecken, wenn du erwachst und ich nicht bei dir bin. Ich werde mich beeilen, ich komme wieder, so schnell ich kann. Stell dich schlafend, wenn du nicht schlafen kannst, und empfange auf keinen Fall diesen Detektiv. Niemand kann dich zu einer Aussage zwingen, das weißt du. Du bist krank, du bist ruhebedürftig. Damit müssen sie sich zufrieden geben.«

»Die Schnittstelle ist glatt. Mit einem einzigen Hieb wurden durchtrennt alle Muskeln, Sehnen und Knochen, was die sofortige Amputation des rechten Unterschenkels unumgänglich machte. Das Beil, am Unfallort vorgefunden, korrespondiert mit Form und Umfang der Wunde und lässt vermuten, dass die Verletzung mit diesem Werkzeug herbeigeführt wurde. Weiters sind wahrzunehmen drei tiefe Einkerbungen in dichtem Abstand über dem rechten Fußknöchel mit Verletzung des *musculus tibialis anterior*, des *gastrocnemius* und des *soleus* mit multiplem Bruch des Wadenbeins, verursacht durch einen schweren, scharfen Gegenstand. Es kann angenommen werden, dass es sich dabei gleichfalls um das genannte Beil handelt, eine Holzhacke, die nach Angaben der Ehefrau des Patienten zum Bearbeiten einer mechanischen Puppe, seiner Erfindung, benützt wurde. Die Unfallthese ist von der Hand zu weisen. Schon mit der ersten Verletzung ist die natürliche Schmerzgrenze überschritten, was zur unmittelbaren Bewusstlosigkeit führt. Aus den gleichen Gründen ist die Selbstverstümmelung auszuschließen.«

Nach menschlichem Ermessen, urteilten die Pathologen der Gerichtsmedizin, war es unmöglich, dass Ferdinand Streicher sich diese vier schweren Verletzungen selbst zugefügt hatte. Jemand musste ihm bei der Ausführung seiner verwerflichen, selbstzerstörerischen Tat beigestanden sein. Und wer anders als seine Ehefrau kam dafür in Frage?

Die Kriminalpolizei nahm ihre Ermittlungen auf. Die Sagittarius verweigerte die Zahlung. Der Bürgermeister von Mariental schickte einen Brief. Neben herzlichen Genesungswünschen teilte er mit, dass das Kraftwerk Lafnitztal wegen Insolvenz den Konkurs angemeldet habe. Gudrun brachte den Brief ins Spital und gab ihn Karoline. Sie ging nach einem einzigen anklagenden Blick auf Ferdinand, ohne das Wort an ihn zu richten. Gudruns Aussage gegenüber der Polizei entlastete ihre Schwägerin. Aber Karoline wusste, es war nur eine kurze Frist.

Eine Hand griff aus der dunklen Toreinfahrt, eine Damenhand in einem weißen Knopfhandschuh aus Kalbsleder, vogelschnell schoß sie vorwärts und packte zu. Franz Herzog, der tief eingebettet in die Wattebäusche seines Rausches seinem Bett entgegentaumelte, fühlte sich auf das harte Straßenpflaster zurückgerissen. Die gläserne Sonne hinter seinen Augäpfeln zersprang zu einer wirbelnden Wolke nadelscharfer, glitzernder Splitter, die seine betäubten Sinne durchbohrten. Er keuchte auf und wankte. Der Verputz der Hausfassade riss ihm die Haut vom Gesicht, der Boden kam ihm entgegen in einer gewaltigen Woge von Pflastersteinen und Unrat, aber die Hand hielt ihn fest. Sie zog und zerrte den Willenlosen in die Toreinfahrt, lenkte seinen stolpernden Schritt durch die Dunkelheit eines Korridors und führte ihn in einen schmalen Hinterhof, wo sich das Ungeziefer der Großstadt, die Mäuse und Ratten und Kellerschaben zwischen den Mülltonnen tummelten. Das

Licht aus einem Küchenfenster im ersten Stock fiel auf das Gesicht der Frau, nur einen Augenblick, dann wich sie zurück, Herzog mit sich ziehend, tief in den Nachtschatten, der sie unsichtbar machte für die Augen der anderen.

»Der Engel mit der Hacke«, murmelte Herzog mit tauben Lippen. »Was willst du von mir, rotschädlerter Teufel? Lass mich los!«

Ein Schaudern überlief Karoline, als sein Atem sie traf. Er dünstete die Fäulnis seines verrotteten Gebisses aus, vermischt mit dem Äther und dem Spiritus, den er aus der Spitalsapotheke gestohlen hatte. Ekelhafter noch aber war der Geruch nach Formol, jener Flüssigkeit, in der die Leichen schwammen, während sie auf die anatomische Präparation warteten. Er umgab ihn wie eine zweite Haut. Karoline fühlte Brechreiz in sich hochsteigen. Unvermittelt zog sie ihre Hand zurück. Er war, wie das Ungeziefer unter ihren Füßen, verseucht. Auf seinen Lippen blühten die Herpesbeeren purpurfarben, Schleim lief ihm über das Kinn und besprühte sie bei jedem seiner keuchenden Atemzüge. Aber sie konnte nicht davonlaufen.

»Was haben Sie in Erfahrung gebracht?«, fragte sie hastig.

Auf dem Schwarzmarkt hatte sie handeln gelernt, es zu einer Meisterschaft im Feilschen gebracht, die selbst dem hart gesottenen Max Respekt abnötigte. Das hier war anders. Die Existenz stand auf dem Spiel, die Rückkehr ins Elend gegen den Wohlstand, der alles Leid, das Ferdinand ertragen musste, versüßen würde.

Herzog lachte boshaft. Er wusste es, er genoss ihren Ekel, den sie nicht zeigen durfte, wollte sie ihn für sich gewinnen. Er war ihre Hoffnung, ihr einziger Ausweg.

»Reden Sie schon endlich!«

»Wirst leicht nervös, Rotschädel?«

Wieder lachte Herzog auf. Er spuckte einen Schleimbatzen vor Karolines Füße und suchte durch die Dunkelheit ihre Miene zu lesen. Die weiße, behandschuhte Hand zuckte vorwärts und fand rechtzeitig ihre Beherrschung wieder.

»Wie viel?«

»Zehntausend. Bar auf die Hand«, sagte Herzog mit veränderter Stimme, plötzlich ernüchtert von der ungeheuren Summe, die er verlangte. »Das ist mein letztes Wort«, setzte er atemlos hinzu. »Für zehntausend hol ich dir deinen Alten aus der Malaise.«

Er sei, gab Franz Herzog, Prosekturgehilfe in der pathologischen Abteilung des Allgemeinen Krankenhauses, zu Protokoll, nach Ferdinand Streichers Operation beauftragt worden, das amputierte Glied in die Prosektur zu bringen, was er wie angeordnet unverzüglich besorgte. Auf dem Unterschenkel sei zu diesem Zeitpunkt eine einzige Wunde sichtbar gewesen, der glatte Schnitt, mit dem die Holzhacke Ferdinands Bein abgetrennt habe. Am nächsten Tag, nachdem der Pathologe, der Chirurg und der hinzugezogene Experte von der Gerichtsmedizin der Universität Wien das Bein untersucht hätten, sei ein vierter Mann anwesend gewesen, ein Angestellter der Sagittarius-Versicherung. Nach jener Untersuchung, die hinter verschlossenen Türen stattfand, hätten sich auf Ferdinand Streichers amputiertem Unterschenkel plötzlich drei weitere Verletzungen gezeigt, dicht über dem Fußknöchel. Er habe dafür nur eine einzige Erklärung, nämlich dass die Ärzte mit dem Versicherungsdetektiv unter einer Decke steckten, dass die Versicherung sie bestochen hatte, um ihrer Zahlungspflicht zu entgehen. Er sei gekommen, um dem Recht zum Durchbruch zu verhelfen, und bereit, seine Aussage vor Gericht zu beschwören.

Wie ein Schüler, der seine Lektion brav gelernt, ihren Sinn aber nicht begriffen hat, plapperte Herzog dem skeptischen Kriminalinspektor seine Geschichte vor. Nicht nur sein abstoßendes Äußeres sprach gegen ihn, auch die monotone Versicherung, er werde schwören, schwören, schwören, machten ihn unglaubwürdig. Der Inspektor ließ den Zeugen wiederholen, was er gesehen hatte, verwirrte ihn mit der Vorhaltung, er hätte dies oder jenes in anderer Weise zu Protokoll gegeben bei seiner ersten Version, stellte angelegentliche Fragen, ob Karoline Streicher ihm persönlich bekannt sei, ob er mit ihr gesprochen habe, bevor er zur Polizei gegangen sei, ob etwa sie ihm das geraten habe. Mühelos verwickelte er Herzog in Widersprüche und sagte ihm dann auf den Kopf zu, dass er von der Streicher bestochen worden sei.

»Nein, nein. Ich schwör's!«, rief der Prosekturgehilfe. »Keinen Heller hab ich gesehen!«, und verstummte ängstlich, als der Inspektor sich zu seiner vollen Größe vor ihm erhob.

»Lüg mich nicht noch einmal an, du Hundsviech, sonst breche ich dir alle Knochen im Leib.« Der Inspektor holte aus und versetzte Herzog einen Schlag gegen die Schläfe, der ihn vom Stuhl beförderte.

Herzog verkroch sich unter dem Schreibtisch. »Ich schwör's, ich schwör's«, winselte er. »Die Bestie hat mich hineintheatert. Gedroht hat sie, gezwungen hat sie mich. Ich bitte um Gnad', Herr Inspektor, sie war's, sie hat mich angestiftet.«

Nur auf einem Punkt beharrte er in seinem Geständnis: dass er kein Geld erhalten habe für sein falsches Zeugnis.

Zwei Betten standen in dem langen und schmalen schlauchartigen Raum, das eine links von der Tür, das andere unter dem winzigen vergitterten Fenster. Auf der rechten Seite gab es noch einen roh gezimmerten Holztisch mit zwei Stühlen, einen Waschtisch und einen Blechkübel zur Verrichtung der Notdurft.

Karolines erster Blick, nachdem die Wärterin sie hereingeführt hatte, umfasste die Zelle und beruhigte sie. Ihre Vorstellung vom Gefängnis war schlimmer gewesen als die Wirklichkeit, ohne Wasser, ohne natürliches Licht, ein Verlies, in dem man bei lebendigem Leib verrottete. Das hier war eine menschliche Behausung und, wie primitiv auch immer, wenigstens ein Platz, an dem sie niemand mehr verfolgen, in ihr Gesicht starren oder höhnische Reime hinter ihr herschreien konnte. Schlafen wollte sie, an nichts mehr denken. Ferdinand. Vergessen. Auslöschen. Stille. Frieden.

Nein, auch hier nicht. Sie hörte eine Frauenstimme. Leise zischte sie eine Melodie zwischen den Zähnen hervor, ein Lied, ein Lied von Wein und Fröhlichkeit, das sie extra für sie umgedichtet hatten, die Menschen ihrer Heimatstadt, die Wiener mit ihrer Liebe zur Musik und zum Spottgesang. »Zerhackts mei letztes Ban'l, heut is ma alles ans …«

Die grau gestreifte Decke mit dem Aufdruck der Gefängnisverwaltung, die auf dem zweiten Bett lag, geriet in Bewegung. Eine junge Frau mit schwarzem, drahtigem Kraushaar und großen veilchenblauen Augen richtete sich auf. »Da habts mei letztes Gran'l und spielts ma haabe Tanz«, summte sie weiter, warf die Bettdecke zurück und angelte nach ihren Hausschuhen unter dem eisernen Bettgestell. Sie verzog ihren breiten, blassen Mund zu einem ironischen Willkommensgruß, der eine Zahnlücke zum Vorschein brachte. Die fehlenden Vorderzähne verliehen ihrem Lächeln etwas täuschend Kindliches.

»Servus«, sagte sie zu Karoline. »Wir sagen uns du.

Das ist hier normal, auch wenn du dir als eine feine Dame vorkommst, so was zählt hier nicht.«

Karoline nickte schweigend. Sie wollte zu ihrem Bett, aber die Frau ließ sie nicht vorbei.

»Servus«, wiederholte sie. Ihre Stimme, heiser und tief, schien aus einem anderen Körper zu kommen, sie passte nicht zu den schmächtigen Schultern, der flachen, unentwickelten Brust, den fleischlosen Schenkeln. »Ich bin die Moni«, sagte sie.

Karoline ergriff ihre ausgestreckte Hand. »Karoline«, antwortete sie.

»Ich weiß«, versicherte Moni. »Ja, ja, ich hab alles von dir gelesen in der Illustrierten. Du bist eine, was? Du traust dich was. Zeigst es denen da oben. Endlich eine. Die sind die Betrüger, die, nur die. So wie diese Versicherungsschweine. Sitzen immer am längeren Ast, können sich's aussuchen, unsereins frisst den Dreck.«

Erwartungsvoll sah sie Karoline auf den Mund, aber die brachte kein Wort heraus. Sie legte sich auf ihr Bett und tat es wie vorher ihre Zellengenossin, sie zog sich die kratzende, vor Dreck starrende Decke über den Kopf. Gedämpft durch den dicken Stoff hörte sie die Frau weiter auf sie einreden und rührte sich nicht, bis die andere aufgab und sich auf ihr eigenes Bett zurückbegab.

Eine Mörderin. Auch Karoline las die Illustrierten, die grell aufgemachten Boulevardblätter, die voll waren von den Histörchen und Klatschgeschichten der Prominenz, auch gern den wahren Lebensroman vom gefallenen Mädchen aus gutem Haus brachten, vom auf die schiefe Bahn geratenen jungen Mann, der dem Spiel verfallen war oder dem Rauschgift oder beidem, am liebsten aber über Verbrechen berichteten, die sich in der nächsten Nähe der Leserschaft zugetragen hatten, im Sumpf der Großstadt. Mord, dicht gefolgt von Verbrechen wider die Sittlichkeit, ließ die Verkaufsziffern der Blätter hochschnellen, und die Journalisten wärmten das Blut der Leser mit den intimsten Details der Tat, den dunkelsten Abgründen des Täters. Handelte es sich noch dazu um eine Frau, die ihre Hände mit Blut befleckt hatte, kannte die Begeisterung keine Grenzen. Monika Hellerau. Ihr Fall lag länger zurück, aber nun griffen die Zeitungen ihn noch einmal auf, weil ihr der Prozess bevorstand. Eine Mörderin. Sie hatten Karoline mit einer Mörderin in die Zelle gesteckt.

Am Abend, nachdem das Essen ausgeteilt worden war, hockte sich Monika mit ihrem Blechnapf zu Karoline. »Traust du dich essen, wenn ich in der Nähe bin?«, fragte sie herausfordernd. »Die letzte haben sie verlegen müssen, keinen Bissen hat die heruntergebracht neben mir, die wär ihnen glatt verhungert. Dumm, gelt? Die war auch recht deppert, so eine Verheulte. Ich bin unschuldig, ich bin unschuldig, sperrts mich nicht ein mit der Mörderin, die will mich auch umbringen, so ist das gegangen in einer Tour.«

»Warum hättest du sie umbringen sollen? Und wie denn, hier?«, fragte Karoline, weil Monika sie wie beim ersten Gespräch erwartungsvoll ansah. Sie rückte ein Stück weg von der bedrängenden Nähe ihrer Nachbarin.

»Thallium«, sagte Monika Hellerau mit einem genießerischen Zungenschlag. »Wirkt sicher und schnell, in Haus, Speisekammer und Flur. Thallium kann sich ein jeder beschaffen, geh, sag nicht, dass du noch nie ein Rattengift gekauft hast, du auch, gelt? Weil's nicht geht ohne Gift in Wien, da blieben nämlich am Ende die Ratten über und die Menschen täten aussterben.«

Später hieß es, sie hätten sich angefreundet, die Hellerau und die Streicher, die Giftmischerinnen, die Gattenmörderinnen. Die Hellerau wäre sozusagen Patin gestanden bei den gemeinen Meuchelmorden der Streicher. Von Freundschaft konnte aber keine Rede sein. Karoline blieb nur drei Tage in der gemeinsamen Zelle, dann erging es ihr wie ihrer Vorgängerin. Sie erlitt einen Nervenzusammenbruch und wurde verlegt.

»Mir tut nix Leid«, sagte Monika Hellerau. »Geschlagen hat er mich, geboxt und in den Bauch getreten, bis ich das Kind verloren hab. Absichtlich hat er es umgebracht, weil er kein Kindergeschrei in der Nacht mehr wollte und keine Windeln in der Küche hängen und keine Ausgaben. Nur Geld kosten die Gschrappen, nicht noch einen Esser mehr, wenn man eh schon nichts hat, drei Kinder waren ihm mehr als genug. Nicht einmal den Arzt hat er uns erlaubt, wie der Älteste den Keuchhusten gekriegt hat, von ihm aus hätten sie alle sterben können und ich noch dazu, nur damit er seine Ruh hat. Im Wirtshaus war er daheim, und nach Hause hat er nur seinen Zorn getragen. Wenn ich uns hätte unsichtbar machen können, das wäre die einzige Lösung gewesen, aber so hat er mich angeschaut mit dem dicken Bauch und die drei Kleinen an mich geklammert, aus lauter Angst vor dem Vater, nichts als Angst haben sie gehabt, und mit Recht, denn außer Schimpfen und Prügeln haben sie nichts kennen gelernt von ihm. Nein, nein, wieder würd ich's tun, wieder und wieder. Aug um Auge. Rattengift für die Ratte und Gefängnis für die Mörderin. Sollen sie mich einsperren, glaubst, das ist eine Strafe für mich? Ich hab drei Mahlzeiten am Tag und ein Bett für mich allein zum Schlafen. Freier als jetzt war ich in meinem Leben noch nicht. Mein Verteidiger sagt, ich werd lebenslänglich kriegen, und ich hoffe, er hat Recht. Ich will nicht mehr heraus da.«

Monika Helleraus Wunsch ging nicht in Erfüllung. Das Gericht verurteilte sie zu lebenslangem schweren Kerker, dazu noch einmal die Woche Einzelzelle mit hartem Lager und Fasttag bei Wasser und Brot. 1930, nach fünf Jahren im Gefängnis, wurde sie im Zuge der Weihnachtsamnestie begnadigt und freigelassen. Ihre Kinder sah sie nicht mehr, sie waren während ihrer Haftzeit im Waisenhaus verstorben. Ihre zweite Ehe blieb kinderlos, ihr zweiter Mann fiel als Soldat beim Russlandfeldzug. Sie überlebte ihn um mehr als dreißig Jahre und starb erst 1973, in einem Pflegeheim nahe bei Wien.

Nicht Karoline, Gudrun war es, die Monika Hellerau kannte, schon lange bevor sie ihren Gatten vergiftet hatte. Sie wohnte nicht weit von uns entfernt, auf dem Galitziberg, am Rande des Bezirks Ottakring. Gudrun begegnete ihr manchmal auf der Straße, und sie wechselten einen Gruß und ein paar Worte miteinander. Kurz vor ihrem Tod besuchte Gudrun sie im Altersheim, nur ein einziges Mal, denn die Hellerau, geschwätzig wie eh und je, erinnerte sich zwar lebhaft an Karoline, aber Gudrun war ihrem Gedächtnis entschwunden, als hätte es sie nie gegeben.

Die Zelle war erleuchtet bei Nacht. Karoline zog die Decke über den Kopf, aber sie schlief nicht, sie hielt die Augen geöffnet, sie fürchtete den Schlaf. Das Bild der Ratte suchte sie heim, die spastischen Glieder, das Schnäuzchen, das sich langsam von Rosa zu Violett verfärbte, die Schaumflocken, die in den langen Schnurrbarthaaren hingen und aus dem weit geöffneten Rachen quollen. Die Ratte glotzte sie aus bräunlichroten Knopfaugen starr und anklagend an. Noch immer zuckte das Leben in ihr, bebten die grauen Flanken in quälenden, krampfhaften Atemzügen, todgeweiht zum Weiterleben verurteilt. Am Morgen sah Karoline die Ratte auf dem Boden liegen, strampelnd, fiepend. Die Hellerau stieg über sie, als sie durch die Zelle ging, zum Kübel neben der Waschschüssel, sie sah nicht, was Karoline sah.

»Da drüben, vor deinem Bett. Riechst du das nicht, wie sie stinkt, nach Kot und nach Urin? Eine Kanalratte, man muss sie erschlagen! Tu es, ich kann es nicht, ich kann nicht!«

Sie beruhigte sich nicht, bis die Hellerau ihren Holzpantoffel auszog und auf die Stelle, die Karoline ihr zeigte, hinschlug, ohne etwas zu sehen als die bleichen Silberfischchen, die sich auf dem schmutzigen Steinboden tummelten.

»Nicht da«, schrie Karoline auf. »Links von deinem Fuß. Bring sie um, Moni!«

Monika Hellerau nahm Karoline ihre Halluzinationen nicht ab. »Wir sind allein«, sagte sie. »Ich gebe dir einen Wink, wenn ein Wächter durch die Luke schaut, dann kannst du deine Komödie abziehen. Und bis dahin lass mich in Ruhe.«

Aber Karoline wälzte sich auf ihrer Pritsche, zappelte und kreischte, weil die Ratte auf ihre Bettdecke, auf ihren Polster, schließlich auf ihre Brust kroch im Todeskampf und sie mit ihren Ausscheidungen befleckte.

Monika Hellerau schlug mit den Fäusten gegen die Zellentür, dass das schwere Eisen erzitterte, und brüllte ihre Wut durch die vergitterte Luke in die brütende Stille des leeren Gefängnishofes. »Holt sie raus! Die g'hört in Gugelhupf, die is verruckt! Ich bringe sie um, ich würg ihr die Kehle zu, bis sie endlich eine Ruhe gibt. Hört ihr mich, ihr Schweine, ich tu es, wenn keiner von euch kommt!«

Unerbittlich hält die große Hand die kleine gefangen und schleppt sie mit sich, die Stiege hinunter, über den Flur, wo steile Stufen zum Keller führen und ein modriger Hauch dem Kind entgegenweht, von Dunkelheit und Erde und noch etwas Namenlosem.

»Bitte, nicht, Mama!«, ruft Karoline, durch die klopfende, herzkalte Angst von ihrer Stummheit befreit.

Verblüfft hält Lotte inne. Es sind die ersten klaren Worte, die das Kind spricht. Aber nur einen Augenblick, dann packt sie noch fester zu. »Ein Kind, das nicht zur Freude seiner Eltern lebt, sollte lieber tot sein.«

Karoline zittert.

»Ja, fürchten sollst du dich! So wirst du lernen, der Mutter gehorsam zu sein.«

Zweimal dreht sich der Schlüssel im Schloss, ächzend, widerwillig, und Lottes Schritte entfernen sich leichtfüßig, wie von einer schweren Last befreit.

Schon oft ist Karoline an Josefas Hand in die Tiefe gestiegen, hat Sauerkraut aus dem Fass geholt und Gurken, die in den hohen Gläsern auf dem Regal in einer trüben Flüssigkeit schwimmen. Sie hat keine Angst vor dem Keller. Karoline ist vor der Frau am Bahngleis davongelaufen, sie ist schuld an ihrem Ungehorsam. »Sie hat sich erschreckt«, sagt Josefa entschuldigend, aber Lotte will nichts davon hören. Das Bahngelände ist ein verbotener Ort, Karoline muss bestraft werden, sie darf sich nicht ohne Erlaubnis vom Haus entfernen. »Erfroren ist sie, die arme Seele. Geb Gott, dass wir immer ein Dach über dem Kopf haben, geb Gott, dass es uns niemals so ergeht wie ihr.« Josefa trägt das Kind nach Hause zurück.

Aber die Frau ist nicht tot. Ihre Augen sind offen, sie schaut Karoline an. Die Dunkelheit ist nicht undurchdringlich. Da sind die Kartoffelsäcke, die Apfelsteigen, der Verschlag mit den Kohlen zum Heizen. Die Augen sehen durch die dicken Kellermauern hindurch. Karoline verbirgt ihr Gesicht, aber es nützt nichts. Der Blick durchbohrt ihre Hände. Sie sehen und sehen doch nicht.

Sie lassen sie nicht mehr los. Und dann kommt das Geräusch, leise scharrend auf dem Kellerboden, näher und näher, bis Karoline ihre Hände sinken lässt. Sie muss hinschauen. Auch wenn es die Tote ist, auch wenn sie gekommen ist, die ungehorsame Karoline zu sich zu holen.

Eine Ratte klettert auf die letzte Stufe der Kellerstiege vor Karolines Füße, wo ein Stückchen Speck liegt. Sie schnuppert daran. Sie beginnt zu fressen. Karoline schaut ihr zu, erleichtert, weil das Tier ihr nichts zu Leide tun will. Die Ratte verschlingt das Fleisch. Ein Beben läuft durch den kleinen Körper. Sie taumelt und fällt. Sie liegt auf dem Rücken, die Beinchen in die Luft gestreckt, krampfhaft zitternd. Sie gibt ein leises, gequältes Piepsen von sich. Schnell hebt und senkt sich das helle Fell ihres Bauches, heftiger dringen die Laute aus der kleinen Brust, wie Hilferufe. Karolines Fingernägel krallen sich in das weiche Holz der Kellertür. Sie schreit, schreit, so laut sie kann, um die Ratte zu übertönen, sie schreit, dass ihre Stimme widerhallt in dem hohen Gewölbe des Kellers. Aber die Tür bleibt verschlossen.

Karolines Zusammenbruch war nichts Außergewöhnliches im Gefängnisalltag. Je nach Temperament reagierte eine Vielzahl von Häftlingen mit Hysterie, Aggressivität oder Melancholie bis zur Suizidgefahr auf den Verlust der Freiheit. Die erzwungene Beschränkung des Lebensraums, die Isolation von der gewohnten Umwelt, die Zeit, die sich nicht länger in Stunden messen ließ, die schon einen Tag im Gefängnis zur Unendlichkeit dehnte, weil sie nichts vertrieb als die eigenen Gedanken, die sich immer und immer im Kreis bewegten, all das ging an keinem spurlos vorüber. Das war die Strafe. Darin bestand ihr einziger Sinn. Die Nächte, in denen es niemals dunkel wurde, weil die Gefängnisleitung die Beleuchtung aller Zellen und Korridore vorschrieb, waren erfüllt von klagenden oder kreischenden, wütenden oder betenden Stimmen. Sie beteuerten ihre Unschuld, flehten um ihre Freilassung, verfluchten jene, die ihnen das angetan hatten. Das Wachpersonal war längst dagegen abgestumpft. Trieb es einer gar zu arg, wurde er in den Keller gebracht. In der Dunkelhaft verstummten alle, früher oder später. Für die schweren Fälle gab es den Anstaltsarzt. Er ordnete, wenn es nötig war, die Verlegung in die Krankenabteilung an.

Nachdem weder Ohrfeigen noch kalte Wassergüsse sie ins Bewusstsein zurückzuholen vermochten, begann der Arzt, der Karoline für eine Simulantin gehalten hatte, zu zweifeln, ob es sich hier nicht um eine Psychose handelte, aus der es keine Wiederkehr mehr gab. Das Krankenblatt, das er anlegte, blieb in den Akten und stieß viele Jahre danach, in Karolines Mordprozess, auf das lebhafteste Interesse der Psychiater, bot doch ihr Nervenzusammenbruch, zusammen mit der Aussage der Josefa Ganglbauer, so etwas wie eine Erklärung.

Das Angesicht des Todes habe sich mit dem Vertilgen des Ungeziefers auf traumatische Weise in der kindlichen Seele verknüpft, mutmaßten sie, im Gefängnis, hinter verschlossener Tür habe sich das verdrängte Kindheitserlebnis wiederholt, ohne durch Therapie aufgelöst zu werden. Hätte damals jemand ihren Zustand erkannt, wären die Morde vielleicht niemals geschehen. Ganz sicher aber waren sie sich nicht, denn Karoline hatte ihnen selbst demonstriert, zu welchen Täuschungsmanövern sie fähig war. Letztlich blieb es eine akademische Frage, denn ohne dass Karoline untersucht wurde, konnte hier keine profunde Diagnose gestellt werden.

Aber Karoline weigerte sich entschieden. »Ich bin nicht unzurechnungsfähig. Die Verbrechen, die man mir vorwirft, habe ich nicht begangen. Wenn das Gericht zu einem anderen Urteil kommt, muss ich es hinnehmen. Ich flüchte mich nicht in die Rockschöße der Psychiatrie.« Karolines Entschluss erleichterte Richter wie Geschworene. Wenn die Angeklagte krank war, warum sollte sie es leugnen und damit auf die Gnade des Gerichtshofs verzichten? War sie aber, wie sie selbst beteuerte, zurechnungsfähig, dann waren die Interpretationen der Psychiater bedeutungslos, dann musste man sie verurteilen, mit der ganzen Härte des Gesetzes.

Ferdinand befand sich in der Männerstation des Gefängnisspitals, nur durch einen Gang von Karoline getrennt. Hatte sie alles daran gesetzt, in seine Nähe zu gelangen, um sich mit ihm zu verabreden, blieb es ein vergebliches Unterfangen. Das Laudanum, das ihr der Gefängnisarzt in großen Dosen verabreichte, versetzte sie in einen Dämmerschlaf, aus dem sie erst wieder zu sich kam, nachdem ihr Pflichtverteidiger Dr. Feingold sie aufgesucht hatte.

»Solange Frau Streicher nur in Untersuchungshaft, nicht angeklagt und schon gar nicht verurteilt ist, hat die Unschuldsvermutung zu gelten«, schrieb er in einem energischen Brief an den Untersuchungsrichter. »Ihr Gesundheitszustand würde sich in häuslicher Pflege gewiss rasch verbessern. Stattdessen versetzt man sie mit einem Betäubungsmittel in künstlichen Schlaf, der sie daran hindert, sich auf ihre Verteidigung vorzubereiten. Es besteht weder Flucht- noch Verdunkelungsgefahr, dagegen sehr wohl Gefahr für das Leibeswohl meiner Mandantin, wenn sie in dieser Art und Weise weiterhin ohne ihre Zustimmung behandelt wird. Ich beantrage daher die sofortige Entlassung aus der Untersuchungshaft.«

Das Gericht lehnte Dr. Feingolds Antrag ab. Karoline

blieb in Haft und weiterhin in der Krankenabteilung zur Beobachtung, ohne Laudanum allerdings, so viel hatte der Rechtsanwalt erreicht. Beim Lokalaugenschein wenige Tage darauf, den der Untersuchungsrichter zur Klärung des nach wie vor rätselhaften Unfallherganges angeordnet hatte, war sie bereits wieder hergestellt.

Eine Meute von Journalisten und Gerichtskiebitzen belagerte das Haus seit den frühen Morgenstunden. Im Laufe des Vormittags gesellten sich Schaulustige aus allen Bezirken der Stadt dazu, angelockt durch die Ankündigung in den Morgenblättern, dass man den Engel mit der Hacke und ihren einbeinigen Ehegespons heute von Angesicht und zum Greifen nahe erleben konnte.

Die Familie Streicher versteckte sich in der Küche hinter zugezogenen Vorhängen vor den zudringlichen Blicken, aber die freche Stimme des Volkes ließ sich nicht aussperren, sie drang durch die geschlossenen Türen und Fenster, sie sang das Lied, das im Wien des Jahres 1925 zu einem Gassenhauer geworden war, die Streicherhymne. Selbst dem alten Streicher verging die Spottlust, wenn er das Lied hörte. Fassungslos und nach Luft ringend saß er am Küchentisch und hielt seiner weinenden Frau die Hände.

Draußen brandete wildes Geschrei auf, als der Kordon mit dem Richter an der Spitze den Weg heraufgeschritten kam. Ferdinand saß im Rollstuhl, den eine Krankenschwester führte. Hinter ihm ging Karoline zwischen zwei Polizisten, mit beiden Händen an ihre Bewacher gefesselt. Gudrun öffnete ihnen die Gartentür. Sie blieb stehen, bis alle eingetreten waren, mit gesenktem Kopf.

»Gudrun!« Ferdinand streckte eine Hand nach ihr aus. »Bitte halten Sie an«, bat er die Krankenschwester, aber in diesem Moment ergriff Karoline das Wort.

»Sprich nicht mit ihm, Gudrun«, rief sie so laut, dass

alle es hören konnten. »Auch die Mutter und den Vater bitte ich, schweigt, auch unsere Nachbarn, die Freunde, alle, die je mit uns zu tun hatten, keiner möge das Wort an uns richten. Darauf warten die nämlich nur, damit sie uns Verabredungsgefahr andichten können.«

»Mäßigen Sie sich!«, herrschte sie der Richter an. »Sie sind nicht hier, um Stimmung zu machen gegen das Gericht.«

Die Polizisten rissen an Karolines Fesseln und entfernten sie aus Ferdinands Nähe.

Sie schrie auf vor Schmerz und Empörung. »Ich mache Stimmung, ich? Diese Versicherungsgangster haben uns verleumdet! Der ganze Prozess dient doch nur der Verschleierung ihrer Machenschaften. Abkassieren, ausbluten, das können sie, aber wenn es ans Zahlen geht, schrecken sie vor keinem Mittel zurück!«

Ferdinand war blutrot geworden bei dieser Hetzrede. Gudrun sah ihm an, dass er in den Boden versinken wollte vor Scham über Karolines zänkisch erhobene Stimme, die in den Momenten der Erregung in den Vorstadtjargon ihrer frühen Tage verfiel, die ordinäre Stimme des Gossenkindes.

»Schweigen Sie augenblicklich, oder ich lasse Sie abführen!«, drohte der Richter, aber Karoline war noch nicht fertig.

»Das unschuldige Opfer sitzt im Gefängnis, und die wahren Täter laufen frei herum!«, rief sie dem gespannt lauschenden Publikum zu, das sich dichter und dichter an den Gartenzaun schob.

Ferdinand hob seine gefesselten Hände, um sein Gesicht zu verbergen. Gudrun bedauerte ihn nicht. Er war es, der das alles zu verantworten hatte, er war das Übel, schlimmer als seine Frau, er hatte das nicht wieder Gutzumachende getan, sich selbst und mit ihm auch ihr und seinen Eltern und allen, die ihn liebten, angetan. Vergehen sollte er vor Scham und Verzweiflung und Reue. Sie spürte, wie ihr Herz kalt wurde beim Anblick seines verstümmelten Körpers. Sie liebte ihn nicht mehr. Er hatte ihr die Liebe abgehackt, amputiert wie der Chirurg sein Bein. Leiden wünschte sie ihm und Bestrafung für seine verbrecherische Tat, Sühne ohne die Hoffnung, die Verzeihung zu erlangen, einen Schmerz, der ihn nie mehr verlassen sollte.

So tief war Ferdinand verstört, so ausschließlich haderte Gudrun mit ihrem Bruder, dass sie nicht einmal wahrnahmen, wie klug Karoline den Augenblick gewählt hatte, wie wirkungsvoll ihre Worte waren. Niemand jedoch, nicht einmal Karoline selbst, konnte ahnen, welche Folgen ihr erster öffentlicher Auftritt haben sollte. Es war die Dämmerung eines neuen Zeitalters.

Den Anfang machte der *Montag*, ein billiges, aber umfangreiches Wochenblatt, das, wie sein Name sagte, am Anfang der Woche erschien und mit zahlreichen Abbildungen auch eine semi-alphabetisierte Käuferschicht zum Lesen ermutigte und unterhielt. Auf dem Titelblatt kündigten riesige Lettern drei Sensationsberichte an, und das Blattinnere war gefüllt mit allem, was des Volkes Seele bewegte, im plattesten Stil, moralisierend und voll angedeuteter Schlüpfrigkeiten. Conrad Holzmann, Starjournalist des *Montag*, der in seiner Freizeit pornografische Schriften verfasste und in späteren Jahren auch als Kinderbuchautor erfolgreich war, erlebte Karoline Streicher beim Lokalaugenschein und erkannte sofort den Zündstoff, der in ihrer Anklage steckte. Die Versicherungsgesellschaften der Nachkriegszeit genossen den denkbar schlechtesten Ruf. Kaum jemand, der einen Vertrag mit einer Versicherung abgeschlossen hatte und sich nicht geprellt fühlte, und selbst jene, die nicht aus eigener Erfahrung sprachen, kannten zumindest in ihrem Umkreis einen Fall, wo ein Versicherter zu Schaden gekommen war, ohne sein Recht durchsetzen zu können.

Holzmann, der den »Engel mit der Hacke« erfunden hatte, widmete nun Karoline und Ferdinand die Titelgeschichte der Woche, setzte in der nächsten Nummer mit einem Hintergrundbericht über das herzzerbrechende Liebesdrama des jungen, durch Gitterstäbe getrennten Paares nach und versorgte von da an Woche für Woche die Leser mit abstrusen Fällen rund um das Versicherungswesen, die eines gemeinsam hatten: dass der kleine Mann, der redlich seine Prämie zahlte, zum Opfer des übermächtigen Apparates der Versicherungsgesellschaft wurde. Jeder dieser Berichte zog die Parallele zu dem unglückseligen Ferdinand Streicher, der durch seinen Unfall nicht nur berufsunfähig, sondern auch völlig mittellos geworden war und nicht einmal seine Spitalsrechnung begleichen konnte, weil die Versicherung die Zahlung weiter und weiter hinauszögerte. Und das, obwohl es jedem einleuchten musste und selbst die Gutachter zugegeben hatten, dass Ferdinand Streicher sich niemals mit Vorsatz jene Verletzungen zugefügt haben konnte.

Am Tag, als der Prozess begann, erschien ein Foto, das Karoline und Ferdinand gemeinsam zeigte, eine wahrhaft gelungene Ablichtung. Das unschuldsvolle, vom Schicksal so hart getroffene Paar. Millionen von Lesern betrauerten den sichtbar leidenden, an den Rollstuhl gefesselten Ferdinand und die hilflose junge Frau, die hinter ihm stand, die Hand schützend und zärtlich um seine Schulter gelegt, nur um sein Wohlergehen besorgt, selbstlos, entsagend und überirdisch schön.

»Man denkt an den römischen Landpfleger in Judäa, während man das Magdalenen-Antlitz der kleinen Frau Streicher betrachtet«, schrieb Holzmann in seinem Artikel. »Es ist eine Magdalena, wie sie Gabriel Max gemalt hat: bleich, schmal, vom Schimmer des goldroten Haars festlich beleuchtet. Dieses schmale, nonnenhaft blasse, ganz feine, durch und durch von Nervosität vibrierende Antlitz ist nun erschöpft vom Erleben und Erleiden. Ein Geschöpf, das, von seinen Hoffnungen betrogen, gelernt hat, billiger Verachtung zu trotzen!« Und über Ferdinand: »Ferdinand Streicher sieht aus wie der Kaiser von Mexiko, der eigensinnig, ehrgeizig und ein Pechvogel, aber gewiss kein Halunke war. Die Tragik österreichischer Schicksale, die Kreß im Elend sterben ließ, die Popper-Lynkeus um die Früchte seiner Leistung brachte, diese Tragik hat auch den Streicher gestreift.«

Das rechte Wort im rechten Augenblick zu finden, wer diese Kunst beherrscht, hat die Mehrheit auf seiner Seite. Es war allein Karoline, ihr Zauber, der Conrad Holzmann wie so viele andere Männer entflammte und wider alle Logik an ihre Unschuld glauben ließ. Er machte den Anfang, und die Journaille lief hinterher und schnappte gierig nach der neuen Beute. Die Blutsauger. Die Volksfeinde. Die sich aus dem sauer Ersparten der Kunden ihre Paläste bauten und die allein die Mittel und Wege kannten, sich der berechtigtesten Forderung zu entziehen. Die Versicherungen, sie sind die wahren Täter, wiederholten sie Karolines Aufschrei um Gerechtigkeit, und das Volk, das ausgebeutete Volk schrie mit.

Aber das alles war nur Vorspiel, ein Drama auf gedrucktem Papier, heute mit fiebernder Neugierde verschlungen, morgen nur mehr zum Unterzünden des Herdfeuers nütze, zu handlichem Format zerschnitten an einem Nagel im Abort zu hängen oder auf dem Marktstand, um Gemüse darin einzuwickeln. Keine dieser künstlich aufgebrachten Wortkaskaden, kein Schmachten und Schwärmen, keine brennenden Anklagen zählten dort, wo Karoline und Ferdinand sich jetzt befanden, vor dem Richter und seinen zwölf Geschworenen, die allein der Stimme und dem Ohr der Vernunft gehorchten, mit geschlossenen Augen, denn Justitia ist blind. Und wieder war es Karoline, die ihre einzige Chance erkannte und ergriff. Sie gestand.

»Ich habe Herrn Herzog zu seiner Aussage überredet. Ich leugne es nicht.« Sie hob den Kopf und schaute sie an, einen nach dem anderen, die Männer, die über sie zu Gericht saßen, mit ihren trotzigen dunklen Augen und dem Mut der Verzweiflung darin. »Aber was hätten Sie an meiner Stelle getan? Sehen Sie ihn? Sehen Sie ihn nur an!« Ihr anklagender Finger deutete auf Ferdinand, den Einzigen im Saal, der Karoline nicht ansah, sondern in seinen Schoß starrte, als wäre er mit seinen Gedanken allein. »Er ist ein Krüppel. Ein hilfloser Invalide, er wird nie wieder arbeiten können. Und das, dieses entsetzliche Unglück, hätte er mit Absicht herbeigeführt?« Mit einer fahrigen Bewegung holte sie ihr Taschentuch hervor. Sie presste es an die Augen. Sie rang um Fassung. »Keiner hat uns geglaubt. Deshalb bin ich zum Herrn Herzog gegangen. Ich habe ihn um Hilfe gebeten. Ich gestehe es. Es war unrecht, aber ich wusste mir keinen anderen Rat. Ich habe es für Ferdinand getan.« Der letzte Satz war kaum vernehmbar, ein bebender Hauch, in dem die Tränen mitschwangen, die sie sich zu weinen verbot.

Justitia ist blind, die Gerichtsbarkeit aber nur menschlich. Keiner im Saal, der unbewegt blieb bei diesem schlichten Geständnis. Selbst der Staatsanwalt verzichtete auf seinen Einspruch, als Karoline unerlaubt die Anklagebank verließ. Sie legte ihren Kopf in Ferdinands Schoß, und er zog seine abgezehrten Hände unter der Decke hervor, die auf seinen Knien lag, und streichelte ihre Wangen.

»Bravo!«, rief ein Mann von der Besuchertribüne. »Nieder mit den Versicherungsgangstern!« Die Spannung im Saal entlud sich in wüsten Flüchen gegen die Sagittarius und Beifallsrufen und Pfiffen für die beherzte Angeklagte. »Freispruch!«, forderten sie im Chor. »Freispruch für Streicher!«

Ich begreife es nicht, sagt Marie Horvath ungläubig. Wie konnte man sie denn freisprechen? Sie hat einen Zeugen bestochen, weil niemand an die Unfallversion glaubte, und bloß, weil sie gestanden hat, fragte sich niemand mehr, wer Ferdinand das Bein abhackte? Es wurde ausgeschlossen, dass er selbst es getan haben konnte, also wer war es dann?

War es Karoline?, fragt sie mich, so wie ich Gudrun fragte, wie sich der Chirurg, der Ferdinands Bein amputierte, die Gutachter, die Polizisten, der Untersuchungsrichter, die Geschworenen fragten. Ihre körperliche Konstitution schließe sie als Täterin von vornherein aus, wurde zu Karolines Gunsten vorgebracht. Aber hackten nicht Tausende Frauen täglich das Holz, um zu kochen und einzuheizen? Wie viele mögen darunter gewesen sein, die ebenso zierlich und leichtgewichtig waren wie Karoline Streicher? Ich, der ihre Schläge zu spüren bekam, ich weiß am besten, wie kräftig ihre Hände waren. Nein, sie war alles andere als ein zartes Wesen. Sie war stark und mutig wie ein Mann, wenn man es ihr auch nicht ansah. Die Tür zu Ferdinands Werkstatt sei von innen versperrt gewesen, sagte Gudrun, die einzige Augenzeugin. Sie stand daneben, als Karoline den eisernen Riegel aufbrach, um in die Werkstatt zu gelangen. Aber wie viel sahen die Augen der Zeugin im flackernden Licht einer Kerze? Gudrun konnte doch nur glauben, was Karoline behauptete: dass die Tür abgeschlossen war und das rostige Eisen sich brechen ließ.

War Karoline der Engel mit der Hacke? Oder Ferdinands Leidensfähigkeit größer, als ihm die Medizin zugestand? Hatte er sich selbst in einem Akt unmenschlicher Überwindung vier Mal ins Bein gehackt? Nur Karoline und Ferdinand kannten die Antwort darauf, aber sie nahmen ihr Geheimnis mit sich.

Die »Wochenschau« filmte Karoline beim Verlassen des Gerichtsgebäudes. Frei, freigesprochen – nicht die Gerechtigkeit, Karoline hatte gesiegt. Sie spricht, man hört den Ton nicht, sieht nur die Bewegung der Lippen. Sie strahlt in die Kamera, unbefangen, es ist nur ein schwarzes Auge, sie weiß nicht, dass sie gefilmt wird. Mein Herz klopft heute noch, wenn ich sie sehe. Meine Mutter. Ihr Lachen, Raubtierzähne, die Haut ist faltenlos, sie ist noch jung, sie hat noch eine Zukunft, sie weiß nicht, was ihr bevorsteht, sie ist glücklich, sie leuchtet.

Sie ist schön, sagt Marie Horvath leise, sie ist wirklich schön. Und Sie gleichen ihr, ja, so, wenn sie die Stirn runzelt. Sie machen es ganz genauso.

Erst im Kino, als Karoline sich selbst auf der Leinwand sah, war sie aufgeregt und beinahe bestürzt. Sie wollte sich nicht erkennen, das war nicht das Bild, das ihr der Spiegel jeden Tag zeigte, sie gefiel sich nicht. »Schaue ich wirklich so aus?«, fragte sie Gudrun, die neben ihr saß. »Und ganz zerrauft die Haare, gleich morgen geh ich zum Friseur, die hätten mir sagen müssen, dass das im Film kommt. Nicht vorteilhaft, was meinst du, Gudrun?«

Das ganze Kino hörte mit, die Leute stießen sich an und reckten die Köpfe. Die aus der »Wochenschau«, da vorn, in der vierten Reihe, die Streicher, flüsterte und summte es von allen Seiten, aber Karoline störte sich nicht daran, jetzt nicht mehr, sie lehnte sich zurück in dem gepolsterten Sitz und genoss die Unruhe, die sie hervorrief. Sie war die Hauptfigur, die Heldin, sie hatte das Unmögliche möglich gemacht, nomen est omen, die unbezwingbare Loew. Sie packte Gudruns Hand, um sie aus ihrem verdrießlichen Schweigen aufzurütteln. »Freust du dich denn nicht mit mir?«

Wie einmal schon, es lag noch nicht lange zurück und doch eine Ewigkeit, ein Tag aus einem anderen Leben. Bitter wie Galle schmeckte die Frage. Nein, Gudrun freute sich nicht, aber sie schluckte nur, sie entwand sich der heißen, fordernden Hand und blieb stumm.

Im Hintergrund des Bildes erschien nun der Mann im Rollstuhl. Die Kamera fuhr nahe an ihn heran, er drehte sich zu der Krankenschwester hinter ihm um und forderte sie mit einer nervösen Bewegung auf, ihn wegzubringen. Journalisten bedrängten ihn, Zuschauer, die hinter ihm aus dem Gerichtshaus strömten, wollten ihm die Hand schütteln, klatschten und winkten ihm zu und feierten seinen Sieg, aber er nahm nicht teil daran, er entschwand aus dem Bild, er überließ Karoline den Schauplatz.

Wo war die Fürsorglichkeit geblieben, die sie im Gerichtssaal allen so eindringlich vorgeführt hatte, die Selbstlosigkeit und anhängliche Liebe, die selbst vor dem Gesetzesbruch nicht Halt gemacht hatte? Warum folgte sie ihm nicht, nun, wo sie endlich wieder vereint waren? Die Menge umringte sie. Sie war das Zentrum, der Mittelpunkt. Sie wich nicht von ihrem Platz.

Freigesprochen, im Zweifel für die Angeklagten. Mit einer Ausnahme: Der Prosekturgehilfe Franz Herzog wurde wegen falscher Zeugenaussage verurteilt. Nein, das war unerträglich, das konnte nicht rechtens sein! Nur aus Mitgefühl mit dem armen Krüppel hatte er sich von der Frau überreden lassen, für Gottes Lohn! Sechs Monate, und er hatte nicht einen Kreuzer verlangt. Gefängnis für Herzog, und sie, die Schuldige, ging frei? Nein, das ließ er sich nicht gefallen. Wenn er büßen musste, dann sie erst recht. Jetzt packte er aus mit der Wahrheit, Bestechung war es! Er gab es zu, er war doch nur ein armer Hund, zehntausend auf die Hand, wer hätte da widerstehen können?

Aber zu spät. Das Urteil war bereits verkündet und Herzog unnachgiebig von der Anklagebank geschleppt, hinaus aus dem Gerichtssaal, zurück in die Zelle, wo er die Zeit bis zur Überführung in das Gefangenenhaus zu verbringen hatte, und niemand hörte Herzog als die gleichgültigen Büttel, die sich nur für ihr Kartenspiel interessierten und dafür, dass das Bier nicht warm wurde im Krug, während der Häftling sich sinnlos sträubte und schon wieder schwören wollte und nach Gerechtigkeit verlangte. Ein Idiot mit weich gesoffenem Hirn und Syphilisnase, los jetzt, keine Faxen, sonst kriegte er noch was drauf wegen Missachtung des Gerichtshofes, das überstand der nicht, so wie er beisammen war, eine Ruh ist oder du bist maukes, wär eh nicht schad um dich, du Gfries. Und ab ging die Post, Herr Herzog, das war's.

6. Kapitel

»Gut sehen gnä' Frau aus, ganz frisch, direkt wie von der Sommerfrische, man wollt's nicht glauben, wenn man Sie nicht gesehen hätte, noch vor vierzehn Tagen im Spital.« Mit einem Handkuss empfing Dr. Feingold Karoline und führte sie in sein Büro.

»Reden wir nimmer davon. Es ist vorbei, das ist die Hauptsache. Jetzt fangen wir ganz von vorne an, der Ferdinand und ich.« Karoline setzte sich nach einem prüfenden Blick in den Spiegel neben der Tür.

Sie sah keineswegs frisch aus und fühlte sich auch nicht so. Es war nur die neue Frisur, die sie veränderte, der Bubikopf, wie ein schimmernder Helm um ihren Kopf. Der letzte Schrei, versicherte der Friseur, aber Karoline tat es schon Leid um ihr langes Haar. Auch diese neue Mode, die Röcke, die nur bis zum Knie reichten, irritierte sie. Einen ganzen Nachmittag hatte sie die verschiedendsten Modelle anprobiert und sich zu keinem entschließen können. Es war berauschend, wieder feine Stoffe zu befühlen, die glatte Kühle des Crêpe de Chine und weich gesponnenes Mohair und zarten Wäschebatist. Ein jeder Stoff barg sein eigenes Wohlgefühl, gab Hitze oder Frische, gab Zärtlichkeit, die ihre Haut kitzelte und küsste, ein köstlicher Luxus nach dem Drillichgewand der Gefangenen.

Der Anwalt Dr. Feingold war ein molliger, klein gewachsener Mann mit schütterem weißen Haar, das ihm bis auf den Kragen fiel, und dicken Brillengläsern, hinter denen er gutmütig und bescheiden in die Welt blickte. Er war ein wenig nachlässig, in seinem Äußeren ebenso wie in seinen beruflichen Angelegenheiten, und nicht sonderlich ehrgeizig. Dass der schwierige Prozess, den er nur widerwillig als Pflichtverteidiger übernommen hatte, gewonnen war, überraschte ihn immer noch, und er zollte Karoline vollste Bewunderung für ihren Einsatz.

»Haben Sie Nachrichten für mich?«, fragte Karoline und räusperte sich nervös. Sie wusste, dass er sie nicht ohne Grund in die Kanzlei bestellt hatte.

Dr. Feingold seufzte leise. Er öffnete den Akt und zog nach kurzem Blättern einen Brief hervor.

»Von der Versicherung?«

Während sie las, langsam, mit gesammelter Miene, Satz für Satz, sah er sie nicht an. Er ahnte, dass sie den Bescheid nicht ruhig aufnehmen würde, und wappnete sich.

»Herr Doktor! Das kann nicht stimmen.« Eine Weile saß Karoline still und schaute auf die Zahl, die vor ihren Augen tanzte. Mohair. Erdbeerfarben. Schneiderin. Bubikopf. Die Worte tropften. Gedankenlose Gedanken. Dahinter raste und wirbelte der Verstand. Ich muss, darf nicht, zwinge, drohe. Nicht nachgeben. Eisern durchgreifen. Anzeige. Klage. Ja.

»Ich lasse es mir nicht gefallen.« Ihre Stimme klang hoch und gepresst, als hätten die Agenten der Sagittarius sie an der Kehle gefasst. Aber es war nur ihr eigener Atem, er steckte fest in den Lungenbläschen und wollte nicht entweichen, eine große, heiße Kugel, die sie ausfüllte, ihren Hals aufblähte, bis sie glaubte, bersten zu müssen. Sie sprang auf, der Brief flatterte aus ihrem Schoß auf die abgetretene Teppichbrücke vor dem Schreibtisch. Sie griff nach ihm mit einer zornigen, heftigen Bewegung und zerriss ihn.

»Bitte, Frau Streicher, regen Sie sich nicht auf.«

Sie atmete wieder, es zischte, als sie die Luft ausstieß,

ihre Lungen schmerzten. Dr. Feingold war schon an ihrer Seite. Er stützte sie, schob seine rosige, runde Hand um ihre Taille und führte sie zu ihrem Sessel zurück. »Die Anstrengungen der letzten Monate machen sich bemerkbar«, sagte er sanft. Er reichte Karoline ein Glas Wasser.

Statt ihm ihre Meinung zu sagen, nämlich dass sie ihn lächerlich fand und altmodisch und dass seine Verehrung ihr auf die Nerven fiel, dass sie sich weniger Vorsicht und mehr Tatkraft wünschte von ihrem Rechtsanwalt, nahm sie das Glas und leerte es, Schluck für Schluck, aber ihr Atem beruhigte sich nicht, ihr Herzschlag dröhnte noch lauter in ihren Ohren. Es war sonderbar, sich so schwach zu fühlen, sie kannte solche Zustände nicht. Die Laudanumtropfen hatten ihr schwere Glieder gemacht und ihre Sinne betäubt, eine dicke Zunge, die nicht gehorchen wollte und schwerfällig hinter den Zähnen hin und her rollte. Dies war hier anders.

»Sie sind in der Hoffnung, stimmt's?«, fragte Dr. Feingold mit zutraulich gesenkter Stimme. Er deutete ihren Blick falsch. »Verzeihen Sie, dass ich als Mann so eine intime Frage an Sie richte. Aber ich könnte ja Ihr Vater sein, meine älteste Tochter ist beinahe in Ihrem Alter. Da darf man sich schon sorgen um eine Klientin, die einem sozusagen ans Herz gewachsen ist.«

Karoline drückte ihm das Glas in die Hand. Sie war noch immer zittrig auf den Beinen, als sie sich erhob und nervös im Zimmer auf und ab ging, aber sie ignorierte es, ebenso wie Feingolds dumme Frage. »Ich werde die Sagittarius klagen«, sagte sie entschieden. »Dieser Betrag ist ein Nichts, ein Schlag ins Gesicht, ich werde diese Unverschämtheit nicht akzeptieren. Man hat uns freigesprochen, Herr Doktor Feingold! Das kann man doch nicht machen mit uns. Es gibt ein Gerichtsurteil.«

»Sie wissen, wie es lautet«, widersprach er mild. »Im

Zweifel freigesprochen, aus Mangel an Beweisen.« Er legte beide Hände behutsam und tröstend auf Karolines Schultern. »Ich rate Ihnen, rühren Sie nicht daran.«

»Aber das ist unmöglich.« Karoline fühlte, wie das Blut in ihr sank, aus den Wangen wich, aus den Lippen, die Kälte an ihren Nasenflügeln. »Die Spitalsrechnung allein beträgt mehr als die Hälfte dieser lachhaften Abstandszahlung!«

»Nur ruhig bleiben, Frau Streicher. Es wird schon wieder.« Dr. Feingold tätschelte freundlich, mit besorgt gefalteter Stirn ihre Schultern. »Danken Sie Gott, dass es so ausgegangen ist. Die Versicherung hätte auch gegen das Urteil berufen können. Danken Sie Gott für Ihr Glück.«

»O nein«, stöhnte Karoline unter heftigen Atemzügen. »Das ist nicht das Glück.«

Sie fiel nach vorne, in Dr. Feingolds ausgestreckte Arme. Er hielt sie fest.

Obwohl sie nachdrücklich erklärte, dass sie sich gänzlich wiederhergestellt fühle und keine Begleitung benötige, ließ es sich Dr. Feingold nicht nehmen, Karoline nach Hause zu bringen. Sie war noch immer schneeweiß im Gesicht, und Schweiß lief ihr über die Stirn und Schläfen.

»Sie können natürlich einen anderen Anwalt konsultieren«, sagte Feingold, als sie vor der Gartenpforte im Liebhartstal angekommen waren.

»Das habe ich vor«, antwortete Karoline ruhig. »Sie kennen mich doch, Herr Doktor. So leicht gebe ich mich nicht geschlagen.«

»Geben Sie aber Acht, dass Sie nicht an den Falschen geraten. Kein Anwalt mit Verantwortungsgefühl würde Ihnen unter diesen Umständen eine Gegenklage empfehlen.«

»Was haben wir noch zu verlieren?« Karoline reichte

ihm zum Abschied die Hand. »Ich kann Sie nicht hineinbitten. Sie kennen ja unsere Wohnverhältnisse seit dem Lokalaugenschein. Es tut mir Leid.«

Dr. Feingold hielt ihre Hand länger als notwendig. »Sie haben noch viel zu verlieren, Frau Streicher«, sagte er eindringlich zu ihr.

Aus dem Werkzeugschuppen kam eine schwankende Gestalt, mühsam das Gleichgewicht haltend zwischen zwei Krücken, Ferdinand bei seinen ersten Gehversuchen. Bevor Feingold ihn begrüßen konnte, kam ihm Karoline zuvor.

»Er spricht mit niemandem. Er ist nicht einmal zum Begräbnis seines Vaters mitgekommen. Ich danke Ihnen, Herr Doktor Feingold.« Sie ging in den Garten und mit eiligen Schritten ihrem Ehemann entgegen.

In der Küche wartete ein Besucher. Gudrun hatte ihn mit einem Glas Bier bewirtet und dann allein gelassen, um ihre Mutter zu versorgen, die seit dem Tod ihres Mannes das Bett nicht mehr verlassen konnte. Mitten in der Tristesse des Streicherschen Haushalts saß er ungerührt vor seinem inzwischen leeren Glas und las ein abgegriffenes Magazin. Karoline blieb bei seinem Anblick überrascht in der Tür stehen.

»Leutnant, Sie?« Sie wusste nicht, was sie sagen und ob sie ihn nicht einfach wegschicken sollte. Rasch durchquerte sie die Küche und schaute ins Schlafzimmer. »Stör uns jetzt nicht, Gudrun«, sagte sie leise. »Das ist geschäftlich.«

Nicht leise genug für seine Ohren. »Gehn S', Frau Kritsch, ich meine, Frau Streicher!« In Max Hafners Gesicht erschien das wohl bekannte Lächeln, pfiffig und durchtrieben. »Wer redet von Geschäften? Sind wir nicht alte Freunde? Ich wollte mich nur einmal umschauen, wie es Ihnen ergangen ist seit –«

»Kein Süßholzgeraspel«, unterbrach ihn Karoline. »Dazu kennen wir uns zu gut. Sie wollen etwas, sonst wären Sie nicht hier.«

»Na gut.« Er nickte und hielt ihr sein Glas entgegen. »Hätten Sie noch einen Schluck für mich?«

»Sie kommen ungünstig, Leutnant.« Karoline deutete zum Fenster. Draußen im Garten bewegte sich Ferdinand auf seinen Krücken langsam und mühevoll auf das Haus zu.

»Ein Jammer. Das hätte man sich auch nicht träumen lassen vor einem Jahr. Der junge, aufstrebende Herr Ingenieur ...«

Karoline schaute ihn zornig an. Hättest du mich genommen, dann stündest du heute anders da, stand in Max' herausfordernder Miene zu lesen. Die Schieberkappe und der hässliche Anzug aus dem Stoff seiner alten Uniform waren verschwunden, er trug neue Kleider und verbreitete den frischen Wind der Unternehmungslust.

»Ich habe kein Geld«, sagte Karoline unvermittelt. »Sehen Sie mich nicht so ungläubig an. Das ist die traurige Wahrheit.«

»Die Versicherung zahlt also nicht. Na, ich hab mir schon so was gedacht. Freiwillig wohnt eine Dame wie Sie nicht in so einem Kabäuschen.«

»Was geht denn Sie das an?«

»Werden Sie klagen?«, fragte Max, unbeeindruckt von Karolines Grobheit. »Wissen Sie, das tät ich nicht machen an Ihrer Stelle.«

»Sie können froh sein, dass Sie nicht an meiner Stelle sind.« Der Kummer überwältigte Karoline mit einem Mal. Sie hörte Ferdinands stolpernden, unregelmäßigen Tritt näher kommen, und die greinende Stimme ihrer Schwiegermutter mischte sich mit Gudruns gurrenden Lauten der Beruhigung dazu. »Ich will meine Ruhe vor euch allen!«

»Na, na«, sagte Max und kam zu ihr. »Nicht gehen lassen. Courage, Frau Streicher. Das Selbstmitleid hat noch keinem aus der Patsche geholfen. Ihre eigenen Worte.«

Aber sie schüttelte nur den Kopf. »Gehen Sie jetzt.«

Max drückte ihr seine Hand auf die Schulter. »Sie brauchen einen Beistand. Überlegen Sie sich alles, Sie wissen ja, wo Sie mich finden. Stehe Ihnen jederzeit gern zur Verfügung. Auf ein Baldiges, gelt?«

»Wer war der Mann?«, fragte Ferdinand, nachdem Max gegangen war.

»Ein Geschäftsfreund«, antwortete Karoline. »Von früher her. Er war bei unserer Hochzeit, erinnerst du dich nicht mehr?«

Aber Ferdinands Gedanken waren schon anderswo.

»Halte mich, Karoline!«

Ein Bein genügt nicht, um vorwärts zu kommen. Ferdinand hatte keinen Boden mehr. Er fiel. Die Tiefe zerrte an ihm. Das Nichts schmerzte unaufhörlich, und der Schmerz fraß die Hoffnung, die Vernunft, die Zukunft. Er stand nicht allein mit seiner Beschädigung, seiner Behinderung. So viele hatte der Krieg versehrt an Leib und Seele ausgespuckt. Sie lebten weiter, ohne Augenlicht, mit verstümmelten Gliedern, mit zerstörtem Gehör, querschnittgelähmt. Er hatte kein tragisches Einzelschicksal. Dennoch, seines erschien ihm unvergleichlich schlimmer.

Karoline ließ ihn nicht fallen. Sie hielt ihn fest. Sie versicherte ihm, dass es den Boden unter seinen Füßen gab und dass der Schmerz nachlassen würde mit der Zeit. Geduldig wiederholte sie die Worte des Trostes. Sie wartete auf seine Genesung. Wenn er aber nun nicht gesund werden, wenn er das Phantom des Schmerzes nicht vertreiben, wenn er leiden wollte? Karoline hatte ihn vor dem Gefängnis bewahrt, aber sie konnte ihn nicht vor sich selbst beschützen.

»Denk an uns«, bat sie ihn. »Wir sind noch so jung. Wir müssen weiterleben. Willst du nicht, dass wir wieder glücklich werden?«

Kein Wort erreichte ihn. Nur ihre Hände, ihre Haut, ihr samtiges Geschlecht. Sie gab sich ihm hin, pflichtschuldig. Sie presste die Augen zu, damit sie den rot vernarbten, hässlichen Stumpf seines Beines nicht ansehen musste, sie hielt den Atem an, wenn er sich über sie beugte, seine Zunge gierig zwischen ihre Lippen bohrte, eindrang in ihren Schoß. Er fühlte sie erschaudern unter seinem Körper, nicht vor Lust, aber er nahm das Liebesopfer an. Er war nicht dankbar. Er tat ihr weh. Wenigstens den Schmerz sollte sie mit ihm teilen.

So wurde ich geboren. In den Tod der Liebe. Mit mir wurde der Hass gezeugt. Ich war die Geburt des Hasses.

In der Hoffnung. Kein Wort konnte weniger auf ihren Zustand zutreffen. Es gab keinen Ausweg, ihm zu entrinnen. Die Fieberaugen der kleinen Ida starrten sie an, sterbend, ausgeblutet in ihrer einsamen Dienstbotenkammer, der Blick, der sie sah und nicht sah, ins Jenseits gerichtet. Sie dachte an die alte Frau, die allein am Rand der Perchtoldsdorfer Heide gewohnt hatte, von den Bewohnern gemieden. Das ist die Engelmacherin, munkelten sie und wechselten die Straßenseite, wenn sie durch Rodaun ging. Sie hatte den bösen Blick, hieß es, wehe, wenn sie einem in die Augen schaute. Zu ihr musste auch Ida gegangen sein in ihrer Not. Der scharfe Löffel blitzt auf zwischen den gespreizten Schenkeln, kühl dringt das Metall in das Innere des Leibes, durchstößt den Uterus, den Sitz des Lebens. Nein! Die Angst war stärker. Die Angst siegte. Karoline konnte das Kind nicht abtreiben. Sie musste gebären.

Seine Freude begriff sie nicht. »Ferdinand, wach auf!«, sagte sie zu ihm. »Wir haben keine Wohnung. Wir brauchen ein Einkommen. In sechs Monaten komme ich nieder, was wird dann aus uns?«

Er kehrte zurück aus dem Zwischenreich, aus seiner Vorhölle, in der er die Monate seit seinem Unfall in qualvoller Untätigkeit verbracht hatte. Die Aussicht auf einen Nachkommen weckte ihn ins Leben zurück.

»Ich will kein Kind«, schrie Karoline. »Nein, ich freue mich nicht. Mir graut!«

Das waren nur unbegründete Ängste einer jungen werdenden Mutter. Ferdinand kaufte sich ein medizinisches Lexikon und las über Hormone, die auf die Stimmung der Schwangeren wirkten und bald wieder verschwinden würden. Alles würde sich zum Guten wenden. Er küsste und herzte Karoline, redete nicht mehr von seinem Schmerz. Wenn er ihn nicht beachtete, würde er von selbst verschwinden, wie der Arzt ihm prophezeit hatte. Er fühlte, dass seine Kräfte zunahmen, Tag für Tag, während Karolines Schwangerschaft fortschritt.

Was die Sagittarius als Vergleich anbot, war ein Bettel, keine Entschädigung für den ungeheuren Verlust, den Ferdinand erlitten hatte. Und doch war es viel für sie, die alles entbehrten. Da war die Unsicherheit, ob eine Klage den Erfolg bringen würde, und die Angst, das Letzte dabei zu verlieren, die Warnung des Anwalts vor einem Prozess und nicht zuletzt Max, auf dessen Meinung Karoline große Stücke setzte. Schweren Herzens fügte sie sich drein. Sie nahm den Vergleich an. Allerdings bezahlte sie mit dem Geld weder die Spitalsrechnung noch alle anderen Schulden, die sich bei der mittellosen Familie Streicher angehäuft hatten. Sie schmiedete einen Plan. Nicht kühl berechnend wie in der Vergangenheit. Fieberhaft, gehetzt von dem Leben, das in ihr wuchs und drängte. Nur wenige Monate blieben ihr, um die Dinge selbst in die Hand zu nehmen. Dann musste sie sich, zum ersten Mal in ihrem Leben, auf fremde Hilfe verlassen.

Mit zwei Automobilen, ausrangierten, aber immer noch fahrbereiten Modellen der Firma Gräf & Stift, die Max aus der Konkursmasse einer niederösterreichischen Fabrik gekauft hatte, gründete Karoline ein Taxiunternehmen. Das Jahr, in dem ich geboren wurde, war die denkbar schlechteste Zeit für Kapitalinvestitionen, aber Karoline vertraute darauf, dass Max auf das richtige Pferd setzte. Sie hatte keine andere Wahl. Max, der Autofahrer aus Passion, wurde als Chauffeur angestellt und sollte, wenn Karoline sich zurückziehen musste, die Geschäfte weiterführen, bis das Kind geboren war.

»Aber warum hast du mir kein Wort davon gesagt?«, fragte Ferdinand. Sie standen in dem gepflasterten Innenhof eines einstöckigen Fuhrwerkerhauses in Hernals, den Max zum Abstellen der Autos gemietet hatte. Wenn die Einnahmen stiegen, wollten sie auch das Haus mieten und dort ihre Wohnung einrichten.

»In spätestens einem Jahr ist es so weit«, erklärte Karoline, während Ferdinand nur zweifelnd mit dem Kopf wackelte, eine Geste, die sie bis zur Weißglut ärgerte.

»Das Taxifahren ist ein Luxus heutzutage.« Ferdinand beobachtete Max, der in einem der beiden neu lackierten Autos durch den Hof kreiste. »Ich bin leider gar nicht überzeugt, Karoline.«

Max kurbelte das Fenster herunter. »Die Vorderachse ist wieder wie neu«, rief er ihr im Vorbeifahren zu. »So billig kommen Sie niemals mehr zu so einem Klassewagen.«

»Was hat denn das alles gekostet?«, fragte Ferdinand dazwischen. »Und wenn du dich nun verspekulierst? Was versteht dieser Hafner eigentlich davon?«

»Mehr als du.«

Beschwichtigend wollte Ferdinand ihre Hand nehmen. Karoline schüttelte ihn so heftig ab, dass er aus dem Gleichgewicht geriet und beinahe stürzte. Gekränkt zog er sich von ihr zurück.

»Die Beinprothese war auch kein Geschenk Gottes«, fügte sie giftig hinzu. »Frag mich also bitte nicht, was aus dem Geld geworden ist, ja? Von deiner Familie, die wir dazu noch durchfüttern, ganz zu schweigen.«

»Schließlich wohnen wir auch bei ihnen«, antwortete Ferdinand scharf, aber als er die hektischen roten Flecken auf Karolines Hals und Stirn sah, tat es ihm Leid. »Ich will dich nicht aufregen, Liebes. Es ist sicher das Beste, was du tun konntest.«

Dieses Mal wies sie ihn nicht zurück. Sie ließ sich umarmen und lehnte den Kopf an seine Schulter. »Ich weiß, ich hätte es dir nicht verschweigen dürfen. Aber ich wollte, dass es eine Überraschung ist.«

Sie winkte Max, anzuhalten. »Komm, Ferdinand«, forderte sie ihn auf, als Max aus dem Automobil stieg. »Jetzt probierst du es einmal.«

»Ich?« Ferdinand schaute verwirrt von Karoline zu Max. »Aber ich kann doch nicht fahren. »

»Dann wirst du es eben lernen«, sagte sie, schon wieder gereizt. »Autofahren kann selbst ein …«

»… ein Krüppel«, setzte Ferdinand für sie fort.

»Leutnant, Sie werden meinem Mann das Autofahren beibringen. Damit er den zweiten Wagen chauffieren kann.« Sie sah Ferdinand dabei nicht an, sondern nur Max, der das künstliche Bein mit fachmännischem Interesse betrachtete und Ferdinands Unbehagen darüber nicht zu bemerken schien.

»In Ordnung, gnä' Frau.« Max nickte und beendete seine Inspektion mit einem Blick in Ferdinands Gesicht. »Wird mir ein Vergnügen sein, Herr Streicher. Von mir aus fangen wir gleich an.«

Sie zogen fort aus dem Gartenhäuschen im Liebhartstal. Seit Ferdinands Beinamputation herrschte die Verbitterung zwischen Gudrun und ihrem Bruder. Sie verzieh ihm nicht. Sie sprach nicht aus, dass sie nicht mehr unter einem Dach mit ihm leben wollte. Aber es stand in ihrer Miene geschrieben, jedes Mal, wenn Ferdinand einbeinig durch das Zimmer hoppelte oder ungeschickt mit der neuen Prothese zu gehen versuchte. Niemals bot sie ihm Hilfe an, niemals zeigte sie eine Spur von Mitgefühl mit seinem Schicksal als Krüppel. Dennoch ließ sie ihn nicht aus den Augen. Es war wie mit einem eitrigen Zahn im Mund, der stetig schmerzt und dessen Berührung man ausweicht und sie doch unwillkürlich sucht, obwohl es den Schmerz ins Unerträgliche steigert. Ferdinand reagierte nicht mehr darauf. Er war gewöhnt daran, den Blick von Gudruns jammervoller Schattenexistenz abzuwenden. Er nahm sie hin, weil sie immer da gewesen war. Er empfand nichts für sie, und wenn er sie, selten genug, wahrnahm, überraschte ihn immer wieder die Heftigkeit ihrer Gefühle.

»Willst du, dass wir weggehen, Gudrun?«, fragte Karoline. »Geh nicht herum und wirf böse Blicke und seufze zu jedem Bissen, den du auf den Tisch stellst. Das vertrage ich nicht.«

Gudrun antwortete nicht, sie setzte sich auf den Küchenstuhl und presste die Hände zusammen, wob ihre roten, rissigen Finger ineinander und entflocht sie und begann wieder von neuem, bis Karoline die Geduld verlor und Anstalten machte, die Küche zu verlassen. Da erst ließ Gudrun von ihren Händen ab.

»Ich will nicht, dass du auf der Straße stehst, wenn du dein Kind bekommst«, sagte sie zögernd. »Aber jetzt, wo ihr das Geschäft habt, müsste es doch auch für eine eigene Wohnung reichen.«

»Mach dir darüber keine Sorgen, Schwägerin«, antwortete Karoline.

Sie verschwieg Gudrun, dass es mit dem Taxiunternehmen nicht so lief, wie sie es geplant hatte. Die Wohnung im ersten Stock des Fuhrwerkerhauses in Hernals stand immer noch leer, weil sie sich die Miete nicht leisten konnten. Karoline war trotzdem froh, dass Gudrun auf ihren Auszug drängte. Freiwillig wäre Ferdinand nicht fortgegangen, er hätte nicht das Feld geräumt, nur weil es Gudrun so passte. Mit dem gleichen Recht konnte er von ihr verlangen, auszuziehen, er würde ihre Gegenwart herzlich gern entbehren, nicht erst seit seinem Unfall.

In den zehn Tagen, bis sie endlich das Häuschen verließen, auf Nimmerwiedersehen, wie Karoline hoffte, blieb nichts zwischen Bruder und Schwester ungesagt. »Ich will einen neuen Anfang machen. Ich habe ihn mir anders vorgestellt. Aber ich glaube noch immer daran, dass es zu guter Letzt gut ausgehen wird«, sagte Karoline beim Abschied zu Gudrun.

Konnte Karoline nach allem, was hinter ihnen lag, was sie zuerst verbunden und dann getrennt hatte, noch an eine gemeinsame Zukunft glauben? Die Einnahmen aus dem Taxiunternehmen waren dürftig. Ferdinand warnte sie davor, Schulden zu machen, wenn Max sie zu weiteren Investitionen ermuntern wollte. Sie schwankte. Je schwerfälliger ihr Leib wurde, desto schwerer fiel ihr die Entscheidung, sie schob sie hinaus, bis sie gegenstandslos wurde, weil sie kein Kapital mehr besaß, um es zu investieren.

Immer noch hatten sie keine Wohnung, sondern wohnten in dem kleinen, herabgekommenen Hotel Weißes Kreuz in Penzing, wo sie einst ihre Hochzeitsnacht verbracht hatten. Der Hotelbesitzer Karl Ludwig von Liebenberg war jener Kriegskamerad, der Ferdinand am Tag seiner Hochzeit gehindert hatte, die brennende Villa zu betreten, um Karolines Majolika-Möbel zu retten. Karl Ludwig überließ dem Ehepaar zwei Zimmer im obersten Geschoss neben den Dienstbotenkammern, auf Kredit, meinte er, aber nur, um Ferdinands Ehre nicht zu verletzen. Es war ein Almosen.

Auf dem abgetretenen roten Läufer des Hotels schritt mein Vater die Zeit ab, zu unruhig, um zu rasten, während Karoline hinter der Tür schreiend in ihren Geburtswehen lag, und von Sorgen geplagt, weil sich seine Zweifel mehr und mehr bewahrheiteten. Nur wenige konnten sich eine Fahrt mit dem Taxi leisten, und wer Geld hatte, besaß meist ein eigenes Fahrzeug. Nun hatte Max eines der Automobile verkauft, weit unter seinem Wert.

»Aber das ist immer noch besser, als wenn es auf dem Hof verrostet«, rechtfertigte sich Max.

»Sie hätten mich vorher fragen sollen«, mahnte Ferdinand in einem halbherzigen Versuch, ihm Respekt einzuflössen.

»Sie? Und was hätte das für einen Unterschied ausgemacht?« Der verächtliche Tonfall war unüberhörbar. »Frau Streicher hat mich als ihren Geschäftsführer eingesetzt. Beschweren Sie sich bei ihr, wenn's Ihnen nicht passt.«

Ferdinand schwieg dazu. Er traute Max nicht über den Weg und fürchtete ihn gleichzeitig, weil er wusste, dass er ihn nicht ersetzen konnte. Er selbst taugte ja nicht einmal als Chauffeur. Wenn er am Steuer saß, beschwerten sich die Fahrgäste über das ruckartige Anfahren und Bremsen. Das künstliche Glied war Schuld daran, aber er wollte kein Mitleid schinden, deshalb gab er keine Erklärung ab. Karoline hatte Recht, auf ihren Mann war kein Verlass. Ohne Max konnte sie zusperren.

Das darf nicht geschehen, dachte Ferdinand bangend, während er ins Zimmer hineinhorchte, nein, das darf nicht sein, das wäre nicht zu ertragen.

Endlich öffnete sich die Tür. Die Hebamme schaute heraus, mit erhitztem Gesicht von der Anstrengung, die hinter ihr lag. »Sie können jetzt hereinkommen, Herr Streicher«, verkündete sie fröhlich, als hätte sie nicht zwei Nächte an Karolines Kindbett verbracht, ohne ein Auge zuzutun. »Sie haben einen Sohn.«

Aus dem Zimmer kam ein dunkler Laut, das tiefe, leidvolle Stöhnen eines verletzten Tieres, und dann, in der Stille, die folgte, erhob sich die dünne Stimme des neugeborenen Kindes zu seinem ersten Schrei.

»Ich habe schon mancherlei gesehen in meinem Beruf«, schrieb die Hebamme später in ihren Erinnerungen, »aber keine Frau war wie Karoline Streicher. Als ich ihr das Kind in die Arme legte, warf sie nur einen einzigen abfälligen Blick darauf und sagte: ›Wie sein elender Vater sieht er aus. Hoffentlich wird er nicht so ein Versager.‹ Ich wollte sie beschwichtigen, weil der Ehemann schon hinter mir ins Zimmer getreten war und sie hören konnte, aber sie achtete nicht auf mich. Sie packte das Neugeborene und streckte es ihm entgegen, mit verzerrten Zügen, als hielte sie etwas Schmutziges, Ekel erregendes in Händen. ›Es kommt in die Pflege‹, wandte sie sich an den geschlagenen Mann. ›Bring es weg. Ich will es gar nicht ansehen.‹ Sie hatte eine schwierige Geburt hinter sich, eine Nacht, einen Tag und nun noch eine Nacht, und auch andere Frauen trennten sich von ihrem Kind, wenn sie keine Möglichkeit hatten, es zu ernähren und aufzuziehen. Aber bei Karoline Streicher geschah es nicht aus Not. Sie empfand nicht die geringste Spur von Mutterliebe für das hilflose kleine Geschöpf, schlimmer noch, ich sah es in ihren stechenden schwarzen Augen: Sie hasste ihr eigen Fleisch und Blut.«

»Schlaf, meine Liebste«, sagte Ferdinand sanft. Er hielt das Kind an seine Brust gedrückt und schaukelte es. Er entzückte sich an den winzigen rosigen Händchen und streichelte die runden Wangen, er legte sein Ohr an den kleinen, schnell atmenden Körper, er sog den geheimnisvollen Duft der Babyhaut in sich ein. Das Schlaflied, das er für sein Kind sang, machte Karoline endlich ruhig.

»Es kommt in die Pflege«, wiederholte sie, bevor sie einschlief, und als sie zwei Stunden später erwachte, sagte sie es noch einmal und weckte Ferdinand, der, das Baby noch immer in den Armen haltend, vor sich hindöste, ins Bewusstsein zurück. Er öffnete die Augen und lächelte sie an, zu benommen, um ihre Worte zu verstehen.

»Hörst du mich, Ferdinand?« Die Sonne schien in das Hotelzimmer und verwandelte Karolines Haar in einen roten Heiligenschein. »Ich bin auch bei einer Pflegemutter aufgewachsen.« Sie versuchte sich aufzurichten, aber sie war zu schwach und sank wieder zurück auf ihr Kissen. »Ich habe keine Zeit für einen Säugling. Ich muss mich um das Geschäft kümmern.« Wieder fuhr sie auf. »Hast du Max gesehen? Ist alles in Ordnung?«

Ferdinand legte das Kind in den gepolsterten Weidekorb, den er am Tag davor bei einem Trödler in der Nähe des Hotels erstanden hatte. Die Matratze war staubig und voller Flecken, und die Hebamme zog ein Gesicht, als Ferdinand damit ankam, aber zu einem neuen Stoff hatte das Geld nicht mehr gereicht.

»Du bist jetzt Mutter, das ist das Einzige, was dich bekümmern muss«, sagte er ohne den geringsten Vorwurf in der Stimme. »Ich werde für alles sorgen, was ihr braucht.«

»Du? Du?« Sie konnte nicht mehr schreien.

»Ja, ich.« Ferdinand schüttelte ihren Polster zurecht und glättete die Bettdecke. »Hast du Durst? Oder möchtest du ein wenig essen? Ich hole etwas aus dem Buffet für dich.«

Karoline schloss die Augen. »Bitte, Ferdinand.« Sie tastete nach seiner Hand und hielt sie fest. »Spiel mir nichts vor, ich flehe dich an. Du kannst das Geschäft nicht führen. Du hast andere Talente, du bist ein Erfinder und ein technisches Genie, aber kein Kaufmann. Ich kann das Kind nicht versorgen. Bitte, Ferdinand! Wir werden einen guten Platz für ihn finden.«

»Hermann«, sagte er verträumt. »Wie gefällt dir das?« Er schaute auf das schlafende Kind in der Wiege. »Hermann Streicher ist ein schöner Name für unseren Sohn.«

Hinter dem Paravent in der dunklen Küche flüstert die heiße, zornige Stimme meiner Mutter. »Nein. Lass mich. Ich will es nicht, Ferdinand.« Die Bettfedern quietschen auf. Fleisch klatscht auf Fleisch. Ein Klagelaut dringt herüber, nein, nein, nein, tu's nicht, tu's nicht. Aber er tut es, heftiger, schneller und schneller werden die Stöße, sie zerhacken die jammernde Stimme, bis sie erstickt in dem triumphierenden Höhepunkt, dem wollüstigen Aufseufzen des befriedigten Mannes. Dann wird es still. Nacht für Nacht erhebt sich der geflüsterte Protest meiner Mutter, Nacht für Nacht begräbt er ihren Widerstand unter seinem Körper. Nicht einmal ihre Monatsblutung hält ihn ab, sie zu besteigen, er leckt an ihrem Blut, er trinkt sie, er verschlingt sie, seinen Besitz. In der Nacht ist er der Stärkere, holt er sich, was sie ihm am Tage vorenthält, die Achtung, die Anerkennung, das Glück, das sie ihm versprochen hat, holt sich, was ihm zusteht, mit Gewalt.

Auf der anderen Seite des Paravents hält Gudrun dem Kind die Ohren zu. Aber ich weiß, was er mit ihr treibt, ich habe ihm zugesehen. Er quält sie. Er reißt an ihren Brüsten, beißt in ihre Schenkel, in ihren Bauch, reißt ihre Beine auseinander, nagelt sie fest auf ihrem Marterbett. Was sie schmerzt, macht ihm Lust. Nacht für Nacht, und ich lausche, wenn Gudruns Hände erlahmen, und wünsche mir, dass er sie aufspießt, dass er ihr die Eingeweide aus dem Leib zerrt, seine Zähne tiefer und tiefer in ihre Brust schlägt, bis in ihr böses, kaltes Herz.

»Er ist ein Tier«, flüstert Gudrun, wenn das Paar auf der anderen Seite endlich schläft. »Alle Männer sind Tiere. Nur du, Hermanderl«, sie umarmt mich und zieht mich an ihren mageren Körper, »du wirst das nicht tun. Niemals, versprichst du es mir?«

*

»Und es gab wirklich keine …« Die Frage brannte ihr auf der Zunge, aber Marie Horvath zögerte.

Hermann Streicher sah an ihr vorbei aus dem Fenster, und nur die strenge waagrechte Falte auf seiner Stirn verriet, dass er Marie verstanden hatte. Er liebte ihre Unterbrechungen nicht. Sie hatte keine Fragen zu stellen. Entweder nahm sie mit seiner Erzählung vorlieb, oder sie musste selbst sehen, wie sie weiterkam. Wenn er es auch nicht aussprach, sie wusste es. Jetzt aber konnte und wollte sie nicht mehr zurück.

»… niemals eine Frau?« Gehaucht und gestammelt brachte sie die Worte hervor, endlich. Weil ihr das, was er in seinem Bericht mehrmals und nun wieder angedeutet hatte, unmöglich erschien und sie das Missverständnis, denn nichts anderes konnte es sein, aus der Welt schaffen wollte. »Sie haben mir die ganze Wahrheit versprochen«, sagte sie noch schnell, bevor er die Frage zurückweisen konnte.

Karolines Leben stand auf dem Programm, nicht seines. Er war nur der Berichterstatter, er hatte sie nicht zu interessieren, nicht als Mann, nur als Sohn der Mörderin. Schweigend beobachtete er den Sperling, der auf dem schwankenden Zweig des Hagebuttenstrauches gelandet war und an den roten Beeren herumpickte. Marie nagte an einer Entschuldigung. Jedes Mal, wenn sie Atem holte und zum Sprechen ansetzte, erschien eine zweite Falte auf Streichers Stirn und querte senkrecht die erste, ein ärgerliches Kreuz, das ihr befahl, den Mund zu halten.

Nach einer Weile stand er auf und holte Maries Mantel vom Garderobenständer. Er half ihr hinein, ohne ein Wort, und sie dachte, jetzt ist es aus, jetzt habe ich es mit meiner elenden Neugierde verdorben. Sie wandte sich um, als er den Mantel losließ, und nahm seine Hand, die kühl und trocken war wie Schlangenhaut und unter ihrer Berührung zuckte, bevor er sie rasch zurückzog.

»Gehen wir spazieren«, sagte Hermann Streicher. »Es ist ein schöner Tag. Der letzte vielleicht in diesem Jahr.«

Sie traten in die wehmütige Novemberstimmung des Nachmittags.

»Ja, es gab eine Frau«, sagte Streicher, »oder besser gesagt, es hätte eine Frau geben können. Als ich nach dem Krieg zurückkam.«

Wie sein Vater, dachte Marie, aber dann fiel ihr ein, wie jung er gewesen war, wenn auch nicht zu jung für Hitlers letztes Gefecht, und wieder wanderte ein Misstrauen durch ihre Gedanken. Dass er nur mit ihr spielte und es sie wissen ließ, beiläufig wie eben, so dass sie nie sicher war, ob er nur ihre Aufmerksamkeit prüfen wollte. Und sie erschrak, weil ihr das gar nichts ausmachte, sie im Gegenteil auf die Fortsetzung wartete, gespannter als auf die wahre Geschichte der Karoline Streicher.

»Nach dem Prozess haben sie mich weggebracht. Ich war erst zwölf, und ich hatte keine Angehörigen außer meiner Tante Gudrun, aber die war nicht in der Lage, für mich zu sorgen. Das behauptete sie jedenfalls vor dem Jugendamt. Tatsächlich wünschte sie sich, dass ich von ihr getrennt blieb. Seit dem Tod ihrer alten Mutter war sie Hausangestellte bei einer Witwe im Liebhartstal. Als Karolines Mordanklage in die Zeitung kam, verlor Gudrun natürlich die Arbeit.« Streicher lächelte in sich hinein. »Ich nehme an, dass sie ein neues Leben anfangen wollte. Aber das war unmöglich. Für sie und für mich auch.«

Zwischen den nackten, abgeernteten Weinstöcken wanderten sie Seite an Seite den Nußberg hinauf, und er ließ sich nicht fassen, jede Frage entfernte sie weiter vom Ziel, sie musste ihn gewähren lassen, musste geduldig warten, bis er die Zeit für gekommen hielt.

Er sei in ein Erziehungslager für verwahrloste Jugendliche in Westfalen gebracht worden, erzählte Streicher. Er berichtete von der Ausbildung, die ihm dort zuteil wurde, dem militärischen Drill, der ihm, anders als den meisten Zöglingen, angenehm war. Von der ideologischen Indoktrinierung, die ihn tief beeindruckte. Im Hause Streicher war von Politik niemals die Rede gewesen. Das Wort Nazi hatte er bis dahin nur aus dem Mund seiner Mutter als Schimpfwort gekannt. Im Lager wurde er eines Besseren belehrt.

Streicher sah das Entsetzen in Maries Gesicht und erheiterte sich darüber. »Natürlich war ich ein Nazi. Was haben Sie denn geglaubt? Mit einer halbjüdischen Mutter hätte mir alles andere schlecht bekommen. Karolines

Mutter behauptete zwar, sie sei gar nicht Loews Kind, sondern die Frucht eines Fehltritts. Ja, das hat sie unter Eid ausgesagt.« Er warf Marie einen Blick zu, in dem Neugierde und Schadenfreude glitzerten. »Ein eindrucksvolles Geständnis, finden Sie nicht, Fräulein Horvath? Die eigene Ehre zu beflecken vor einem ganzen Gerichtssaal als Publikum. Und dabei noch einen Meineid zu schwören. Fünf vor zwölf hat Lotte ihre Mutterliebe entdeckt, immerhin. Meine Mutter war da anders.«

Sie standen auf der milde gerundeten Kuppe des Hügels und schauten auf das Wasser tief unter ihnen, das graue, gewundende Band des Flusses und an seinen Ufern die Auwälder, bunt in ihrem herbstlichen Laub. Sie berührten sich nicht, aber Marie spürte, dass er näher kam, seinen Atem an ihrem Hals, seinen Blick auf ihrem Profil.

»Es gab eine Frau«, begann er noch einmal. »Oder es hätte eine Frau geben können. Ein schönes Mädchen. Ich habe nie wieder jemanden getroffen wie sie. Ihre Haut war so zart, dass man die Adern darunter sehen konnte, auf ihrer Brust und Stirn, selbst an den Armen. Sie hatte blasses Haar, mondfarben nannte ich es damals, das gefiel ihr. Es schimmerte wie Silber, ohne eine Spur von Gelb oder Rot, und ihre Augen waren hell wie Wassertropfen. Ohne Arg und ohne Falsch. So wirkte sie. Unschuldig. Sie sah nicht nur so aus, sie war ein Wassergeschöpf, kühl und wendig. Wollte man sie halten, griff man ins Leere. Sie zerrann einem zwischen den Fingern. Sie hieß Felicitas.«

Da konnte Marie nicht widerstehen. Es war wie im Märchen. Sie wusste, dass sie ihn nicht ansehen durfte, aber sie tat es und zerbrach damit den Augenblick. Verwirrt von dem absichtlich rätselvollen Bild, das er für sie entwarf, sah sie ihm in die Augen.

»Warum?«, fragte Marie.

»Der Tee war zu bitter«, antwortete Hermann Streicher. Er hielt sie fest mit seinem dunklen, flammenden Blick, in gespannter Erwartung, als wäre sie seine Geliebte.

»Der Tee?«, wiederholte sie unsicher.

»Der Tee, den ich ihr zu trinken gab.« Auch seine Stimme schwankte ein wenig. Bedauern lag in seinem Ton, und er sah weg.

Dann fragte sie ihn nichts mehr. Entfernt und schweigend gingen sie heim.

Die Gartenpforte war verschlossen. Das Fenster, hinter dem er Marie an jedem Morgen erwartet hatte, verschwunden hinter grünen Holzläden. Das Sommerhaus winterfest gemacht. Er war fort. Er hatte sich ihr entzogen. Er würde nicht wiederkommen, nicht so bald.

Marie zitterte vor Kälte. Der Wind trieb die ersten zögerlichen Schneeflocken vor sich her, fuhr ihr in den Nacken, unter ihren Mantel, biss durch die Wolle der Handschuhe in ihre Finger. Dennoch wartete sie wider alle Vernunft auf Hermann Streichers Rückkehr. Weil sie nicht weggehen konnte, weil sie nicht wusste, wohin.

Aus dem Garten kam ein Geräusch, raschelnde Blätter, ein knackender Ast, und erweckte die unwahrscheinliche Hoffnung, dass es nur eine Laune gewesen war, eine Bestrafung ihrer zudringlichen Frage, ihres neugierigen Blicks, und er drinnen im Verborgenen auf sie wartete, bis er ihre Buße angemessen fand. Aber es war nur eine Katze. Sie schleppte ein Junges, neugeboren, blind und reglos, im Maul und lief mit ihm über den Weg, verschwand über die Böschung des Nußbaches im Ufergestrüpp und kehrte gleich darauf wieder, um ihr zweites Kind zu übersiedeln.

Marie folgte der Katze zu der Stelle, wo sie durch den

Zaun geschlüpft war, und fand ein Loch im Maschengitter, von Brombeeren verwachsen, groß genug für sie. Auf allen vieren, mit eingezogenem Kopf, um sich vor den scharfen Dornen zu schützen, kroch sie in den verwunschenen Garten. Blut aus einem tiefen Kratzer auf ihrer Stirn lief ihr ins Auge, sie wischte es fort, eilig, ohne auf den Schmerz zu achten. Die Haustür war abgesperrt, aber sie kannte das Versteck in dem Blumengeschirr neben der Tür, dort fand sie den Schlüssel. Sie nahm sich keinen Gedanken lang Zeit für die Frage, was sie hier tat, sondern steckte den Schlüssel ins Schloss und öffnete. Die unsinnige Hoffnung, er könnte trotz allem im Haus sein und ihr nun aufgebracht entgegentreten, schwand. Nur Dunkelheit, an die sich ihre Augen rasch gewöhnten, erwartete sie, abgestandener Küchengeruch, vermengt mit dem leisen Gestank von Fäkalien aus der Senkgrube hinter dem Haus. Muffige, wattige Stille, die von ihren Schritten auf dem knarrenden Holzboden nur kurz durchbrochen wurde. Dann wuchs sie hinter ihr, vor ihr wie eine greifbare Wand.

Auf der Suche nach einer Spur von ihm ging sie die Räume ab und stieg sogar die Holztreppe in das verstaubte Dachgeschoss hinauf. Nur den Keller ließ sie aus, weil ihr unheimlich zumute wurde und er dort unten doch nicht sein konnte, selbst ein alter Sonderling wie Streicher nicht. Rasch schlug sie die Kellertür wieder zu und kehrte in die Küche zurück, wo sie so viele Tage bei ihm am Tisch verbracht und ihm aufmerksam zugehört und ebenso aufmerksam seine Züge betrachtet hatte.

Jetzt erst bemerkte sie, dass die Lade, in der er sein Schreibheft, sein geheimnisvolles Tagebuch oder was immer es war, aufbewahrte, offen stand. Die Lade klemmte, sie ließ sich nicht schließen noch weiter öffnen. Marie zerrte an dem hölzernen Griff, zu heftig, er brach mit einem leisen, morschen Seufzer und fiel aus ihrer erschrockenen Hand. Im nächsten Augenblick fasste sie sich wieder, tastend fuhren ihre Finger die Lade entlang, aber da war kein Buch, sie war leer. Nein, nicht leer, jetzt fühlte sie etwas auf dem Boden festgeklebt, sie kratzte mit dem Fingernagel daran, und es löste sich, ein Stück Papier. Vorsichtig, um es nicht zu zerreißen, zog sie es heraus.

Erwartungsvoll trug sie ihre Beute ans Licht. Aber das war kein Notizblatt aus Hermann Streichers Aufzeichnungen. Stockfleckig vor Alter wellte sich das Papier. Der Aufdruck einer Apotheke war zu erkennen. Zum Weißen Kreuz. Es war ein Rezept, eine Verschreibung für ein Medikament namens Mannitol. Sie erkannte die Schrift, Hermann Streichers Handschrift. Er hatte das Rezept auf Maries Namen ausgestellt. Das Spiel war nicht vorbei.

TEIL ZWEI

7. Kapitel

Marie ging den Weg zurück, am Nußbächlein entlang bis zu der Weggabelung, die sie an jedem Morgen dieses Herbstes blicklos und eilig passiert hatte. Nun blieb sie stehen, im Eiswind, der ihr nadelspitze Schneekristalle ins Gesicht blies, und schaute hinüber zu der weißen Villa in der Eroicagasse, einem schmucklosen Bau im Stil der siebziger Jahre, mit Flachdach und verglaster Loggia. Im Erdgeschoss war die Arztpraxis. »Dr. Franz Mohr, praktischer Arzt. Alle Kassen«, stand auf dem Messingschild an der Tür. Aus dieser Entfernung konnte sie die Ordinationszeiten nicht entziffern, aber näher wollte sie nicht hingehen. Im ersten Stock befanden sich die Privaträume. Und hinter dem Haus, von der Straße nicht einsehbar, ein großer Garten.

Dort hatte sie den letzten Abend mit Harry verbracht. Das Grillfest, bei dem keiner von ihnen fröhlich gewesen war, nicht einmal das Kind. Warum eigentlich? Sie konnten doch nicht wissen, was ihnen bevorstand. Eineinhalb Jahre war sie nicht hier gewesen, aber die Erinnerung verblasste nicht, ließ sie niemals los. Es war wie eine Kette aus Gedanken, die sie um den Hals trug, an der sie zog und zerrte, immer wieder, aber da war nichts, was sie nicht schon gedacht, bedacht, gewendet und gedeutet hatte, eine Kette ohne Anfang und Ende, mit der sie gefesselt war.

Hinter der hohen Blautanne im Vorgarten trat ein Mann in ihr Blickfeld. Mit großen Schritten steuerte er auf den roten Mercedes vor dem Eingang zu. Er hielt den Kopf gesenkt und stemmte die Stirn gegen den

Wind. Erst als er die Autotür aufsperrte und Marie sich abwandte, um zu gehen, hob er den Kopf und entdeckte sie. Es war Franz Mohr, der Arzt, der Freund. Und Marie wusste immer noch nicht, ob sie ihm begegnen wollte. Nach einem kurzen Überraschungsmoment erholte er sich. Er kam ihr nach. Da blieb sie stehen und erwartete ihn. Er erreichte sie und sah ihr ins Gesicht, wortlos. Ein Schrecken sprang in seine Augen und schwand wieder, aber sie sah es doch.

»Hast du Ordination?«

»Nein, ein Hausbesuch.« Er ging zum Auto zurück.

Sie folgte ihm zögernd, und er öffnete die Beifahrertür für sie.

»Im Nu erledigt.« Er warf den Ärztekoffer auf den Rücksitz.

Marie stieg ein. Als er den Motor startete, schreckte sie zusammen. Ihre Hand tastete blind nach der Türschnalle. »Ich bin nicht mehr Auto gefahren. Seitdem«, sagte sie.

Eine Weile schwiegen beide. Dann griff Franz über ihren Kopf hinweg nach dem Sicherheitsgurt und schnallte sie an. »Da wird es ja Zeit.« Er sah Marie von der Seite her an. »Ich bin noch ganz aus der Fassung. Mehr als ein Jahr gibst du kein Lebenszeichen, und plötzlich stehst du da wie aus dem Boden gewachsen.«

»Komme ich ungelegen?«

»Nein.« Er schüttelte den Kopf und nahm seine Brille ab, auf der die Schneeflocken tauten. »Ich bin doch froh, dass du endlich da bist.« Er wischte die Gläser trocken. »Ich hoffe, Marie, dass das auch bedeutet – » Er hörte, wie sie den Atem einzog. »Marie. Du bist nicht schuld.«

Sie hob die Hand an ihren Mund und hielt den zuckenden Muskel dort fest. »Hör auf damit«, sagte sie mühsam. »Du weißt nichts. Ich brauche diesen falschen

Trost nicht. Es ist keiner, verstehst du, Franz? Deshalb bin ich nicht gekommen. Weil das alles für mich noch schlimmer macht.«

Er setzte seine Brille auf und fuhr los.

Marie schloss die Augen. »Ich will nicht darüber sprechen. Nicht mit dir, nicht mit jemand anderem. Die Schuldfrage ist kein Diskussionsgegenstand.« Sie sprach zu der Windschutzscheibe, zu den Schneeflocken, die auf sie zugeflogen kamen wie taumelnde, todessüchtige Falter, immer wenn Franz Mohr den Wagen beschleunigte.

»Eines nach dem anderen«, antwortete er unbeeindruckt. »Ich bin glücklich, dass du wohlbehalten und am Leben bist. Alles andere ist unwichtig für mich.«

»Auch der Tod deines besten Freundes und seines Kindes?«

»Du willst also doch sprechen? Dann muss ich aber auch antworten dürfen.«

»Nein«, sagte Marie. »Ich will nicht.«

Er bog in die Armbrustergasse ein und hielt vor einer Hauseinfahrt. Eine hohe Mauer aus Beton verbarg das Grundstück.

»Ich muss nur ein Medikament vorbeibringen. Das ist ein alter Patient von mir, da gehören solche kleinen Gefälligkeiten dazu.« Franz stieg aus und beugte sich durch die offene Tür zu ihr hinunter. »Kann ich dich so lange allein lassen?«

»Ich werde nicht davonlaufen. Ich bin gekommen, weil ich deinen ärztlichen Rat benötige.« Sie stieg nun ebenfalls aus. »Ich warte im Kaffeehaus unten am Platz.«

Hinter der Betonmauer schlug ein Hund an und sprang gegen die eiserne Eingangstür. Franz Mohr sah Marie zweifelnd an. »Ist das auch wahr?«

»Das wirst du schon sehen.« Sie lächelte.

In der kleinen, verschlafenen Konditorei auf dem Nußdorfer Platz saßen sie einander gegenüber. Er trank Kaffee, sie Himbeer-Soda, wie früher. Beinahe wie früher. Sie schreibe wieder, erzählte sie ihm, an einem historischen Stoff, mehr wollte sie nicht verraten, nur dass es eine Erlösung bedeute, Befreiung nach fast zweijähriger Gefangenschaft in Untätigkeit. Er begnügte sich damit, ihr zuzuhören, auch das war wie früher, und auf ihre Fragen zu antworten, was sich in der Zwischenzeit zugetragen habe, ob er immer noch allein sei, wie die Ordination sich entwickle. Und nicht zuletzt, wie es Hannelore gehe.

Eine kleine Pause entstand, in der Franz seine Schnurrbartenden zupfte und in seinen Kaffee schaute. »Hannelore ist weg«, sagte er schließlich.

Marie machte große Augen. »Wieso weg?«

»Wir sind geschieden.« Er trank den letzten Schluck seiner Melange. »Das war übrigens schon an diesem Grillabend ziemlich sicher. Tatsächlich hab ich überlegt, es dir zu sagen. Aber dann hat sich die Gelegenheit nicht ergeben.«

Marie lehnte den Nacken an die Polsterung und starrte auf den Plafonds mit den vier goldverzierten Engelchen im Himmelsazur. »Und ich hab geglaubt, ihr seid ein Paar auf Lebenszeit, ihr werdet euch nie trennen.«

»Tut es dir vielleicht Leid um uns? Wir waren nicht einmal ein besonders gutes Ehepaar.« Franz lachte.

Marie sah aus, als wollte sie in Tränen ausbrechen. »Das habe ich nicht gewusst.« Dann fiel ihr noch etwas ein. »Hast du sie verlassen oder sie dich?«

»Weder noch. So war es nicht«, sagte er, und sein Lächeln schwand. »Ich bin froh, dass du gekommen bist, Marie. Ich hoffe, es bleibt nicht bei dem einen Mal. Wir haben uns immer gut verstanden.«

Sie nickte nur. Eine Weile herrschte Schweigen, dann

sagte sie gedankenverloren: »Wenn wir ein Kind bekommen hätten, wie hätte es wohl ausgesehen? Du bist dunkel und lockig und ich so hell. Ganz verschieden.«

Er musterte sie erstaunt. »Ist das ein Angebot?«, fragte er mit einem kleinen Versuch zu scherzen, aber Marie blieb ernst.

»Wenn ich nun dir begegnet wäre statt Harry und du noch nicht mit Hannelore verheiratet gewesen wärst? Na, egal.«

»Rede bitte mit einem alten Mann nicht so, als ob mit dreißig alles vorüber wäre! Ich bin fast zwanzig Jahre älter als du«, sagte Franz. Er wollte Maries Hand nehmen, aber sie ließ es nicht zu und verstummte, bis er das Schweigen nicht mehr aushielt.

»Du wolltest meinen Rat.« Er seufzte. »Meinen Rat als Arzt?«

»Ja.« Sie zeigte ihm das vergilbte Rezept. »Kennst du ein Medikament, das so heißt?«

»Wie?« Er wollte ihr das Papier aus der Hand nehmen, aber Marie ließ es schnell wieder in der Tasche verschwinden.

»Mannitol«, wiederholte sie.

Franz schüttelte den Kopf. »Ich muss im Codex nachsehen. Es kommt mir irgendwie bekannt vor, als hätte ich kürzlich etwas darüber gelesen. Mir fällt aber nicht ein, wo. Ich werde nachdenken. Warum interessierst du dich dafür?« Er holte seine Füllfeder aus dem Sakko und schrieb sich den Namen auf.

»Hast du schon einmal vom Fall Karoline Streicher gehört? Die Frau, die ihre halbe Familie umgebracht hat?«

»Das ist das Thema deiner Geschichte?« Er machte eine bedenkliche Miene.

»Ist es nicht wie geschaffen für mich, um die Vergangenheit zu bewältigen?«, fragte Marie zurück. Sie stand auf. »Danke für die Einladung, Franz. Ich melde mich wieder. Bitte finde heraus, was es mit diesem Medikament auf sich hat. Das ist wichtig für mich. Und wenn es dich interessiert, schicke ich dir, was ich über den Fall Streicher geschrieben habe.«

»Ja, bitte, unbedingt. Ich rufe dich an, sobald ich's herausbekommen habe.« Franz winkte der Kellnerin, um zu zahlen.

»Ich hebe das Telefon nicht ab.« Maries Lächeln wies ihn freundlich, aber unmissverständlich zurück.

»Aber du hast einen Anrufbeantworter.« Er half ihr in den Mantel und legte, weil die Kellnerin immer noch nicht erschien, einen Geldschein auf den Tisch.

»Woher weißt du das?«, fragte Marie. »Hast du mich angerufen?«

»Und wie oft«, sagte Franz.

»Du hast keine Nachricht hinterlassen.«

»Es ist dir also nicht ganz gleichgültig, ob dich jemand anruft, du willst es doch wissen?« Er suchte ihren Blick.

»Du hast Recht.« Marie sah an ihm vorbei in das Schneegestöber, das den Nußdorfer Platz in eine Märchenkulisse verwandelte. »Ich warte auf einen Anruf.«

*

Die Nähe ist gefährlich. Eine Versuchung, der ich nachgegeben habe. Nun bin ich wieder allein. Allein, wie ich immer war und bleiben werde. Die Worte drängen, die Wortflut, in Jahrzehnten angewachsen, gebändigt, eingesperrt, bricht Risse in die alten Mauern. Ich bin geflohen vor Marie Horvaths Nähe. An die ich mich, viel zu schnell, gewöhnt habe. An ihre Aufmerksamkeit, ihre Zugewandtheit, ihr brennendes Verlangen, alles zu erfahren. Ich musste ihr eine Lektion erteilen. Der fühllosen Neugier, die nach Sensation hascht und in Worte pressen will, was unsagbar war und ist. Wie sie, auch darin, Felicitas gleicht. Die Drohung ist ausgesprochen. Nicht mit derben Worten. Ein Fingerzeig, unmissverständlich. Es gibt keinen Zufall. Die unsichtbare Ordnung der Dinge, zu manchen Zeiten und in mancherlei Gestalt enthüllt sie sich uns. Marie ahnt nichts. Sonst wäre sie nicht zu mir gekommen. Keine Namen sind gefallen. Nichts, was in den Archiven vergraben ist, niemand, der ihr Aufschluss geben kann. Nur ich allein.

Die schwarzen Jahre. Sie begannen mit Karolines Mutterschaft. Ich war der Keil, der Ferdinand und Karoline unerbittlich auseinander trieb, der schreiende, in Krämpfen sich windende Säugling. Nie schlief ich bei Nacht, erst wenn das Tageslicht heranbrach. Dann kamen sie zur Ruhe, eine Stunde oder zwei, bis das Tagwerk rief. Eine in der Kinderpflege kundige Frau, die wie wir im Hotel Weißes Kreuz abgestiegen war, sprach von Blähungen, die den Knaben häufig in den ersten Lebenswochen zu schaffen machten. Karl Ludwig fragte Ferdinand, ob man nicht einen Arzt konsultieren sollte. Er sagte es zwar nicht direkt, aber es war klar, dass sich das Babygeschrei mit seinem Hotelbetrieb auf Dauer nicht vereinbaren ließ. Es gab kein Geld für den Arzt. Und ich plärrte weiter, Nacht für Nacht.

Mein Vater verstand und hielt und tröstete mich. Er war es, der mich aufhob und herumtrug durch die qualvoll langen Nachtstunden, meinen Rücken klopfte und mir beruhigend zusprach, bis ich meinen Schmerz vergaß. Er erinnerte sich gern daran, später, trotz der Unbequemlichkeit, die ich ihm bereitet hatte. Sein Beinstumpf scheuerte sich am harten Leder der Prothese wund, bis er es nicht mehr ertrug und sie ablegte. Dann konnte er mich nicht länger auf und ab tragen, sondern nur in den Armen schaukeln. Für Ferdinand war es eine gute Zeit. Er war stolz, wenn die Leute sagten, das Kind ähnle dem Vater. Für ihn war ich der helle Strahl in der Finsternis, jemand, der ihn brauchte. Denn Ferdinands schwarze Jahre hatten lange davor begonnen, bei der Schlacht am Isonzo vielleicht oder noch früher.

Gegen Morgen, wenn wir beide endlich Ruhe fanden, geschah es oft genug, dass ein erstickter Laut seinen bleiernen Schlaf durchdrang, Karolines atemloses Keuchen der Verzweiflung. Dafür gab es keinen Trost.

Schließlich fand Ferdinand einen Platz für seine junge Familie, ein Untermietszimmer im dritten Bezirk in der Radetzkystraße. Vom Fenster aus sah man auf den Donaukanal, und von morgens bis abends drang der gierige, lebenshungrige Schrei der Möwen nach Futter zu Karoline, die still zu Bette lag, niedergeworfen von ihrem Elend und der Schwäche ihres Körpers. Sie wollte mich loswerden, aber Ferdinand wachte über mein Leben und Wohlergehen.

Anfangs hoffte er noch, dass sie ihre Ablehnung überwinden würde. An jedem Säugetier in der Natur konnte man beobachten, dass die Aufzucht des Nachwuchses über alles ging, die Mutterliebe etwas Selbstverständliches war, eine unumstößliche biologische Tatsache, der sich niemand, auch Karoline nicht, entziehen konnte. Aber das änderte nichts an ihrer Befindlichkeit. Wie die Spinne im Netz hockte das Hassgefühl in ihrem Wochenbett und spann Karolines böse Gedanken. Unter der argwöhnischen Sorge meines Vaters reichte sie mir widerwillig ihre Brüste. Ich trank den Hass mit der Milch, die mich am Leben hielt. Ich zahlte es ihr heim, indem ich ihr die Kräfte aussaugte, sie schwach und hilflos machte, zur Beute Ferdinands. Ich war die Ursache ihrer üblen Lage. Das vergaß sie mir nie. Es war der Ausgangspunkt ihrer Gedanken und ihre letzte Schlussfolgerung. Dabei blieb sie, solange sie lebte. Die Mutterschaft war ihr Fluch.

»Was hast du vor?«, fragte sie Max, der neben der offenen Tür zu dem kleinen Büro an der Hausmauer lehnte.

Er legte den Kopf in den Nacken und sah zu dem blühenden Apfelbaum auf, dem einzigen freundlichen Farbfleck in der Trostlosigkeit des Hinterhofes. Es dauerte eine Zeit, bis sein Blick sich zurechtfand, zurückkehrte aus ihrer gemeinsamen Vergangenheit nach dem Ersten Weltkrieg, als sie das cleverste Schieberpaar von Wien gewesen waren.

Sie verstand nur zu gut. Er wollte nicht mehr. Er glaubte nicht mehr an sie. Er war ein Spieler. Er setzte immer auf Sieg. Er war bereit zum Risiko, wenn es vonnöten war. Niemals aus Sentimentalität. Es war simpel und klar, auch ohne Worte. Sie hätte, wäre sie an seiner Stelle gewesen, nicht anders entschieden. Dennoch, so leicht kam er ihr nicht davon. Immerhin waren sie Partner. Es war seine Idee gewesen, die ganze Unternehmung, er konnte sie nicht im Stich lassen.

Max ließ Karoline ihren Gedanken zu Ende denken, er las ruhig in ihrer Miene, rauchte seine Zigarette und musterte sie dabei aufmerksam, ihr Gesicht, ihre Figur, ihr etwas zu eng gewordenes Kleid. Karoline fühlte einen Stich im Herzen, als sie erkannte, was sich denn eigentlich verändert hatte an seinem Blick, seinem Lächeln, seinem Händedruck. Die alte Bewunderung war verschwunden.

Seit sie einander kannten, hatte er um sie geworben, zuerst offen, bis sie ihn zurückwies, grob, weil er ein Habenichts, ein Häuslerkind aus der tiefsten Provinz war und das nicht zusammenging mit einer jungen, schönen Frau, die nach Höherem strebte, er musste sich das sofort aus dem Kopf schlagen, aber selbst danach ließ er nicht von ihr. Unverschämt glitten seine Blicke an ihrem Körper entlang, zogen ihr die Kleider aus, weideten sich an ihrem nackten Fleisch. Der Max, der sie nun maß, nicht unfreundlich, aber sachlich, kühl taxierend, würde sie nicht mehr mit einem derb erotischen Griff an sich ziehen und seinen Unterleib an ihren drängen, er würde nicht mehr auf ihr Dekolletee starren und ein gieriges Lächeln aufsetzen, wenn er sie im Vorübergehen scheinbar zufällig berührte.

Endlich bequemte er sich zu einer Antwort. »Ich finde das recht überflüssig.« Er warf ihr den brennenden Zigarettenstummel vor die Füße. »Du weißt, dass dein Gatte eine Niete ist im Geschäft. Wenn du ihn rechtzeitig rausgeworfen hättest, stünden wir heute vielleicht anders da. Aber du wolltest ihn ja partout zum Arbeiten zwingen.«

»Wenn ich nun für Ersatz sorge?«, fragte Karoline hastig. »Wenn ich einen finde, der bereit ist, ohne Fixum zu arbeiten, der nur prozentuell beteiligt ist an jeder Fahrt?«

Max schüttelte den Kopf. »Zu spät«, sagte er. »Der Ersatz, den du dir vorstellst, der müsste von der Luft leben können.«

»Du meinst, ich kann es nicht mehr retten? Nicht einmal, wenn ich selbst fahren würde?«

»Du?« Er begann zu lächeln. Aber auch sein Lächeln hatte nichts von der früheren Vertrautheit.

»Wenn du dem Ferdinand das Autofahren beigebracht hast, werde ich es auch lernen können.« Karoline richtete sich auf und schaute ihm herausfordernd in die Augen. Wenn es nicht anders ging, musste sie ihn eben handgreiflich von ihren Qualitäten überzeugen. Wenn es eben nicht anders gehen sollte, musste sie ... Sie trat einen Schritt auf ihn zu. »Bitte, lieber Max.« Sie legte ihre Hand auf seinen Oberarm. »Ich bin bestimmt eine aufmerksame Schülerin. Bei so einem Meister kann das Lernen nicht schwer sein …«

Max starrte sie mit halb offenem Mund an. Seine Unterlippe glänzte feucht und dunkelrot vor ihren Augen, und sie hob das Kinn ein wenig, um sich ihm entgegenzustrecken. Da presste er die Lippen zusammen und verzog den Mund, angeekelt.

»Lassen wir das lieber sein«, sagte er. Er ging in das Büro zurück und kehrte mit seinem Hut wieder. »Was vorbei ist, ist vorbei.«

»Halt!« Karoline stellte sich ihm in den Weg. »Du bist hier angestellt. Du kannst nicht von einem Moment zum anderen alles stehen und liegen lassen, du hast hier auch eine Verpflichtung. Bis zum Monatsende bleibst du, oder –«

»Oder was?«

Karoline sah mit einem Male einen ganz anderen Max aus der wohl bekannten Visage auftauchen, einen, der keinen Spaß verstand, der zu allem bereit war. Sie sah es, wenn sie auch nicht begriff, was es bedeutete.

»Geh mir aus dem Weg, Karolin Loew. Dein Geschäft ist in Konkurs gegangen. Du bist mir Geld schuldig, drei Monatslöhne. Klagen könnt ich dich dafür bei Gericht, wegen Betrugs. Aber wo nix ist, hat der Kaiser das Recht verloren, heißt's, deswegen gehst mir jetzt aus dem Weg und redst mich nimmer drauf an, sonst werd ich schiach.«

Karoline riss erstaunt die Augen auf. »Warum nennst du mich Loew? Woher kennst du meinen Mädchennamen überhaupt? Was heißt denn das, Max?«

»Du verstehst recht gut«, antwortete er mit seinem neuen bösen Haifischlächeln. »Stell dich nicht dumm, das hat noch nie zu dir gepasst. Man muss wissen, wenn man ausgespielt hat, Karolin. Pack deine Sachen zusammen und zieh ab. Ja. Mit euch Blutsaugern ist es aus in diesem Land, dafür werden wir sorgen. In Erinnerung an die alten Zeiten geb ich dir den Rat: Verschwind, solange noch Zeit ist.«

»Ihr?«, fragte Karoline, noch immer vollkommen überrascht von Max' Verwandlung. »Von welchem Wir redest du eigentlich? Bist du wahnsinnig geworden? Meinst du vielleicht gar diese lächerliche, wie heißen die ...?«

»Die nationalsozialistische Arbeiterpartei«, sagte er mit erhobener Stimme. »Lach lieber nicht zu laut, Sara! Es könnte dir schneller Leid tun, als du es dir träumen lässt.«

Karoline hörte nicht. Es gab nicht viel zu lachen in ihrer Lage, aber dass der gerissene, mit allen Salben geschmierte Max plötzlich mit pathetisch tremolierender Stimme Sara zu ihr sagte, erschien ihr so ungeheuerlich und absurd, dass sie in lautes, spöttisches Gelächter ausbrach. Sie lachte mit weit geöffnetem Mund, lachte den Kummer weg um das ruinierte Geschäft und den untüchtigen Ehemann und den Säugling, der inzwischen zu Hause nach ihrer Brust greinte, lachte so heftig und unmäßig, dass sie Max aus dem Büro vertrieb und ihm seinen Abgang verdarb.

»Das letzte Wort ist noch nicht gesprochen«, rief er über die Schulter zu ihr zurück. »Wer zuletzt lacht, lacht am besten. Du wirst daran denken, wenn es so weit ist!«

Erst als er mit langen Schritten den Autoabstellplatz überquert hatte und durch die Ausfahrt verschwunden war, beruhigte sich Karoline. Ernüchtert setzte sie sich an den Schreibtisch und holte das Einnahmenbuch hervor. »Du täuschst dich, Max.« Sie blies den Staub von dem grauen Einband des Buches und schlug es auf. »Ich gebe nicht auf. Ich werde das Geschäft retten. Es wird ohne dich auch gehen, weil es gehen muss. Ich gebe nicht auf. Ich gebe nicht auf.«

Es war aber schon zu spät. Zu lange hatte ihre Abwesenheit, hatten die letzten Wochen der Schwangerschaft, das Wochenbett, die zögerliche Rekonvaleszenz von der Geburt gedauert, einen Winter lang, einen grauenhaft langen, kalten Winter lang, in dem noch weniger Menschen Arbeit hatten und lieber ihre kalten Füße in Kauf nahmen als die Kosten einer Taxifahrt, jener Winter, der als der kälteste des Jahrhunderts in Erinnerung blieb.

Max hatte Ferdinand die Schuld für den Untergang des Unternehmens zugewiesen. Zu jeder anderen Zeit hätte er damit Recht gehabt. Ferdinand Streicher hatte keine Hand für Geschäfte, weder in dieser noch in einer anderen Branche. In diesem Jahr des allgemeinen Verfalls hatte er Unrecht, weil niemand das Unternehmen hätte retten können. Und weil er, wie Karoline beim Prüfen der Kontobücher feststellte, selbst nicht unwesentlich zu der nun drohenden vollständigen Zahlungsunfähigkeit beigetragen hatte. Ungerührt von den roten Zahlen, die er Monat für Monat schrieb, hatte er sich seinen Lohn und sogar Überstunden, Nacht- und Feiertagszulagen pünktlich ausgezahlt. Verglich man sie mit der Hand voll Fuhren, die auf der Einnahmenseite verzeichnet waren, sah man sofort, dass Max' Abrechnung nicht richtig sein konnte.

Karoline saß in dem schmutzigen, kümmerlich ausgestatteten Büro vor den Kontoblättern, die sie langsam, Seite um Seite, prüfte. Langsam, beharrlich, Monat um Monat, Tag für Tag, endlose Zahlenkolonnen addierend, Beträge prüfend, vergleichend. Wenn sie fertig war, begann sie von neuem, einmal, zweimal, dreimal, bis vor dem Fenster das helle Aquamarin des Frühlingshimmels verblasste. Die Kühle des Abends stieg an ihren Beinen hoch, feucht, unbehaglich. Aber sie hielt nicht ein, noch nicht. Sie konnte nicht fassen, dass sie die letzten Reste des erträumten Wohlstands abrechnete, schwarz auf weiß, festgehalten in diesem grauen Buch. Das sollte alles sein, mehr war nicht mehr vorhanden? Selbst wenn sich das zweite Auto, die überholte »Voiturette«, günstig verkaufen ließ, blieb ihr kaum genug für eine ordnungsgemäße Auflösung des Geschäftes. Ließ sie die offenen Rechnungen, die in den letzten drei Monaten angelaufen waren, unbezahlt, hatten sie für ein halbes Jahr zu essen. Keine Miete, kein Brennstoff, keine Kleider, nur Nahrung. Mehr war nicht da. Ein Krüppel und ein Säugling waren zu erhalten. Und die einzig helfende Hand weit und breit gehörte der Schwägerin, die Karoline die Schuld an allem gab, was die Familie Streicher durchzustehen hatte, seit sie durch die Tür des Schrebergartenhäuschens in Ferdinands Leben getreten war.

Es wurde dunkel um die Zahlen im grauen Kontorbuch, zu dunkel, um noch etwas zu erkennen im Raum als den Abendhimmel durch das Fenstergeviert. Karoline blieb unbeweglich an ihrem Platz. Sie zündete kein Licht an. Ein Würgen steckte ihr im Hals. Sie weinte nicht, sie keuchte. Es presste ihr den Atem ab. Schwarze Jahre. Sie brachten die Angst. Den schwarzen Angstvogel, der sich in ihrem Nacken niederließ und seine Flügel um sie breitete. Die Zuversicht, dass die Dinge, welche Unbill auch immer sie traf, einen glücklichen Ausgang haben würden, fiel von ihr ab wie ein totes Blatt. Sie saß still, unfähig zu einer Bewegung, im gespenstischen Halbdunkel. Die Märzkälte kroch durch ihr Kleid. Sie regte sich nicht. Sie wehrte sich nicht. Die schwarzen Flügel hüllten sie ein, und sie ließ es geschehen. Sie fühlte, dass etwas zu Ende ging, ohne ihr Zutun. Sie wusste nicht einmal recht, was es war. Die Jugend? Aber sie war doch noch jung. Hatte sie nicht alles noch vor sich? Sie stieß einen jammervollen Laut aus, weil es die Worte waren, mit denen sie Ferdinand in der schweren Zeit nach der Amputation getröstet hatte, und weil sie nicht mehr stimmten, ja, auch damals schon Lüge gewesen waren.

»Ich gebe nicht auf«, sagte sie laut und zornig in die Dunkelheit. »Ich werde niemals aufgeben. Niemals, niemals. Ich werde glücklich werden. Weil ich ein Recht darauf habe. Weil ich es verdiene, glücklich zu sein.«

Ein leises Rascheln im Zimmerwinkel hinter dem eisernen Kontoschrank ließ sie zusammenfahren. Sie tastetete nach dem Lichtschalter. Der grüne Schirm der Schreibtischlampe warf seinen Schein in die blanken, kugelrunden Augen einer jungen Ratte, die sich unvorsichtig weit in den Raum gewagt hatte und nun, erschrocken durch die unvermittelte Helligkeit, in ihrer Bewegung innehielt. Zeit genug für Karoline, das Buch auf ihrem Schreibtisch aufzuheben und es der Ratte, die nun eilig das Weite suchte, nachzuschleudern. Sie traf, gerade bevor das Tier unter dem Schrank Schutz finden konnte. Sie hörte das Rückgrat mit einem hellen Knacken brechen. Es klang wie eine Bleistiftmine, die nachgab unter dem zu starken Druck der Finger.

Das löste Karolines Erstarrung. Sie sprang von ihrem Stuhl auf und verließ das Büro, ohne das Buch aufzuheben, ohne das Licht zu löschen. Sie rieb sich den Nacken und bewegte prüfend ihre Schultern. Der Angstvogel hatte sie wieder verlassen.

Das Nein lag Gudrun auf der Zunge, als Karoline vor ihrer Tür stand, zu Kreuze gekrochen, die schöne, immer siegreiche Karoline. Gudrun sah die zerlumpten Kleider ihrer Schwägerin, die heruntergetretenen Schuhe, den abgeschabten Lederbeutel mit der Wäsche. Kein Samt und keine Seide mehr, kein Parfum und Rouge und Lippenstift. Blass war sie, so weiß, dass die Sommersprossen wie Schlammspritzer in ihrem Gesicht klebten. Unter dem grauen Rock ragten die Unterschenkel dünn wie Stöcke hervor. Gudrun ließ sich Zeit mit ihrem Nein.

Karolines Augen bettelten, während sie die Bitte wiederholte, an ihr Erbarmen appellierte: »Wir haben nichts mehr zu verkaufen. Meine Kleider, meine Schuhe, alles fort. Ich besitze nicht mehr, als ich am Leib trage.«

Sie hatte ihr Kind mitgebracht, schlafend an ihrer Schulter. Gudrun sah es zum ersten Mal. Sie gab sich keine Mühe mehr, den Anschein zu wahren, sie verbarg ihre Gefühle nicht, sie wollte mit Karoline und Ferdinand nichts mehr zu tun haben. Die Vorfreude, dass nun die Zeit gekommen war, es auszusprechen, es Karoline ins Gesicht zu spucken, wärmte sie. Ihre Verachtung, ihren rechtschaffenen Zorn, ihren Fluch.

Karolines Beben schüttelte das Kind, rüttelte es auf aus dem behaglichen Vormittagsschlaf an der mütterlichen Brust. Es regte sich, und Karoline erstarrte, hielt den Atem an, schon im Vorhinein paralysiert von dem unvermeidlichen Geschrei, das mein Erwachen stets begleitete.

Ich schlug die Augen auf. Enzianblau, sagte Gudrun später zu mir, ein düsteres Blau, das sich bald zu schwarz verfärbte, wie Karolines Augen. Noch ehe ich recht erwacht war, streckte meine Tante die Arme nach mir aus, und Karoline übergab mich ihr eilfertig. Sie sah mit großer Verwunderung, dass das Kind, an Gudruns Busen gedrückt, augenblicklich ruhig wurde. Ich schlief nicht wieder ein, ich lag in ihrer Armbeuge und schaute ihr ins Gesicht, mit dem fernen, undurchdringlichen Blick, den nur die ganz kleinen Kinder haben, ein Blick, in dem alles und nichts liegt, das Geheimnis des Lebens. Sie atmete mich ein und lächelte und wiegte mich und hielt wieder still. Endlich hatten die Gefühle, eingeschlossen in den unberührten, langsam und unmerklich vertrocknenden Leib, ein Gefäß gefunden, in das sie sich ergossen. Hermann Streicher, der Ungeliebte, Unerwünschte kam in ihr Fleisch und ihr Blut, brachte Farbe in ihre Wangen und Leben in ihre ermatteten Glieder und stillte die Sehnsucht.

Erst als sie Karolines Verblüffung bemerkte, löste sich Gudrun von dem Kind. »Er liebt mich«, sagte sie beinahe ehrfürchtig.

»Ich zweifle daran, dass er etwas anderes fühlt als Hunger und Wut«, erwiderte Karoline mit verzogenem Mund. »Aber mir fehlt ja auch das Mütterliche.« Sie warf einen anzüglichen Blick auf die flachen Brüste der Schwägerin, an die sie den Säugling geschmiegt hielt. Die alte Karoline kam hinter der gedemütigten Büßerin zum Vorschein, der Drache zeigte seine Feuer speiende Zunge, einen hässlichen Augenblick lang.

»Frauen, die keine Liebe schenken können, sollten keine Kinder gebären.«

Karoline stieß darauf ein leises, freudloses Lachen aus. »Weißt du denn nicht, Gudrun, wovon die Kinder kommen? Hat sich keiner die Mühe gemacht, dir die Tatsachen des Lebens mitzuteilen? Dass auf eine kurze Annehmlichkeit, wenn's denn eine war, eine große, neun Monate dauernde Unannehmlichkeit folgt und dann das dicke Ende, dass du dir diesen Klumpen, der dich beladen und entstellt hat, aus dem Leib pressen musst. Und dann ist es da, das heulende Elend.«

Gudrun sprach ihr Nein nicht aus. Sie nahm das Kreuz noch einmal auf sich. Um meinetwillen. Sicherlich hätte Ferdinand sein Recht durchsetzen können. Aber er wäre, nachdem er einmal gegangen war, nicht mehr in ihre Nähe gekommen. Das tat Karoline. Obwohl sie sich ebenso wenig wie Ferdinand in das Schrebergartenhaus zurücksehnte. Obwohl sie alle drei sich einig waren in ihrer gegenseitigen Verachtung. Aber Karoline hatte der Sturz aus großer Höhe sehend gemacht. Keine Illusion trübte nach diesem Fall mehr ihren Blick, kein Versprechen Ferdinands und keine noch so rosige Zukunftsvision, die er entwerfen mochte, konnten daran etwas ändern.

Einige Tage darauf zogen sie um, mit einem Handkarren, auf dem ihre Habseligkeiten mühelos Platz fanden. Karoline hatte beim Trödler auf der Hütteldorfer Straße ein Klappbett aufgetrieben und im Schuppen zwischen Ferdinands verstaubten Erfindungen eine alte Matratze, darauf bereitete sie sich und ihrem Gatten das Lager, und Ferdinand bastelte den Paravent aus Sperrholz und Packpapier, hinter dem sie sich ein wenig Privatheit vorgaukeln konnten. Das Baby lag in einem Korb an ihrer Seite. Später, als ich älter wurde, machte mir Gudrun mein Bett auf der Wäschebank neben dem Herd. Mein erstes, mein einziges Heim.

»Wie willst du deine Familie ernähren?«, fragte Gudrun.

Sie sprach mit halblaut gesenkter Stimme, um das Kind nicht aufzustören, das auf dem Küchenboden mit Holzklötzen spielte. Ferdinand hatte sie gebastelt für seinen Sohn. Die alte Frau Streicher saß im Garten, im milden Schatten des Birnbaums. Sie schlief oder hatte die Augen geschlossen vor dem allzu hellen Licht des Frühlingstages. Seitdem Streicher nach den Aufregungen rund um den Versicherungsprozess der Schlag gerührt und einige Wochen später ein zweiter Anfall seinem Leben ein Ende gesetzt hatte, war eine große Veränderung mit ihr vor sich gegangen. Die Streitlust, mit der sie ein Leben lang ihre Umgebung gequält hatte, schwand, zuerst die Lust und dann die Fähigkeit dazu. Gudrun wusste nicht, wie viel die Mutter von der Fürsorge, die sie ihr angedeihen ließ, empfand. Die alte Frau war in ein niedrigeres Stadium zurückgesunken, halb Tier, halb Pflanze, in dem sie zunehmend an Menschlichkeit verlor. Sie reagierte auf Licht, auf Wärme, auf Nahrung. Auf Stimmen reagierte sie nicht, Gudruns Fragen blieben stets unbeantwortet. Auch ihr Sehsinn hatte gelitten. Meist hielt sie die Augen geschlossen, und waren sie einmal geöffnet, blickten sie entrückt zum Himmel, auf den Horizont, in die Wipfel der Bäume. Es bereitete Gudrun eine große körperliche Anstrengung, die fast unbewegliche Greisin ins Freie zu schaffen, aber sie ließ es sich nicht nehmen. Sie wird nicht mehr lange leben, tröstete sie sich und wich den Ratschlägen der Nachbarn, sie solle die unappetitliche und undankbare Alte ins Asyl schaffen, aus.

»Du könntest wenigstens mithelfen, sie in den Garten zu tragen«, zischte Gudrun ihren Bruder an.

Er saß mit schlafmüden Augen am Küchentisch. Den zerschlissenen, hellrot gestreiften Pyjama, den er trug, hatte ihm Gudrun vor vielen Jahren geschenkt. Es war so lange her, dass sich keiner von ihnen mehr daran erinnerte. Die Sonne glänzte in seinen Bartstoppeln und enthüllte unerbittlich seinen üblen Zustand, die fleckige Haut, die geplatzten Adern seiner Wangen, die aufgequollenen Tränensäcke. Er antwortete nicht auf ihre Vorwürfe. Ihre anklagende Stimme war das gewohnte Geräusch, mit dem ihn der Morgen empfing. Sie war in die Fußstapfen der Mutter getreten, keifend und winselnd. Er ignorierte sie, so gut er konnte, wie vordem die Mutter.

»Wie willst du in Zukunft deine Familie ernähren?«, wiederholte sie.

Ferdinand rührte gedankenverloren in dem grautrüben Spülwasser, das sie ihm als Kaffeeersatz vorgesetzt hatte.

»Willst du dich weiter von ihr aushalten lassen? Wach auf, Ferdinand, damit ist es aus, ein für alle Mal. Deine Henne hat ihre goldenen Eier schon gelegt. Du glaubst, so geht es weiter, aber das wird nicht sein. Es ist vorbei, dafür hast du gründlich gesorgt, dass es vorbei ist. Und was bleibt dir jetzt, was hast du? Nicht einmal zwei gesunde Beine, um deinem Schicksal fortzulaufen. Du hast dich selbst am meisten bestraft für deine Faulheit und deine Geldgier. Du bist ein Krüppel, eine verstümmelte, erbarmungswürdige Kreatur. Betteln gehen kannst du, zu was anderem taugst du nicht mehr. So weit du je etwas getaugt hast, du …«

»Schluss jetzt! Halte dein Schandmaul. Wie eine Schleifergoschen, ein ordinäres Gassenmensch redest du daher. Zum Schämen.«

»Ich muss mich nicht schämen«, gellte Gudrun. »Ich habe stets meine Pflicht getan und mehr als das. Ich habe mich um die Eltern gekümmert. Ich habe den Haushalt geführt, deine Wäsche gewaschen, gebügelt und geflickt. Ich –«

»Du! Hörst du mich nicht?« Ferdinands Hand schoß vor. Er packte Gudrun an der Schulter, zwingend wie ein Schraubstock. Er schüttelte sie mit gefletschten Zähnen vor ohnmächtiger Wut. »Schweigen sollst du. Sonst vergesse ich mich.« Sie bog ihren Oberkörper zurück, wand sich unter seinem Griff, zerrte und schlug gegen die Hand, aber er ließ sie nicht los.

»Wer hat dich um deine Opfer gebeten?«, knirschte er, und die Geschwisterblicke verschränkten sich in dem alten unversöhnlichen Zorn, der aus der Vergangenheit herüberschwelte. »Warum hast du es nicht gemacht wie andere Mädchen? Warum bist du nicht unter die Leute gegangen, warum bist du jedem Mann ausgewichen, der auch nur einen Hauch Interesse an dir gezeigt hat?«

»Was für Männer? Deine stinkenden Frontkameraden

meinst du! Was hätte ich denn mit so einem angefangen? So einen hatte ich doch schon zu Hause, dieses Elend kannte ich schon zur Genüge. Wer will denn so einen wie dich? Da schon lieber keinen.«

»Beklage dich also nicht, dass ich dir deine Heiratschancen vermasselt habe. Wer hat dich denn gewollt, das solltest du dich fragen, welcher Mann schaut auf eine verbissene, verkniffene Zange? Du hast gar keinen Grund zum Hochmut, Gudrun, du wolltest es nicht anders. Du opferst dich, und die anderen scheißen auf dich. Weil du dich anstrengen kannst, wie du magst, hast du doch keinen Funken Liebenswürdigkeit oder Charme an dir.«

»Wie deine Frau, meinst du, dein rothaariger Schlampen. Lange wird die Anmut nicht währen, so, wie du mit ihr umgehst. Ich spucke auf sie, ich habe sie nie gemocht, deine Karoline, aber das würde ich der ärmsten Sau nicht wünschen, was sie bei dir ausstehen muss.« Gudrun verzog ihr Gesicht zu einer bitteren, bösen Grimasse. »Ich hätte es nie von dir gedacht«, sagte sie, »dass du so tief sinken würdest. Und jetzt lass mich los, du grauslicher Krüppel.«

»Rührend, eure Geschwisterliebe.«

Unbemerkt war Karoline in die Küche gekommen. Sie lehnte an der grün gestrichenen Wand neben der Tür, mit einem verlorenen Lächeln im Gesicht. Ihr langes Haar hatte sie zu einem einzigen straffen Zopf geflochten und um ihre Schultern gelegt. Ihr Kleid war von Schweiß durchtränkt.

Gudrun warf ihr einen langen, prüfenden Blick zu.

»Was hast du?«, fragte Ferdinand.

»Nichts.« Karoline zog ihr Schultertuch eng um ihren Busen. »Was macht der Bub? Ich muss einmal raus, mir ist schlecht. Kann ich ihn dir inzwischen lassen?«

Gudrun ließ sich ein Weilchen Zeit, bis sie mit einem

gnädigen Kopfnicken zustimmte. »Warte!« Sie lief Karoline, die sich eilig auf den Weg machte, in den Garten nach.

»Ich kann es nicht«, sagte Karoline gehetzt. »Ich weiß nicht, was ich machen soll.«

»Du kannst es nicht?«, wiederholte Gudrun, ohne zu verstehen.

»Das siehst du doch. Siehst du es nicht? Ich habe deinen Blick sehr wohl gespürt. Es ist nicht mehr lange zu verbergen.«

»Was denn?«

Karoline stieß einen hellen, grellen Laut aus, dem Weinen näher verwandt als dem Lachen. »Es heißt, dass die Frauen nicht empfangen, solange sie Milch haben. Warum, glaubst du, stille ich diese Kreatur zwei Jahre lang? Aber nicht einmal dafür ist er was nütze. Ich will es nicht. Ich will lieber sterben als noch einmal diese Tortur. Und das ist nur der Anfang. Das wahre Jammertal kommt danach. Wenn ich es nur loswerden könnte! Wenn ich nur … Aber ich habe Angst, ich …«

»Und du, Karoline …« Gudrun musste schlucken, damit ihr die Stimme gehorchte. »… du würdest lieber sterben, als noch ein Kind zur Welt bringen?«

Karolines Geständnis hatte ein helles, fiebriges Rot auf Gudruns Wangen gemalt. Sie erschauderte, als gleich darauf eine junge Frau aus der Gartensiedlung ihren Kinderwagen vorbeischob. Ihr Bauch war weit vorgewölbt, auch sie, wie Karoline, in Erwartung.

»Du hast doch keine Ahnung.« Karoline wandte sich ab, ohne den Gruß der Nachbarsfrau zu erwidern. »Warum erzähle ich dir überhaupt etwas darüber?«

»Weil du Hilfe brauchst«, antwortete Gudrun schrill. »Wann hast du dich sonst an mich erinnert, außer wenn du etwas gebraucht hast, Karoline?«

Scharf wie der Stahl der Messerklinge konnte sie sein,

die unscheinbare Schwägerin. Unter der eisblauen Kälte ihres Blicks begann Karoline nervös zu blinzeln. »Was meinst du denn damit? Wie willst du mir helfen?«

Aber Gudrun hörte nicht hin, lauschte nur der Stimme, die aus dem Haus drang, dem Schluchzen des Kindes. »Hermann«, sagte sie und war schon auf dem Weg, sein Unglück zu trösten. »Ist schon gut, Karoline. Ich kümmere mich um ihn. Ich kümmere mich um alles.« Sie hielt nur einen Augenblick unter dem Birnbaum inne, wo sie sich zu ihrer Mutter hinunterbeugte und ihr den Speichel vom Mund wischte, dann ging sie schnell ins Haus.

*

Marie liebte ihre Wohnung. Hinter dem Haus lag ein weitläufiges, verlassenes Fabrikgelände, ein alter Backsteinbau. Früher einmal war er Sitz einer Textil- oder Handarbeitsmanufaktur gewesen, vor so vielen Jahren, dass selbst Maries Schwiegermutter sich nur undeutlich daran erinnert hatte. In den alten Höfen blühten im Frühling Flieder und Forsythie, die Kastanienbäume streckten ihre Äste bis an Maries Fenster. Vom lärmenden Verkehr der Durchzugsstraße drang nichts bis hierher. Die Wohnung war ihre Zuflucht, der einzige Ort, an dem sie sich geborgen fühlte. Sie hatte nichts verändert, seit sie hier allein lebte. Eines Tages, hatte sie zu Franz gesagt, wenn ein findiger Immobilienmakler diese schäbige Wiener Stadtidylle entdeckt, wird es aus sein mit der Ruhe. Dann suche ich mir einen anderen Platz.

Marie stand auf. Die Nacht war noch lang, aber sie würde nicht mehr einschlafen. Sie machte Licht und setzte sich an ihren Schreibtisch. Das Papier war weiß wie gestern, sie schrieb kein Wort. Nemecz konnte den Film auch ohne ihre Mitwirkung machen, er brauchte sie nicht, das hatte er ja schon beim ersten Gespräch gesagt. Marie musste nicht arbeiten. Ihr Unglück hatte auch diese Seite. Die Erbschaft der Schwiegermutter, Geld genug, um einige Jahre ohne Arbeit zu überleben. Ein Privileg und ein Fluch. Sie war keine Schriftstellerin mehr. Sie war eine Schriftstellerin, die nicht schrieb. War sie, wenn sie nicht schrieb, eine Schriftstellerin? Morgen fange ich an, nahm sie sich vor und seufzte auf, warum erst morgen? Sie beugte sich zum untersten Fach des Schreibtisches und zog die Lade heraus. Dort waren die Fotos, die sie niemals ansah. Sie griff blind hinein und nahm heraus, was ihr zwischen den Fingern blieb, eine kleine Fotomappe. »Urlaub in Riccione. 1996«, stand auf dem Plastikumschlag. Sie öffnete die Mappe und schloss gleichzeitig die Augen. Sie stieß einen kleinen Jammerlaut aus.

Wenn Franz jetzt anrufen würde, dachte Marie. Als ob es ein Spiel wäre, meine Vergangenheit, als ob ich noch das Mädchen wäre, das für den Herrn Doktor schwärmt. Wenn er anrufen würde, könnte ich es ihm sagen. Was denn, Marie? Noch immer mit geschlossenen Augen klappte sie die Mappe zu. Sollte die Therapie darin bestehen, dass sie in ihren Wunden herumwühlte? Du brauchst Hilfe, plädierte er. Das Schuldgefühl ist eine Krankheit. Er wusste ja nicht. Niemand wusste.

»Nein«, sagte Marie laut in die Stille ihres nächtlichen Zimmers. Sie warf die Fotomappe in die Schreibtischlade zurück und schob sie mit dem Fuß zu. Der Tritt brachte die Schreibtischlampe zum Tanzen. Die Glühbirne erlosch plötzlich. »Nein«, sagte Marie noch einmal, leiser. Sie blieb im Dunkeln sitzen und wartete auf die Tränen. Sie kamen nicht, und auch das Telefon blieb still.

8. Kapitel

Die zweite Schwangerschaft von Karoline verlief nicht unkompliziert wie die erste. Es begann mit einer kleinen Unpässlichkeit, der niemand Bedeutung beimaß, nicht einmal Karoline selbst. Sie hatte sich einen Plan ausgedacht, zur Befreiung aus der finanziellen Misere, sie würde ihre Lebensgeschichte als Fortsetzungsroman an die Zeitung verkaufen. »Ich weiß, dass Holzmann anbeißen wird. Erinnert ihr euch noch an Holzmann?«

Gudrun wühlte in einem Berg Wäsche. Sie suchte nach einem geeigneten Stück Stoff, um aus meinem zerrissenen und zu klein gewordenen Mantel eine Joppe zu schneidern, als Karoline plötzlich von einem Bauchkrampf zusammengekrümmt wurde. Ich saß zu ihren Füßen und sah verblüfft die Verwandlung, die mit ihr vorging. Sie erblasste, nicht nur die Wangen, auch die Stirn, der Hals, die Hände. Selbst ihre Füße, die in offenen Pantoffeln steckten, nahmen eine bläuliche Farbe an, als würde mit einem Mal alles Blut aus ihnen entweichen. Die großen schwarzen Augen standen wie blanke, starre Spiegellichter über mir, undurchdringlich, ohne einen Widerschein des Erkennens. Mit einem Seufzen sank sie vom Stuhl, auf Knie und Hände gestützt an meine Seite, und ich lachte laut auf, so komisch sah das aus. Sie hörte mich nicht, oder wenn, dann war sie nicht im Stande, mich dafür zur Rechenschaft zu ziehen, aber mein Vater, der hinter dem Paravent vor sich hindöste, erwachte und erschien, um Nachschau zu halten.

»Karoline?«, fragte er wie ein kleines Kind, das seine Mutter in Ängsten sieht, während ich, das Kind, nichts anderes als Staunen und Neugier aufbrachte. »Gudrun, was hat sie?«

»Was wohl – das, was du ihr eingebrockt hast: ein Kind im Bauch«, antwortete Gudrun. Sie zog Karoline auf die Beine und auf den Stuhl zurück, mit der Geschicklichkeit der geübten Pflegerin.

Karolines Kopf pendelte willenlos hin und her, aber sie war bei Bewusstsein, denn sie sprach, ein Hauch von einem Wort, das niemand verstand als das Kind zu ihren Füßen. »Tot«, flüsterte sie.

Die kleine Schwäche wollte nicht mehr vergehen. Die schmale Küche des Streicher-Häuschens wurde Karolines matten Gliedmaßen zu groß, sie zu durchqueren, sich aus dem Bett zu erheben, den Paravent zur Seite zu schieben, zum Herd zu gehen, wo der Wassertopf stand. »Hermanderl!«, rief sie mich mit dem neuen, geborstenen Ton in ihrer Stimme, die ich bis dahin nur befehlend kannte. »Bring das Wasser. Schütte aber nichts aus, ich hab Durst, so großen Durst.«

Sie trank, aber es half nicht. Ferdinand flößte ihr Tee ein, den Gudrun bereitete, Bluttee, las er vor, es stand auf der Packung, extra für die werdenden Mütter zur Kräftigung. Schließlich verging die kleine Schwäche, aber nur um einer großen Platz zu machen. Tot, sagten Karolines schwarze Traueraugen. Ihr schönes rotes Haar fiel aus. In ganzen Büscheln blieb es auf dem Polster liegen, und wenn sie den Kopf hin und her drehte, rastlos und schlaflos bei Tag und bei Nacht, glitten die Haarsträhnen auf den Boden, wo ich sie aufhob und Zöpfchen daraus flocht, die ich um Karolines kalte, blau verfärbte Zehen wickelte.

»Wir müssen einen Arzt holen«, sagte Ferdinand.

»Mit welchem Geld willst du ihn bezahlen?«, fragte Gudrun. »Und was soll ein Arzt hier ausrichten? Sie hätte eben nicht noch ein Kind bekommen dürfen in ihrem unterernährten Zustand.«

»Sie wird sterben.« Ferdinand legte seine Hand auf ihre schweißkalte Stirn. »Karoline, hörst du mich?«

Gudrun trat neben ihn an das Krankenlager.

Ferdinand klaubte die losen Haarsträhnen von Karolines Kissen und hielt sie Gudrun hin. »Sieh dir das an.«

»Na und? Was kann denn ich dafür?«, rief Gudrun mit erhobener Stimme. »Willst du vielleicht mir die Schuld geben?«

Sie war mit einem Mal so aufgeregt, dass Ferdinand stutzig wurde. »Wenn man dir zuhört, könnte man ja direkt auf die Idee kommen …«, sagte er nachdenklich und sprach nicht weiter.

Gudruns Augen füllten sich mit Tränen. »Du bist schuld. Du Taugenichts! Du widerlicher geiler Bock! Du bist der Übeltäter.« Sie schluchzte, in ohnmächtiger Wut. »Du wagst es, mir einen Vorwurf zu machen. Nach allem, was ich für euch getan habe.«

Ferdinand sah sie nur an. Unter seinem eigentümlich befremdeten Blick versiegten Gudruns Tränen so schnell, wie sie gekommen waren. Sie hob ihre Stoffschürze und wischte sich mit einem Ende ihre nassen Wangen ab.

»Bring Fleisch, damit ich ihr eine Suppe machen kann«, sagte sie in ruhigerem Ton und wandte sich wieder der Kranken zu. »Dann wird sich Karoline schnell wieder erholen.«

Ferdinand gehorchte ihr. Er lief sich die Füße ab, um Nahrungsmittel nach Hause zu bringen. Er fand Arbeit als Löter in einer Elektrofirma, die Radiogeräte erzeugte. Er schluckte die Demütigung, dass er, der Ingenieur, der selbst ein Radiogerät erfunden hatte, nun in untergeordneter Stellung, als einfacher Arbeiter beschäftigt war. Er verdiente Geld, nicht viel, nicht genug. Aber es linderte die drückendste Not.

Und tatsächlich, Karoline erholte sich. Ihre Lebensgeister kehrten so weit wieder, dass sie ihr Bett zeitweilig verlassen konnte. Ich lernte eine neue Karoline kennen, eine Frau, deren Hände zu schwach waren, um mich zu züchtigen, deren Stimme kaum zu vernehmen war. Sie ähnelte plötzlich auf dunkle Weise ihrer Schwiegermutter, die mit pendelndem Kopf neben dem Herd hockend ihre Tage verbrachte und lange Speichelfäden aus ihrem Mund fließen ließ.

Von Holzmann war nicht mehr die Rede. Karoline war verstummt. Sie ahnte nicht, dass das eigentliche Drama ihres Lebens noch bevorstand. Nach der Farce des ersten Teils folgte nun der zweite, die Tragödie.

*

Am Morgen hatten die Kastanienbäume weiße Arme. Die Sonne kam hinter der Backsteinfabrik hervor und schien Marie ins Gesicht. Sie drehte sich auf die andere Seite, aber bevor sie wieder einschlafen konnte, läutete das Telefon. Sie sprang vom Sofa und griff zum Hörer, bevor sich das Band des Anrufbeantworters einschalten konnte.

»Du gehst ja doch zum Telefon«, sagte Franz überrascht. »Guten Morgen, Marie.«

»Ich hab gewusst, dass du es bist«, antwortete sie. »Hast du mein Manuskript schon bekommen?«

»Deshalb rufe ich dich ja an. Toll. Ich bin total beeindruckt. Das ist ja eine wüste Geschichte. Gratuliere.«

Sie freute sich. Ob wegen seines Anrufs oder über sein Lob, wusste sie nicht. Die Sonne erreichte ihren Schreibtisch und tauchte Marie in eine Landschaft aus wirbelndem Goldstaub.

»Eines nur … Marie?«, fragte Franz. »Hörst du zu?«

»Nein«, sagte sie. »Ich weiß, was du sagen willst. Die Geschichte mit Hermann Streicher gefällt dir nicht, und du machst dir Sorgen.«

»Stimmt.« Er räusperte sich. »Ich möchte dich sehen, Marie. Mit dir ausführlich über alles reden.«

»Lieber nicht«, antwortete sie, und dann: »Hast du schon nachgeschaut, was Mannitol ist?«

»Ja. Eine chemische Substanz, die in allerlei Medikamenten enthalten ist.«

»Was heißt das?«, fragte Marie. »Kannst du mir das genauer erklären?«

Einen Augenblick blieb es still in der Leitung. »Der springende Punkt ist nicht das Mannitol.«

»Sondern?«

»Warum stellt dieser Mann ein Rezept für dich aus?«

Genau das wollte Marie herausfinden. Sie verabschiedete sich und hängte auf.

*

Karoline Streicher fürchtete Ratten, Mäuse, alle die flinken Nagetiere, die sich in Haus und Hof, in den Vorratskammern, den Scheunen und Ställen herumtrieben, mehr noch, sie geriet bei ihrem Anblick in Panik. Ob nun ihr hysterischer Zusammenbruch während der Untersuchungshaft simuliert gewesen war oder nicht, sie litt unter übersteigerten Ängsten, denen mit Vernunft nicht beizukommen war. Gudrun fand großes Behagen daran, sie zu schüren, das war ihre Rache und stets von neuem süß, wenn Karolines Lippen zu beben begannen und sie mit weit aufgerissenen Augen die Zimmerwinkel nach dem verhassten Getier absuchte.

»Sie haben das Linoleum in der Küche angenagt«, erzählte Gudrun zum Beispiel beiläufig beim Frühstück, und sie konnte sicher sein, dass Karoline der Bissen im

Hals stecken blieb und sie nicht weiteressen mochte. Oder sie fand den Sack mit dem Mehl in der Vorratskammer von Ratten heimgesucht und ihren Kot in der Küchenkredenz und ein langes Schnurrbarthaar neben der Butterdose.

»Wir müssen Nachschub von Kohn holen«, meinte sie, »das Ungeziefer nimmt schon wieder überhand, eine Schande, wie schnell unser Vorrat verbraucht war. Man muss ihn das nächste Mal fragen, ob er nicht ein wirksameres Mittel weiß, damit wir das Problem ein für alle Mal aus der Welt schaffen.«

»Glaubst du, dass so etwas möglich ist?«, fragte Karoline bange. »Ich gehe nachher gleich zu ihm.«

Isaak Kohn hatte eine Drogerie in der Galitzinstraße, am Fuß unserer Schrebergartensiedlung. Er verkaufte Seife, Rasiercreme, Speisesoda und Haarwasser sowie allerlei andere Kleinigkeiten, die das Leben angenehmer gestalteten und die sich die Familie Streicher immer weniger leisten konnte.

Ich begleitete Karoline oft in die Drogerie. An der Fassade neben der Eingangstür hing ein Emailschild, das ich immer wieder mit Entzücken betrachtete. Auf weißem Grund war in blauen Buchstaben ein Wort gemalt. Es hieß »Thallium«, das wusste ich, lange bevor ich lesen lernte. Von oben hingen Würste, Geselchtes und Speckseiten, dahinter wiegten sich Kornfelder im Sommerwind. Über die Buchstaben, die schräg nach oben verliefen, strebten kleine Nager, Mäuse und Ratten den Leckerbissen entgegen, ohne ihr Ziel je zu erreichen. Das Thallium hinderte sie, es lähmte ihnen die Gliedmaßen, brachte sie zum Sturz. So purzelten sie von den höchsten Buchstaben in die Tiefe, zu den Brüdern und Schwestern, die unten zwischen den Ähren schon früher ein gleiches Schicksal gefunden hatten, den Tod.

»Thallokörner, Thallopaste, wirkungsvoll in Speisekammer, Haus und Flur«, warb die Bildunterschrift. Das Schild hatte die Heiterkeit und Unschuld einer Kinderbuchillustration, eine freundliche Einladung, die niemand ans Sterben denken ließ, sondern Appetit machte auf die frischen Blutwürste und den fetten Bauernspeck, und die Schönheit des reifen Getreides zeigte.

»Wir werden mit dem Ungeziefer nicht mehr fertig«, wandte sich Karoline aufgeregt an den Drogisten, der in einer Wolke gemischter Gerüche, Petroleum, Chlor und Spiritus, aus dem Lager kam, als er die Ladenglocke hörte.

»Stets zu Diensten, gnädige Frau«, grüßte Kohn freundlich. »Das wäre doch gelacht, wenn uns das nicht gelingen sollte. Wirken die Körner nicht, greift man zur Paste.« Er holte unter dem Ladentisch eine blauweiße Tube hervor mit dem gleichen Schriftzug, der auf dem Werbeschild zu sehen war. »Nur Vorsicht, dass das nicht in die falsche Kehle gerät.« Mit seinem dürren Zeigefinger wies der alte Drogist auf mich. »Das könnte böse ausgehen für so einen kleinen Wicht.«

Wäre es so, las ich in Karolines Blick, hätte ich endlich meinen Frieden. Dann drehte sie mir den Rücken zu. »Geben Sie mir zwölf Tuben«, verlangte sie.

Kohn fragte nicht lange. Es kam dieser Tage nicht so oft vor, dass jemand große Bestellungen aufgab. Er bezweifelte – und das sagte er später als Hauptzeuge der Anklage in Karolines Prozess –, dass in dem Schrebergarten eine derartige Rattenplage herrschte. Aber es war nicht an ihm, der Kundschaft Vorschriften zu machen. Karoline hatte immer noch, wenn auch oft mit langer Verzögerung, ihre Rechnung beglichen. Er wickelte die zwölf Tuben in weißes Packpapier, schrieb die 36 Groschen, die sie kosteten, in das Buch mit den Außenständen und wünschte Karoline viel Glück.

Es dauerte viele Monate, bis er sie wiedersah. Erst nachdem meine Schwester Ursula zur Welt gekommen war und bald darauf die Ratten in ihr Leben zurückkehrten.

Ich weiß den Tag noch genau, einen glühenden Sommertag im August, und dann eine ebensolche Nacht, zum Ersticken schwül. Sie hatten mich in die Obhut der Frau Bogner, einer Nachbarin, gegeben, damit ich die spitzen Schreie meiner Mutter nicht hören sollte und die Verwünschungen, die sie ausstieß, wenn eine neue Wehe über sie hereinbrach. Um neun Uhr nachts, als mich Frau Bogner heimbrachte, standen die Sterne schon am Himmel, aber die Bienen waren noch wach und summten um die Zwetschken, die der Wind von den Bäumen geholt hatte, Wind, der ein Gewitter über die Großstadt schob, das sich nicht entlud. Nun duckten sich die Wolken über den Dächern, und der Wind, der an Kraft verloren hatte, blies nur halbherzig von Zeit zu Zeit einen Schwall heißer, abgestandener Luft um die Hausecken und durch die schmalen Seitengassen und legte sich wieder zur Ruhe.

Karolines langer, schütter gewordener Zopf hing dunkel vor Schweiß von ihrem Kissen. Wie ein lebendiges Tier zuckte und wand er sich mit jeder Bewegung ihres Kopfes. Ferdinand nahm mich an der Tür in Empfang, schob mich ins Zimmer, zum Bett der alten Streicher, die laut schnarchend unter der Tuchent lag, von den Qualen der Gebärenden unberührt.

»Deine Mutter braucht jetzt viel Ruhe«, flüsterte er. »Schlaf schnell ein, und wenn du wieder aufwachst, wird es da sein, dein neues Geschwisterl.«

Da erhob sich in der Küche die schleppende Stimme der Hebamme: »Einmal noch, so, und fest, ja! Gleich haben wir es geschafft. Fest – jetzt – jetzt!«

Ich war vergessen. Geistesabwesend stand Ferdinand vor mir, in seinen Händen das Nachtgewand, das er mir überstreifen sollte. Er horchte nach drüben. Aber keine Freude, kein Lächeln zeigte sich auf seinem Gesicht. Er war nicht glücklich, wie er es bei der Geburt seines Sohnes gewesen war. Ich schob mich an ihm vorbei, unter seinem Blick hinweg, der mich nicht sah. Ich öffnete die Tür. Er hinderte mich nicht.

Der Paravent war zur Seite geschoben. Das Klappbett mit einem Plastiktuch abgedeckt. Karoline lag darauf, nackt. Zwischen ihren gespreizten Beinen stand schwärzlich eine Blutlache. Ihr Mund war geöffnet zum Schrei, aber kein Laut kam über ihre Lippen, nur ein heiseres Seufzen. Es klang wie der Sommerwind, der das Gewitter nicht von der Stelle bewegen konnte. Die Kraft war aus ihr geflossen, wie tot lag sie da. Die Hebamme wusch ihre blutigen Arme am Spülstein. Sie sprach mit ihrer tiefen Stimme grollend befehlende Töne. Ich verstand sie nicht, und Gudrun, an die ihre Worte gerichtet waren, hörte nicht hin.

Sie sank in den Stuhl neben der Kreißstatt, in ihren Armen ein weißes Bündel, das Neugeborene. »Ursula«, nickte Gudrun mir zu. »So soll dein Schwesterlein heißen. Gleich morgen lassen wir dich taufen, Urserl, damit du auch gewiss in den Himmel kommst. Kannst ja nichts dafür. Sollst es nicht büßen, dass rundherum nur die Sünde ist, nein, du mein weißes Unschuldslamm, dir wird nichts Böses mehr widerfahren, ich beschütze dich vor ihr, vor ihm, vor allen. Barmherziger Jesus, hilf mir, nimm diesen armen Wurm zu dir.«

»Welchen Unsinn redest du, Frau?«, herrschte die Hebamme sie noch einmal an. »Ist sie nicht richtig im Kopf?«, wandte sie sich an Ferdinand, der wie in Trance näher kam. »Streng ich mich dafür an, es auf die Welt zu holen, dass es nachher gleich ins Jenseits gebetet wird?

Hörst du, Vater? Jetzt heißt es aufmerken und anpacken, dass das Hascherl bald kräftiger wird. Keine Trübsinnigkeiten, wir haben schon ganz andere Fälle durchgebracht.«

Aber ihre Worte verpufften. Weder Bruder noch Schwester zuckten mit der Wimper dazu. Beide starrten auf das schwächliche Mädchen, das Karoline geboren hatte. Mein Schwesterlein. Sie wog nicht mehr als ein Brotlaib, und sie sah auch irgendwie ähnlich aus. Die Haut war dunkel verschorft, und wenn sie das kleine, runzelige Gesichtchen verzog, brachen die Krusten und das Blut trat unter ihnen hervor. Der Mund, rosa und zart wie ein Kirschblütenblatt, trug einen leidenden Zug, als hätte das Mädchen die Bitterkeit des Daseins schon im Mutterleib zu fühlen bekommen. Die Augen waren geschlossen. Sie sah uns nicht an, meine Schwester Ursula, kein einziges Mal.

Die Mutter verlangte nicht nach ihrem Kind. Der Vater stand stumm und ausdruckslos. Der Schlag, der ihn getroffen hatte, schmerzte nicht länger, nach allem, was er inzwischen durchgemacht. Gudrun mit den immer rot geweinten Augen hatte für meine Schwester, das erbarmungswürdige, zum Sterben geborene Geschöpf, nur Gebete, Tränen nicht.

Schief lächelte die Madonnenstatue in der Kirche zur Heiligen Familie, wo sich die Streichers einfanden, um meiner Schwester das Sakrament der Taufe zu spenden. Karoline war so weiß wie das Linnentuch, in das der Säugling an Stelle eines Taufkleides gewickelt war. Wir hatten kein Geld für unnütze Kleidungsstücke, und welches hätte entbehrlicher sein können als dieses?

Ursulas Augen waren immer noch geschlossen. Besser keine Familie als eine solche, schien die verkniffene Leidensmiene zu sagen. Die zusammengepressten Lippen blieben stumm, als sie mit dem geweihten Wasser besprengt wurde. Gudrun hielt das leblose Mädchen, sie wiegte es, sie nickte zu den salbungsvollen Worten des Priesters, der von dem Lichtlein erzählte, das eine jede Menschenseele in die Welt trägt, und von dem Glück, das nur den Kinderlein beschieden ist, die das Himmelreich schauen.

Da, als würde sie aus tiefem Schlaf erwachen, riss Karoline die Augen auf. »Wirst du still stehen!«, zischte sie mir leise zu, weil ich im gleichen Augenblick unwillkürlich von ihr wegstrebte.

Ich kannte die Zeichen, die untrüglichen. Bevor ich hinter Ferdinand Schutz suchen konnte, krallte sie sich in meinen Arm. Ich wagte nicht, laut aufzuschreien, obwohl sie mich wie mit einer Feuerzange zwickte, sondern sog nur laut den Atem ein, und ihre langen Fingernägel gruben sich tief in mein Fleisch.

Dem Priester stockten die Worte im Mund, als er in seiner Kirche ein Kind solchermaßen misshandelt sah, aber er wollte es hinter sich bringen, die heilige Zeremonie nicht unterbrechen durch eine Ermahnung, die ohnedies nicht fruchten würde. Er sah den Widerschein des roten Hasses, den Blutdurst in den Augen meiner Mutter. Eine wie sie war nicht aufzuhalten, mit guten Worten nicht.

So sprach der Priester erst, als das Gericht ihn dazu aufforderte, Zeugnis abzulegen über die Familienverhältnisse der Streichers. »Ich habe nur Gudrun näher gekannt. Sie war eine fleißige Kirchenbesucherin. Keinen Sonntag fehlte sie. Wochentags kam sie oft auch zur Abendandacht. Sie legte regelmäßig die Beichte ab, nicht nur zu Ostern. Sie betete den Rosenkranz für die Vestorbenen. Und besonders liebte sie die Maiandachten.«

Über Karoline und Ferdinand hatte der Priester nichts

zu sagen. Die Brutalität der Mutter war ihm schmerzlich aufgefallen, auch dass der Vater keinen Finger gerührt hatte, um sie aufzuhalten. Aber es waren nicht die schlechtesten Menschen, erklärte er mit großer Sicherheit, die ihre Kinder züchtigten. Mit Maß und Ziel angewendet, brachte es mehr Nutzen als Schaden. Er hatte keinen Anlass gesehen, einzuschreiten. Nur sein Herz blutete, weil es ein so schüchterner kleiner Bursche gewesen war und sein Vergehen nicht der Rede, geschweige denn eines so bösen Kniffes wert.

Auch das Baby dauerte ihn. Es war vom Tode gezeichnet. Nein, weder der Priester noch der Leichenbeschauer, der zwei Tage später in das Schrebergartenhaus gerufen wurde, um den Tod der frühgeborenen, anämischen und vermutlich schwachsinnigen Ursula Streicher festzustellen, keiner schöpfte Verdacht. Der Tod ging um in den Armenvierteln außerhalb des alten Linienwalles, und die reichste Ausbeute hielt er unter den schwächsten seiner Bewohner, den Alten und den Kindern.

So viele Jahre sind vergangen. Gudrun und ich leben immer noch. Hat sie denn Recht gehabt? Hat sie das Recht gehabt? Auf dem Ottakringer Friedhof ist Ursulas Kindergrab, billiger Sandstein, den die Jahre verwittert haben. Die Inschrift auf dem Grabstein ist verblasst und unleserlich geworden, aber ich weiß noch, welchen Spruch Gudrun für Ursula aussuchte: Dein Tod hat keinen Stachel. Doch das traf nur auf Karoline und Ferdinand, nicht auf Gudrun zu. Das gemarterte Gesicht des unschuldigen Kindes zerriss ihr Herz, jede Nacht von neuem. Nur der Tod und wiederum der Tod konnte diese Wunde heilen. Rache und Sühne.

Gudrun, die Blasse, die Unsichtbare im Hintergrund, war aus dem langen Schatten getreten, den Karoline warf.

Das Begräbnis war die letzte Gelegenheit, bei der die Familie Streicher sich vollständig versammelte, war auch das älteste Familienmitglied, der alte Streicher, zu ihren Füßen, unter der Erde, und das jüngste, die kleine Ursula, auf dem Weg dorthin, in einem winzigen, schmucklosen Fichtensarg. Niemand verlangte, das verkrümmte Körperchen noch einmal anzusehen.

»Machen Sie schnell«, befahl Ferdinand dem Priester, es war derselbe, der Ursula getauft hatte.

»Manche Kinder«, begann er seine Predigt an Ursulas offenem Grab, »sind im Himmel besser aufgehoben als in den Armen gleichgültiger Eltern. Wir aber müssen Gottes unerforschlichen Entschluss annehmen, auch wenn wir unser Liebstes lassen und es uns das Herz brechen will. Wer aber in solch schwerer Stunde keine Trauer fühlt, der horche in sich hinein und schäme sich seines kalten Herzens. Denn die Kinderlein sind unser Himmel auf Erden, und wer ihnen keine Liebe schenkt, dem ist die ewige Verdammnis gewiss.«

Da mischte sich plötzlich Gudrun dazwischen. »Aber ich liebe sie«, rief sie aus. »Ich wollte, ich könnte sie zurückholen und an mein Herz drücken. Verurteilen Sie mich nicht, Herr Pfarrer! Ich flehe um die Gnade des Herrn.«

Karoline runzelte die Stirn zu Gudruns atemlosem Geplapper, und der Pfarrer musterte sie seufzend und dachte bei sich, dass sie ihre Sinne nicht alle beisammen habe, und bedauerte seine Ermahnungen herzlich. Ferdinand aber wandte sich um und sah Gudrun lange an, mit einem Blick, in dem Entsetzen stand und plötzliches Begreifen. Er nahm sie an der Schulter und schüttelte sie, nicht grob, als ob er das Geheimnis um Karolines Krankheit und Ursulas Tod aus ihr herausschütteln wollte wie Mehl durch ein Sieb, aber der Vergleich war falsch, denn die Worte waren Stein und Gudrun verschluckte sie, jedes von ihnen, und begrub sie in ihrer Brust, in ihrem Herzen.

Ferdinand kannte oder ahnte die Wahrheit. Aber, ob aus Schwäche oder Gleichgültigkeit, er handelte nicht.

Im Gasthaus zum gelben Heller feierten wir den Totenschmaus, Ferdinand und Karoline, Gudrun, die alte Streicher und ich, die Nachbarn und noch ein paar Trauergäste, an die ich mich nicht mehr entsinne, nur dass sie um die Tafel saßen und nicht sprachen und nicht aßen und nur ein Glas Bier annehmen wollten, obwohl Ferdinand sie ausdrücklich eingeladen hatte zu Würstel mit Senf. Er war nicht wiederzuerkennen, mein Vater, am Tag, als wir meine Schwester zu Grabe trugen. Eine Lebhaftigkeit aus früheren Jahren, vor meiner Zeit, hatte Besitz von ihm ergriffen, ein Echo des jungen, schönen Ferdinand, in den sich Karoline verliebt hatte.

Karoline trug einen schwarzen Hut, mit dem ich sie zum ersten Mal sah, einen Hut mit einem schwarzen Schleier und Trauerflor. Der Schleier verbarg ihr Gesicht, ihre Augen, in denen keine Trauer um den Tod des Kindes stand und keine Erleichterung, nur eine große Müdigkeit. Sie hasste ihre kleine Tochter nicht. Ihr Hass galt mir allein. Ich war der Feind. Auch an einem Tag wie diesem. Er durchdrang die Mattigkeit, die bleierne Sehnsucht nach Frieden. Wenn ich in ihre Reichweite kam, konnte sie nicht widerstehen, sie musste mir Schmerzen zufügen. Aber ich war vorsichtig, ich hielt mich fern, an Gudruns Seite.

Ferdinand trank schnell und mit Vorsatz Glas um Glas des starken, dunklen Bieres, das aus der nahen Ottakringer Brauerei kam. Er stürzte sich in den Rausch. Mit seinem mühseligen Holperschritt ging er um den Tisch herum zu Karoline, die ruhig dasaß, als würde sie ihn nicht bemerken. Er trat hinter sie. Seine Hände griffen unter den schwarzen Schleier. Sie hinderte ihn nicht. Er schlug ihn zurück.

»Jeden hätte sie haben können«, sagte er laut, an alle gewandt, als wäre er aufgestanden, um einen Toast auf Karolines Glück zu sprechen. »Vor dieser Frau liegt jeder auf den Knien. Aber sie hat mich erwählt, Ferdinand Streicher. Ich bin der Mann, dem sie gehört.« Er beugte sich zu ihr hinunter und küsste ihre Halsbeuge, zärtlich, und dann ihre Hand. »Meine geliebte Frau. Da draußen liegt unser Kind, die arme Ursula, in der kalten Erde. Aber ich kann nicht weinen um sie. Ich muss dich anschauen, ich sehe nur dich. Rundherum versinkt die Welt in Elend und Schmerz. Dir kann es nichts anhaben. Du bist die Rose, meine Rose, Karoline, die niemals verblüht.«

Und noch immer, während dieser langen Eloge, regte sich Karoline nicht, während die Trauergäste staunend zu ihm aufsahen. Erst als er geendet hatte, erhob sie sich. Sie ließ den Schleier wieder über ihr Gesicht gleiten und neigte den Kopf in alle Richtungen zum Abschied, huldvoll wie eine Königin. »Ich muss jetzt gehen«, sagte sie mit einem kleinen, schaudernden Zusammenziehen der Schulterblätter. »Ich heuchle keine Trauer vor euch, denn was für ein Schicksal hätte das Kind erwartet? Aber feiert ruhig ohne mich weiter.«

Niemand hatte danach die Stirn, am Tisch sitzen zu bleiben. Karolines Eingeständnis fuhr allen in die Glieder. »Sie hat praktisch gesagt, dass es ihr recht so war«, erinnerte sich unsere Nachbarin Amalia Bogner im Zeugenstand und schluckte vor Abscheu, noch Jahre später erschüttert. »Die Ganslhaut hat's uns aufgestellt, jedem Einzelnen, wie wir da gesessen sind. Die andere, die Gudrun, ihre Schwägerin, die hat sofort zu flennen angefangen und das Kind dazu. Aber der Ehemann, der Krüppel, der war ihr hörig, wie ein Hund ist er ihr nach und hat ihr immer wieder die Hände geküsst und sonst wo hin, der hat sich nicht geschämt. Wenn Sie mich fragen, der hat nichts anderes gekriegt, als er verdient hat, diese haltlose Kreatur.«

Eine endlose Litanei, Solo und Chor, ohne Widerspruch, der Abgesang auf Karolines Leben. Warum, wenn sie so gerissen war, wie die Polizei, der Untersuchungsrichter, die Psychiater ihr nachweisen wollten, hatte sie mit einer solchen Bemerkung Verdacht auf sich gelenkt? Fragte sich denn keiner, welchen Anlass Karoline gehabt haben sollte, das Kind mit Rattengift zu töten, wenn sie es doch ebenso, ohne Aufwand und ohne Spuren zu hinterlassen, mit einem Kissen hätte ersticken können, wie sie es mir einmal androhte, als ich nicht aufhören wollte zu weinen? Genügte denn Wahnsinn als Motiv? Und widersprach nicht alles andere, was Karoline tat, dieser Begründung? Wo war der Beweis? Waren sie blind und mit Unwissenheit geschlagen? Oder blendete sie das Böse, die Hexe mit dem Flammenhaar, schoben sie ihr deshalb das Schlimmste in die Schuhe?

Kaum hatten wir das Trauerhaus betreten, riss sich Karoline den Hut vom Kopf und warf ihn auf den Tisch. Sie sank auf den Sessel, schob das Kleid an ihren Schenkeln hoch und löste die Strumpfbänder, die rote Striemen in ihr Fleisch geschnitten hatten. »Geh sofort ins Bett«, befahl sie mir, ohne mich anzusehen, und ich zog mich gehorsam zu meiner Schlafstatt zurück. »Was willst du, schau mich nicht so gierig an«, hörte ich sie zu Ferdinand sagen.

»Du bist die Rose, die nicht verblüht«, flüsterte er, und ich sah mich neugierig nach ihm um. Ich kannte den Ton, ich wusste, was er bedeutete. Ich wollte sehen, wie er sich über sie warf und ihr mit Gewalt die Beine auseinander riss und sich dazwischenpresste, sie unter seinem Körper fing wie ein Tier in der Falle. Ich wollte sehen, wie er ihre weißen Schenkel packte mit seinem eisernen Griff und seine Finger schmerzlich in sie grub, die frischen roten Male auf ihrer Haut neben den bläulichen Wolken der Blutergüsse, Andenken vergangener Nächte. Ich weidete mich an dem Anblick. Was er ihr antat, war meine Rache, süß und stets von neuem erregend.

Es raschelte die Seide von Karolines Kleid. Honigsämig tropften die Liebesworte von meines Vaters Lippen, während er an ihr zerrte, der dornigen, zornigen Rose, um sie zu brechen. Mit hellem Klang stieß das Prothesenholz an die Bettstatt. Wie immer, bevor er sich ihr näherte, warf er das künstliche Bein ab.

»Schwein«, keuchte sie. »Nein, nicht wieder. Niemals mehr wieder. Du wirst mir keine Kinder mehr machen, du verabscheuungswürdiger, nutzloser Krüppel. Du rührst mich nicht mehr an!«

Der Paravent wankte und fiel um, zusammen mit Ferdinand, der bei dem unvermutet heftigen Angriff aus dem Bett gestürzt war und nun, betrunken und hilflos ohne seine Beinprothese, über den Küchenboden rollte wie ein zerbrochenes Spielzeug.

Mit einem Satz war sie aus dem Bett gesprungen und ihm gefolgt. Sie beugte sich über ihn, eine schwarze Gestalt im Feuerschein ihres geöffneten Haars. »Niemals mehr«, wiederholte sie drohend.

»Du bist meine Frau«, heulte Ferdinand. »Du hast mir zu gehorchen. Alles hast du mir genommen, aber das gehört mir. Solange ich lebe.«

Sie verzerrte ihren Mund sprachlos und atemlos vor Ekel, sie schüttelte nur den Kopf, wieder und wieder, ohne sich abzuwenden, als könnte sie ihren Augen nicht trauen, dass diese erbärmliche, einbeinige Kreatur ihr eigener Ehemann war und ein Recht hatte, ihren Körper zu berühren. »Wage es nie wieder«, brachte sie schließlich hervor. Es klang schwächlich und bang. Sie hatte Angst. Vor seinem Geschlechtsteil, das die Macht hatte, Leben in sie zu pflanzen. Vor der Gesellschaft, die ihm nicht nur das Recht dazu verliehen hatte, sondern ihr auch die Pflicht, dieses Leben auszutragen.

Ferdinand zog sich an den Armen über den Küchenboden, bis er die Wand mit dem grünen Ölanstrich erreicht hatte, an der er sich hochzog, und sprang in einer grotesken Haltung, die mich anmutete wie Spiel, das Spiel, das ich auf der Straße mit den anderen Kindern aus der Siedlung spielte, Himmel und Hölle, durch die Küche bis zum Bettende, wo seine Prothese lehnte. Bevor er sie erreicht hatte, löste sich ein Schatten von der Schlafzimmertür, hinter der die alte Frau Streicher monoton vor sich hinsprach, ihr Abendgebet, und Gudrun, die dort unbeweglich gestanden war und wie ich die Auseinandersetzung beobachtet hatte, stellte sich Ferdinand in den Weg.

»Du lässt sie in Ruhe, hörst du!«, sagte sie scharf. »Ich habe euch aus Barmherzigkeit aufgenommen. Um eures Kindes willen, vergiss das nicht. Ich werde nicht dulden, dass du im Haus deiner Eltern, die dich dazu gewiss nicht erzogen haben, deiner Frau Gewalt antust.«

»Du willst mir Befehle erteilen, du?«, höhnte Ferdinand. »Was weißt du schon von dem, was zwischen Eheleuten vor sich geht? Eine alt gewordene Jungfrau, die dem Bruder bis ins Bett hinein folgt, weil sie auch einmal heiß gemacht werden will, das bist du, das ist der Grund.«

Gudrun schlug nicht hin in das aufreizende Grinsen, wie Karoline es getan hätte. Sie sah an ihm vorbei auf ihre Schwägerin. »Kümmere dich um deinen Sohn«, sagte sie. »Lass ihn nicht sehen, was Kinderaugen verborgen bleiben soll. Oder willst du, dass er in deine Fußstapfen tritt, Schwägerin?«

Aber Karoline zuckte nur die Achseln. Sie war damit beschäftigt, den Seidenstoff zu untersuchen, ob er bei Ferdinands brutalem Zugriff Schaden genommen hatte.

»Ich dulde keine Unverschämtheit, weder von dir noch von ihm«, fügte Gudrun hinzu, mit einem drohenden Unterton, der ihre Schwägerin erstaunt aufblicken ließ.

»Hast du getrunken?«, fragte Karoline mit leisem Spott. »Oder ist dir etwas anderes in den Kopf gestiegen?«

»Ich werde auch keine Scherze auf meine Kosten mehr dulden.«

Vielleicht wollte Gudrun noch mehr sagen, aber sie kam nicht dazu, denn Ferdinand versetzte ihr von hinten einen Schlag auf den Kopf. Sie griff sich an die Schläfe. Sie taumelte und sank ohne einen Laut in sich zusammen. Karoline sah auf sie hinunter. Sie machte keine Anstalten, Gudrun zu Hilfe zu eilen.

»Komm«, sagte Ferdinand heiser. »Komm, du Hexe. Ich werde es dir tüchtig besorgen, bis dir der Widerstand vergeht. Oder muss ich dich auch niederschlagen, damit ich meinen Willen kriege?«

Das schöne, üppige rote Haar meiner Mutter wuchs wieder. Es knisterte und flüsterte, wenn sie es abends bürstete und dabei aus dem Fenster sah, mit einem stillen, in sich gekehrten Blick, als hielte sie heimliche Zwiesprache mit ihm.

Das feine blonde Haar meines Vaters dagegen wurde schütterer mit jedem Tag. Wie Karolines Locken sammelte ich auch die hellen Haarsträhnen von Ferdinands Kopf auf, waren sie auch zu kurz, um Zöpfe daraus zu flechten. Ich legte sie in eine kleine hölzerne Schatulle, wo sie vergessen wurden, denn niemand warf sie fort. Jahre danach öffnete ein Beamter der Mordkommission im Zuge der Hausdurchsuchung das unscheinbare Behältnis und brachte das dünne Bündelchen blondes Haar zur chemischen Untersuchung in die Gerichtsmedizin.

Mein Vater erlitt einen schlimmen Tod. Seine Verstümmelung war nicht spurlos vorübergegangen an Seele und Geist. Er tat nicht gut. Aber was ihm widerfuhr, war schlimmer. Wer es ihm antat, kannte kein Mitgefühl. Das Fass war übergelaufen. Schäumend und wild sprudelte, bodenlos, unaufhörlich, unnachgiebig, ein Quell, der erst versiegen würde, wenn das Leben ausgelöscht war. Die Fließbandarbeit, die Ferdinand bisher verrichtet hatte, konnte er nicht behalten. Seine Finger fühlten sich unbeweglich und dick an, sie hatten alles Gefühl verloren. Obwohl man es ihnen nicht ansah, es ein eingebildetes Gefühl immer währender Taubheit war, konnte er seine Arbeit nicht mehr erfüllen. Sooft es das Wetter erlaubte, saß er von da an im Garten, wo er Gudrun ausweichen konnte, und bei schlechtem Wetter im Schuppen, zwischen den verlassenen Zeugnissen einer Vergangenheit, als er noch eine Zukunft besessen hatte.

»Schweig«, sagte Karoline streng, wenn er davon sprach. »Du hast doch immer das Schrecklichste herbeigeredet, bis es wirklich da war. Ist es nicht genug? Ist es dir nicht genug? Was soll noch geschehen?«

Auch sie klagte manchmal über Unpässlichkeit, aber es war, glaubte sie, nicht mehr die alte Krankheit, die ihr so zu schaffen gemacht hatte, bloß Übelkeit vom Magen und Brechreiz, bis sie jede Lust am Essen verlor.

Frühmorgens verließ sie das Haus und legte viele Kilometer zurück, bis zur Hütteldorfer Straße nahe dem Gürtel. Ein Gemeindebau wurde dort errichtet, eine Ansammlung vieler mehrstöckiger Häuser rund um einen grünen Innenhof. Eine Reihe solcher Anlagen war in den letzten Jahren errichtet worden, diese war eines der letzten Beispiele des später so berühmt gewordenen sozialen Wohnbaus für die arme Bevölkerung der Großstadt. Da wurden Waschküchen im Keller eingerichtet, und jede Wohnung bekam eine eigene Toilette. Für die Kinder sollte ein eigener Kindergarten eröffnet werden, wo sie den ganzen Tag unter Aufsicht standen, während die Mütter ihrer Berufstätigkeit nachgingen. Aber Arbeit war nicht vorhanden, für die Männer, die Familienerhalter, nicht und für die Frauen schon gar nicht.

Karoline meldete sich jeden Morgen zu den Aufräumearbeiten. Sie schleppte schwere Kübel zu der Abfallsammelstelle und kippte sie auf einem großen Haufen zusammen. Wenn der Lastwagen zum Abtransportieren des Bauschuttes kam, half sie beim Aufladen. Sie arbeitete schnell, geschickt, bei weitem nicht die einzige weibliche Arbeitskraft, aber sie vermied das Gespräch mit den anderen Frauen. Bitter genug, dass sie sich zu so niedrigem Dienst hergab, musste sie sich nicht auch noch gemein machen mit dem primitiven Volk. Am Abend ging sie den ganzen weiten Weg wieder zu Fuß nach Hause, langsam, zu müde zum Nachdenken, dem Abendrot entgegen.

Der Mann, den sie daheim im Bett liegend vorfand, hatte von Tag zu Tag weniger gemeinsam mit dem Ferdinand von früher. Seine Wangen und Lippen nahmen eine stumpfe, kalkige Farbe an. Unter seinen Augen lagen Schatten, tief violett. Er roch schlecht aus dem Mund, nach Eiter und Blut, und er verlor seine schönen weißen Zähne, einen nach dem anderen. Er legte sie auf das Tischchen neben seinem Bett, aufgereiht wie Perlen an der Kette, und Gudrun ließ sie liegen.

»Geht es dir heute besser?«, fragte sie, auch als ihm

sein Zustand bereits unverkennbar ins Gesicht geschrieben stand. »Trink deinen Tee. Er wird dich kräftigen.«

Sie wartete nicht auf Antwort. Sie war beschäftigt. Es gab ja niemanden, der ihr auch nur einen Handgriff abnahm. Das wurde sie nicht müde zu wiederholen. Oft blieb sie nicht, bis er den Tee getrunken hatte, weil sie einkaufen musste oder weil die Mutter, die seit Ferdinands Erkrankung von einer seltsamen Unruhe befallen war, nach ihr verlangte. Dann ließ Ferdinand den Tee unberührt.

»Schmeckt er dir nicht?«, flüsterte ich traurig. Wenn er mir auch nicht geholfen hatte gegen die Schläge meiner Mutter, wünschte ich mir doch sehnlichst, dass er wieder gesund würde, ebenso wie ich während Karolines Krankheit um ihren Tod gebetet hatte. »Trink, Vati, dann wirst du wieder stark, hat die Gudrun gesagt.«

»Zu bitter. Der Tee ist zu bitter. Schütte ihn fort.«

»Aber du musst trinken, damit du gesund wirst«, wiederholte ich Gudruns Worte.

Ferdinand schloss die Augen.

Sein Kopf war vollständig kahl und mit weißlicher, schuppiger Haut bedeckt. Sie bekam Risse, zwischen denen das Blut hervortrat, wenn er sich bewegte. Das erinnerte mich an die kleine Ursula. Als ich es vor Karoline sagte, gab sie mir eine Ohrfeige und hieß mich schweigen. Eines Morgens dann, nach dem Erwachen, konnte Ferdinand die Gliedmaßen nicht mehr bewegen. Ein Schluchzen schüttelte ihn, wie ein Hustenkrampf.

»Karoline«, brachte er hervor, keuchend zwischen zwei Atemstößen. »Karoline, hilf mir, wenn ich sterben muss.«

Karoline war schon zum Fortgehen gekleidet. Sie hatte eine neue Arbeit gefunden, als Empfangsdame bei einem praktischen Arzt. Sie musste bloß ihre Hände, die sie sich auf der Baustelle verdorben hatte, unter weißen Handschuhen verbergen. Sie verdiente kaum Geld bei ihrer neuen Tätigkeit, sondern wurde, wie der Arzt von seinen Patienten, in Naturalien bezahlt. So gab es Butter und Mehl, frisches Obst und Gemüse, manchmal ein Stückchen Fleisch im Streicherschen Haushalt.

»Ich war selbst zum Sterben krank«, erwiderte Karoline kühl auf Ferdinands Hilfeschrei. »Und ich hatte dazu noch ein Kind im Bauch. Du wirst es schon überstehen.«

Er heftete seinen bettelnden Blick auf sie, aber es war schon zu spät. Die Liebe hatte kein Gesicht mehr.

»Nimm dich zusammen. Du bist schließlich ein Mann.«

Er sackte tiefer in sein schweißnasses Kissen, nachdem die Tür hinter ihr zugefallen war.

Gudrun bereitete ihm seinen Tee wie immer, die Kräutermedizin, die der Drogist Isaak Kohn selbst herstellte und seinen Kundinnen als unfehlbares Heilmittel bei vielerlei Störungen des Verdauungsapparates anpries. »Trink«, sagte sie wie jeden Morgen, »das wird dich kräftigen.«

Gekrümmt lagen seine dicklichen weißen Finger auf der Bettdecke. Er konnte die Tasse nicht mehr halten. Er brachte nicht einmal die Hände von der Decke hoch. Gudrun sah es ohne Verwunderung. Sie griff Ferdinand unter den Nacken, hob seinen Kopf und setzte ihm das Gefäß an die Lippen. Der Tee floß ihm links und rechts aus den Mundwinkeln und befleckte das Bettzeug, aber Gudrun ließ nicht von ihm ab.

»Trink«, sagte sie. Ihre Stimme klang anders als sonst, schmeichelweich drängend. »Du musst trinken. Willst du denn nicht gesund werden?«

Ich kroch zu ihm. Ich kniete auf seinem Kissen und beugte mich über seinen Kopf. »Geh weg«, sagte Gudrun atemlos. »Er braucht Ruhe. Siehst du nicht, wie schlecht es deinem armen Vater geht?«

Ein erstickter Laut kam aus Ferdinands Mund. Er stand offen. Die zahnlosen Kiefer leuchteten blutigrot im Morgenlicht. Der dicke blassgrüne Belag auf seiner Zunge verbreitete Pesthauch im Raum.

Endlich ließ sie von ihm ab. Ich nahm die Tasse hinter ihrem Rücken. Sie war noch immer halb voll. Ich trank einen Schluck. Es war, wie der Vater gesagt hatte. Bitter. Zu bitter, als dass es gesund machen könnte. Bei dem angeekelten Laut, den ich ausstieß, wurde Gudrun auf mich aufmerksam.

»Nicht!« Sie nahm mir die Tasse weg und beugte sich über mich. »Du brauchst keinen Tee, Hermanderl«, sagte sie eindringlich zu mir. »Du bist doch gesund, du wirst mit Gottes Hilfe gesund bleiben.« Sie wiegte mich in ihrem Arm, und ich vergaß die Bitterkeit.

Gudrun sprach mir Mut zu, wenn ich Angst bekam vor dem bewegungslos liegenden Vater, seiner Maske, seiner steingrauen Haut, die nichts Lebendiges mehr an sich hatte. Noch einmal öffnete er die Augen, aber er sah Karoline an, nicht mich. Seinen Fluch, sein Schicksal, seinen heiß-kalten Grabstein. Und sie schenkte ihm ein Lächeln dafür, das aufmunternde Lächeln, das den Sterbenden mit einer letzten Lüge beleidigt, statt ihn zu trösten und ihm ein Abschiedswort zu schenken.

Er starb nicht. Noch lange nicht. Die Lähmung, die sich als Erstes an seinen Extremitäten bemerkbar gemacht hatte, befiel nun auch den Verdauungstrakt, die Funktionen der Nieren, der Leber. Vor unseren Augen siechte er dahin. Immer noch aber gelang es ihm, mühselig ein wenig Luft in sich hineinzupumpen. Zu viel zum Sterben. An seiner Seite lag ich. Ich ließ mich nicht wegschicken. Ich blieb bei ihm.

Die Nacht neigte sich dem Morgen zu, ohne dass Ferdinand ein Lebenszeichen von sich gegeben hatte. Er lag auf dem Rücken. Die Darmgase blähten seinen Bauch zum Ballon. Die blau verfärbten Lippen waren zu einem unfreiwilligen Grinsen zurückgeschoben.

»Ich hole den Arzt«, sagte Karoline.

»Wozu?«, fragte Gudrun. »Er wird die Nacht nicht überstehen. Wenn wir Glück haben, ist es aus mit ihm.« Ihre Stimme klang flach, als wären Ferdinands Hände immer noch an ihrer Kehle.

Karoline schüttelte unschlüssig den Kopf. Sie wussten beide, dass es das Beste und dass es unvermeidlich war. Ich spürte Karolines Blick auf mir.

Ich lag regungslos, aber ich schlief nicht. Der Vater neben mir ließ mir keine Ruhe. Er konnte nicht stillhalten. Die Gliedmaßen flogen, Spasmen liefen über seinen Leib. Er stöhnte, er erbrach sich, grüner Gallenschleim floß ihm aus dem Rachen, vermischt mit wässrigem Blut, er weinte, winselte wie ein gequälter Hund. Er warf den Kopf nach links, nach rechts, er witterte Karolines Geruch. Seine Hand kroch über die Bettdecke und suchte nach ihrer. Er lallte eine Entschuldigung, unverständlich, niemand wollte sie hören.

Sie warteten, beide Frauen. Sie waren erschöpft von der Nachtwache, nicht einmal der Ekel war ihnen geblieben vor der Kloake des Sterbenden.

»Wer will sich jetzt noch etwas vormachen?«, fragte Gudrun, als sie zwei Tränen über Karolines Gesicht laufen sah. »Was wünschst du dir denn, was hast du ihm alles an den Hals gewünscht? Jetzt, wo es eingetreten ist, wirst du sentimental? Ich glaube nichts davon.«

Gudrun schleppte die Wasserschüssel ans Bett und begann Ferdinands mit Erbrochenem verklebtes Gesicht, seinen Hals und seine nackte, magere Brust zu säubern.

»Ich gehe um den Arzt. Ich muss jetzt gehen.« Karoline lauschte auf seine bebenden Atemzüge.

»Warte bis zum Morgen«, sagte Gudrun, die praktische, sparsame Gudrun.

Aber Karoline machte sich auf den Weg, in der letzten Stunde der Nacht. Wie einmal schon, viele Jahre früher, als Kritschs letzte Stunde geschlagen hatte.

Der Morgen ist strahlend, türkisblau der Junihimmel, mit Schäfchenwolken verziert, die ein lauer Maienwind bewegt. Karoline sieht ihn heranbrechen durch die blank geputzten Fensterscheiben des Krankenhauses. Der Kuckuck draußen im Garten verspricht ihr ein langes Leben, ihr und allen, die ihm lauschen und seine Rufe zählen. Karolines Füße sind schwer, die Waden geschwollen. Sie setzt sich nicht auf den weißen Stuhl, den die freundliche Nachtschwester ihr angeboten hat. Sie will den steinernen Schmerz in ihren Gliedern. Die Stunde des Abschieds ist nahe. Sie überwindet sich. Wach wird sie ihr entgegengehen. Die Wünsche haben kein Ziel mehr. Die Träume sind so entrückt, dass nicht einmal die Erinnerung an sie ihnen noch Leben einhauchen kann. Sie ist frei. So bald. Dann kommt die Zeit des Schlafes. Maiandacht. Mariahilf. Da hat sich der Schlaf in ihre Gedanken geschlichen, ihre Standfestigkeit ins Wanken gebracht, nur einen Wimpernschlag lang, denn sie steht ja noch, ihre Stirn lehnt an der kühlen Glätte des Glases, und draußen zählt der Kuckuck ihre Lebensjahre ab, unverdrossen. Für einen Moment aber war Karoline an einem anderen, glücklicheren Ort. Sie fühlt noch den Duft in ihrer Nase, aber keine Vorstellung kommt ihr zu Hilfe, sie weiß nur, etwas Gutes ist ihr dort begegnet.

Aber noch einmal narren sie nur die übernächtigen Sinne, denn als sie sich wieder findet, zum zweiten Mal ins Bewusstsein zurückgekehrt ist, steht der Arzt vor ihr. Sie sieht seine teilnahmsvoll gefältelte Miene und strafft sich, noch bevor er sie sagen kann, die unvermeidlichen Worte. Da sind sie schon: »Wir müssen jetzt stark sein, Frau Streicher.«

War sie denn je anders als stark gewesen, fragt sie sich, wer gab ihr die Gelegenheit, schwach zu sein? Würde einmal auch sie an eine Brust sinken können im Vertrauen, dass da einer war, sie zu halten und zu beschützen, fragt sie sich. In diesem Geist hatte man die Frauen erzogen, zu ihrer Zeit und auch später und vielleicht bis zum heutigen Tag, dass dies ihnen als das Glück versprochen wurde.

»Es war das Fleisch«, sagt Karoline und presst die Lider fest zusammen, aber die Tränen, die sie sonst nicht weint, bleiben auch aus, wenn die Schicklichkeit nach ihnen verlangt. So verbirgt sie nur ihr Gesicht hinter dem Taschentuch. »Das Fleisch war verdorben. Wir haben verzichtet, die Schwägerin und ich, damit er sich einmal satt essen kann. Was Gutes wollten wir ihm tun.«

Sanft wie der Frühlingswind vor dem Fenster streicht die Hand des Arztes über Karolines Rücken. Er ist es, der diesen feinen Geruch in ihre Nase gesendet hat, von Sauberkeit und Ordnung, einem gemachten Bett und frisch überzogenem Linnen darauf. Die Hand dirigiert sie zum Stuhl und drückt sie auf die Sitzfläche hinunter. Sie wehrt ihn ab und müht sich, auf die Füße zu kommen. Große Schwäche überfällt sie. Nicht einschlafen, heißt ihr einziger Befehl.

»Sie dürfen sich keine Vorwürfe machen.« Der Arzt behält ihre Hand in seiner. »Mit Lebensmitteln hat das nichts zu schaffen. Ihr Mann ist an einer Lungenentzündung gestorben.«

Karolines Kopf sinkt nach vorne. Der Kuckuck ruft.

»Verzweifeln Sie nicht, Frau Streicher.« Seine Stimme

ist behutsam wie seine Hände. »Es ist bitter, den Gatten zu verlieren. Dafür gibt es keinen Trost.«

Karoline kehrt zu den Lebenden zurück. Sie reißt den Kopf mit einem Ruck hoch. Sie sieht dem Arzt in die Augen, fragend, ungläubig. »Bitter«, sagt sie wie von Sinnen.

Sie schüttelt sich, sie will aufspringen, aber die sauber gewaschene, Vertrauen erweckende Hand hält sie fest, zieht sie in eine weiße, frisch gestärkte Umarmung, und sie hält still.

*

Suchend ging Marie durch die Penzinger Straße, vorbei an der Kirche, bis zu dem alten Theatercafé. Die Apotheke entdeckte sie erst, als sie unmittelbar vor ihr stand, so unauffällig war die hölzerne, von Jahrzehnten wettergegerbte Fassade. In dem kleinen Schaufenster warb ein abgeblasstes Schild für Alka Seltzer, und die ausgestellten Arzneiflaschen und -schachteln sahen aus, als hätten sie schon ein Menschenalter hinter den orangen Sonnenschutzblenden verbracht. Marie drückte die Klinke der Eingangstür hinunter, halb in Erwartung, das Geschäft geschlossen zu finden, aber das Schloss schnappte mit einem widerwilligen Quengeln auf. Eine feine Ladenglocke kündigte die Ankunft der neuen Kundschaft an. Ein Vorhang wurde zur Seite geschoben, und gleichzeitig mit Marie trat ein Mann aus dem Hintergrund des Geschäftes. Einen Augenblick lang, bis er näher kam, glaubte sie, es sei Streicher selbst. Er war noch jung, aber vollständig kahl. Auch die Augenbrauen, Wimpern und der Bartwuchs fehlten, so dass ihn seine Glatze nicht älter machte, sondern im Gegenteil jung, geradezu kindlich erscheinen ließ.

»Ich möchte mich nach jemandem erkundigen, der

möglicherweise hier arbeitet«, sagte Marie vorsichtig. »Oder gearbeitet hat.«

Sie legte das Rezept auf die schwarze, glänzende Holzfläche des Ladentisches. Es roch fein und geheimnisvoll wie in allen Apotheken, nach dem Alkohol in den braunen Flaschen, nach Hustenpastillen und Salizylspiritus. Der junge Mann zog an der langen, dünnen Silberkette, die er um den Hals trug und an der seine Lesebrille hing. Er war nicht so jung, wie er auf den ersten Blick aussah, bemerkte Marie, und Hermann Streicher ähnelte er nur insoweit, wie alle Kahlköpfigen eine Gemeinsamkeit haben, die Haarlosigkeit. Er las den Namen des Rezeptes und runzelte die Stirn.

»Ich bin doch hier richtig?«, fragte Marie. »Zum Weißen Kreuz?«

Der junge Mann antwortete ihr nicht, sondern rief über die Schulter und ohne den Blick von Marie zu wenden: »Frau Magister! Kommen Sie bitte!«

Wieder glitt der Vorhang zur Seite. Die Apothekerin war eine vogelgleiche, winzige Frau. Ihr gelblich weißes, kurz geschnittenes Haar stand um ihren Kopf wie ein zarter Vogelflaum, und ihre kurze, gerade Nase rückte dem Papier, das ihr entgegengehalten wurde, so nahe zu Leibe, als wollte sie daran picken.

»Richtig, das ist die Apotheke zum Weißen Kreuz.« Sie musste in Hermann Streichers Alter sein, aber anders als er war sie voller Runzeln und Warzen. Nur ihre Hände zeigten keine Altersschwäche. »Sie können in die Pause gehen, Georg«, sagte sie zu dem jungen Mann. »Ich kümmere mich darum.«

»Danke, Frau Magister. Das ist nicht nötig«, antwortete er beflissen.

Die Apothekerin reichte Marie das Rezept mit spitzen Fingern zurück. »Diese Formulare sind bei uns seit fünfundzwanzig oder dreißig Jahren nicht mehr in

Verwendung. Außerdem ist es nicht echt. Das heißt, ungültig.«

»Warum ungültig?«, fragte Marie.

»Apotheker schreiben Rezepturen auf, die Zusammensetzung einer Salbe, einer Hustentinktur, eines Haarwassers zum Beispiel. Aber Apotheker verschreiben keine Rezepte für Medikamente, dazu haben nur Ärzte die Berechtigung«, mischte sich nun der Apothekengehilfe Georg ein.

»Hermann Streicher ist Arzt?«

Die Apothekerin flatterte mit ihren dünnen Ärmchen einmal auf, und Georg verstummte. »Das hat mit Gewissheit kein Arzt geschrieben«, sagte sie streng.

»Kennen Sie ihn?«, fragte Marie drängend.

»Herr Streicher ist in Pension.« Die Apothekerin warf ihrem Gehilfen einen Blick zu, bevor sie weitersprach. »Ich habe nichts mehr von ihm gehört, seit Jahren nicht. Ich wusste nicht einmal, dass er noch lebt.« Sie ging ohne eine weitere Erklärung oder ein Abschiedswort zurück in das unsichtbare Zimmer hinter dem Vorhang.

»Kann ich sonst noch etwas für Sie tun?«, fragte Georg.

»Ja, bitte«, sagte Marie. Sie sah, dass sich der Vorhang bewegte, die Apothekerin lauschte. »Was ist Mannitol? Ein Gift?«

»Nein, keinesfalls. Ich sage es Ihnen gleich.« Der Apothekengehilfe blätterte längere Zeit in einem mächtigen Folianten, der auf einem eigenen Tischchen lag. Er las vor: »Mannitol. Eine Alkoholverbindung, kommt als Lösung und Konservierung von diversen Wirkstoffen zur Anwendung. Speziell in der Homöopathie vielfältige Einsatzmöglichkeiten, siehe auch ...« Er murmelte halblaut einige Namen und schüttelte den Kopf. »Damit ist Ihnen nicht geholfen.«

»Georg«, rief die Apothekerin von hinten. Der Vorhang bewegte sich, aber sie kam nicht nach vorne. »Es hat zwölf geläutet. Haben Sie schon zugesperrt?«

»Seine Adresse«, sagte Marie leise. »Wissen Sie, wo ich ihn finden kann?«

»Sofort«, rief Georg nach hinten und verneinte Maries Frage mit einer wortlosen Geste. Er begleitete sie zur Tür.

Wer gibt ihnen die Stimme, wer hat ihnen das Ohr geliehen, damals, als sie Gegenwart waren? Wer hat ihre Worte aufgezeichnet, Rede und Gegenrede, ihr Schreien und Flüstern und Flehen, die Flüche und Gebete dieses Dramas ohne Ende? Den Eintopf auf dem Herd nicht vergessen und den Basedowblick eines ängstlichen Dienstmädchens und was im Garten blühte und wie viel in der Flasche war und welches Musikstück erklang? Hatte er dem Vater, der Tante, Karoline selbst die Geschehnisse abgelauscht, die sich lange vor seiner Zeit zugetragen hatten, und zeichnete sie nun penibel auf? Oder hielt er Marie mit seinen fantastischen Lügen zum Narren? Sie misstraute ihm, dennoch hatte er sie jeden Tag aufs Neue in seinen Bann gezogen. Und nun, allein gelassen mit ihrem ausufernden Protokoll, den geschürzten Knoten, die sie ohne seine Hilfe nicht lösen konnte, dem Rätsel seines Verschwindens und einem gefälschten Rezept als einzigem Hinweis, fragte sie sich, ob sie nicht von ihrem Vorhaben ablassen sollte.

Marie verließ die Apotheke. Hinter ihrem Rücken drehte sich der Schlüssel im Schloss.

*

Nach Ferdinands Begräbnis setzte uns Gudrun auf die Straße. Sie wartete nicht einmal ab, bis die Trauergäste, eine stattliche Zahl von Neugierigen, sich nach der Einsegnung zerstreut hatten. Alle standen um das offene Grab herum und suchten beharrlich einen Blick hinter Karolines Trauerschleier zu erhaschen. Ich hielt mich an Gudruns Hand fest. Ich fürchtete die Fremden, die mir mitleidig den Kopf tätschelten, ohne mich auch nur anzusehen, nur um Karoline auf diese Weise ein Stück näher zu rücken. Sie witterten einen Skandal und wichen nicht, in froher Erwartung, dass er sich vielleicht gar hier ereignen würde, an dem geweihten Ort.

»Du kannst es mir antun«, sagte Karoline. »Ich gehe, wenn du willst, noch heute, aber du wirst doch nicht den Buben auf die Straße stellen.«

Die Hand, die meine gehalten hatte, sicher und warm in den kalten Nächten, und mir Kühle gespendet zu anderer Zeit, wenn ich im Fieber lag, Gudruns rauhe Arbeitshand, sie hielt mich nicht länger, sie entzog sich mir mit einem sanften, bedauernden Abschiedsgruß. Ihre Finger schlossen sich um meine kleine, schweißnasse Faust und drückten sie fest. Dann war es vorbei.

»Nein«, schrie ich laut und angstvoll, »ich will bei dir sein, Gudrun. Die Mama lässt mich, hörst du nicht, die Mama lässt mich bei dir!«

Ich schrie weiter, obwohl ich den scharfen Wind über meinem Kopf fühlte, die Hand meiner Mutter, zum Schlag erhoben. Zum ersten Mal im Leben verspürte ich keine Furcht. Sollte sie mich schlagen. Beinahe sehnte ich mich nach dem Schmerz, der mich blind machen würde, dem süßen Geschmack des Blutes auf meiner Zunge, der heißen Feuchte, wenn die alten Wunden unter der Erschütterung ihrer Hiebe von neuem aufbrachen und meine Brust mit Blut übergossen.

»Ich möchte in den Himmel. Du hast es mir versprochen, Gudrun, so wie der Papa und die Ursel, ich darf zu ihnen. Bitte, Gudrun.«

»Was redet dieses verblödete Kind denn zusammen?«, fragte Karoline erstaunt und warf einen schnellen Seitenblick auf die lauschenden Trauergäste, die einen immer dichteren Kreis um uns schlossen.

»Ich muss nach Hause«, antwortete Gudrun ungerührt. »Die Mutter ist schon zu lange allein.«

Karoline vergaß auf den Schlag, der noch in der Luft hing, mit dem sie mich zum Schweigen bringen wollte, das unverständige, zurückgebliebene und aufsässige Kind. Alles, wie es schon einmal gewesen war, wie es Karoline selbst ergangen war als das ungeliebte, vernachlässigte Kind der Lotte Loew. Wer aber würde sich meiner annehmen, wenn Gudrun sich von mir abwandte? Karoline hatte kein Geld, einen Pflegeplatz für mich zu bezahlen, aber selbst wenn sie es besessen hätte, ich zweifle daran, ob sie es an mich verschwendet hätte. Heute gibt es behaglich ausgestattete Heime mit ausreichendem, geschultem und wohl gesonnenem Personal, bemüht, dem Strandgut des Lebens, den überflüssigen, übrig gebliebenen Kindern aus zerbrochenen Verbindungen ihr trauriges Los zu erleichtern. Aber damals, zwischen dem Zusammenbruch der alten Welt und dem Heraufdämmern eines neuen, niemals gekannten Zeitalters war es um solche wie mich schlecht bestellt.

»Ich an deiner Stelle würde …«, sagte Gudrun, mehr zu den raunenden Zuhörern als zu Karoline, aber ich weiß nicht, was danach folgte, ich sah und hörte nichts mehr außer meinem eigenen, verzweifelten Schluchzen. Ich wusste, die Nächte, die wir gemeinsam gewacht hatten, Gudrun und ich, waren unwiderruflich zu Ende. Sie fürchtete sich vor den Dingen, die sie mir anvertraut hatte und die ich bald, früher als ihr lieb sein konnte, begreifen würde. Deshalb drängte sie mich von sich fort. Ich sollte vergessen. Aber ich vergaß nicht.

*

Zuerst öffnete sich die Tür einen Spalt und der gelbweiße Vogelkopf guckte ins Freie. Marie, die im Theatercafé auf der anderen Straßenseite an einem Fenstertisch saß, duckte sich hinter die Grünpflanzen, damit sie auf ihrem Beobachtungsposten nicht entdeckt werden konnte. Draußen blies ein kräftiger Nordwind die dünne Schneedecke über die Gehwege. Bei Maries rascher Bewegung brach eine Feder in der zerschlissenen Polsterung, mit einem klingenden Ton und von einer kleinen Staubwolke gefolgt.

Frau Hedi schaute hinter ihrer Registrierkasse hervor. »Ein bissel achtsam sein, Fräul'n. Wegen Ihnen können wir nicht das Kaffeehaus renovieren.«

Marie verbiss sich eine Antwort. Die alte Kellnerin hatte ja nicht Unrecht. Fing man in Wien einmal mit dem Renovieren an, wurden doch nur Touristenfallen daraus. »Zahlen, bitte«, sagte sie und nickte der Frau Hedi betont freundlich zu.

Dafür wurde sie mit einem ältlichen Schokoladenlikörfläschchen, das mit dem Wechselgeld kam, und einer Geschichte des Theatercafés belohnt. »Das ist noch die Originaleinrichtung von unserem Herrn Grafen, dem auch das Haus und die ganzen Geschäfte rundherum gehört haben. Heut ist ja nur mehr sie drin.« Frau Hedi wies auf die andere Seite, wo die alte Apothekerin gerade auf die Straße trat und mit kurzen, raschen Schritten davonzappelte. »Das war ein feiner Mann, unser Herr Graf, solche Menschen kann man mit der Stecknadel im Heuhaufen suchen. Was sagen S', Fräulein, Geld und Herz, wann findet sich so was Hand in Hand?« Frau Hedi zeigte auf ein gerahmtes Foto an der Wand neben dem Zeitungsständer, auf dem ein Mann in Gehrock und Zylinder militärisch in die Kamera grüßte. »Der Herr von Liebenberg war ein Vorkriegscharakter, der war nicht nur adelig, sondern edel. Und ganz allein stehend, keine Familie, keine Kinder. Aber wer weiß, vielleicht hat er grad deshalb so ein Herz gehabt für alle anderen.«

»Dem hat das Kaffeehaus gehört, dem Herrn Liebenberg?«, fragte Marie ein wenig abwesend. Die Apothekerin war schon fast außer Sichtweite.

»Karl Ludwig von Liebenberg!«, wiederholte Frau Hedi in rügendem Ton. »Der ganze Häuserblock war seins.«

Marie verabschiedete sich und strebte hinaus, gegen den Wind gestemmt, zu ihrem zweiten Besuch in der Apotheke zum Weißen Kreuz.

»Ich hab mir gedacht, Sie können mir vielleicht doch ein wenig weiterhelfen«, sagte Marie zu dem verlegen lächelnden Apothekenjüngling. »Haben Sie den Herrn Streicher auch kennen gelernt?«

»Sicher.« Georg nickte. »Er war damals, als ich angefangen habe, immer in der Apotheke. Er hat sich mit Herr Magister ansprechen lassen.«

»Sie wollen sagen, er ist gar kein Apotheker?«, fragte Marie.

Hermann Streicher war nur Apothekenhelfer gewesen, erfuhr sie, wie Georg selbst. Er erklärte ihr, welchen Unterschied das, abgesehen von der akademischen Ausbildung, für die tägliche Arbeit bedeutete: »Der Apothekenhelfer rührt Salben, gießt Zäpfchen, fertigt Kapseln an, er mischt Tee und Pulver, aber das alles nur unter der Anleitung und der Aufsicht des Pharmazeuten. Er darf die Kunden in der Apotheke beraten, und er darf nichtrezeptpflichtige Arzneimittel verkaufen.«

»Was hat denn der Herr Streicher gemacht?«, fragte Marie gespannt. »Hat er sich etwas zu Schulden kommen lassen?«

»Er hat so getan, als ob er selbst Apotheker wäre. Die

Frau Magister hat er nur als Partnerin geduldet, weil er ihren Namen gebraucht hat«, erklärte Georg. Aufmerksam spähte er durch die verstaubten Schaufenstervitrinen auf die Straße, ob die Apothekerin nicht schon zurückkehrte.

»Aber warum hat sie sich das gefallen lassen?«, rätselte Marie. Sie musterte den sonderbaren, so jugendlich wirkenden Kahlkopf von Kopf bis Fuß.

»Ganz einfach, weil er der Besitzer der Apotheke ist.« Der Apothekengehilfe zuckte die Achseln. »Die Frau Magister ist nicht schlecht gefahren dabei, so hat sie es jedenfalls geglaubt. Aber dann sind eben solche Sachen passiert wie mit Ihnen. Rezepte, die er nicht ausstellen durfte. Rezepturen eigenartiger Zusammensetzung …« Er unterbrach sich, weil Marie unwillkürlich zurückschrak. »Ich glaube nicht, dass er jemanden vergiftet hat. Aber er hat das Giftbuch manipuliert. Und darüber konnte die Frau Magister nicht hinwegsehen.«

Eines von Maries Drehbüchern handelte von einem Serienmörder, der im Apothekermilieu vermutet wurde. Von der damaligen Filmrecherche wusste sie, dass das Giftbuch über alle suchtmittelhaltigen Substanzen in der Apotheke präzise Auskunft geben musste. Wenn Hermann Streicher sich auf diesem Weg Gift verschafft hatte, war er mehr als nur ein verrückter Aufschneider.

Als ob Georg ihre Gedanken gelesen hätte, fügte er nach kurzem Nachdenken hinzu: »Er hat zum Beispiel Thallium, eine größere Menge, von hier mitgenommen.«

»Wann?«

»Das war vor mehr als einem Jahr, im Sommer. Dann hat die Frau Magister ihn nicht mehr hereingelassen.«

»Sie sagten doch, die Apotheke gehört ihm?«, fragte Marie.

»Er bekommt seinen Anteil von den Einnahmen. Er

hat aber nicht das Recht, die Apotheke zu führen, weil er kein ausgebildeter Pharmazeut ist. Und für die Fälschungen im Giftbuch hätte sie ihn anzeigen können. Das wollte er dann doch nicht.«

Marie ließ sich die Geschichte noch einmal durch den Kopf gehen. »Daraufhin ist er in Pension gegangen? Und Sie haben ihn seitdem nicht mehr gesehen?«

Hinter Marie ertönte das feine Bimmeln der Ladenglocke. Der Apothekenhelfer begann vor Schreck zu blinzeln.

»Georg!«, rief die Apothekerin empört. »Holen Sie mir sofort den Schirm aus der Garderobe.«

Er schoss davon.

»Sie haben sich also nicht abhalten lassen und den dummen Kerl ausgepresst«, sagte die Apothekerin ärgerlich. Sie kam nahe zu Marie und starrte ihr ins Gesicht. »Herr Streicher ist ein alter Spinner. Zeitverschwendung, sich mit ihm aufzuhalten. Er hat aber auch eine traurige Geschichte. Darum geht es Ihnen wohl. Sie sind eine von diesen Journalisten, die überall herumschnüffeln, oder? Passen Sie nur auf, dass Sie die Sensationsgier nicht zu weit treiben. Und jetzt raus mit Ihnen, lassen Sie sich hier nicht mehr blicken!« Sie riss die Eingangstür mit solcher Gewalt auf, dass die Glasscheibe wackelte und das Glöckchen misstönend schepperte.

»Es tut mir Leid, dass ich zudringlich war. Trotzdem, danke schön, Sie haben mir sehr geholfen.« Marie wandte sich noch nach Georg um, aber er ließ sich nicht blicken. »Auf Wiedersehen.«

Der eisige Nordwind fasste nach Maries Mantel und trieb sie über die Straße. Wie war Streicher, der nach dem Krieg mittellos und ohne abgeschlossene Schulbildung dastand, in den Besitz einer Apotheke gekommen? Auf der anderen Straßenseite blieb sie stehen und schaute zurück. Das gemalte Apothekenschild mit dem Symbol des weißen Kreuzes musste schon einige Generationen und Besitzerwechsel überlebt haben. Wahrscheinlich existierte das Geschäft, seit das Haus stand, ein Biedermeierhaus, breit und niedrig der Penzinger Kirche zugewandt, mit zwei Stockwerken über der Apotheke, die das Erdgeschoss einnahm. Auf dem ausgewaschenen, ehemals rosafarbenen Verputz der Hausfassade erkannte Marie plötzlich einen verblassten Schriftzug, der ihr vorher entgangen war. Nur ein einziges Wort davon konnte sie lesen: »Hotel«.

*

Es gibt Entschuldigungen. Später gab es Entschuldigungen. Später hatte alles Furchtbare, was folgte, seine Bedeutung, machte Sinn und schuf eine Ordnung des Schreckens, der ich mich unterwarf, weil ich keine andere Wahl hatte und mir der Himmel verschlossen blieb. Aber einem fünfjährigen Kind gelten keine Erklärungen. Die bloßen Füße brennen vor Kälte. Der Suppentopf auf dem Herd ist mit Wasser gefüllt und nichts darin als ein wenig Salz und eine einzige Karotte, in Scheibchen geschnitten und weich gekocht mit dem letzten Klaubholz, das Karoline und ich unten am Kanal gesammelt, nahe unserem Untermietszimmer in der Radetzkystraße.

»Du bleibst im Bett«, sagte sie zu mir am Morgen. In ihr wachsbleiches Gesicht hatte sie eine bräunliche Pudermaske gemalt mit zwei rosa Rougeflecken auf den Wangen, ihre Wimpern mit Bella Nussy geschwärzt und die blutleeren Lippen gerieben und gebissen, bis die Farbe in sie zurückkehrte. Sie trug ihr einziges hübsches Kleid, das dunkelblaue mit den weißen Tupfen, die rotfleckige Haut ihrer Hände versteckt unter den alten, weißen Glaceehandschuhen, die als Einzige unbeschadet die Zeiten überdauert hatten. Der dazu passende weiße Strohhut war mit einem Notgroschen erstanden, in einem Augenblick unwiderstehlicher Begierde nach einem schönen neuen Stück.

»Nein!«, schrie ich und sprang ihr nach, an die Tür des Kabinettes, in dem wir hausten, und umklammerte ihre Beine. »Ich will nicht allein sein«, heulte ich ohne Unterlass, bis sie mich am Hals packte wie ein Kaninchen und von sich schleuderte, durch das schmale Zimmerchen bis an den eisernen Ofen, der unter meinem Aufprall erbebte. Die Hitze leckte mit lohender roter Zunge an der zarten Haut der Waden, aber sie reichte nicht aus, mich zu verbrennen, zu matt war das Feuerchen, das durch das dünne, feuchte Reisig in Gang gehalten wurde.

»Ich kann dich nicht gebrauchen bei der Arbeitssuche. Selbst ein Kretin wie du muss das begreifen«, rief sie zornig zu mir herüber. Sie sah die roten Male auf meinen Beinen erblühen, ohne Mitleid. »Das hast du dir selbst zuzuschreiben. Das nächste Mal folge, und kein Haar wird dir gekrümmt.«

Ich schüttelte nur den Kopf, widerspenstig, abweisend, und brüllte weiter und weiter nach meiner Tante, zu der ich mich zurückwünschte. Selbst wenn der Tee, den Tante Gudrun kochte, bitter war, jammerte ich, würde ich ihn trinken, ohne zu murren. Karoline sah mich mit einem seltsamen Blick an, der nicht zu ihrer herrischen Miene passen wollte. Sorge wartete darin und eine Frage, die sie nicht stellte, sich nicht und mir nicht, denn tat sie es, musste sie sich das Schrecklichste eingestehen.

Nicht nur Gudrun und ich, auch Karoline hat geschwiegen. Weil ihr gelegen kam, was geschehen war, und sie kein Interesse an der Aufklärung der wahren Umstände haben konnte, oder weil sie die wahren Umstände nicht erriet? Sie war nicht aus dem Holz geschnitzt, über die Vergangenheit zu grübeln und fremde Motive zu untersuchen. Nur wenn sie jemanden in ihre Gewalt bringen wollte, damit er nach ihrem Nutzen handelte, nur dann wandte sie sich einem anderen zu. Die übrige Zeit war sie in sich selbst vertieft. Es steckte in diesem schönen Körper ein kleiner Geist, phantasielos, nur auf die eigenen materiellen Bedürfnisse ausgerichtet, eine Durchschnittsperson, in diesem Licht betrachtet, und auch das ist eine Wahrheit über Karoline Streicher. Sie war nicht nur ein Monster, sondern auch eine Kleinbürgerin mit engem Horizont und begrenztem Verstand.

Sie ging davon. Die Absätze klapperten die Stufen hinunter und verklangen schnell. Die Tür war verschlossen, das Fenster verriegelt. Das Holz im Ofen zerfiel mit einem letzten schwachen Aufknistern zu Asche. Es war so kalt, dass ich meinen Atem sehen konnte bei jedem Schluchzer, den ich ausstieß. Die Möwen schrien mir eine höhnische Antwort auf meine bitterlichen Tränen und meine Angst und Wut zu. Über dem Donaukanal stieg die Sonne auf, eine herbe Dezembersonne. Ein halbes Jahr lagen Ferdinand und Ursula schon unter der Erde, und ich war allein mit dem Untier, dem geifernden, versengenden Dunst atmenden Drachen, der mich verschlingen würde, des Nachts, kam nicht Gudrun, mich zu erretten. Es half mir nicht, dass auch Gudruns Herz blutete nach unserer Trennung. Sie hatte eine Wahl, ich war in Gefangenschaft. Wasser, Brot, Schläge auf die nackte Haut, Kälte in mir und Kälte, die mich umgab.

Gudrun wollte mich loswerden, sie war mich los, aber sie konnte mich nicht lassen. Ihre Sehnsucht trieb sie in meine Nähe. An den Wochenenden kam sie den weiten

Weg in den 3. Bezirk zu Fuß, wie einst Ferdinand, der keine Anstrengung gescheut hatte, Karoline in ihrer Villa zu besuchen, und dann so rasch wieder davongelaufen war und gedacht hatte, sie niemals mehr wiederzusehen. Sie erzählte mir davon, an den Nachmittagen, wenn wir am Ufer des traurigen Gewässers spazieren gingen. Dass er Karoline nie geliebt hatte, dass sie es war, die ihn nicht mehr losließ, ihn in ihr Bett lockte, dass sie die Infektion war in seinem Blut und es kein Mittel gab, ihn abzuhalten von seiner Torheit. Bis auf den Tod. Dann war der Promenadenweg am Donaukanal zu Ende, und es schlug fünf von der Kirchturmuhr. Wir gingen den Weg zurück in den Winterabend, fröstelnd in den Nebeln, die über dem Wasser hingen und wattige Finger zum Ufer ausstreckten und uns darin einhüllten, in nasse, unfreundliche Stille.

Inzwischen verschlief Karoline in unserem Untermietszimmer mit den verblassten Veilchensträußen auf der Tapete die wenigen freien Stunden des Sonntags. Nachts, wenn die Möwen schliefen, hörte man das heimliche Leben unter der Tapete erwachen, die Läuse und Wanzen und Küchenschaben, unsere ständigen Begleiter, denen kein Thallium und kein Zyankali etwas anhaben konnte. Mürrisch hob sie den Kopf aus dem Polster, wenn Gudrun mich ins Zimmer schob und mit einem gemurmelten Abschiedsgruß flüchtete.

»Verflucht«, sagte sie, noch in ihrem Traum befangen. »Warum behält sie dich nicht? Warum will dich keiner, Ferdinand? Kommst du überhaupt in den Himmel? Du warst nicht gut.«

»Ich bin nicht Ferdinand«, antwortete ich trotzig.

Meine Stimme, die ihr so viel Widerwillen eingeflößt hatte, von meinem ersten, hilflosen Babyweinen an, brachte sie auf einen Schlag ins Bewusstsein zurück. »Oh, das weiß ich nur zu gut. Du bist das Vermächtnis, das er mir hinterlassen hat, damit es mir keinen Tag mehr gut ergehen wird auf Erden.«

Sie ließ sich auf das Bett zurückfallen, und ich begann im rötlichen Schein, der noch im Ofen glühte, meine Kleider abzulegen, Stück für Stück, mit der Sorgfalt, die den Armen zu eigen ist, und kroch unter die Decke zu meiner Widersacherin, der ich nicht entrinnen konnte und sie nicht mir.

In ihrem schönsten Kleid, mit dem falschen Rot auf den Wangen und dem Puder, das die kränklichen Pusteln auf ihrer Haut nur mangelhaft verbarg, hatte sie sich auf die Beine gemacht und nach Arbeit gesucht und Arbeit gefunden, schlechte Arbeit, Arbeit, die nicht einmal die Kosten für die abgetretenen Schuhsohlen hereinbrachte. Als die Not keinen anderen Ausweg mehr erlaubte, wurde sie Agentin der Auersheimer Versicherung, die, das war Karolines erste Frage, nichts mit der Sagittarius zu tun hatte. Wenn sie denn schon für die Blutsauger arbeiten musste, dann zumindest nicht für jene, die ihr in der Vergangenheit so übel mitgespielt hatten. Lebensversicherungen, Haushaltsversicherungen, Unfallversicherungen. Blitz, Todesfall, Arbeitsunfähigkeit. Gegen alle Fährnisse des Lebens konnte man sich versichern lassen. Es hatte Karoline schon damals, als Kritsch sie in die Anfänge seiner Profession einführte, verblüfft. Nichts hatte sich geändert. Nur die Umstände. Die Prämien waren unerschwinglich geworden für die Mehrzahl der Einwohner dieser Stadt. Auf dem Land, wo die Menschen vom Boden und Viehbestand leben, herrschten bessere Bedingungen. Aber die ländlichen Rayons hatten sich die altgedienten Mitarbeiter der Auersheimer längst gesichert.

Vierzehn Tage lief sie die Stadt ab, von Viertel zu Viertel, Haus um Haus kämmte sie die Straßenzüge durch.

Auf den Treppenaufgängen begegnete sie ermatteten Vertretern der verschiedensten Geschäftszweige, die den hohlwangigen, kaum einer Abwehr fähigen Hausfrauen ihre Waren feilboten, während andere, energischere und wohl genährtere, ihnen die Türen vor der Nase zuschlugen und, wollte einer nicht nachgeben und stellte den Fuß dazwischen, auch vor einer Handgreiflichkeit nicht zurückschreckten. Unter den Unzähligen, die sich in dem Geschäft von Tür zu Tür versuchten, hatten nur jene Aussicht auf Erfolg, die Trödel anzubieten hatten, Nadeln, Kämme, Spagat oder Taschenspiegel, Alltagsdinge, die schnell verbraucht oder zerbrochen waren und leicht zu ersetzen. Der Kram, den diese wandernden Händler verkauften, sicherte ihnen ein bescheidenes Einkommen. So war dieser selbst von den Ärmsten verachtete Beruf in den Hungerjahren zu neuem Ansehen gestiegen.

Karoline war eine Menschenfängerin, die mit der Macht des Wortes verführen und mit ihrer Anmut auch hartgesottene Charaktere erweichen und einlullen konnte. Vor dem Elend, das ihr aus den Wohnungen entgegenschaute, versagte sie und verstummte. Die Angst, der schwarze Vogel auf ihrer Schulter, flatterte auf und saß wieder still, und manchmal wurde ihr so schwach zumute, dass sie um einen Stuhl bitten musste, weil ihr die Knie schlotterten. Aber oft war auch das zu viel verlangt, und die erschöpfte Hausfrau hatte schon zu viel anhören müssen, war vielleicht das eine oder andere Mal einem Wortdrechsler auf den Leim gegangen. Dann gab es nur mehr eine Antwort auf jegliches Angebot, jede Frage und Bitte, das dumpfe Nein einer zugeschlagenen Tür.

Nach zwei Wochen war es mit Karolines Kräften vorbei. Im Hause gab es kein Essen mehr, seit Tagen. Die Zimmerwirtin hielt nur mehr das Angedenken an den verstorbenen Ferdinand, der ihr immer so charmant den Hof gemacht und die Holzspäne zum Unterzünden zugeschnitten hatte, vom Hinauswurf ab.

Wir lagen nebeneinander in dem ungeheizten Zimmerchen, mit den weißen Wolken unserer Atemluft vor dem Mund, und kuschelten uns aneinander in einer Umarmung, zu der uns der Überlebenswille zwang, und horchten auf die monotonen Hungerschreie der Möwen. Ich döste ein, ebenso verzweifelt wie gelangweilt, und fiel in einen leichten Schlaf ohne Traumbilder, in dem ich niemals so tief versank, dass ich vergessen konnte, wo ich war und wem ich ausgeliefert war, allein, ohne Hoffnung auf irgendetwas, das mich erlöste.

»Sissy«, flüsterte Karoline an meiner Seite, und ich schreckte hoch. »Tante Sissy. Das ist es, siehst, Ferdinand, siehst. Ich weiß es doch. Hab es dir versprochen, dass die Lösung kommt zur rechten Zeit. Immer gibt es die Lösung. Wir dürfen ja bloß nicht aufgeben.«

»Ich bin nicht der Ferdinand.« Schon zuckte ich zurück, aber der Schlag, vor dem ich mich fürchtete, kam nicht über mich.

Sie sprang aus dem Bett und rannte durch das eiskalte Zimmer, hin und her, von einem Strom neuer Energien angetrieben. »Und du wirst mir helfen«, rief sie mir aufgeregt zu. »Einmal im Leben bist du dran, deiner Mutter zu etwas nütze zu sein.«

*

Marie hatte sich gerade entschlossen, eine Liste der offenen Fragen, Zweifel und Widersprüche zu verfassen, als es an ihrer Wohnungstür läutete. Sie sah Franz Mohr draußen stehen und zögerte. Dann öffnete sie ihm.

»Ich habe dich gebeten, nicht unangemeldet zu kommen«, sagte sie schroff.

Er gab keine Antwort, sondern trottete an ihr vorbei, auf das Wohnzimmer zu.

»Nicht«, rief Marie. »Ich will hier keinen Besuch.«

Er blieb in der Wohnzimmertür stehen, verblüfft über den Anblick, der sich ihm bot. Marie hatte sich in der mehr als hundert Quadratmeter großen Wohnung ein Nest gemacht, in dem sie schlief, aß, fernsah, alles rund um ein ausziehbares Sofa, das, wie er sich dunkel erinnern konnte, früher den Katzen als Kratzbaum gedient hatte.

»Wo sind deine Katzen?« Er drehte sich nach Marie um, gerade als sie bei ihm war und ihn beim Arm packte.

»Tot«, schrie sie ihn an. »Eingeschläfert.« Sie zog ihn von der Wohnzimmertür weg. »Das ist mein Heim, da hast du nichts verloren.« Im nächsten Augenblick ließ sie ihn los und starrte ihre Hände an, als ob sie sich an ihm verbrannt hätte.

»Gehen wir ins Kaffeehaus«, schlug Franz vor, aber Marie schüttelte störrisch den Kopf.

Er lachte und lehnte sich an die Vorzimmerwand. »Du bringst mich so durcheinander, dass ich in meiner Tasche nach den Zigaretten suche. Dabei rauche ich schon fünf Jahre nicht mehr.«

»Viereinhalb«, widersprach Marie und erntete einen erstaunten Blick von Franz. »Ich weiß es, weil ich zehn Tage später auch aufgehört habe. Allan Carrs Gehirnwäsche um sieben Euro, total erfolgreich.«

Sie führte ihn auf dem schmalen Pfad zwischen den Kartongebirgen in ihre Küche. Dort war der Unrat weniger dramatisch, als er es nach dem Zustand des Vorzimmers erwartet hatte. Was vermutlich daran lag, dass Marie nicht kochte.

»Es ist unglaublich, wie ähnlich sich dein und mein Zuhause sind«, meinte Franz, worauf sich Maries verkrampfte Miene ein wenig entspannte.

»Kaffee?«, fragte sie. »Schau nicht so skeptisch. In

dem pestigen Billardcafé gegenüber, in das du mich gerade ausführen wolltest, ist er sicher auch nicht besser.«

»Ich will dir keine zu große Mühe machen«, meinte er trocken.

Sie zeigte ihm die Dose mit dem eingedorrten Löskaffeerest und musste unwillkürlich lächeln. Die erste Hürde war genommen. Während das Kaffeewasser kochte, begann er mit seiner Erklärung, warum er Marie daheim überfallen hatte. »Ich habe nicht abwarten können, bis du dich wieder einmal rührst«, sagte er. »Mir ist nämlich eingefallen, wer dieser Streicher ist. Er wohnt am Beethovengang, hast du gesagt, und da bin ich gestern herumspaziert und habe das Haus gesucht.«

Als Franz davor stand, erinnerte er sich, dass er Streicher selbst kannte, sogar in seinem Haus gewesen war, vor zwanzig oder noch mehr Jahren, damals, als er mit Hanne jung verheiratet in die Eroicagasse gezogen war. Sie hatten den Hund spazieren geführt.

»Erinnerst du dich noch an die Malimaus, unseren Spanielmischling?«, fragte Franz, und Marie nickte. »Unser immer zudringliches Hundeviech ist just dort bei dem alten Hagestolz durch ein Loch im Zaun gekraxelt und dann gleich aufs Ganze, ins Haus und in seinen Keller gezischt. Was sie dort begeistert hat, weiß ich nicht, wie halt diese Jagdhunde sind. Irgendein leckeres Ratzerl wird es schon gewesen sein, sie war jedenfalls nicht zum Rausbringen.«

Gleich darauf war Streicher aufgetaucht, völlig außer sich über den Hausfriedensbruch, wie er sich ausdrückte, und hatte gedroht, den Hund zu vergiften, wenn er nicht sofort aus seinem Haus verschwinden würde.

»Aber die Malimaus blieb von dieser Drohung unbeeindruckt, ich hab sie mit roher Gewalt rausschleppen müssen. Das Haus war wirklich eine Rattenburg, da befand sich der Hund schon auf der richtigen Spur.«

Marie lächelte bei der Erinnerung an den freundlichen und ungezogenen Hund, aber Franz, der das sah, runzelte unmutig die Stirn.

»Ja, eine nette Anekdote. Ich fand's allerdings schon damals nicht besonders lustig, weil der Streicher so geisteskrank reagierte. Nicht einfach ungehalten, sondern total aus dem Geleise.«

Marie kratzte das letzte Kaffeepulver in zwei Tassen und schüttete kochendes Wasser darüber. Sie bot Kaffeeweißer an, was Franz nicht kannte und entschieden zurückwies.

»Entweder Milch oder naturschwarz«, sagte er, und Marie stellte fest, dass er früher nicht so viele launige Witze gemacht hatte. »Es ist eh schon wieder vorbei.« Er seufzte auf. »Ich bin gekommen, weil ich dir das unbedingt sagen musste. Meiner Meinung nach ist der Mensch unberechenbar.«

Marie setzte sich zu Franz an den mit altem Werbematerial voll gepackten Küchentisch. Sie verschwieg ihm, dass die Dinge, die sie in der Apotheke erfahren hatte, noch viel beunruhigender waren als seine Hundegeschichte. »So unverständlich finde ich Streichers Reaktion gar nicht. Es gibt genug Leute, die durchdrehen, wenn man ihre Privatsphäre stört.«

Worauf er wieder die Stirn runzelte, den Kaffee trank und abwartend schwieg.

Marie hielt es nicht lange aus. »Du hast es für deine Pflicht gehalten, mich vor ihm zu warnen, okay, danke.« Sie erhob sich und blieb vor ihm stehen. Sie wollte, dass er ging. Er spürte es und blieb trotzdem am Tisch sitzen. Sie sah, dass er sich sorgte und sie mit diesem verrückten Fall, in den sie sich verbissen hatte, nicht allein lassen wollte. Das war gut gemeint, aber es ärgerte sie. Sie begann innerlich zu zittern vor Ungeduld.

Franz sah fragend zu ihr auf. Marie nickte erleichtert.

Er verstand also. Sie wollte ihn nicht abweisen. Er konnte nichts dafür. Endlich trank er seinen Kaffee aus und machte sich auf zu gehen.

»Ich will, dass du die Finger von diesem Menschen lässt«, sagte Franz. »Er ist ein Lügner, ein Betrüger, er spielt ein krankes Spiel mit dir.«

»Ich bin kein Kind mehr, Franz.« Mit einem Schlag war sie wütend, nicht nur auf ihn, auch auf Streicher, der sich versteckte, ihr die Wahrheit, die er versprochen hatte, vorenthielt.

Franz verstand nicht, sie hatte sich geirrt. Im Gegenteil, er missverstand, er streckte die Arme nach ihr aus. Und Marie wehrte ihn ab, grob, so wie sie sich vorgenommen hatte, nicht mit ihm umzugehen.

»Geh weg«, schrie sie ihn an. »Du trampelst in mein Leben hinein. Du weißt nichts, du belästigst mich mit deinen Ratschlägen. Du nimmst mich nicht ernst. Verschwinde aus meiner Wohnung!«

Er ließ den Kopf sinken. »Entschuldige. Entschuldige. Ich bin schon weg.«

Marie ging ins Wohnzimmer und knallte die Tür hinter sich zu.

9. Kapitel

Es mag verwundern, dass Karoline, die vor langer Zeit geschworen hatte, dass sie niemals mehr, komme, was wolle, etwas mit der Familie Loew zu schaffen haben wollte, weil sie ihr alles schuldig geblieben war, was ein Kind mit Recht erwarten darf, dass Karoline sich in ihrer Verzweiflung einer nahen, wenn auch ihr unbekannten Verwandten entsann. Sie hieß Sissy Gollner und war die Schwester des Moritz Loew, Karolines Vater. Seit er in den einzigen Schnellzug gestiegen war, der in der Station Inzersdorf Halt machte, hatte niemand mehr etwas von ihm gehört, oder wenn, dann war es nicht bis zu Karoline durchgedrungen.

Sissy Gollner war eine wohlhabende alte Dame. Ihr Mann, ein Notar und erfolgreicher Grundstücksmakler, hatte sie gut versorgt zurückgelassen. Sie besaß ein Haus nahe von Mödling, in der fashionablen Hinterbrühl, einem gewundenen, vom Lauf eines Flüsschens, der Brühl, begleiteten Tal. Wiesen, Äcker und ein Wald gehörten zu dem Besitz und waren schon seit jeher zu allseitiger Zufriedenheit verpachtet, was den Gollners ein sicheres Einkommen verschaffte und nun, in den schlechten Jahren, die mit Gold aufgewogenen Lebensmittel.

Nach dem Tod ihres Mannes übersiedelte Sissy Gollner nach Wien. In einem der Mietshäuser, die ihr Mann besessen hatte, bezog sie eine Wohnung. Nur im Sommer, in den heißesten Tagen des Jahres, trat sie mit einiger Überwindung einen kurzen Aufenthalt auf dem Land an, weniger um der Erholung willen als wegen des

Verwalters, dem man, hatte ihr der Gatte eingeschärft, hin und wieder auf die Finger sehen musste.

Dass Sissy Gollner ein Haus in der Hinterbrühl besaß, war Karoline aus der Zeit ihrer Ehe mit Kritsch bekannt. Rodaun und Hinterbrühl lagen im Wienerwald, nur ein paar Kilometer voneinader entfernt. Allerdings hatten die Familien einander trotzdem kein einziges Mal einen Besuch abgestattet. Es war nicht gewiss, ob Sissy über Karolines Verbleiben Bescheid wusste, ja, vielleicht nicht einmal von ihrer Existenz.

An einem der Vormittage, die ich eingesperrt hinter der Tür mit den Möwen draußen um die Wette schrie, fuhr Karoline aufs Land hinaus und sah sich das Haus und den dazugehörigen Besitz aus der Nähe an. Sie kehrte mit einem Stein in der Brust zurück vor atemlosem Neid und mit dem Wissen, dass Sissy in der Altgasse im 13. Bezirk wohnte. Sie hatte einen Entschluss gefasst. Das »Komme, was wolle!« ihrer Jugend galt nicht mehr im Angesicht des nackten, verzweifelten Hungers. Sie würde die Familienbande neu knüpfen.

Mit weit geöffneten Augen lag sie in der Nacht neben mir und sann auf einen gangbaren Weg. Die Katastrophen und Heimsuchungen hatten den alten Traum nicht zerstören können. Er erstrahlte wieder in den Regenbogenfarben des Glücks. Sie malte die Zukunft an die gesprungene Zimmerdecke: das Haus in Hietzing, den Wagen, die teure Garderobe, immer noch und auf immerdar Leserin von Schundromanen und mit der gleichen Sehnsucht im Herzen wie deren Heldinnen.

Montag war Zahltag für die Vertreter der Auersheimer Versicherung. Um acht Uhr morgens öffnete das Schalterfräulein die Kassa und begann, die verkauften Versicherungen abzurechnen. Nur zu oft standen die Vertreter mit leeren Händen da, weil Leute, die nach langen, zähen Verhandlungen in eine Versicherung eingewilligt hatten, die Unterschrift dann im letzten Moment verweigerten und stattdessen versprachen, den Vertrag selbst an die Versicherung zu schicken, was sie häufig unterließen. Dann fiel der Vertreter um seine Provision um und hatte noch dazu einen Montagmorgen damit vertan, vor dem Schalter in der Schlange zu stehen. Eine Schlange, die von Montag zu Montag kürzer wurde.

Karoline zählte nicht oft zu den Glücklichen. Viel häufiger war sie auf dem Versatzamt zu Hause. Der Schmuck, den ihr Kritsch einst geschenkt hatte, war schon lange verkauft, auch der Hermelinkragen mit dem dazu passenden Persianermuff, die Seidenkleider, die Hüte und geknöpften Lederhandschuhe. Es gab nicht mehr ein Stück von Wert in ihrer Garderobe, und ich war zu einem Lumpenkind herabgesunken, das zu Hause gehalten wurde wie ein Aschenputtel, weil ich nicht einmal Schuhe besaß, die mich gegen die Winterkälte schützten, nur ein ausgewachsenes Paar mit löchriger Sohle.

Karoline war die Erste am Schalter der Auersheimer Versicherung an diesem Montagmorgen. Sie hatte nicht geschlafen in der Nacht, aber sie verspürte keine Müdigkeit, sie wusste, dass niemand ihr widerstehen konnte, legte sie es nur darauf an zu überzeugen.

»Ich brauche einen Vorschuss«, sagte sie zu dem blassen Fräulein Herr, das die Kassa führte und zu Karolines Ansinnen nur milde und betrübt den Kopf schüttelte.

»Sie wissen ja, dass es so etwas bei uns nicht gibt«, antwortete sie mit dem kleinen, lächerlichen Lispeln, das sie immer befiel, sobald sie etwas Unangenehmes aussprechen musste.

»In diesem Fall müssen Sie eine Ausnahme machen«, erklärte Karoline und heftete ihren durchdringenden schwarzen Blick auf das Kassafräulein. »Ich habe eine wohlhabende Kundin, der ich das große Paket verkaufen werde. Wenn es ihr zu kostspielig sein sollte, nimmt sie zumindest das Dreierangebot, Leben, Haushalt, Unfall.«

Fräulein Herr verneinte noch einmal mit einem stummen Kopfschütteln. Erschrocken fuhr sie zusammen, weil Karoline daraufhin energisch an den Schalter klopfte.

»Hören Sie mich nicht?«, rief Karoline. »Das ist ein gutes Geschäft. Ich verspreche Ihnen ja keine Seifenblase. Die Dame ist meine Tante, eine begüterte Witwe.« Das düstere Kreuz erschien auf ihrer Stirn zwischen den Augenbrauen. »Holen Sie mir Ihren Vorgesetzten, Fräulein Herr.«

Das Fräulein ließ sich nicht lange bitten. Sie huschte davon und kehrte alsbald mit Herrn Balogh, dem Kassenleiter, zurück, der so dunkelgelockt und olivfarben war wie Fräulein Herr blond und bleich und um einiges entschiedener auftrat. Mit einer wohlgesetzten Absage ihres Ansinnens auf den Lippen trat er Karoline Streicher gegenüber. Aber kein Wort fiel. Nach einer Pause, der das Fräulein Herr überrascht nachhorchte und in der Bela Balogh um Fassung rang, ergriff Karoline die Gelegenheit beim Schopf und wiederholte, was sie wollte. Zu Fräulein Herrs maßlosem Erstaunen begann er zu nicken, mechanisch und ohne Unterlass. Er starrte Karoline mit einem festgewachsenen, verzückten Lächeln ins Gesicht.

»Danke, Herr …«, und nun lächelte auch Karoline, ein wenig nur, das wissende Lächeln der Begehrten, und schlug den Blick nieder, ein wenig nur, während Fräulein Herr das Benehmen ihres Vorgesetzten mit wachsendem Unglauben verfolgte.

»Bela Balogh«, sang er in seinem ungarischen Akzent und verstieg sich zu einer Verbeugung vor der Bittstellerin. »Fräulein Herr. Sie zahlen bitte die Frau Streicher hier eine Vorschuss von zwanzig Schilling aus.«

»Aber …«, widersprach Fräulein Herr. Sie breitete ihre Hände beschützend über die Geldkassette. »Herr Balogh, das geht doch nicht. Wir haben doch noch nie …«

»Machen Sie bitte, was Ihnen wird aufgetragen«, schnappte er zurück. Karoline schenkte er ein aufmunterndes Kopfnicken. »Gleich ist es erledigt.«

»Sie kennen meinen Namen?«, fragte Karoline ohne Überraschung. Sie hatte es ihm auf den ersten Blick angesehen.

»Wie hätte ich Sie können vergessen? Ein Frau von solche Talent? Mit eine so außergewöhnliche Schicksal?« Er nahm Fräulein Herr die abgezählten Geldscheine aus der widerwilligen Hand. »Haben Sie noch eine bissel Zeit?«, fragte er Karoline, bevor er ihr das Geld übergab. »Bitte, kommen Sie. Ich muss dieses Gelegenheit beim Schopf packen. Wer weiß, wann wir uns nächste Mal miteinander werden unterhalten?«

Er führte sie in sein Büro, wo Fräulein Herr dem weiteren Verlauf des Gespräches nicht mehr folgen konnte.

»Aber«, so sagte sie im Mordprozess »Karoline Streicher und Kumpane« aus, und dieser »Kumpane« war niemand anderer als der mitangeklagte Bela Balogh, »ich bin fest davon überzeugt, dass die beiden sich damals schon gekannt und heimlich einen Plan verabredet haben.« Denn nicht ein einziges Mal war es bis dahin vorgekommen, dass eine namenlose Vertreterin Balogh einen Vorschuss entlockt hatte, was außerdem einen klaren Verstoß gegen seine Direktiven bedeutete. Schon gar nicht hatte er jemals eine Frau mit solcher Ehrerbietung und nachgerade unterwürfig behandelt. »Er war besessen von ihr.« Besessen, sagte Fräulein Herr, es war ein Wort aus dem Vokabular, in das alle diese Zeugen verfielen, wenn sie Karoline Streicher beschreiben sollten, neidisch, selbst noch auf die Frau, die mit geschorenem Haar auf der Anklagebank saß. »Und sie, sie ließ sich von ihm huldigen und steckte den Vorschuss ein, und am nächsten Montag stand sie schon wieder da, ohne unterschriebenen Vertrag, und forderte mehr.«

Es ist recht unwahrscheinlich, dass Bela Karoline kannte, bevor sie sich in der Versicherung begegneten. Die Anklage ging davon aus, weil sie den beiden einen von langer Hand ausgeklügelten Betrug und Meuchelmord nachzuweisen bemüht war, wofür sich aber nicht ein einziger Beweis fand. Sicher ist, dass er sich dort am Kassenschalter der Versicherung in sie verliebte. Ein Blick auf sie, und er brannte, lichterloh. Nicht wie Kritsch, der Kinderverführer, nicht wie Ferdinand, der Erfinder und Rächer seiner enttäuschten Träume. Bela Balogh war der einzige Mann im Leben meiner Mutter, der sie liebte, auf ihre Weise, nach ihrem Geschmack, zwei Gleichgesinnte, räuberisch, betrügend schlau, die sich fanden, schließlich und endlich fanden.

Denn Karoline war keineswegs verliebt und willig, sich auf eine Affäre einzulassen. Eine Liebschaft, sagte sie mit verächtlich herabgezogenem Mund zu ihrem Spiegelbild, ist das Letzte, was ich brauche, und schüttelte sich, schon von der bloßen Idee angeekelt. Es dauerte, bis sie ihn erhörte, dauerte so lange, bis sie wusste, was sie an ihm hatte, und er dafür ihr Herz gewinnen konnte. Nicht die große Liebe, die sie ihm bedeutete, die kam nicht wieder, die war ins Grab gesunken, mit Ferdinand, wenn auch lange vor seinem Tod. Aber die Leidenschaft des Fleisches, die Vereinigung ohne Reue und Bitterkeit, die schenkte er ihr, ein Liebesglück, das lange, ein Leben lang vielleicht hätte währen können, wäre ich nicht gewesen, die giftige Frucht aus dem Schoß des Drachen.

Sie hatten vergessen, mich zur Schule zu schicken, meine pflichtvergessenen Eltern und meine Tante Gudrun, oder es mit Bedacht unterlassen. Das Kind mit den allwissenden Augen, und war es auch klug über seine Jahre hinaus, es war doch Kind, und spürte es auch, wo Schweigen geboten war, wer konnte voraussehen, ob ihm nicht eines Tages der Mund überlaufen würde von den seltsamen Geschehnissen in seinem Zuhause? Aber Gudrun hatte sich von mir abgewendet, mit schmerzlicher Endgültigkeit. Seit Karolines Stern im Aufsteigen begriffen war, hatte sie Gudruns Besuche nicht mehr geduldet. Plötzlich erinnerte sie sich daran, dass ich schon über das Tafelschützenalter hinausgewachsen war und schon bald acht Jahre alt wurde. Nicht aus Staatsbürgerpflicht und weniger noch aus mütterlicher Sorge schickte sie mich zur Schule, sondern weil sie mich auf diese Weise ein paar Stunden am Tag loswurde. Nach der Schule hatte ich mich in unser Zimmer zu verfügen und ihre Heimkehr abzuwarten. Oft kam sie erst am Abend mit blasenbedeckten Füßen und zerschlagenen Gliedern von ihren Streifzügen durch den ihr zugewiesenen Versicherungsrayon, die Bezirke zwei bis fünf, Armeleutegegenden, in denen nichts zu holen war, wie ihr jeden Tag mehr und mehr zu Bewusstsein kam.

*

Ungeduld und Sehnsucht beherrschten Marie, seit sie Hermann Streicher begegnet war, und steigerten sich, als er verschwand, es ihr überließ, den Spuren, die er für sie auslegte, zu folgen. Nun, auf einmal, bedrängte sie ein neues Gefühl. Sie schob es weg, es stand ihr im Weg. Vergeblich. Schließlich musste sie sich eingestehen, dass sie sich schämte. Franz Mohr war ihr nicht gleichgültig. Selbst in den langen Monaten ihres totalen Rückzugs hatte sie fast täglich an ihn gedacht. Es gab keinen Anlass, ihn mit solcher Aggressivität zu vertreiben. Er war ihr zu nahe getreten. Er hatte ihre Grenzen überschritten. Damit entschuldigte sie sich, aber es nützte nichts. Sie fühlte sich schlecht, wenn sie sich an seinen Besuch erinnerte.

Endlich rang sie sich durch und suchte seine Telefonnummer. Das Büchlein, in dem sie Adressen und Nummern eintrug, war unter Stößen von Büchern und Zeitungen begraben. Sie musste einige Schichten von ihrem Schreibtisch abtragen, bis sie fündig wurde. Dabei stieß sie auf ihre Notizen von dem ersten Gespräch mit Streicher. Ein Name sprang ihr ins Auge: Karl Ludwig. War nicht erst vor kurzem wieder von einem Karl Ludwig die Rede gewesen? Sie grübelte eine Weile, aber es fiel ihr nicht ein.

Als Marie ihr Telefonbüchlein schließlich fand und öffnete, kam ihr zu Bewusstsein, wie vollständig ihre Isolation geworden war. Abgesehen von den kurzen Treffen mit Nemecz und mit Franz hatte sie nur die Gesellschaft eines einzigen Menschen gesucht, die Hermann Streichers. Ohne lange zu überlegen, was sie ihm nun eigentlich sagen sollte, rief sie bei Franz an. Der Signalton teilte ihr mit, dass unter dieser Nummer kein Anschluss existierte.

*

Ich sehe ein Kind am Straßenrand warten. Es ist März, der März des Jahres 1934, und ich kann endlich rechnen, schreiben, lesen. Wir lebten noch. Wir hatten gehungert und gefroren, aber nun gab es eine Hoffnung. Sie hatte mich an diese Straßenecke geführt. Karoline stand neben mir, ungeduldig von einem Fuß auf den anderen tretend, weil sie nicht weiterkam. Auf der anderen Straßenseite verlief die Tiergartenmauer, an der entlanggehend man nach einigen Minuten das Hietzinger Tor des Schönbrunner Gartens erreichte. In diesen von den Habsburger Monarchen angelegten ehemaligen Jagdgründen mit dem schönen barocken Schloss darauf haben die Wiener ihre Lieblingswege: durch die Allee zur römischen Ruine, auf die Gloriette, die auf einem kleinen Hügel liegt und selbst für die Kurzatmigen leicht zu erklimmen ist. Die Kinder drängen in den Tiergarten, die Bronchitisleidenden ins Palmenhaus, wo sie die Treibhausluft leichter atmen lässt, das feinsinnigere Publikum besucht das Schmetterlingshaus.

Ich war noch niemals im Tiergarten gewesen. Ich wusste kaum, was das Wort bedeutete. In meiner Welt gab es nur zwei Arten von Tieren, die essbaren und die Parasiten. Von zweiteren hatten wir im Überfluss, von ersteren bekam ich kaum einen Geschmack. Tiere, zum Anschauen in Käfige eingesperrt, waren mir bis dahin unbekannt gewesen. Aber das sollte sich bald ändern.

Sissy Gollner war eine große Tierliebhaberin, hatte Karoline bei ihren Nachforschungen herausgebracht. Mehrmals in der Woche machte sie einen Rundgang durch den Tiergarten und schaute dabei immer bei ihren Lieblingen, den Bären, vorbei, erfreute sich an ihren putzigen Gemeinschaftsspielen und fütterte sie heimlich, weil es verboten war. Sie kam täglich nach Schönbrunn, für gewöhnlich von drei bis fünf Uhr am Nachmittag. All das hatte die klatschsüchtige Hausbesorgerin aus der Altgasse Karoline berichtet.

Es ging schon gegen vier, aber wir konnten die Straße nicht überqueren. Eine Menschenmenge versperrte uns den Weg, Hahnenschwanzler, die sich in einem nicht endenden Demonstrantenstrom gegen die Innenstadt wälzten, Vorboten des heraufdämmernden Zeitalters der Gewalt. Karoline wusste nicht, wer diese Männer in den aufgeputzten Phantasieuniformen waren und was die Parolen, die sie skandierten, bedeuteten. Vor vielen Jahren, nach dem Krieg, hatte sie Angst gehabt vor der Meute, der gegenüber sie sich plötzlich im Lager der Besitzenden fand, die noch etwas zu verteidigen hatten. Aber nun war es anders. Sie war wieder zum Habenichts abgesunken, sie hatte nichts zu fürchten und nichts zu erhoffen von diesen, die keine großen Sorgen haben konnten, wenn sie sich an einem Mittwochnachmittag um Politik bekümmerten, sonst wären die schmucken Uniformen, die Koppeln und schweren schwarzen Lederstiefel längst im Versatzamt gelandet. Nicht einmal, dass Hitler im Jahr davor in Deutschland Reichskanzler geworden war, hatte Karoline aufgeweckt. Was dieser Mann beinahe unverständlich in Mikrofone kreischte, interessierte nicht, sie konnte nichts davon ernst nehmen.

»Endlich«, stieß sie hervor, als das Ende des Zuges in Sichtweite kam, und klopfte mit ihrer Schuhspitze ungeduldig gegen das Straßenpflaster. »So, und jetzt los.«

Sie zerrte mich zwischen der Nachhut der Hahnenschwanzler, die ihre Reihen nicht mehr geschlossen hielten, hindurch, hörte nicht auf einladende Pfiffe, stieß nach einer Hand, die forsch ihre Wange kneifen wollte, schob und riss an mir, schleppte mich weiter, auf den Eingang des Hietzinger Tores zu, und hielt erst inne, als sie bei dem hohen, eisengeschmiedeten Gittertor angekommen war und tief in die Allee im Inneren des Parkes sehen konnte. Sie hatte sich an Sissy Gollners Spur geheftet, wie mehrere Male schon, um sie zu beobachten, aber zum ersten Mal in meiner Gesellschaft. Ich hatte genaue Anweisungen bekommen, was zu tun war, und fürchtete die Begegnung, wenn ich ausführen sollte, was Karoline mir aufgetragen hatte. Ich durfte nicht versagen. Das hatte sie mir unter schrecklichen Drohungen eingeschärft.

Pfeilschnell liefen ihre schwarzen Augen über die Spaziergänger in der Allee, denen der Föhn in die Knochen gefahren war und sie verträumt und matt an den Parkbänken innehalten ließ, die noch feucht glänzten vom letzten, kaum getauten Märzschnee und dennoch zum Verweilen lockten, als die Füße plump und schwer wurden in den plötzlich zu warmen Winterschuhen. Vorbei an den Familien mit Kindern, den Dreirädern und Puppenwagen flog Karolines Blick zu den einsam durch die Allee Promenierenden, zu den Pelzmänteln und Federhüten, den Vögel fütternden und den zum dämmernden Himmel verträumt aufblickenden Besuchern des Parks, suchte und prüfte, eilig und doch genau, und hielt nicht still, bis sie endlich fand, was sie suchte.

»Da.« Ihre Hand legte sich auf meine Schulter und mit ihr die ganze Schwere der Verantwortung. Ruhig und gleichzeitig gespannt, wie der Raubvogel über seiner Beute kreist, war der Blick, der mir den Weg wies, der knappe Befehl, jetzt zu gehen und nicht zu vergessen, was mir aufgetragen war. »Ich erschlag dich, du Kretin, ich schwöre es dir, beim Grab deines Vaters. Vergiss das nicht!«

Sissy Gollner war schwerbrüstig und breithüftig unter knackender schwarzer Seide. Sie roch nach parfümiertem Staub und Pfefferminzbonbons, die sie ohne Unterlass lutschte, um ihren schlechten Atem zu übertünchen. Ungeachtet ihres beträchtlichen Gewichtes hatte sie einen schwungvollen, jugendlichen Gang und lebensvolle, runde Augen, kastanienbraun wie ihr Haar. Auch die Sommersprossen auf ihrer Haut hatten diesen ungewöhnlichen rotbraunen Ton.

Was nun meine Mutter von mir erwartete und was ich mehr schlecht als recht in die Tat umsetzte, war ein Zusammenstoß, der zufällig erscheinen und bei dem ein

Wort das andere geben sollte, bis die verwandtschaftliche Beziehung sich glücklich und gänzlich unerwarteterweise enthüllte. Ich hatte den Auftrag bekommen, meinen Ball vor mir hertreibend über den kiesbestreuten Alleeweg zu laufen, ein ungebärdiger Knabe mit seinem Spielzeug, zu schnell. Im Eifer und Ehrgeiz, den Ball erwischen zu wollen, sollte ich ins Rutschen geraten und stürzen, auf beide Knie, recht fest, damit auch Blut fließe, und erschrocken und schmerzlich zu weinen beginnen, so laut ich nur konnte. Das alles hatte sich gerade zu Füßen der fremden Frau abzuspielen, der dann wohl nichts anderes übrig bliebe, als mir aufzuhelfen, während die Mutter unter vielen Dankesworten nachgeeilt käme und sich als die seit vielen Jahren der Familie Loew aus den Augen entschwundene Karoline entpuppen würde.

Ich tat, wie sie es mir eingebläut hatte. Ich dribbelte, warf den Ball und lief ihm nach. Aber er nahm nicht die Richtung, die ich ihm zugedacht hatte, sondern rollte unter die gestutzte Hecke und verschwand in dem ungewöhnlich hohen Gras dahinter. Karolines Blick durchbohrte mich und versprach schlimmste Bestrafung, also hastete ich ohne Ball weiter, zu der Frau im schwarzen Seidenkleid unter ihrem Persianermantel und mit dem Nerzhut, den sie von Zeit zu Zeit, vom Föhn erhitzt, lüftete. Ohne lange zu überlegen, ließ ich mich vor ihr niederfallen, bäuchlings, aus vollem Lauf, so dass der ausgedünnte Stoff meiner Hosen zerriss und mit meine Schienbeine wie meine Handflächen von nadelspitzen Kieselsteinen zerstochen wurden. Ich musste keinen Schmerz heucheln, ich schrie aus voller Kehle auf.

Sissys Hand sank an ihre Hutkrempe. Erstaunt sah sie das greinende Kind an, das die Eichhörnchen, die sie gefüttert hatte, auf die Bäume zurücktrieb. Sie betrachtete mich, wie man ein ärgerliches, wenn auch alltägliches Missgeschick zur Kenntnis nimmt, einen abgerissenen

Knopf oder ein zerbrochenes Geschirr oder auch ein lästiges Ungeziefer. Sie machte keine Anstalten, mir auf die Beine zu helfen. Sie wollte sich im Gegenteil rasch entfernen, aber das verhinderte ich. Ich ließ mich, blutend und mit strampelnd erhobenen Beinen, auf den Rücken rollen, eine Groteske, der das Erscheinen meiner Mutter ein Ende bereitete. Blitzschnell stieß ihre Hand zu mir herab, packte mein Ohr und schüttelte mich, bis ich aus freien Stücken hochkam und auf meinen eigenen Beinen stand, gepeinigt und hellwachen Sinnes. Das alles geschah nebenbei, ohne ein Wort und einen Blick von ihr. Es war als Erziehungsmaßnahme an die Frau, der Karoline gegenüberstand, gleichsam adressiert, um sie zu beschwichtigen und das Gespräch anzuknüpfen, bevor die andere entfliehen konnte.

»Ich muss mich für ihn entschuldigen«, sagte Karoline sehr beflissen. Sie schenkte Sissy ihr charmantestes Lächeln. »Er ist ungeschickt wie kein Einziger in der Familie. Also, von den Loews hat er das mit Sicherheit nicht geerbt. Ich weiß nicht, was ich mit diesem Buben anfangen soll.« In gespielter Verzweiflung schüttelte sie den Kopf über mich, Sissys Miene aus dem Augenwinkel beobachtend.

Hatte sie angebissen? Es sah nicht danach aus. Sissy umrundete Karoline und mich mit raschen Schritten und strebte zum Ausgang des Parkes, in dem schon die ersten Schatten der Dämmerung einfielen.

»Ach ja«, setzte Karoline tapfer fort, »es ist ja schon spät. Der Schönbrunner Park schließt mit Einbruch der Dunkelheit, nicht wahr?«

Sissy nickte, noch immer stumm, und Karoline bemühte sich, mit ihr Schritt zu halten, wobei sie mich immer noch mit strengem Griff gefangen hielt, als könnte ich, wie die Eichhörnchen, mit einem Satz entfliehen.

»Darf ich Sie etwas fragen?«, begann sie von neuem,

und ich wand mich innerlich vor Verlegenheit über ihre zudringliche Annäherung.

Sissy seufzte statt einer Antwort schwach. Sie zog ihren Pelzmantel eng um sich herum und schlug einen noch schnelleren Schritt ein. Aber Karoline blieb ihr auf der Spur.

»Ich hatte eine Tante in meiner Kindheit, die ich seit vielen Jahren nicht mehr gesehen habe und die mir immer noch im Gedächtnis geblieben ist. Sie gleichen ihr aufs Haar. Sie hieß Sissy Loew mit ihrem Mädchennamen.«

Jetzt konnte Sissy nicht anders. Sie musste stehen bleiben, ob aus Verblüffung oder von Karolines Eigensinn bezwungen. Ihr kastanienbrauner Blick zog eine gemächliche Runde über Karolines heruntergekommene Erscheinung, den altmodischen grauen Wintermantel und die plumpen Halbschuhe aus brüchigem Leder, beides Spenden des Sozialamtes für die Bedürftigen, ebenso wie die Kleider, die sie trug. Schließlich klebte sich Sissys Blick an Karolines Mund fest, die schwarzen Augen vermeidend und das rote, im Sonnenuntergang scheinende Haar.

»Du bist die Karoline?«, fragte Sissy, eine Spur von Verwunderung in ihrer Stimme wie ein Sommerlüftchen, das die ruhige Wasserfläche kräuselt, ohne sie in weitere Bewegung zu bringen.

»Tante Sissy!« Karoline nickte strahlend, zutiefst erleichtert. »Mein Gott, ist das ein Zufall!«

»Meinst?«, fragte Sissy skeptisch. Sie wandte sich nach mir um und warf mir einen kurzen, unangenehm berührten Blick zu. »Ich habe damals in der Zeitung gelesen von deinem Fall. Sehr peinlich für die Familie. Man kann nur hoffen, dass mit der Zeit Gras darüber gewachsen ist.« Aber ein Flackern von Neugierde war in ihre Augen getreten und blieb nicht unbemerkt.

»Tot ist er«, sagte Karoline. »Ich stehe ganz allein da mit meinem Buben.«

Sissy wandte sich kein zweites Mal um. Sie besah sich die Eichhörnchen, die in der verwaisten Allee hin und her schossen und den Boden nach zurückgebliebenen Nüssen absuchten. »Könnt's mich ja besuchen kommen, wenn's euch einmal ausgeht«, erklärte sie endlich mit gedehnter Stimme. »Ganz kommod, ohne Umstände. Ich lebe sehr zurückgezogen. Nicht zum Mittagessen, denn mein Haushalt ist nicht auf Gäst' ausgerichtet. Aber zum Kaffee.«

Karoline schrie beinahe vor Freude. »Gern!« Die Einladung, die heiß ersehnte, war ausgesprochen, gerade rechtzeitig, als wir beim Hietzinger Tor angekommen waren, beinahe als die letzten Besucher. Der Türsteher trieb schon mit ungeduldigem Winken zur Eile an und ließ den mächtigen Schlüsselbund in seiner Hand klirren. »Wann würde es dir passen? Sonntag? Oder lieber an einem Wochentag?«

Endlich zauberte Karoline auch in Sissys verschlossene Miene ein kleines Lächeln. »Das haltet, wie es euch beliebt. Nach fünf bin ich immer erreichbar, gelt.«

Sie reichte Karoline geziert die Fingerspitzen. Mir nickte sie zu, unschlüssig, wie und ob sie mich ansprechen sollte. Damit ging sie, in ihrem ausgreifenden, lebhaften Schritt, und wir starrten ihr nach, hungrige, zerzauste Raubvögel, die ihre Beute ausgemacht, aber lange noch nicht besiegt hatten.

Unter Aufbietung aller ihrer Kräfte zügelte Karoline ihre Ungeduld. »Keine Sorge, Sie bekommen Ihr Geld schon«, herrschte sie die freundliche Frau Seibold, unsere Zimmerwirtin in der Radetzkystraße, an, wenn sie am Sonntag mit der neuen Wochenrechnung eintrat und sie ohne ein Wort der Ermahnung, nur mit dem Kommentar, wie rasch doch die Zeit verfliege von einem Monat zum nächsten, auf die Kommode legte. Die Miene der langmütigen Hausfrau verzerrte sich, gekränkt und staunend, und sie zog sich zurück, bevor Karoline Dinge äußern konnte, die ihr dann Leid tun würden.

»Ich bin nicht dankbar«, zischte Karoline hinter ihr her, nachdem die Tür ins Schloss gefallen war. »Ich hasse dich, du seufzende alte Kuh. Fahr endlich in die Grube!«

Wir hatten Hunger. Es gab nichts zu essen im Haus als ein Stück beinhartes Brot, das in einer Porzellanschüssel lag und mit Wasser besprengt wurde, damit es sich noch einmal erweichen ließ. Kein anderes Abendessen erwartete uns. Der nächste Tag war ein Montag, der Auszahlungstag der Auersheimer Versicherung. Aber Karoline wagte nicht noch einen Vorstoß, bevor sie wenigstens einen einzigen Geschäftsabschluss herzeigen konnte. »Der Sonntag ist für einen Besuch so gut wie jeder andere Tag«, sagte sie zu ihrem Spiegelbild, mit dem sie sich angewöhnt hatte, Zwiesprache zu halten, seit es keine andere Gesellschaft außer mir gab. Wir sprachen kaum miteinander. Ich öffnete den Mund nur, um ihre Fragen zu beantworten, und sie wollte nie etwas von mir wissen. Lediglich für meinen Schulerfolg brachte sie ein gewisses Interesse auf.

»Das Wichtigste ist die Ruhe«, erklärte sie, wenn ich über meinen Schulaufgaben saß. »Ich hätte so gern gelernt. Ganz anders wär alles mit mir gekommen. Aber es war weder ein Groschen für Bücher da noch Zeit für einen Gedanken, der über das Alltägliche hinausreichte. Damals hieß es, Bildung ist was für die Reichen, für arme Leute genügen drei Kreuze als Unterschrift.«

Die Altgasse 7 stand wie ein gebleckter Zahn im Kiefer einer Greisin allein da. Die Häuser links und rechts waren erst kürzlich abgerissen worden, und der Boden, auf dem sie gestanden waren, sah wie entzündet aus, bedeckt mit einer Schicht roten, feuchten Lehms. Karoline wartete nicht lange. Als das Klingeln an der Tür der Concierge ungehört blieb, eilte sie die Stiege hinauf, zwei Stufen auf einmal. »Sie kann uns nicht abweisen«, sagte sie zu mir oder zu sich selbst. Sie rückte an ihrem Rock und polierte noch schnell den Staub von ihren Schuhen. Mir strich sie über den Scheitel, nicht zärtlich, sondern um ihn zu glätten. Dann griff sie nach dem mächtigen Türklopfer, der von dem Maul eines Löwen gehalten wurde, und setzte die Miene verwandtschaftlicher Zuneigung auf.

»Ich bin zwar schon recht alt, aber deshalb noch lang nicht blöd«, sagte Sissy Gollner eine Viertelstunde später zu Karoline. »Die Geschichte, die du mir aufgetischt hast, von der glaube ich kein Wort. Wir sind uns nicht zufällig begegnet, und du hast mich auch nicht plötzlich wiedererkannt. Ich weiß noch recht gut, Karoline, wie alt du warst, als ich dich das erste und das letzte Mal in deiner Kindheit gesehen habe: ein Säugling von vier Wochen in der Wohnung deiner Eltern in Inzersdorf. Du bist im Stubenwagen gelegen und hast geschlafen.«

Sissys Stimme klang nicht ärgerlich. Es war eine klare, nüchterne Feststellung und kaum zu widerlegen, selbst wenn Sissy einen späteren Besuch vergessen hatte. Älter als drei Jahre konnte Karoline nicht gewesen sein, denn mit drei hatte sie ihr Elternhaus verlassen.

Karoline versuchte keine Ausflüchte. Gegenüber dem Sofa, auf dem die Tante mit einem Samtpfuhl im Rücken halb sitzend, halb liegend rastete, stand ein Fauteuil. Darauf ließ sie sich niedersinken, stieß einen tiefen Atemzug aus und bedeckte ihre Augen mit dem Handrücken, als wäre sie im Begriff, in Tränen auszubrechen. Ich hatte die Order bekommen, vor der Tante auf die Knie zu fallen und sie um ein bisschen Brot anzuflehen, aber ich tat, als bemerkte ich Karolines Wink nicht.

Die Aufmerksamkeit eines misshandelten Kindes ist von klein auf darauf geschult, die Signale des Unmuts und der Ablehnung zu erkennen. Ich wusste lange vor Karoline, dass Sissy Gollner ein kaltes Herz hatte. Sie erschien gutmütig wegen ihrer Statur und ihres milden Kuhblicks, aber das täuschte. Sie war gänzlich gleichgültig gegen ihre Umgebung und zutiefst gelangweilt von allem, was ihr begegnete. Gelassen und in der Sicherheit ihres Vermögens ruhend spulte sie das Einerlei ihrer Tage ab. Wer ihr Abwechslung verschaffte, war willkommen, wer an ihr Mitgefühl appellierte, den schüttelte sie mit einem angeödeten Achselzucken ab.

»Ich weiß nicht mehr ein noch aus«, hob Karoline mit ihrer Klage an. »Du kennst meinen Fall aus den Zeitungen, aber was heißt das schon? Du kannst es dir nicht vorstellen, was wir alle zu erdulden hatten. Diese Zeitungsschreiber sind gewissenlose Gesellen. Es ist ihnen ganz eins, ob sie das Leben eines anderen zerstören, nur für eine Schlagzeile. Sie lügen, um sich ihr Publikum zu kaufen, sie suhlen sich in jeder Gemeinheit, die sie nur ersinnen können.«

»Meinst du damit«, fragte Sissy gedehnt und ließ neugierige Blicke über Karolines Gesicht gleiten, »dass ihr unschuldig gewesen seid? Aber wer …«, sie musste schlucken vor Begier, mehr zu erfahren, »… wer hat dann dem Ferdinand das Bein abgehackt?«

Von Kaffee war keine Rede mehr. Auch schien die Tante schon zu Abend gegessen zu haben. Sie nippte an einem Gläschen mit dunkler Flüssigkeit, ein Likör, von dem sie uns nicht anbot. Unsere Mägen knurrten unüberhörbar laut, sobald eine Gesprächspause eintrat. Karoline mühte sich ab, alle Fragen Sissys zufrieden stellend zu beantworten. Ich stand hinter ihr und hielt mich mit beiden Händen an der Rückenlehne des Fauteuils fest, weil meine Knie mich nicht mehr tragen wollten.

Die Wohnung roch wie Sissy selbst, süßlich und verstaubt. Staub hing in den dunkelroten Samtportieren an den Fenstern, er stieg aus den Polstermöbeln auf und aus dem abgeschabten Perserteppich. Jede Fläche im Raum war mit Zierdeckchen aller Größen und Formen bedeckt, der Kaminsims ebenso wie die Fensterbretter, die Sitzflächen der Stühle und sogar die Wände, an denen sie wie Bilder gerahmt hingen, mit gestickten Sinnsprüchen. Sie schien kein Personal zu haben, oder es hatte am Sonntagnachmittag freibekommen. Sissy war selbst an die Tür gekommen, um uns zu empfangen, zwar nicht überschwänglich, aber auch ohne einen Versuch des Abwimmelns. Der Schmutz, der in den Zimmerwinkeln angesammelt war, ließ auf einen vernachlässigten Haushalt schließen. Vielleicht war sie nicht nur unwillig, sondern gar nicht im Stande, uns zu helfen.

»Ich musste mich als Versicherungsvertreterin verdingen«, sagte Karoline. »Aber es gibt niemanden, der mir eine Versicherung abkauft. Die Leute haben so wenig zu beißen wie ich selbst. Ich laufe mir nur die Füße wund.« Die Verzweiflung in ihrer Stimme war nicht gespielt. Sie schlug ihre großen schwarzen Augen zu Sissy auf. »Soll ich ehrlich zu dir sein, Tante?« Sie war ehrlich, sie, die ewig und begnadet Lügende, die Offenheit war ihr letzter Trumpf, aber ich glaube, sie war auch zu erschöpft für jede Verstellung. »Ich weiß, dass du in gut situierten Verhältnissen bist. Kauf mir ein Versicherungspaket ab, Tante, um mehr bitte ich dich nicht. Wenn du die große Kombi nimmst, ersparst du dir ein Drittel der Prämie. Dir kommt es darauf doch nicht an, und ich bin gerettet.« Sie bat nicht um meinetwillen. Die Blicke, die Sissy mir zugeworfen hatte, in Schönbrunn und nun in ihrer Wohnung wieder, streiften meine Stirn eisig wie Wassertropfen, die von der Dachrinne fallen. Das war Karoline nicht entgangen.

Sissy schwieg darauf, schwieg lange und gründlich, und auch Karoline schwieg und räusperte sich nur hin und wieder, um das Geräusch ihres leeren Magens zu übertönen.

»Liebes Kind, ich kann dir leider gar nicht helfen«, ließ sich Sissy endlich vernehmen. »Ich bin in dieser Hinsicht wie auch in jeder anderen von meinem Mann sehr verwöhnt worden. Er hat wirklich für alles gesorgt und alle seine Angelegenheiten in bester Ordnung zurückgelassen. Ich weiß es nicht im Einzelnen, aber ich erinnere mich, es gibt eine Haushalts- und eine Einbruchversicherung, Glasbruch, Feuer, eine Alters- und eine Krankenvorsorge natürlich auch. Du kannst gern einen Blick darauf werfen, damit du nicht denkst, ich suche nur Ausreden.«

Mit dem überraschenden Schwung, der ihrer plumpen Gestalt zu eigen war, erhob sie sich vom Sofa. Karoline folgte ihr zum Sekretär und stand, an ihrer Unterlippe nagend, daneben, während Sissy die Versicherungspolicen zusammensuchte.

Ohne eines der Papiere näher zu besehen, fragte Karoline matt: »Aber du besitzt keine Lebensversicherung, Tante, oder?«

Sissy richtete sich mit einem milden Lächeln um die Mundwinkel auf. »Das würde keinen rechten Sinn machen«, antwortete sie. »Ich habe doch keinen, dem ich etwas vererben könnt'. Oder«, sie machte eine Pause und ihr Lächeln wurde blasser, »oder hast du vielleicht an dich gedacht?«

Hitziges Rot flog auf Karolines Wangen und sprach eine deutliche Sprache. Da half auch die Frage nach Kindern nicht.

»Ich habe keine.« Sissy kehrte auf das Sofa zurück. »Du hast dich doch bei der Hausbesorgerin über mich erkundigt, da ist dir das gewiss nicht neu.«

Karoline stand, wo Sissy sie verlassen hatte, erstarrt vor peinlicher Betroffenheit und mit leeren Händen. Sie hatte verloren. Es gab nichts mehr, was sie sagen konnte, um Sissy Gollner vom Gegenteil zu überzeugen. »Es tut mir Leid.«

Sie ging zur Tür, vernichtet. Ich machte vor der Tante einen Diener und wollte folgen, da hielt sie mich auf.

»Bleib, wo du bist, Fratz. Ich will mich noch mit deiner Mutter unterhalten.«

Karoline wandte sich ihr zu, mit ungläubigen, dankbar glänzenden Augen.

»Du bist meinem Bruder wie aus dem Gesicht geschnitten«, sagte Sissy. »Ich frage mich, ob du auch seinen Charakter geerbt hast. Er war ein Taugenichts und Träumer. Ich bin sicher, dass er es auch in Amerika zu nichts gebracht hat.«

»Amerika – dort ist er also?«, fragte Karoline. Einmal, vor vielen Jahren, hatte sie die Burgenländer, die das Lafnitztal für ein ungewisses Amerika verlassen wollten, verachtet. Heute war ihre Lage so hoffnungslos, dass sie sich an jedem Strohhalm festgeklammert hätte.

»Angeblich hat er ein Hotel in Massachusetts gekauft. In einem Shaker Village. Frag mich aber nicht, was das sein soll«, sagte Sissy und bettete sich gemütlich in ihren Samtpfuhl. »Ich kann versuchen, diesen Brief wiederzufinden. Es ist aber schon zwanzig Jahre her, dass er geschrieben hat.«

»Ach so.« Enttäuscht zuckte Karoline die Achseln. »Ich bin ihm gewiss nicht ähnlich. Zum Träumen war mein Leben zu hart. Und wenn ich nichts taugen würde, wäre ich schon lang untergegangen.«

»Hmm.« Sissy musterte sie mit trägem Blick, und ich

dachte, dass Karoline, wenn irgendjemandem, dann dieser versteinerten Tante ähnlich sah. Dann rückte Sissy heraus mit ihrem Vorschlag. Sie suche eine Gesellschafterin, sagte sie, jemanden, der sie unterhielt, kleine Wege für sie erledigte, ihr am Nachmittag nach dem Spaziergang vorlas, weil ihre Augen immer schwächer würden. Greta, die Zugehfrau, käme nur einmal die Woche zum Wohnungsputz, die übrige Zeit sei sie allein. »Eigentlich ist es nur recht und billig, sich statt einer Fremden eine Verwandte ins Haus zu nehmen«, sagte sie mit ihrem Lächeln ohne Wärme.

Karoline nickte dazu, nach jeder von Sissys Bemerkungen, eifrig und kaum begreifend, was die Tante ihr vorschlug und ob es nun wirklich ihr Glück sein würde, sie hatte ja ohnehin keine Wahl. »Aber«, meinte sie schließlich, nachdem die Tante geendet hatte, »... ganz im Haus, wie ist das zu verstehen, dass wir ganz bei dir bleiben sollen?«

Und Sissys schwerer Körper spannte sich auf dem Sofa, sie hob sich mir entgegen, mit ausgestrecktem Zeigefinger. »Er nicht«, sagte sie entschieden. »Kinder vertrage ich absolut nicht in meiner Nähe.«

So Leid es ihr tat, ohne mich konnte Karoline nicht in die Altgasse ziehen. Sie hatte niemanden mehr, an den sie mich abschieben konnte.

Der Tee ist zu bitter, flüsterte ich in meinen Polster, in meine Tränen, in meinen Schlaf. Mein Nachtgebet, meine Erinnerung, die mich aufrichtete zum Handeln. Ferdinand, der Verzweifelte, wusste, was ihm geschah, und wehrte sich nicht. Es war zu viel der Mühe. Schicksal spielte Gudrun. Ferdinand spielte mit. Ich war nicht mehr Kind genug, mich zu ergeben. Ich hatte Karolines Kampfgeist im Blut und die Schwäche Ferdinands verachten gelernt, seit ich denken konnte. Die Frauen hatten es mir beigebracht, die ungleichen, unversöhnlichen, die Feindinnen. Nicht mit offenem Visier wehrte ich mich. Wollte ich überleben, musste ich schlauer sein als sie alle, heimlicher meine Pläne ausführen. Ich hatte ein Vorbild, dem ich nacheifern konnte, nein, ich hatte zwei.

Die Hände der Sissy Gollner hielten niemals stille. Rastlos zupften sie an diesem und jenem Gegenstand, glätteten, schoben, öffneten und verschlossen, hoben auf und stellten nieder und fanden den Frieden nur bei einer einzigen Tätigkeit: Deckchen mit bunten Garnen auszusticken, eines ums andere, eines ums andere. Sie war von einer steten Unruhe geplagt, die anzusehen Karoline Qual bereitete, denn die Unruhe der alten Frau übertrug sich auf die junge wie eine Infektion. Während aber Sissy sich mit ihrer Handarbeit beruhigen konnte, verfiel Karoline, hielt sie sich eine längere Weile in ihrer Nähe auf, in veitstanzähnliche Zustände. Sie wurde gefährlicher für mich, als sie es je gewesen war, unberechenbar in ihrer unterdrückten Wut, die schon fast eine Mordlust war, betrachtete man die Gegenstände, mit denen sie auf mich einschlug. Sie brach mir den Arm, wie einmal schon, vor meines Vaters Tod, den rechten Oberarm.

Ich wagte mich nicht in die Schule damit. Ich wusste, dass der Lehrer nur auf einen Anstoß wartete. Vor der Klassentür stehend, hatte ich gelauscht, als der Klassensprecher sich im Namen aller anderen Mitschüler über mich beschwerte. Ich sei schmutzig, und meine Kleider stänken, niemand wolle neben mir sitzen, ich spräche auch manchmal vor mich hin, wunderliche Dinge, und einmal hätte ich behauptet, dass ich das Kind eines Feuer speienden Fabeltieres sei, des bösen Drachen, der den kleinen Kindern die Knochen im Leib breche. Was der Lehrer darauf antwortete, hörte ich nicht mehr. Ich lief davon, den ganzen Weg nach Hause. Ich schämte mich und hasste sie alle, die, die es gut mit mir meinten, vielleicht noch mehr als die anderen. Was hatte ich von meinem gottesfürchtigen, kinderlieben und schafsdummen Lehrer anderes zu erwarten als einen besorgten Report, der mich ohne Verzug ins Kinderheim bringen würde? Auch wenn er keine Meldung erstattete, musste er mich zu einem Arzt bringen oder ins Krankenhaus. Und wer sollte dort für meine Behandlung aufkommen?

Selbst Sissy Gollner, die meine Anwesenheit nur mit vielen gezierten Seufzern ertrug, bemerkte meinen erbärmlichen Zustand. Karoline kniff die Augen zusammen beim Anblick meiner schmerzlich hochgezogenen Schulter. Die Falte, eine Nachdenk- und Angstrunzel, erschien zwischen ihren Augen, wo sie langsam, langsam eine Furche hinterließ und zusammen mit den zwei feinen Linien von den Nasenflügeln zum Mund ein neues Gesicht erfand. Die weichen Wangen der Jugend wurden schmäler, die Unterlippe, an der sie so viele Sorgen zernagt, blähte sich auf und schob sich trotzig dem Leben entgegen, die obere dagegen, die lieblich geschwungen gewesen war, verkniff sich manchmal zur Unsichtbarkeit. Aber immer noch war sie so schön, dass die Menschen sie ansehen mussten und jene, die sie nicht kannten, bezaubert wurden und später noch verwundert waren, dass das Böse in so anmutiger Gestalt auf die Welt gekommen war.

Ich schlug einen Haken vor den beiden. Karoline, wurde ihr klar, was sie angerichtet hatte, mochte auf die Idee kommen, endgültig aufzuräumen und meine Spur von der Erde zu tilgen. Von Sissy Gollner war niemals Gutes für mich gekommen, sah man einmal davon ab, dass sie mich vom schlimmsten Hunger und vor der drohenden Obdachlosigkeit gerettet hatte.

Ich wich ihr aus, wo ich konnte. Ich war nützlich im Haushalt. Die Zugehfrau war gekündigt worden, stattdessen erledigten Karoline und ich alle Arbeiten, die anfielen. Ich war nicht unersetzlich. An jedem Tag, das wusste ich, konnte Karoline eines anderen Sinnes werden, das warme Nest in der Altgasse dem Untermietszimmer unten am Kanal, wo wir immer noch hausten, vorziehen. Sissy duldete mich im Haus, weil ich die Böden schrubbte, früh am Morgen, bevor ich in die Schule ging, das Küchenholz hackte, den Ofen ausräumte und mit Briketts anfüllte, am Nachmittag das Geschirr wusch und den Einkauf sowie alle anderen Tätigkeiten besorgte, die sie mir auftrug. Sie duldete mich, aber niemals würde sie mich unter ihrem Dach schlafen lassen. Es war nicht einmal eine persönliche Abneigung. Eher noch die Grille einer Person, die in ihrer Haut unzufrieden war und einen Sündenbock brauchte für das Unbehagen, an dem sie litt.

Nur weil Karoline ihre Tante beinahe ebenso hasste wie mich, aber anders als bei mir ihre Gefühle sorgfältig verbergen musste, war meine Stellung gesichert. Ich war ihre Ausrede, warum sie nicht in die Altgasse übersiedelte, obwohl Sissy Gollner, entschloss sich Karoline nur endlich, das lästige Kind wegzugeben, ihr freie Kost und Logis zugesichert hatte.

Die zweite Leidenschaft der Sissy Gollner war Süßes, eine Obsession für saure Drops und Brause, Schokolinsen, Kokoskuppeln und am liebsten und vor allen anderen Naschereien Konfekt, mit Likör gefüllt oder mit Nougat, Krokant und Marzipan. Beim ersten Besuch in ihrer Wohnung hatte ich die leere Bonbonniere auf dem Tischchen neben der Couch gleich entdeckt, die Schokoladenkrümel und die kleinen bunten Splitter zerbrochener Lutschbonbons, und mich danach gesehnt, einen befeuchteten Finger einzutauchen in die süßen Reste.

Sie bot mir niemals von ihren Leckerbissen an. Auch Karoline nicht, aber die legte auch keinen Wert auf Süßigkeiten. Sie aß nicht gern, meine Mutter, sie fürchtete, fett zu werden, in den Hungerzeiten, die wir durchmachten, eine irreale Angst. Sissy hatte berichtet, dass Karolines Mutter Lotte, nun in fortgeschrittenem Lebensalter, ganz die Fasson verloren hatte, und Karoline, die Lottes Statur besaß, glaubte fest daran, dass es ihr ebenso ergehen würde, gab sie nicht Obacht. Ich aber hing an den unersättlichen Lippen der Tante und sehnte mich nach der Süße, mit der sie sich voll sog, die träge Honigbiene.

Zu meiner täglichen Einkaufsrunde gehörte der Gang in die Konditorei, wo ich 200 Gramm Mandeldessert, ebenso viel kandierte und in Schokolade getunkte Früchte sowie ein Säckchen Marzipankartoffeln und eine Schachtel Likörkonfekt für Sissy Gollners gewaltigen Naschappetit erstand. Selten wagte ich es, ein Stück zu stibitzen, da sie stichprobenartig den ganzen Einkauf mit der Küchenwaage kontrollierte, von den Zwiebeln bis zu den Leckereien alles nachwog, weil sie mir nicht über den Weg traute. So war sie gleich meinem ersten Diebstahl auf die Spur gekommen. Von den kandierten Früchten hatten 50 Gramm, von dem Mandeldessert sogar 70 Gramm gefehlt. Sie hatte ihren fetten Körper in das krachende schwarze Seidenkleid gezwängt und sich zum Konditor begeben. Erst ein viertel Kilo Hofbauer-Bonbons als Wiedergutmachung brachten ihr zorniges, geschäftsschädigendes Kläffen über den Tresen hinweg zum Schweigen. Allerdings bestand der Konditor auf seiner Unschuld, und Sissy wusste daher, dass ich sie betrogen hatte. Sie ging der Sache nicht nach, doch sie blieb aufmerksam. Hin und wieder holte ich mir dennoch ein Häppchen der verbotenen Köstlichkeiten, aber die Angst vor den Konsequenzen verdarb mir alle Süße, bis ich es schließlich bleiben ließ. Ich schuf mir dafür eine andere Freude.

Ich wachte auf des Nachts, fuhr aus meinem Kissen auf. »Mama!«, rief ich in das Ohr der Schlafenden. Eine Ungeheuerlichkeit, die, das begriff sie beim ersten Augenaufschlag, einen triftigen Grund haben musste, nichts anderes hätte mich dazu bewegt. »Ich habe etwas gehört.« Die Angst schüttelte mich, die Angst vor Karoline. »Eine Ratte. Hier im Bett. Sie ist über den Polster gelaufen. Sie hat an meinem Gesicht geschnuppert. Ganz deutlich habe ich ihren Schnurrbart auf der Haut gefühlt. Hörst du sie, Mama?«

Wir lauschten mit angehaltenem Atem. Das Zimmer war voller Geräusche im ersten Dämmerschein des Morgens. Das Knarren der Holzbohlen, die alten, heruntergerissenen Tapeten, die im Luftzug raschelten, und die Wanzen dahinter, die ihre knackenden Leiber im Mauerstaub verbargen. Vor unserem Fenster erwachte langsam, sanft raunend die Stadt.

»Ja.« Karoline hauchte. Ich fühlte sie erzittern an meiner Seite. Ihre Hand tastete nach den Streichhölzern.

Ich richtete mich auf und spähte durch das diffuse, wässrige Licht, das nun schnell einfiel, auf den Fußboden. »Ist sie das?«, fragte ich und deutete mit dem ausgestreckten Zeigefinger in den dunklen Zimmerwinkel.

»Um Gottes willen – wo?« Karoline sprang aus dem Bett und in großen Sätzen im Zimmer hin und her auf ihren bloßen Füßen, aber umsonst. Das Ungeziefer machte sich unsichtbar. Keine Spur von Mäuse- und Rattenkot deutete auf seine Anwesenheit. Manchmal war ein Geräusch zu hören, aber es narrte sie, jedes Mal.

Am gleichen Tag noch ging Karoline zu Isaak Kohn, unserem treuen Drogisten. Es gab Geschäfte, die günstiger gelegen waren, aber wir hatten kein Bargeld, denn die Tante zahlte nur in Naturalien. Bei Kohn konnte man anschreiben lassen, noch dazu, und das bereitete Karoline eine diebische Freude, auf Gudruns Namen. Das war, fand sie, nur gerecht, so feindselig und egoistisch, wie Gudrun sich benommen hatte. Die Rattenfalle wurde sofort aufgebaut, nachdem Karoline heimgekehrt war, die Thallopaste auf ein Stückchen Brot gestrichen, das Gerät in dem Winkel, wo ich das Ungeziefer gesehen hatte, deponiert. Das Tier aber war schlau, es ließ sich nicht fangen, wahrscheinlich weil wir keinen Speck besaßen, es in Versuchung zu führen. Vermutete Karoline.

Schnell schmilzt das weiche Karamell, die dunkle Schokolade in der warmen Hand. Ein dünner Kinderfinger bohrt ein Löchlein in den Boden des Konfektstücks, leckt die Nougatfüllung heraus, ersetzt das Verlorengegangene, verschließt das Loch mit sanftem Druck, glättet die Schokolade rasch, bevor sie wieder fest geworden ist. Hinterlässt keine Spur.

Sissy sprach gern von »früher«. Das schöne Haus in Mödling wurde *en detail* beschrieben. Die Möbel, der Garten, die Gäste, die bei ihr ein und aus gegangen waren, nur allerbeste Kreise. Herr Notar mit Gattin, in immer währender Harmonie, kinderlos, glücklich, wunschlos. Bis der Tod zwischen sie trat und der Idylle ein Ende machte. Nachdem Sissy fünfundfünfzig Jahre nur von Mailüften gekost worden war, bekam sie zum ersten Mal den Herbststurm zu spüren. Sie wollte sterben daran. Aber sie lebte. Unerschütterlich war ihre Gesundheit, wie sehr auch der Schmerz in ihrer Brust wühlte und die Trauer sie um und um stülpte. Er war dahin. Sie allein zurückgeblieben. Nur das Handarbeiten und der süße Vorrat, der niemals versiegen durfte, spendeten Trost.

Allmählich aber, schleichend, kam eine Veränderung in ihr zum Vorschein. Sie begann, bald nachdem wir in der Altgasse Einzug gehalten hatten. Die Hände würden ihr so schwer, klagte sie. Vor allem am Morgen, nach dem Erwachen, waren sie von einer Sissy bis dahin gänzlich unbekannten Taubheit befallen. Oft lag sie so, bis es Zeit zum Mittagessen wurde, auf dem Rücken und schaute die tanzenden Sonnenlichter auf ihrem Plafond an, die von dem Wasserglas auf ihrem Nachttisch zurückgeworfen wurden. Sie litt an einem unstillbaren Durst, trank aber kaum etwas, weil ihr das Schlucken so schwer fiel und sie, kaum dass das Wasser ihre Kehle netzte, einen Widerstand dagegen empfand. Auch vor den Speisen ekelte es sie, und so ernährte sie sich immer mehr von den kleinen Schokoladestückchen, die ich getreulich auf ihrem Nachttisch in die Konfektschale schichtete, ohne dass ich ein einziges Stück für mein eigenes Kröpfchen auf die Seite brachte.

Letztendlich hatte ich nun doch ihr Zutrauen gewonnen. Vielleicht bedauerte sie es sogar, dass sie hart gegen mich gewesen war und mich hatte wegschaffen wollen. Nun, an ihrem Krankenlager, erwies ich mich als ein geduldiger und erfinderischer Unterhalter. Ich las ihr aus einem Buch oder aus der Zeitung vor, berichtete ein wenig von den Klatschgeschichten, die ich beim Einkaufen aufschnappte, oder ich schwieg, je nachdem, wie der Patientin zumute war. Mein gebrochener Arm verheilte nur langsam und schmerzte bei jeder Anstrengung, aber ich beklagte mich nie. Ich füllte Sissys Wasserglas, leerte die Bettpfanne und sorgte dafür, dass das Sortiment an Bonbons abwechslungsreich blieb.

Karoline drängte Sissy, einen Arzt zu konsultieren. »Wenn du von diesem Bett heuer noch einmal aufkommen willst, warte nicht länger zu.«

Aber Sissy hielt nichts von Doktoren, die nur an ihre Rechnung dachten und zu diesem Zwecke allerlei Unfug verschrieben. Damit hatten sie schon so manchen Optimisten, der tat, was ihm ärztlicher Rat befahl, auf dem Gewissen. Sie nannte den Gatten als Beispiel, der mit seiner hitzigen Galle zwanzig Jahre gut gelebt hatte, bis er sich von einem Chirurgen zu einer Operation überreden ließ und unter dem Messer starb.

Erst als sich Sissys Bauch aufzublähen begann, obwohl sie inzwischen gar nichts mehr zu sich nahm und sogar jeder Schluck Wasser als schaumiggrüner Saft zurückkehrte, schon der Geruch gekochten Essens sie zum Erbrechen reizte, da erst gab sie, von plötzlicher Angst vor dem Tod getrieben, nach.

Wir warteten im Vorzimmer, Karoline und ich, ungemütlich und schweigsam wie stets, wenn wir miteinander allein waren. Die Nähe des Arztes hemmte Karoline, sich gegen mich so grob wie gewöhnlich zu betragen. Das machte sie unwillig. Auch fürchtete sie, dass er Sissy in ein Krankenhaus einweisen würde und wir dann während ihrer Abwesenheit nicht in die Wohnung durften. Sissys verwandtschaftliche Gefühle reichten bis dahin, wo ihr jemand nützlich war, weiter nicht, davon war Karoline überzeugt.

Die Examination dauerte eine lange Zeit. Am Ende drang ein dünnes Greinen aus dem Schlafzimmer, das lauter wurde, als der Arzt sie verließ. Unaufhörlich mit dem Kopf wackelnd, setzte er Karoline und mir den Zustand der gnädigen Frau Gollner auseinander. Er war, kurz gesagt, ein hoffnungsloser. Krebs, im letzten Stadium. Morgen schon sollte ein Krankenwagen kommen und die Patientin zur Radiumbestrahlung bringen. Eine solche Strahlenkur, sagte er, bringe in manchen Fällen den gewünschten Erfolg, den Tumor zu verbrennen. Bei unserer Tante war der ganze Bauch mit Metastasen verseucht, eine Heilung daher alles andere als wahrscheinlich, aber die Medizin kenne ja die unglaublichsten Fälle. Man wolle daher auch in ihrem nichts unversucht und die Hoffnung nicht fahren lassen.

»Sie meinen, sie wird sterben?«, fragte Karoline, nachdem sie eine Weile mit misstrauischer Miene die Zuckungen des Arztes verfolgt und sich dabei abgemüht hatte, den Sinn seiner umschweifenden Erklärungen zu erfassen.

Er wollte seine Diagnose ein zweites Mal erläutern, aber da unterbrach sie ihn. »Ja oder nein?«, fragte sie drängend. Ihre Stimme klang heiser und erstickt, als wäre ihr etwas im Kehlkopf geborsten. Ich sah das schwarze Feuer in ihren Augen. Der Drachen hatte einen langen Schlaf gehalten. Nun, vom Geruch des Blutes, erwachte er.

Der Arzt schluckte, zuckte, wackelte noch heftiger mit dem Kopf. Er sah, was er nicht sehen wollte, in den Augen einer nahen Angehörigen, er, der um das Leben kämpfte, ertrug Karolines Freude über die schlimme Nachricht nicht. »Bis morgen denn. Um acht Uhr kommt der Krankenwagen. Ich sehe am Nachmittag wieder nach ihr.«

Statt stille zu schweigen nach solch einer deutlichen Abfuhr, zog ihn Karoline am Ärmel zurück. »Ich will eine Antwort«, sagte sie schamlos, aber das wusste sie nicht.

»Ich bin nicht Gott«, herrschte der Arzt sie an. »Und mäßigen Sie Ihren Ton, oder wollen Sie, dass Frau Gollner uns hören kann?« Mit einem zornigen Ruck befreite er seinen Arm aus ihren Krallen.

Sie lächelte ihm nach, abwesend versunken in ein lange nicht mehr geträumtes Gedankenspiel. Samt, erdbeerfarben und mauve, resedagrüner Crêpe de Chine, ein langes Oberteil, fast bis zu den Hüften reichend, der Rock dagegen kniekurz, und dazu Schuhe in der Farbe des Kleides und Strümpfe mit metallen glänzend eingewobenem Faden. Das trägt man zum Tango. Eins zwei Wiegeschritt seit rechts schließen. So stand es in der *Bild der Frau*, die Karoline Woche für Woche verschlang, den Schicksalsroman in Fortsetzungen, das Kochrezept, den Eheratgeber und vor allem den Modeteil, *haute couture* für die Wienerin von heute. Endlich rückte die Erfüllung ihrer Wünsche in greifbare Nähe. Sie lächelte. Der Arzt vergaß es ihr nicht.

Nach achtundzwanzig Anwendungen, bei denen Sissy Gollner jedes Haar an ihrem Körper ausfiel, beendete der Arzt die Kur. Die Haut der Kranken war durch die Röntgenstrahlen zu einem heftigen Karottenton verfärbt, verschrumpelt und in Blasen aufgeworfen wie zu lange im Ofen gebratenes Fleisch. Sie konnte keinen Muskel in ihrem Gesicht rühren, was den Arzt etwas verwunderte, da solche Symptome üblicherweise nicht zu den Begleiterscheinungen der Bestrahlungen zählten, aber die menschliche Natur war eben keine Maschine und im Übrigen machte es auch keinen Unterschied mehr. Nur eine zeitgerechte Operation hätte Sissy retten können, aber dieses Stadium hatte sie schon bei der ersten Konsultation lange überschritten.

Er hielt seinen Vortrag am Krankenbett. Die Patientin könne nichts mehr verstehen, behauptete er, sie sei bereits ins Koma verfallen. Ich zweifelte daran. Sissy lag flach auf dem Rücken, der ballonartig geblähte Bauch wölbte sich über ihr hoch wie ein Gebirge, so dass man vom Fußende des Bettes ihren Kopf nicht sehen konnte. Näherte man sich ihr aber seitlich, sah man ihre schreckensweit geöffneten Augen, zwei glänzende rotbraune Kastanien in der Kraterlandschaft ihres zerstörten Gesichtes. Eine furchtbare Erkenntnis stand in ihnen. Sie konnte sie mit niemandem teilen.

Karoline verbrachte die Tage ruhelos in Sissys Wohnung auf und ab wandernd. Nichts entging ihrem prüfenden Blick, der jedem Gegenstand seinen Preis zuwies, den modernen Jugendstilmöbeln, den Ming-Vasen, den Teppichbrücken aus Kaschmir, dem leider nicht vollständig erhaltenen Augarten-Porzellan. Sie wartete Sissys Tod nicht ab, sondern begann unverzüglich mit dem Verkauf des Hausrates, was sie in der Nachbarschaft die letzten Sympathien kostete. Hinter ihrem Rücken ertönte das alte, das wohl bekannte Lied. Ob es wohl recht zugegangen sei bei der plötzlichen Erkrankung der Frau Gollner? Mitleidige Blicke streiften mich auf dem täglichen Schulweg. Eine Frau, die so mit ihrem Kind umsprang, ihm Faustschläge versetzte, dass die Haut aufplatzte, und Fußtritte und Maulschellen, bis man es weithin schreien hörte, was hatte die arme Frau Gollner von so einer Bestie zu erwarten?

Wenn ich von der Schule zurückkehrte, eilte ich an das Bett der Tante. Ich war unermüdlich in meiner Aufmerksamkeit, und hätte es Zeugen gegeben für meinen wohltätigen Krankendienst, niemand hätte vermutet, dass mich zwei Phantasien unablässig beschäftigten und mir die langen Stunden vertrieben wie im Nu: das Höllenfeuer, das im Bauch der alten Hexe wütete und sie mit jedem Atemzug dem Tod näher brachte, ohne sie zu erlösen, und dass Karoline für all dieses Leiden werde büßen müssen, und eine Phantasie war mir behaglicher als die andere.

Nur eines durchkreuzte mein hässliches Sinnen und Trachten, eine Begegnung, die ich nie mehr vergaß. In den Schulpausen wurden wir in den Hof geschickt, wo wir unter Aufsicht herumlaufen und uns ein wenig austoben konnten. Ich nahm an den Pausenunterhaltungen nie teil, denn keiner meiner Kameraden wollte sich mit mir abgeben. Zu abstoßend war mein Äußeres, zu seltsam mein Gehaben. Abseits von den anderen wartete ich, dass die Schulglocke uns zum Unterricht zurückrief. Die Schulstunden waren meine Freude, egal, um welchen Gegenstand es sich handelte. Meine Kameraden liefen jeden Tag bei Schulschluss glücklich davon. Ich hätte bis zum Abend dem Lehrer zuhören mögen. Aber auch meine außerordentliche Strebsamkeit half mir nichts, der Lehrer hielt wie die Kinder Abstand. Nur eine machte eine Ausnahme, so überraschend wie Schnee an einem warmen Junitag, ein Mädchen, das ich in der Schule kennen lernte.

Die Volksschule für Knaben in der Maxingstraße lag Seite an Seite mit der Mädchenschule. Der Schulhof wurden von allen Klassen gemeinsam benützt, der rechte Teil gehörte den Knaben, der linke den Mädchen. Gemeinsame Spiele fanden nicht statt, auch keine Unterhaltungen. Das wurde von der Schulleitung nicht gewünscht und von den Kindern nicht vermisst. In diesem Alter streben die Geschlechter nicht nach Vermischung. Für mich machte es keinen Unterschied. Ich stand am Rand des Hofes und wartete, dass die Pause zu Ende ging. Ich weiß nicht mehr, ob ich gern dazugehört hätte. Ich glaube nicht, dass ich sehr darunter litt. Ich hatte nichts gemeinsam mit den anderen. Sie besaßen meine Erfahrungen nicht. Ich nicht ihre. Ich hatte nicht spielen gelernt. Ich war ein Kind ohne Kindheit.

Eines Tages bemerkte ich, dass mich ein Augenpaar durch den Maschendrahtzaun, der die Knaben von den Mädchen trennte, anstarrte. Das kam häufig vor, denn mein verwildertes Äußeres löste Erstaunen aus. Dieser

Blick aber, das fühlte ich sofort, war nicht entsetzt und angewidert. Das Mädchen auf der anderen Seite des Zaunes sah mich traurig und mitleidig an. Sie stand allein, eine Ausgestoßene wie ich, ein totenblasser kleiner Engel mit einer Haut wie Glas und matten Veilchen-Augen. Wenn sie lächelte, schwand der betrübte Ausdruck aus ihrem Gesicht. Die Sonne erschien als Mond und ließ ihn leuchten. Ich erfuhr ihren Namen nicht, ich sprach kein Wort mit ihr. Ich weiß nicht einmal, ob ich ihr sanftes, jenseitiges Lächeln je erwiderte.

Einige Wochen wiederholten sich unsere stillen Begegnungen, dann war sie fort und kam nicht mehr zurück, und ich dachte mir, dass sie der Tod zu sich geholt und dass sie nun nicht mehr auf dem Schulhof leiden musste mit Kindern, die aus so anderem Stoff gemacht waren, sondern auf einem Mondstrahl durch die Nacht reisen konnte. Aber diese Vorstellung war nicht zum Weinen. Eine wehe Süße zog an meinem Herzen, ein Gefühl, das ich gern hervorholte.

Die Tante ließ sich mit dem Sterben Zeit. Sie hatte jegliche Bewegungsfähigkeit verloren und konnte Nahrung weder aufnehmen noch ausscheiden. Dennoch, auch wenn der Arzt es Koma nannte und mich, dessen Ausdauer in der Krankenpflege er mit Zuneigung verwechselte, damit tröstete, dass sie in ihrem Zustand nicht mehr leiden müsse, ich war vom Gegenteil überzeugt. Ich sah das Leid in den rötlichen Augensternen. Ich sah die Anklage auf ihren stummen Lippen und in ihren zu Klauen gekrümmten Händen, die sie nicht zum Gebet falten konnte, den Wunsch nach Erlösung.

Drei Monate lag sie hinter dem Ballon des höher und höher schwellenden Bauches verborgen, jeder medizinischen Erklärung spottend und Trotz gebietend durch ihre nicht enden wollende Existenz. In der Wohnung standen die Fenster geöffnet bei Tag und bei Nacht, und doch hing der Fäulnisgeruch zum Schneiden dick in der Luft, so dass selbst Leute, die draußen auf der Straße vorübergingen, die Taschentücher an den Mund pressten.

Karoline war den ganzen Tag auf den Beinen und unterwegs, Tante Sissys bewegliche Habe zu Geld zu machen. Es hielt sie nicht in der Wohnung, nicht nur wegen der ekelhaften Ausdünstungen der Kranken, auch weil die rosige Perspektive, die sich ihr unvermutet eröffnet hatte, zum Greifen nahe und doch unerreichbar war, solange der Tod sich seine überreife Beute nicht holte. Die frühere Rastlosigkeit befiel sie nun doppelt und ließ ihre Glieder fliegen wie Windmühlenflügel. Sie musste, ob sie nun wollte oder nicht, aus dem Haus und ihre Energie in Tätigkeit verwandeln, welche auch immer, und gab es am Abend nichts mehr, womit sie sich beschäftigen konnte, griff sie in ihrer Verzweiflung sogar zu Tante Sissys zurückgebliebenen Handarbeiten und stichelte ihre Ungeduld in Blumen und Rauten aus buntem Garn.

Als Sissy Gollner ihre Kastanienaugen endlich und endgültig schloss, war die Wohnung in der Altgasse nahezu leer geräumt. Nur ihr Schlafzimmer hatte Karoline verschont, alle anderen Möbel waren verkauft oder in Kommission gegeben worden, die unverkäuflichen verschenkt. Karoline und ich schliefen auf einer Matratze im warmen Winkel neben dem Küchenherd wie ich früher im Streicherschen Schrebergartenhaus.

Nachdem die aufgeblähte Leiche nicht ohne Mühe in den Sarg verfrachtet und im Wagen des Bestattungsunternehmers abtransportiert worden war, erschienen die letzten Interessenten und kauften Sissys Schlafzimmermöbel aus weißem Schleiflack. Karoline hatte gerade noch Zeit, die befleckte Matratze, auf der die Tante ihr Leben ausgehaucht hatte, zu entfernen. Der infernalische Gestank der bei lebendigem Leib Verfaulten verpestete noch immer die Wohnung, deshalb brachte sie das Geschäft schnell zum Abschluss. Zwei Stunden nach ihrem Abgang war auch das Bett, in dem sie so lange gelitten hatte, weggeschafft. Unmittelbar darauf verließen wir die Wohnung.

Ein Testament gab es nicht. Karoline, abgesehen von ihrem Vater, der verschwunden war und blieb, Sissys einzige Blutsverwandte, war somit die Alleinerbin ihres großen Vermögens. Sissys letzten Wunsch, an der Seite ihres Ehegatten bestattet zu werden, erfüllte Karoline nicht. Ohne zu zögern, machte sie die Familiengruft der Loews zu Geld. Sissy Gollner wurde auf dem Zentralfriedhof bestattet, in einem Fichtensarg und mit einer schlichten Grabplatte aus Sandstein, matt poliert. Sie bekam ein Begräbnis dritter Klasse.

*

Diesmal schneite es nicht, aber es war bitterkalt, als Marie bei der Endstation der Straßenbahnlinie D ausstieg. Der Weg war nicht weit. Sie konnte ihn mit geschlossenen Augen gehen, so gut erinnerten sich ihre Füße. Ohne Kinderwagen brauchte sie nicht mehr als fünf Minuten. Sie ging schneller, nicht nur wegen des Frostes, der ihr in die Hände und in die Wangen biss, sondern weil ihre Unruhe größer wurde, je näher sie ihrem Ziel kam. Er hatte eine Ordination, ein Haus, er konnte nicht mir nichts, dir nichts weggehen. Schon wegen seiner Patienten, dachte Marie und hastete weiter. Wenn aber doch? Wenn er, genau wie sie von ihm gefordert hatte, aus ihrem Leben verschwunden war? Hatte sie denn wirklich diese Worte gebraucht?

Nun, an der Ecke zur Eroicagasse, war ihr nicht mehr kalt. Die letzten dreihundert Meter lief sie und blieb erst stehen, um Atem zu holen, als sie nicht mehr weiterkonnte. Da war Franz Mohrs Haus schon in Sichtweite. Maries Blick suchte die Autos ab. Der Mercedes war nicht dabei. Sie setzte ihren Weg fort, nun langsam, jedes Fahrzeug, an dem sie vorüberkam, sorgfältig prüfend. Bis sie vor dem Haus stand und das Messingschild unverändert vorfand, auch keinen Vermerk über Urlaub oder Krankheit. Ein wenig erleichtert läutete sie an und hörte drinnen im Haus die diversen Glocken anschlagen. Sonst blieb alles still. Sie las die Ordinationszeiten halblaut vor sich hin, aber sie wusste den Wochentag nicht. Kein Wochenende, sonst wäre das Blumengeschäft bei der Endstation nicht offen gewesen, oder?

Mit fahrigen Händen suchte Marie nach einem Zettel und Stift, um Franz eine Botschaft zu schreiben. Ihre Taschen waren leer. Plötzlich verließen sie die Kräfte. Sie lehnte sich an die Gartenmauer, nahe daran, auf den harten, gefrorenen Schneehaufen am Wegrand niederzusinken. Sie nahm sich zusammen, weil in einiger Entfernung zwei Männer die Straße überquerten. Sie drückte die Stirn an den kalten weißen Stein und wunderte sich, dass sie mit den Tränen kämpfte. Sie hatte nicht mehr geweint, seit –

»Marie!«

Franz' Stimme! Sie schrak auf. Wie in dem Traum, den sie oft träumte. Franz, der sich über sie beugte und sie aufweckte, und wenn sie erwachte, merkte sie, dass das Schreckliche nicht im Traum geschehen war. Vielleicht hielt sie ihm vor, dass er die Vergangenheit nicht ungeschehen machen konnte.

Franz stand mit dem zweiten Mann an der Kreuzung und sperrte sein Auto auf. Er sah zu Marie herüber, während der andere auf ihn einsprach. Endlich verabschiedete er sich. Franz eilte den letzten Häuserblock entlang zu Marie. Er blieb vor ihr stehen und steckte die Hände in die Manteltaschen. Sein Blick war wie beim letzten Mal, fragend, besorgt. Kein Vorwurf lag darin.

»Ist etwas passiert? Was ist mit dir, Marie?«

Sie wünschte sich, er würde wieder die Arme nach ihr ausstrecken, aber er hütete sich davor, sie anzugreifen.

»Willst du zu mir kommen?«

Sie öffnete den Mund, aber sie konnte nicht antworten, stieß nur einen heiseren Laut aus, ein Schluchzen ohne Tränen.

»Bitte, sprich! Ist es wegen Streicher? Bist du wieder zu ihm gegangen?«

Sie schüttelte den Kopf.

Er öffnete die Tür. »Gehen wir hinein?«

Aber das konnte sie nicht, sie merkte es erst, als sie über die Schwelle trat. Es war, als sollte sie freiwillig in ihrem Albtraum Platz nehmen. »Es tut mir Leid«, sagte sie. »Bitte, Franz, entschuldige. Entschuldige, dass ich so scheußlich zu dir war.«

»Bist du deshalb den weiten Weg herausgefahren? Mariechen!« Er lächelte ein bisschen, aber vorsichtig. Sie sah ihm an, dass ihm ihr Benehmen nicht geheuer war. Sie kannte sich selbst nicht aus.

»Komm, wir fahren in die Konditorei am Platzl. Leider hab ich um zwei Uhr Ordination. Aber ein Kaffee geht sich schon aus.«

Marie schaute auf das Ordinationsschild. Zwei Uhr, das bedeutete Montag. Sie ließ sich von ihm um die Ecke zu seinem Wagen führen. »Ich bin im Wolkenkuckucksheim zu Hause«, sagte sie.

Franz lachte. »Das kann auch nicht der Grund deines Besuches sein, oder?« Er hielt ihr die Autotür auf. »Heute nach der Ordination wollte ich dich anrufen. Ich habe nämlich noch etwas über Streicher erfahren.« Er nahm ein großes Kuvert vom Rücksitz, auf dem Maries Name und Adresse standen. »Das ist für dich. Ich wollte den Brief gerade abschicken.«

Wieder saßen sie in der kleinen Konditorei, sie bei Himbeer-Soda und er bei seiner Melange. Er bezahlte gleich, als der Kellner die Getränke servierte.

»Wir haben genau zwanzig Minuten. Wenn du nichts dagegen hast, dann komme ich gleich zur Sache.« Er riss das Kuvert auf und nahm einen Zeitungsartikel heraus. »Ich hab dir doch gesagt, dass ich irgendwo etwas von diesem Medikament Mannitol gelesen hab, und das hat mir keine Ruhe gelassen, bis ich es herausbekommen habe.« Er schob Marie den Zeitungsbericht hin. »Schau dir das an.«

»Das ideale Gift?«, fragte die Überschrift. Auf der ersten Seite war das Bild eines Mannes mit blutigen, verkrusteten Flecken um Nase und Mund, darunter ein zweites von seinen starr weggespreizten Fingern. Das dritte Bild zeigte die Mikroskopaufnahme eines Haares.

»Das sind die typischen Symptome von Thalliumvergiftung«, erklärte Franz dazu. »Brechdurchfall. Lähmung der Beine und Arme. Entweder sterben die Vergifteten an der Höhe der Dosis sehr rasch, oder es stellen sich dann die weiteren Symptome ein, die hier beschrieben werden: krustöse Dermatitis, das ist auf dem ersten Bild zu sehen, dann fallen nach zwei bis drei Wochen die Kopfhaare und die seitlichen Bereiche der Augenbrauen aus, und die Fingernägel bekommen auffällige weiße Querstreifen. Im Harn kann man das Gift noch nach Jahren nachweisen. Lies bitte, ich teile mir inzwischen die Abendvisiten ein.« Franz zog sein Handy heraus.

»Danke«, sagte Marie beklommen. »Das ist sehr anschaulich.« Während Franz seine Patienten anrief, versuchte sie sich auf den Bericht zu konzentrieren.

»Thallium sieht man, schmeckt man, riecht man nicht.« Die Zeitung berichtete von einer Vergiftung durch Thalliumsalze, die sich ein Mann aus ungeklärter Ursache zugezogen hatte, möglicherweise durch seinen Beruf – er war Fotograf –, aber es war dies nicht nachzuweisen. Thallium, klassischer Bestandteil von Rodentiziden, also Rattengift, hieß es, würde auch bei der Herstellung von optischen Linsen, Halbleitern, Feuerwerkskörpern und vielen anderen Produkten zur Anwendung kommen. Ausführlich wurde auf die Symptomatik der Thalliumvergiftung eingegangen, von der sich der Patient bis auf den heutigen Tag nicht gänzlich erholt hatte. Zwar heilte die Hauterkrankung und das Haar wuchs wieder, aber die Lähmung der Beine und Arme blieb, ebenso der Gedächtnisverlust und die geistige Verwirrtheit. Eine Stelle des Berichts hatte Franz mit Ausrufungszeichen versehen und unterstrichen. »Zur Behandlung erhielt der Patient, nachdem man die Thalliumvergiftung erkannt hatte, sofort über die Nasensonde Mannitol. Er musste danach noch 38 Tage am Beatmungsgerät angeschlossen bleiben.«

»Bist du fertig?«, fragte Franz mit einem Blick auf die Uhr.

Marie nickte nur. Die tief in der Vergangenheit ruhenden Morde des Falls Streicher wurden durch die Krankengeschichte des Fotografen plötzlich in ihre Reichweite gerückt, ein unbehagliches Gefühl. Darin lag vermutlich Franz' Absicht.

»Ich kenne die Symptome von Thalliumvergiftung«, sagte sie. »Ich hab in der Universitätsbibliothek einschlägige Literatur gelesen.«

Franz legte den Finger auf die Stelle, die er mit einem Rufzeichen versehen hatte. »Das ist der springende

Punkt, Marie. Dieser Artikel ist aus der *Medi-Joy*, einer Art Boulevardzeitung für Mediziner, nicht besonders seriös. Ich bin überzeugt, dass Streicher diesen Bericht gelesen hat. Mannitol ist eine simple Alkoholverbindung, und es gibt keinen Grund, warum das ein wirksames Gegengift sein könnte. Das einzige Mittel, das mir bekannt ist, heißt Berliner Blau.«

»Ich kann dir leider nicht folgen«, sagte sie. »Vielleicht muss ich den Artikel noch mal lesen.«

»Nein.« Er schlug mit der flachen Hand auf den Zeitungsbericht. »Das ist alles Sensationsmacherei, dieses ganze Fallbeispiel von einer geheimnisvollen Vergiftung, die sich nicht klärt. Mich beschäftigt daran nur eines: Streicher pickt sich diesen Medikamentennamen heraus und stellt dir ein Rezept für Mannitol aus. Warum macht ein Mensch so etwas, Marie? Was hat er mit dir vor?«

Streicher drohte mit Vergiftung. Nichts anderes bedeutete es, dass er ihr empfahl, sich mit dem Gegengift Mannitol auszurüsten, wenn sie zu ihm kam. Ob es nun ein makabrer Scherz war oder eine ernsthafte Warnung, deutlicher konnte der Wink, dass seine Nähe Gefahr für sie bedeutete, nicht sein. Marie begriff, dass Franz in Sorge um sie war.

»Ich verstehe«, sagte sie noch einmal.

»Ich hoffe, du hast jetzt genug von Streicher.« Franz stand auf. Er hatte keine Zeit mehr, Maries Antwort abzuwarten, denn in genau fünf Minuten begann seine Ordination. Er versprach ihr, sie anzurufen.

*

Ich hatte immer in Armut gelebt, seit meiner Geburt. Schöne Dinge gab es nicht in der Wirklichkeit, nur in den Bildern, die Karoline entwarf von früheren Zeiten.

Ich kannte kein Zuhause, ich existierte nur an den Rändern, die mir die anderen übrig ließen, der Weidekorb, den mein Vater für mich an Stelle einer Wiege gekauft hatte, die Wäschebank neben dem Herd im Liebhartstal, wo Gudrun mich schlafen legte, das halbe Ehebett mit der durchgelegenen, wanzenverseuchten Matratze in der Radetzkystraße, das sich Mutter und Sohn teilten.

An den Ort meiner Geburt kehrten wir nun wieder, weil Karoline keinen Augenblick länger in der Altgasse verbleiben mochte. An dem Tag, als Sissy Gollner begraben wurde, war uns Karl Ludwig über den Weg gelaufen.

»Das ist ja ein Zufall!«, rief er aus. Er hob mich in die Höhe wie ein kleines Kind und schaute mir lächelnd in die Augen. »Du bist der Hermann, nicht wahr?«, fragte er, und als ich nickte, kniff er mich zärtlich in die Wange. »Ich hab dich schon am Tag, als du zur Welt gekommen bist, im Arm gehalten. So ein Prachtkerl warst du. Na, kein Wunder bei so einer schönen Frau Mama.«

Er stellte mich wieder auf den Boden zurück und beugte höflich den Kopf vor Karoline. »Wenn Sie etwas brauchen für sich und den Kleinen, ich stehe jederzeit zu Ihren Diensten, Frau Streicher. Schon im Angedenken an meinen alten Kriegskameraden. Hatte seinerzeit keine Todesnachricht erhalten, sonst wäre ich selbstverständlich zum Begräbnis gekommen.«

Ein Schatten fiel über sein Gesicht, aber rasch wandte er sich wieder mir zu. Er holte ein Säckchen Bonbons aus seiner Tasche, die er mir in die Hand drückte. »Nicht alle auf einmal naschen«, mahnte er freundlich und wollte mir noch zum Abschied einen kleinen Nasenstüber versetzen, aber ich zuckte vor seiner Hand zurück wie ein geprügelter Hund. Er begriff sofort, was mit mir los war, das las ich aus seinem mitfühlenden Blick.

Da meldete sich Karoline zu Wort: »Tatsächlich könnte ich männliche Unterstützung gebrauchen.« Sie schenkte Karl Ludwig einen taubensanften Augenaufschlag.

Und er, ohne zu zögern, erwiderte ihr: »Es ist mir eine Ehre, Frau Streicher.«

Er lud uns ein, unentgeltlich in seinem Hotel Quartier zu nehmen, bis wir eine neue Wohnung gefunden hatten. Karoline bekam ein großes Zimmer mit Bad, ich ein kleineres. Ein Zimmer für mich allein! Staunend stand ich in der Mitte des schmalen, langen Raumes, eines düsteren Kabinetts, dessen einziges Fenster auf einen schmalen Lichthof führte.

Nichts hatte sich verändert, seit Karoline und Ferdinand das Hotel verlassen hatten mit ihrem neugeborenen Sohn. Niemand schien das klebrige Linoleum inzwischen gewaschen zu haben. Der fleckige rote Läufer lag immer noch auf dem Flur, und sah ich nur lange genug hin, erkannte ich das Muster, das die Holzprothese in den Teppich gepresst hatte in den langen Stunden der Nacht, die Ferdinand hier auf und ab und auf und ab gegangen war, unermüdlich, bis er meinen ersten Schrei vernahm.

Karl Ludwig war ein weicher, gutmütiger Mensch mit wenig Geschäftssinn, weshalb er vom Personal nach Strich und Faden betrogen wurde. Er war auf die Einnahmen aus dem Hotel nicht angewiesen und ließ die Zügel schleifen. Als Karoline und ich im Weißen Kreuz einzogen, hatte er es bereits völlig heruntergewirtschaftet.

So schäbig diese Umgebung war, ich konnte mich nicht fassen vor Glück. Es stank nach Naphtalin, auf dem Polster lagen noch Haare von dem letzten Kopf, der sich hier zur Ruhe gebettet hatte, Zahnpastareste klebten in der Waschschüssel. Aber die Türe ließ sich wirklich und wahrhaftig schließen, der Schlüssel steckte im Schloss, ich konnte mich, stand mir der Sinn danach, einschließen. Und wenn ich es auch, entdeckte Karoline diesen Frevel, büßen würde, es war doch bisher nicht vorkommen, dass ich so eine Wahl hatte.

In der ersten Nacht im Hotel Weißes Kreuz erschien mir meine Tante Sissy im Schlaf. Nicht die grausig gedunsene Todkranke, sondern die munter ausschreitende Sissy einer nicht so lange zurückliegenden Vergangenheit, die Vögel und Eichhörnchen gefüttert hatte im Garten von Schönbrunn und einem hungrigen Knaben nicht eine Nuss und kein Stückchen Brot davon abgegeben hätte. Sie schien mir nicht böse zu sein, denn sie lächelte. Der Tod war süß, auch wenn er schlecht schmeckte. Im Himmelreich wartete der Lohn für alle Qualen. Sie schwebte aufwärts in ein strahlendes Azur und sprach mit mir, wiederholte ihre Worte mehrmals, weil ich sie nicht verstand, drängend, während sie sich rasch entfernte. Ich sah die Bewegung der Lippen, ich hörte den Klang, aber den Sinn erfasste ich nicht. Ihre Stimme war nicht stark genug in dem gewaltigen Sturm, der sie davontrug, hinauf, hinauf, sie kam nicht dagegen an. Und je höher sie aufstieg, desto mehr blähte sich ihr Bauch, bis er zu der Größe eines Heißluftballons angeschwollen war, mit dem sie sicher durch die Lüfte flog. Sie hatte so sehr gelitten auf Erden, dass ihr die Hölle erspart blieb, das wollte sie mir sagen, dafür wollte sie mir danken.

Im Erwachen spürte ich eine Hand an meinem Hals, schmerzend, ich wand mich unter ihr, weil sie mir den Atem nahm, und sie ließ von mir ab.

»Bist du endlich wach?«, hörte ich Karoline schlaftrunken und mürrisch fragen. »Du schreist das ganze Haus zusammen.«

Ich fühlte salzige Nässe an meinen Wangen und Lippen. Mein Gesicht war tränenüberströmt. Ich schnappte gierig nach Luft. Meine eigene Hand, nicht Karolines, lag an meine Kehle gepresst.

»Weinst du um die Tant'?« Das Licht der Nachttischlampe flammte auf und blendete mich. Karolines Stimme klang ungläubig. »Deppertes Kind, du musst doch auch froh sein, dass die Alte endlich krepiert ist.«

Oh, ich war froh. Ich jubilierte. Wäre ich anders zu einem eigenen Schlafzimmer gekommen? Ich hatte mir ihren Tod gewünscht. Ich hatte meinen Wünschen Nachdruck verliehen. Ich hatte keine Spur hinterlassen. Aber etwas in mir trauerte und weinte und ließ sich nicht abstellen. Es wachte über meinen Schlaf durch die freundliche Vision der aufwärts steigenden Tante und schüttelte meinen bewusstlosen Leib in einem namenlosen Kummer, es zwang mich zu markerschütternden Schreien, die keinen Schlaf in ihrer Nähe duldeten. So ging es Nacht für Nacht, und dabei blieb es, eine lange, lange Zeit. Bis zu dem Tag, als man Karoline Streicher zu ihrer Hinrichtung führte. In der Nacht darauf schlief ich ruhig und traumlos. Und weinte nie wieder, nicht um Sissy Gollner noch um die anderen Toten.

Der einzige Weg für Karoline, meine nächtlichen Schreie unter Kontrolle zu halten, war, mich in ihr Bett zu holen, damit sie mich beim ersten Aufstöhnen wecken konnte. So übersiedelte ich also in ihr Doppelbett, das sie, aber das wusste ich nicht, mit einem anderen hatte teilen wollen, einem, dessen Namen sie niemals vor mir erwähnt hatte und der sich nun anschickte, in unser Leben zu treten.

TEIL DREI

10. Kapitel

Der Gartenweg war rutschig von dem am Tag angetauten und über Nacht wieder gefrorenen Schnee. Der Wind blies mit unvermittelter Heftigkeit, trieb schwerfällige silbergraue Winterwolken über den Himmel, schnitt Marie in die Augen, als sie die Nummer auf der Gartenpforte zu erspähen suchte. Der Weg teilte sich vor ihr. Einer führte geradeaus durch die Anlage, der andere steil und unbequem nach oben. Sie erinnerte sich, wie Hermann Streicher ihr die Schrebergartensiedlung im Liebhartstal beschrieben hatte, und machte sich an den Aufstieg, aber die Häuser, von denen er gesprochen hatte, standen längst nicht mehr oder waren durch Zu- und Anbauten bis zur Unkenntlichkeit verändert.

Ein Grundstück, das hinter den Bäumen auftauchte, zog ihren Blick an. Auf der linken Seite des ungepflegten Gartens stand ein Holzhaus, offenbar so belassen, wie es hundert Jahre früher errichtet worden sein mochte, als Wochenendrefugium für Stadtleute, die eigenes Obst und Gemüse ernten wollten und nur einen Schutz vor plötzlichen Unwettern brauchten oder um in der bescheidenen Küche einen Imbiss zuzubereiten. Rechts davon war ein weiteres Gebäude aus Holz mit verwittertem grünen Anstrich, ein Werkzeugschuppen.

Marie blieb stehen. Das Haus entsprach Streichers Beschreibung, der Schuppen ebenfalls. Natürlich wusste sie nicht, wie ähnlich die Siedlungsbauten ursprünglich gestaltet worden waren. In den achtzig Jahren seit Karolines erstem Besuch konnte das Streicherhaus eine gewaltige Wandlung erlebt haben, eines der vielen modernen und sogar winterfest renovierten Anwesen sein, die sie auf ihrem Weg passiert hatte.

Selbst wenn sie richtig riet, war es unwahrscheinlich, dass Streicher, der ein Haus in Nußdorf und eines in Penzing besaß, das alte Wochenendhäuschen, das für ihn mit traurigen Erinnerungen verknüpft war, behalten haben sollte. Aber da sie nun schon einmal den weiten Weg gemacht hatte, wollte sie nicht unverrichteter Dinge umkehren. Sie gab sich einen Ruck und drückte die Klinke der Gartentür hinunter. Sie war unversperrt, also trat sie ein, mit gemischten Gefühlen. Vielleicht wandelte sie hier auf historischen Spuren. Vielleicht bildete sie es sich aber auch nur ein. Als sie die Baumzeile erreichte, war der Blick auf das Haus nicht länger verdeckt, und sie bemerkte ein schwaches Licht hinter den zugezogenen weißen Gardinen. Aus dem Schnee guckten braun geschrumpelte Früchte hervor, die niemand aufgelesen hatte. Birnen. Es war ein Birnbaum, unter dem sie stand.

Bevor sie dazu kam, anzuklopfen, ging die Tür auf. Eine Frau, alt, so alt, dass sie kaum mehr weibliche Züge trug, sondern in ihrem Aussehen wieder zum Kind, zum Neutrum geworden war, trat Karoline entgegen. Rosig war die spinnwebartig gefältelte Hand, dünn wie Babyhaar die schneeweißen Strähnen auf ihrem Kopf. Die Augen mit ihrer eisigblauen Iris leuchteten heller und strahlender als alle anderen Farben dieses Wintertages, das spärliche Grün unter der Schneedecke, die abblätternde rostbraune Fassade des Hauses, die gelbliche Emailkanne in der Hand der Greisin.

»Entschuldigen Sie bitte diesen unangemeldeten Besuch. Mein Name ist Horvath.« Marie erklärte den Grund ihres Kommens.

Die alte Frau stand still und sah sie an. Ob sie verstanden hatte, war an keinem Zeichen zu lesen. Unverwandt der gletscherblaue Blick, reptiliengleich undurchdringlich ihre Miene, der Körper bewegungslos.

»Ist das denn das Haus der Streichers?«, fragte Marie, unsicher geworden. »Oder hat es ihnen früher gehört? Kennen Sie die Geschichte der Familie? Wissen Sie, was aus ihnen geworden ist?«

Auf keine dieser Fragen kam Antwort. Aber endlich schien etwas die Starre der alten Frau zu durchdringen. Sie öffnete ihren Mund. Schneeweiß blinkte ihr makelloses Gebiss auf, zu makellos, um echt zu sein, dachte Marie und dann, ich gehe jetzt, weil ihr immer unheimlicher zumute wurde. War die Frau überhaupt bei sich?

»Sie ist tot«, krächzte die Stimme so unvermittelt los, dass Marie zurückfuhr.

»Danke«, brachte sie mit Mühe hervor. Sie entfernte sich mit rückwärts gewandten, kleinen Schritten.

Die alte Frau streckte ihr die Hand mit dem Emailkrug entgegen wie einen Zaubertrank. »Tot«, wiederholte sie.

»Ich meine nicht ... ich meine nicht Karoline Streicher ...«, stotterte Marie.

»Gudrun.« Der weißhaarige Kopf nickte. »Tot. Noch vor ihrem Bruder Ferdinand. Als junges Mädchen. Das Herz war's.«

»Vor ihrem Bruder?«, wiederholte Marie betroffen. »Aber das kann doch nicht sein ... Und wer sind Sie?«

»Amalia Bogner. Die Nachbarin.« Wieder das triumphierende Nicken. »Seit achtzig Jahren bin ich hier zu Haus. Ich kann Ihnen etwas erzählen. Alles vom Engel mit der Hacke, bis zur Hinrichtung. Kommen Sie, Fräulein. Trinken Sie einen Kaffee. Ich war ja selbst eine Zeugin vor Gericht.«

Der Schrecken und die Faszination peinigten Marie, sie wollte davonlaufen und der Einladung Folge leisten und blieb, hin- und hergerissen von diesem Widerstreit, wo sie war. »Aber Gudrun hatte doch nicht … Herr Streicher hat mir erzählt, dass sie … noch nach dem Krieg … ich bin sicher … noch lebte …«

Ein kreischendes Auflachen brachte Marie zum Schweigen. »Der Hermann, ja, der arme Hermann! Dem hat seine Mutter das Hirn aus dem Schädel geprügelt. Der war ja nicht richtig im Kopf, das bedauernswerte Ding. Lebt er also noch, der Hermann? Lassen Sie ihn schön grüßen von mir. Soll er sich doch wieder einmal anschauen lassen bei der alten Malitant. Erinnern Sie ihn daran, ja? Aber wollen S' nicht doch einen Kaffee bei mir trinken, Fräulein? Kommen S' doch herein. Wie war der Name, Horvath?«

Und noch einmal lachte sie auf, so schrill und gespenstisch, dass Marie ohne ein weiteres Wort umkehrte und davonlief, den steilen Fußweg durch die Siedlung hinunterstolperte und nicht stehen blieb, bis sie die Treppe, die sie zur Straße zurückbrachte, wieder erreicht hatte. Erst dort hielt sie ein, atemlos, und fühlte ihr Herz laut schlagen, ihre Hände zittern.

Die blauen Augen verfolgten sie. So hatte nur einer sie angesehen, mit diesem hellen Strahlen, manchmal, wenn er seine Faxen und Launen aufgab. Marie stand am Fuß der Schrebergartensiedlung, die so vielen unglücklichen und bösen Taten als Schauplatz gedient hatte, und presste die Hand auf ihre Brust, die schmerzte von dem Bild des Mannes, das sie heraufbeschworen hatte. Harry, der Vielbegabte, Vielgeliebte. Vor zwei Tagen, fiel ihr ein, hätte er seinen Geburtstag gefeiert, am 30. November.

*

Der Garten lag im Schatten des weißen Hauses. Das Gras wuchs hoch und ungepflegt. Rosenbüsche streckten ihre dornigen Finger auf die Terrasse und rankten sich um die steinernen Stufen. Sie waren blaßgelb, und zart wie die Farbe war auch ihr Duft. Weiter hinten im Garten wuchsen flammend rote Rosen und rochen betäubend süß. Ein halb verfallener Pavillon stand dort, von den wilden Pflanzen so fest umschlungen, dass der Zugang versperrt war und ich mir die Finger blutig stach, als ich ihn mir von innen ansehen wollte. Auch eine alte, aber unbeschädigte Kinderschaukel gab es, und nachdem ich den Garten müßig durchstreift hatte, nahm ich auf ihr Platz und schaukelte, obwohl ich dafür schon beinahe zu groß war, in meine unruhigen Gedanken vertieft.

Karoline war im Haus verschwunden. Bela Balogh führte sie durch die Räume, Zimmerfluchten mit eigenem Bad und Toilette in jedem Stockwerk. Unten war ein Salon mit Konzertflügel, ein Speisezimmer in Nußbaum mit vierundsechzigteiligem Service und eine moderne Kücheneinrichtung. Zu einem der Schlafzimmer gehörte, was Karoline besonders beeindruckte, ein Boudoir.

An diesem Punkt der Besichtigung hatte ich sie verlassen, um den Garten zu erkunden. Bela Baloghs anzügliche Blicke auf Karoline gefielen mir nicht. Weniger noch, dass sie ihn nicht zurückwies, sondern zu Unverschämtheiten einlud, indem sie sich drehte und wendete und sich seine scheinbar zufälligen Berührungen gefallen ließ. Sie ließen mich lange allein. So lange, dass nur mehr die Schaukel, auf der ich vor mich hindöste, im Schatten lag, nicht aber die Wiese, der Pavillon, die rosenumkränzte Terrasse, als Karoline endlich ins Freie kam mit dem Mann, der klebrig an ihrer Seite blieb.

»Diese Villa ist eine Mezzie«, sagte Bela zu ihr. Mit stolzem Lächeln warf er sich in die Brust.

»Wo ist der Haken? Es muss einen Haken geben.« Karoline verfolgte mit verklärten Augen, wohin Belas Finger wies, der ihr nach und nach die verborgenen Schönheiten dieses grünen Paradieses enthüllte.

»Sind Juden«, erklärte er. »Und haben Angst. Das ist Unfug, aber so sind Leut eben. Lassen sich durch Politik kopfscheu machen.«

»Meinst du deshalb? Deshalb geben sie ihr Haus für einen Pappenstiel her? Das muss doch ein Vielfaches wert sein.« Karolines Misstrauen war nicht so ohne weiteres zu beruhigen. Der Traum, der alte Traum, eine Villa in Hietzing, sollte er nun wirklich wahr werden? Nur weil zwei Juden sich ins Bockshorn jagen ließen von diesem Hitler und seinen kindischen, komisch angezogenen Spießgesellen?

»Solche Mumpitz hält sich nicht lang. Und hier in Österreich werden die sowieso nicht groß. Die Verbotsgesetz ist gekommen gerade zu rechte Zeit, hat ihnen das Genick gebrochen«, sagte Bela, der ihre Skepsis falsch deutete, mit Überzeugung. »Musst du dir bestimmt kein Sorgen machen, Karoline.«

»Ich? Warum denn ich?«

»Du bist doch Jüdin?«

Karoline zuckte die Achseln, als würde sie von einem Insekt belästigt. »Was weiß ich«, sagte sie. »Ein Name, von dem es heißt, es sei ein jüdischer. Das ist meine ganze jüdische Herkunft. Es tut mir Leid, Bela, aber ich kann das nur lächerlich finden. Ich denke wirklich nicht darüber nach.«

Er nickte und schwieg dazu, ein wenig nachdenklich. Karoline sprang die Stufen hinunter in den Garten, lief durch das hohe Gras, mit aufgehobenen Röcken auf das von Rosen zugewachsene Häuschen zu, den weißen Pavillon, der geradewegs aus ihrem Traum in Wirklichkeit verwandelt worden war. Und Bela schob den unbehaglichen Gedanken an Karolines echte oder vorgetäuschte Naivität beiseite und folgte ihr, Zigarette im Mundwinkel, Hut in den Nacken geschoben. Er war ein gut aussehender Mann, aber von billiger Hübschheit, glänzende große Augen und schwarzes, dichtes Haar, die Lippen sehr rot und fleischig und auch die Wangen rosig trotz seines bräunlichen Teints, wie geschminkt sah das aus. Er trug das Neueste an Mode, gestreifte Hosen, ein kurzes, durchgeknöpftes Gilet und ein Hemd mit einem gerüschten Kragen, wie für eine Frau gemacht. Auch die Duftwolke, die um ihn hing, war schwül wie ein Frauenparfum, geradezu widerlich süß.

Als er an mir vorüberging, gab er der Schaukel einen Schubs, nicht fest, gerade so viel, dass ich wissen sollte, er habe meine Gegenwart bemerkt und wolle nicht blicklos wie Karoline an mir vorbei. Es war eine freundlich gemeinte Geste, aber ich war nicht wie ein Hund mit einem Kraulen und Tätscheln zu kaufen. Das Du, das sie gewechselt hatten, war mir nicht entgangen und nicht das Geranienrot von Karolines Lippenstift auf seinen Wangen und an seinem Hemdkragen. Ich sah, wie er ohne Rücksicht auf sich die langen, scharfen Stacheln der Rosengewächse und die Ranken herunterriss, die ihr im Weg waren, bis sie darübersteigen konnte in das sechseckige kleine Gelass, in dem noch die Kühle des Morgens hing. Nichts entging meinem forschenden, sorgenden Blick, nicht das Erbeben seines Atems, als er ihre Hand in seiner hielt, nicht seine weich zerfließende Miene, wenn sie ihn ansah und gelassen blieb, wo er die Fassung schon lange verloren hatte. Er war hingerissen, wie von einem Magneten angezogen, also unausweichlich. Wie andere vor ihm. Dieses Mal aber wurde das Gefühl erwidert.

Wenn auch nicht so verzehrend und allem entsagend wie die Liebe zu Ferdinand. »So eine Liebe stürzt über den Menschen herein und wirft ihn zu Boden, aber da ist nichts mehr, was ihn aufhält, da ist nur Bodenlosigkeit. Man hat keinen Anfang mehr und kein Ende, nicht oben noch unten, du und ich. Das passiert nur einmal im Leben.«

Heftig an seiner Zigarettenspitze kauend, hörte Bela Karoline zu, wenn sie über ihre Gefühle zu Ferdinand sprach, und ich, der heimliche Lauscher, erinnerte mich an Gudruns nächtliche Geheimnisse, schaudernd, dass Liebe zu solchen Taten fähig war.

Der Jude Balogh, wie er in den Prozessakten heißt, war nicht so übel wie die Nachrede, die ihn begleitete. Er habe sich an eine reiche Erbin herangemacht und sich mit den geheuchelten Beweisen seiner Liebe in ihr Vertrauen eingeschlichen, er habe ihr Vermögen an sich gebracht, und dann, als sie schneller als erwartet wieder mit leeren Taschen dastanden, habe er sie zum Betrug angestiftet. Es war eine Erklärung, die keinen anderen Zweck hatte, als Karolines jeder Vernunft widersprechenden Handlungsweise Sinn zu verleihen. Denn ohne den neuerlichen Versicherungsbetrug, darüber waren sich alle mit dem Fall »Streicher und Kumpane« Befassten einig, wären die Morde vermutlich niemals aufgeklärt worden. Es bedurfte des einen, um alles andere ans Licht zu bringen.

Wie war es aber möglich, dass eine so umsichtige, mit allen Salben geschmierte Person wie die Streicher so einen verhängnisvollen Fehler beging, nach Jahren und Jahren, in denen sie unbehelligt geblieben war dank ihrer Vorsicht und ihres scharfen Verstandes? Die Wahrheit war so simpel, dass jene, die nach ihr suchten und sie im Verborgenen vermuteten, das, was offenbar war, nicht zu erkennen vermochten. Dass die, der sie alles Böse andichteten, und zu Recht, denn sie war ein grausiges Geschöpf, ohne Mitgefühl, ohne Wärme, herzlos, keine Mörderin war.

Bela liebte sie abgöttisch. Was ihr Ferdinand gewesen war, bedeutete sie Bela, die Liebe, die kommt und dich zu Fall bringt. Er hatte sich nicht an sie herangemacht. Sie war ihm entgegengetreten. Schicksalhaft, dort wo alle Fäden in ihrem Leben zusammenliefen, in der Versicherung. Er hatte sie erkannt, im doppelten Sinn des Wortes. Zuerst nur die schaurig-schöne Berühmtheit, dann bald die Frau, die alle seine Sinne entzündete und ihn in einen Rausch versetzte, aus dem er erst vor den Schranken des Gerichtes zu sich kam.

Ein wahrhaft Liebender hätte ihr alles verziehen, schrieb die Journaille, aber der Jude, der nur das Materielle achtet, ließ sie fallen, als sie ihm nichts mehr bieten konnte, und suchte sich herauszuwinden, die ganze Schuld auf ihre Schultern abzuwälzen. Aber nichts davon ist Bela vorzuwerfen, auch nicht, dass er Karoline im Stich ließ, als ihm der Strick um den Hals lag und er hinausschrie, was nicht mehr und nicht weniger als die Wahrheit war: »Angestiftet hat mich, gezwungen, dass mich setzt vor die Türe, wann ich tu nicht, was verlangt.« Hörig sei er ihr gewesen, gestand Bela, nicht einen Schritt konnte er ohne sie tun. »Hab ich mussen willfahren, hätt ich sie sonst verloren.«

Die Tränen flossen ihm über die Wangen, die nicht mehr rosig waren, aber rauh von dem schartigen Messer des Gefängnisbarbiers und hohl von der mageren Kost hinter Gittern und der Todesangst, die immerzu an ihm nagte. Er bebte vor Schwäche, als er sich von der Anklagebank erhob. Ohne seine Geckenkleidung und seine allzu femininen Farben war nichts mehr vom früheren Dandy übrig, nur ein schlotterndes Häuflein Mensch, das darum flehte, man möge ihm Glauben schenken, und mit wachsendem Schrecken erkannte, dass die gebleckten Zähne, die ihn angrinsten, ihn zusammen mit ihr verschlingen wollten. Erst da begann ihm der Mund überzufließen, und was er nicht wusste, erfand er, wie sie es von ihm hören wollten.

Bela war, wie alle, die zu Lasten Karoline Streichers aussagten, ein Enttäuschter, ein Betrogener, ein Liebender, dessen Gefühle nicht erwidert wurden, nicht im gleichen Maße jedenfalls. Die Verlockung, sich zu rächen für die tausend Demütigungen, die er durch sie erfahren hatte, ist leicht zu begreifen. Er nützte die Gelegenheit, wie alle anderen Zeugen. Und er hatte Angst. Sie waren auf seinen Kopf aus, die Schädelvermesser, die Blutgläubigen, die nach Sicherheit Strebenden. Nicht, was der Mensch war, galt ihnen etwas, nur was auf Papier verbürgt und verbrieft war. Das verband mich mit ihnen. Und dass sie meine Mutter aus der Welt schafften, dafür sei ihnen meine ewige Treue gewiss.

Belas Aussage gegen Karoline war schließlich nur ein Mosaikstein. Er war der letzte, immerhin, um das Bild zusammenzufügen und in seiner ganzen Scheußlichkeit zu enthüllen.

Die immer im Überfluss gelebt haben, können das satte Behagen des Habenichts, dessen Taschen mit einem Mal gefüllt sind, nicht ermessen. Das Wunder wurde nicht schal. Es ereignete sich jeden Tag aufs Neue, mit jedem Wunsch, der in Karoline erwachte und befriedigt werden musste und befriedigt wurde. Das Geld war vorhanden, Füllhorn ohne Ende. Noch einmal machte sich Karoline daran, ihren Wohnsitz auszustatten. Wie zu Beginn ihres jungen Ehestandes lief sie die Geschäfte ab und ermattete nicht, besichtigte die Möbelhäuser, die Stoff- und Lampen- und Hausratsläden, schaffte Kleines und Großes an, plante, verwarf, ließ sich beraten und fing von vorne an. Die Villa in der Larochegasse, erklärte sie, sollte ihr Heim werden, für immer, der Stein gewordene Lebenstraum im vornehmsten Viertel Hietzings, wo die Begüterten ihren Wohnsitz hatten, in pompösen zweistöckigen Häusern mit breiten Auffahrten und versteckten, von hohen Hecken umgebenen Gärten an ihrer Hinterseite. Einer dieser protzigen Gründerzeitbauten gehörte nun ihr. Und war der Mann, der das alles in Zukunft mit ihr teilen sollte, auch nicht mehr der blonde Gott, den sie angebetet hatte, so konnte sie doch wenigstens sicher sein, dass dieser sie nicht unglücklich machen würde.

Sie hatte die dreißig schon um einige Jahre überschritten, als sie Bela begegnete. Er war siebenundzwanzig, beinahe sieben Jahre jünger als sie, aber die Zeit war an ihr entlanggeronnen wie an einem Stein. Ihre Spur war nicht ganz unsichtbar, doch musste man schon die Zeitungsfotos des Engels mit der Hacke mit der Karoline von heute genau vergleichen, um einen Unterschied zu entdecken. Immer noch hatte sie die makellose, sahnig weiße Haut, floß das lange rote Haar üppig um ihre Schultern, und ihre Hüften und Brüste, nicht mehr so knabenhaft schlank wie in der Jugend, rundeten sich sanft. Wer sie nicht zur Feindin hatte, dem erschien sie als der Inbegriff holder Weiblichkeit. Der kannte nicht den Bannstrahl ihres Onyxblicks, so schwarz, so hart.

Es war eine Zeit, da gab es niemanden in ihrem Leben als mich, den sie mit solcher Erbitterung maß. Dennoch blieb ich bei ihr, behielt sie mich bei sich, selbst als ich allen meinen ihr widerlichen Eigenschaften noch diese eine Facette hinzugefügt hatte, das nächtliche Geheul, den Albdruck der zum Himmel auffahrenden Tante, das Heulen und Zähneknirschen, das direkt aus dem Orkus zu kommen schien.

Ich hatte einen Fürsprecher gefunden. Nicht Bela. Er dachte wohl bei sich, dass Karoline sich grässlich gebärdete gegen ihren Sohn, aber er wandte nur peinlich verlegen den Kopf, wenn er Zeuge ihrer Misshandlungen wurde, er protestierte niemals. Nein, eine Frau sprach für mich und stand mir bei, im Rahmen ihrer bescheidenen Möglichkeiten, denn sie war eine betagte und kränkliche Person. Sie hieß Wendelin, Paula Wendelin. Sie stand eines Tages vor unserer Gartenpforte.

»Ich habe gehört, dass Sie eine Schneiderin suchen«, sagte sie zu Karoline und lächelte hinter der vorgehaltenen Hand, weil sie sich über ihr zerbrochenes Gebiss schämte.

»Wo haben Sie das gehört?«, fragte Karoline mit verkniffenem Mund. So selbstherrlich sie sich auch gab, dass es sie nicht schere, was die Leute von ihr redeten, es war nur Maske. Die Skandale der Vergangenheit steckten ihr in den Knochen. Nie war sie sicher, was ein geflüstertes Wort hinter ihrem Rücken, ein Blick, der einen Moment zu lang verweilte, zu bedeuten hatten.

Die alte Frau schaute bestürzt drein. Sie wollte die Wahrheit, dass sie nichts dergleichen gehört, sondern nur hoffnungsvoll vermutete, nicht eingestehen. Karoline sah die abgetretenen Schuhe und die schmutzigen Lumpen der Frau und begriff. Die rechte Hand, noch immer schützend vor ihrem Mund, war zierlich, wenn auch rissig von zu schwerer Arbeit. Sie mochte eine geschickte Schneiderin sein. Hielt sie ihr Versprechen nicht, konnte man sie immer noch wegschicken.

Mitleid empfand Karoline nicht. Niemand hatte es ihr entgegengebracht, niemand hatte es ihr beigebracht. Wer schwach war und im Elend, trug selbst die Schuld daran. Nur dem Tüchtigen winkte das Glück. Sie ahnte nicht, dass sie es mir verdankte, ihr Glück, das zweifelhafte, wetterwendische. Ahnte auch nicht, dass mit der Paula Wendelin ein dunkler Schatten über die Schwelle trat, der Racheengel, mein Verbündeter.

Unter den vielen Dingen, den kleinen, überflüssigen, den Kinkerlitzchen, wie Bela Balogh sagte, waren auch Meter und Meter wertvoller Stoffe, Samt und Brokat, Crêpe und Musselin, aus Karolines Sehnsüchten gewoben. Sie verbrachte Stunden vollkommener Zufriedenheit in ihrem Schlafzimmer mit ihnen, schmiegte sich an die Kühle und seidene Weichheit der Texturen und fühlte sie lebendig werden unter der Wärme ihrer Haut, die matte Zärtlichkeit des Samtes, die erregende Glätte des Satins, das duftige Knistern der Seide. So verspielt und selbstverliebt diese Beschäftigung auch war, wünschte sie sich doch, die Stoffe früher oder später zurechtgeschnitten und genäht an ihrem Körper zu tragen. Schneiderinnen schätzte Karoline nicht. Sie kamen ihr zu nahe, sie wussten zu viel, sie tratschten die Intimitäten der einen Kundin ins Ohr der nächsten, nur um sie während der langweiligen Anproben bei Laune zu halten, ohne Namen zu nennen selbstverständlich, aber das war bei Karolines Geschichte auch gar nicht nötig.

Die Wendelin oder Hermelin, wie Bela sie nannte, zog gleich am nächsten Tag bei uns ein. Sie trug, was sie besaß, in einem Karton in der Hand, es war nicht viel. Sie stützte sich auf einen Stock, was sie am Vortag nicht getan hatte, weil sie einen rüstigen Eindruck machen wollte. Tatsächlich war sie von Anfang an nicht gesund. Ein rheumatisches Leiden plagte sie und zwang sie bei feuchter Witterung an den Stock, und auch ihre Lungen waren angegriffen. Das sei die Staublunge, gestand sie mir später, die sie sich vom Ziegelbacken am Wienerberg geholt hatte. Sie bekam keinen Lohn, sondern sollte gegen freie Kost und Logis arbeiten, solange Karoline für sie Verwendung hatte. Danach, versprach Karoline, würde sie ihr, wenn sie sich geschickt anstellte bei der Schneiderei, in der Nachbarschaft reichlich Aufträge verschaffen. Wollte sie dann immer noch bei uns im Haus wohnen bleiben, müsste sie allerdings für die Miete und das Essen bezahlen.

Die Wendelin, die davor ohne Wohnsitz von der Gnade mildtätiger Freunde gelebt hatte, bis niemand sie mehr aufnehmen wollte und sie sich eingestehen musste, dass sie nun zu den Tausenden zählte, die ohne Dach über dem Kopf dastanden und denen nur die Wohlfahrt zum Überleben blieb, diese Verzweifelte verhandelte nicht lange. Karolines Angebot erschien ihr so großzügig, dass sie Anstalten machte, auf die Knie zu fallen und Karoline die Hände zu küssen.

»Lassen Sie das bitte«, sagte Karoline geziert. »Sie werden schon genug zu arbeiten bekommen, keine Sorge. Hier wird Ihnen nichts geschenkt.«

Das stimmte, mehr noch, es war eine freundliche Untertreibung. Karoline schindete jeden, der ihr in die Nähe kam, wie sich selbst. Zuerst vertraute sie der Wendelin ihre kostbaren Stoffe nicht an. Sie ließ sie Tisch- und Bettwäsche ausbessern, grobe Wäsche bügeln, die Schränke ausräumen und mit lavendelgetränktem Zeitungspapier auslegen, was die Motten abhalten sollte. Dann befahl sie der alten Frau, neue Vorhänge zu nähen für unseren Salon, endlose Stoffbahnen von purpurfarbenem Samt, die wie breite Blutspuren über den Parkettboden liefen, während sie an der Singer-Nähmaschine saß, die Karoline für sie angeschafft hatte, und das Pedal trat, bis ihr die Füße erlahmten. Als die Vorhänge fertig und in reichen Falten gerafft links und rechts der Terrassentür und von den hohen Fenstern hingen, war der Raum auf das Eindrucksvollste verwandelt, nicht länger elegantes Wohnzimmer gut situierter Wiener Bürger, sondern der Empfangshalle eines Bestattungsinstitutes ähnelnd. Die weißen Rosen auf dem Klavier taten ein Übriges, und wenn Karoline dazu den ersten

Satz der Mondscheinsonate spielte, mehr schlecht als recht, aber mit Hingabe, war der Eindruck, dass hier eine Gruppe Trauernder sich jeden Augenblick versammeln würde, vollständig.

Nach dieser Arbeit verfiel die Wendelin in einen Erschöpfungszustand. Tagelang konnte sie ihre Dachkammer, das ehemalige Dienstbotenzimmer, das Karoline ihr zugewiesen hatte, nicht verlassen.

»Ich muss dir sagen, Bela, dass ich nicht daran denke, die Schneiderin durchzufüttern«, erklärte Karoline nach einer Schonfrist, die schon nach zwei Tagen ablief. »Ich habe selbst harte Zeiten durchgemacht, ich bin die Letzte, an deren Tasche sich so eine hängen sollte. Dafür gibt es soziale Einrichtungen, genau für diesen Zweck. Würdest du ihr das bitte ausrichten, in diesen Worten?«

Bela wand sich vor Unbehagen bei diesem Auftrag. Er war gutmütig veranlagt und überdies ein Ästhet. Die ungepflegte kranke Frau war ihm ein Gräuel, er mochte nicht in ihre Nähe kommen, schon gar nicht in ihr Privatgemach einbrechen, wo er sie vermutlich zur Rede stellen musste, während sie im Bett lag. Das war nichts für ihn.

Karoline wütete. Bela sei ihr zu mehr verpflichtet als zu dieser lächerlichen Gefälligkeit. Ob sie ihm das wirklich alles aufzählen müsse, damit er es nicht vergäße?

»Bitte«, sagte Bela in seinem freundlich gedehnten ungarischen Tonfall, der immer klang wie eine Karikatur seiner selbst. »Reg dich nicht auf, geh ich ja schon.«

Er ließ sich Zeit. Schon war es Mittag, und er musste Dringendes erledigen, am Abend lag sie vielleicht schon im Bett, auf diese paar Stunden kam es wohl nicht an. Am Morgen darauf verschlief er so gewaltig, dass er ohne Frühstück aus dem Haus stürzen musste. Am Vormittag war er mit einem wichtigen Kunden verabredet, dem er die ganze Firma versichern wollte.

Bela hatte immer noch seine Anstellung in der Versicherung. Karoline dagegen nannte sich nun »Private«. Sie ließ diese Berufsbezeichnung, die sie mit Stolz bei jeder Vorstellung erwähnte, sogar auf ihre neuen Visitenkarten drucken.

Bela besaß Charme. Er war nicht stark genug, um Karoline zu widersprechen, er liebte sie auch so innig, dass er ihr nichts abschlagen konnte. Ging ihm etwas wider die Natur, legte er es nicht auf einen Kampf an, sondern suchte sich mit Takt und diplomatischem Geschick einen gangbaren Weg. Oft hieß das bloß Aufschub. Durch Aufschub erledigte sich manches. Karolines Hitzigkeit erlosch für gewöhnlich nach kurzer Zeit. Wie bei einem jähzornigen Kind galt es, ihre Aufmerksamkeit auf ein anderes, interessanteres Objekt zu lenken und ihr in allem, worin sie sich verbohrte, zuzustimmen. Bela fuhr gut auf diese Weise. Karoline bemerkte kaum, dass die Dinge sich oft nicht so entwickelten, wie sie es gewünscht hatte, sondern Bela die Zügel in seinen sanften Händen hielt. Er tat es nicht, um sie zu überlisten, und nur, wenn sie im Begriff war, sich zu schaden oder Unrecht zu tun. Wäre er dabei geblieben, sie hätten vielleicht ein langes, glückliches Leben miteinander führen können. So blieb ihnen nur eine kurze Frist.

Die Wendelin erholte sich, bevor Bela ihr den Hinauswurf bestellen konnte. Am dritten Tage war sie wieder auf den Beinen und stand schon am frühen Morgen in der Küche, als ich zum Frühstück kam. Sie hatte eingekauft und den Tisch gedeckt. Es roch nach Kakao und frisch gebackenem Brot. Ich war der Einzige, der früh aufstand, weil ich zur Schule musste. Karoline verschlief den Morgen, und Bela ließ sich jeden Tag mehr von dieser Gewohnheit anstecken. Sie wollte nicht allein sein, wenn sie erwachte. Sie fürchtete sich, dass mein Albdruck auf sie übergehen könnte, die Furcht erregende Vision der ins Himmelblaue aufsteigenden Sissy Gollner. Nur wegen dieses Traumes war ich immer noch nicht in die Pflege gekommen, davon hatte sie der mich insgeheim bedauernde Bela überzeugt.

»Ist nicht gut, wenn Hermanderl solche Sachen in Welt hinausträgt. Weißt du doch, wie die Leut sind, Putzigam. Hast schon genug schlechte Nachred gehabt in Leben.« Das leuchtete ihr ein. Außerdem, seit die Wendelin im Haus war, wurde ich unsichtbar. »Du, Hermelin, hast ein Augerl auf das Bursch«, legte ihr Bela ans Herz. »Sein Geheul frisst auf mein Herz. Mach was, bitt dich, gib ihm was Heißes zu trinken vorm Bettgehen, bring ihn zu schweigen.«

Wenn ich schlafen ging, erschien von da an die Wendelin mit ihrem Stopfkorb in meinem Zimmer. Das Nachtlicht brannte. In seinem Schein begann die alte Frau Socken, Strümpfe, allerlei Weißwäsche zu reparieren, Risse und Löcher und was es an verschlissenen Stellen gab, mit feinen Stichelnähten zu versorgen. Ich folgte der unermüdlichen Bewegung ihrer kleinen, dick geäderten Rechten und schlief schnell darüber ein. Wenn später in der Nacht unabänderlich, wie der Mond unter- und die Sonne aufgeht, der Nachtmahr anhob, war sie zur Stelle. Sie erstickte meine Angstschreie an ihrem weichen, schlaffen Busen. Sie wiegte mich, manches Mal unter Stöhnen, weil das Rheuma ihr Schmerzen bereitete, bis ich aufwachte. »Burliburli«, sagte sie mit ihrer hohen, kindischen Stimme, »was denn, was denn, ist was, nix ist, sixt es, na.« Monoton wie ihre Stopfarbeit nähte sie sinnlose kleine Phrasen in mein Ohr. Sie hielt mich für ein zart besaitetes Kind, weil mich der Tod der entfernten und wenig liebevollen Tante, davon hatte ich ihr erzählt, so tief getroffen hatte. Warum konnte sie sich nicht damit begnügen?

Bald begann Karoline, der Wendelin Modejournale vorzulegen, und ließ sie Modelle herauskopieren auf Packpapier, die sie dann selbst aus dem ausgewählten Stoff zuschnitt. Seltsame Gewänder gediehen unter den Wendelinschen Händen. Sie folgten nicht der Mode, obwohl sie doch dem *dernier cri* abgeschaut waren. Was Karoline dann am Leib trug, schien anderen Zeiten zu entstammen, glich wehenden Bußgewändern von Hexen, die den Scheiterhaufen erklommen, betenden Madonnen unterm Kreuz oder griechischen Niobes, in stummem, antikischem Schmerz Zeus verfluchend. Ob nun Karoline, ihr Schicksal vorausahnend, solche Kleider aussuchte oder das mangelnde Modebewusstsein der alten Wendelin, die noch vom Geist des neunzehnten Jahrhunderts durchdrungen war, unbeabsichtigt zu solchen Ergebnissen kam, blieb ein Rätsel.

Und die Wendelin horchte. Sie begann nachzubohren, in meinen Schlaf hinein. Sie wollte herausfinden, was Sissy Gollner geschehen sein mochte, dass ich immer noch in Panik schrie, wenn mir ihr Gesicht erschien. Ich weiß, dass ich mich nicht verriet. Schon Tante Gudruns Sorge war unbegründet gewesen, und inzwischen war ich kein kleines Kind mehr. Ich konnte schweigen. Besser als irgendetwas sonst. Aber ich hasste es, dass sie mir nachstellte. Ich glaubte keinen Augenblick daran, dass ihre Sorge gutmütig und wohlmeinend sein mochte. Solche Gedankengänge blieben dem Sohn einer Karoline Streicher fremd.

Karoline und Bela feierten ein Fest. Es begann 1935 mit dem Einzug in die Larochegasse, und es dauerte an, solange es dieses Zusammenleben gab. Zwischen diesen zweien, die später Kumpane, Sara und Isaak, die jüdischen Spießgesellen hießen und noch so allerlei antisemitische, dem Zeitgeist entsprechende Titulierungen erhielten, gab es niemals einen Streit, ein böses Wort. Zwar war die Liebe einseitig, die Harmonie aber vollendet. Es war das, was dem Glück am nächsten kam. Ich belauschte und beobachtete sie neidisch, sie hatten, was ich niemals besitzen würde, ich wusste es schon damals, als heranwachsender Knabe. Es war anders als jener blutige Sinnesrausch des verstümmelten, halb wahnsinnig aus dem Hospital zurückgekehrten Gemahles. Belas und Karolines Vereinigung besaß Anmut und Heiterkeit, duftete nach Blumen, schmeckte nach Erdbeeren, nach der Süße des Mandellikörs, den sie miteinander tranken im mondbeschienenen Gras ihres Gartens.

Der Mond schien. Er malte eine Silbermaske auf Karolines Gesicht. Ganz allein stand sie im Zauberlicht, eine Fremde, dem Märchenbuch entstiegen, eine Filmschönheit in Schwarzweiß, Pola Negri, Asta Nielsen, Greta Garbo, eine schwebende Gottheit, aus leichterem Stoff gemacht als die Karoline des Tages. Kein Feuer, kein Wasser, keine Erde. Elfe, aus Mondlicht gesponnen, den Augen zur Freude, den Händen, den Lippen des Geliebten. Es war ja nur ein Traum. Auch wenn der hässliche Vogel Eifersucht, der keine Flügel hat, am Herzen des Kindes fraß. Dies wundersame Frauenbild war nicht die Wirklichkeit. Sollte er sie nur in die Arme schließen. Ich wusste, dass er eine Illusion umfing.

Ich war zu jung für solchen Trost. Ich war nicht stark genug, um wegzuschauen. Ich blieb am Fenster. Der Speichel brannte wie Säure in meinem Mund. Ich schluckte und schluckte. Das Feuer senkte sich in meinen Leib, in meine Lenden. Lavaglut floss meine Schenkel hinab. Ich wandte und wandte mich nicht. Ich starrte auf das Paar im Garten unten, im Mondenschein.

Er schenkte ein in ihr Glas, das sie ihm mit gespitzten Lippen entgegenhielt. Er küsste sie mit der Flasche in seiner Hand und vergaß, was er tat, bis das Glas überlief, der dunkle, dickflüssige Likör über ihre Hand und ihren Arm floss und sich auf ihr Kleid und in das Gras ergoss, aber Bela hielt immer noch nicht ein, gierig verschlang er sie mit seinem Mund, bis beide der Atem verließ. Dann sanken sie hin, er über sie, und er küsste sie wieder und wieder, und der Likör versickerte, die Gläser, die zierlich gebauchte Flasche, alles kollerte davon, im silbernen Gras.

Spitze, die knisterte und blitzte, als er sie anrührte, in die Höhe schob und die nackten Schenkel enthüllte. Das feurige Fell des Drachen liebkoste, seine Zunge eintauchte in die darunter verborgene Höhle. Da rückte er ab, erhob sich auf die Knie, wollte sie betten in seine Arme, ins Haus, in die Abgeschiedenheit ihres Schlafzimmers tragen, aber sie hielt ihn auf. Mit den Schenkeln, die sie vor ihm spreizte und mit denen sie ihn umfasste, einsperrte zwischen den seidigen Innenflächen. Mit den Händen, die nach ihm griffen und ihn entblößten, sein Geschlecht. Und er sank noch einmal hin, mit einem Stöhnen, das ein Jauchzen war und ein Schluchzen zugleich, auf die Frucht, die sie ihm anbot und für ihn teilte, und sie nahm ihn in sich auf und wand sich unter ihm und forderte mit einer fremden, hohen, honigsüßen Stimme mehr und mehr. Dann riss sie sich noch einmal von ihm los und zurück und schluchzte dabei auf wie er, als füge sie sich selbst ein Leid zu, wenn sie auf ihn verzichtete.

»Bela«, sang die Fremde, das Zauberwesen, das der Mond an Stelle von Karoline ins Gras gesetzt hatte, »Bela, du darfst mir kein Kind machen. Schwöre es mir, schwöre es mir, ich will niemals mehr ein Kind. Lieber verzichte ich. Sagschonsagschonsag, versprichst du es, Bela?«

Und er, während er sich vor ihr aufrichtete und sie an den Hüften packte mit beiden Händen und näher an sich zog und wegstieß und anzog und wieder und wieder stieß und riss und sie zum Schreien brachte und einstimmte in ihre Schreie, er schwor es ihr, dass er ihr Lust und nur Lust und wieder nur Lust machen werde. Aber er brach seinen Schwur.

Schöne Dinge, antwortete Karoline schwärmerisch, wenn Bela sie fragte, was sie denn eigentlich suche auf ihren unermüdlichen Streifzügen durch die Wiener Innenstadt, mehrmals die Woche, viele Stunden, und nicht erlahmend in ihrer Aufmerksamkeit und Ausdauer. Schöne Dinge habe sie eine lange Zeit entbehrt, die Liebe zum Schönen, das sei es doch – oder sei es das nicht? –, was uns von den Tieren unterscheide. Ihr Wunsch: dass alle Wünsche sich erfüllten. Die Frage nach ihrer Nützlichkeit, ihrer Wirtschaftlichkeit, ihrem Preis durfte nicht gestellt werden. Das Leben ein Fest. Endlich. Bela bereitete es ihr. Sie aß, sie trank, sie schlief mit ihm, sie ließ sich anbeten, sie bewunderte sich im Spiegel. Der verschwörerische Blick war Frage und Antwort zugleich: Bin ich schön, schöner als alle? Tausendmal schöner, Frau Königin. Ohne Einschränkung, denn das Schneewittchen hinter den sieben Bergen aus Mondgestein war ihr Alter Ego und Bela Prinz und Jäger, Hexer und giftiger Apfel, siebenfacher Liebhaber, alles in einer Person versammelt, sie und er, die Spieler.

»Gibst du Acht«, sagte er zu Karoline. »Es ist Menge Geld. Aber ist nicht unendlich.«

»Sprich nicht so mit mir«, antwortete sie.

Er bürstete ihr Haar, Strich um Strich, es fauchte auf und ließ sich beruhigen, glätten unter den geduldigen Händen. Sie trug ein lavendelfarbenes Negligé, tief dekolletiert, durchsichtig, es war aufreizend, nur für ihn trug sie es und hielt ihm ihre Brüste entgegen, und er griff in die Fülle und umfasste sie mit den Händen. Es war zwölf Uhr mittags, ich kam aus der Schule heim. Die Küche war leer, niemand hatte gekocht, wie immer, wenn die Wendelin außer Haus war. Ich ging die Stiege hinauf, den Stimmen nach, die leise aus dem Schlafzimmer drangen. Die Tür stand offen, sie sahen mich nicht, sie wollten mich nicht sehen.

»Ich kann es nicht leiden«, sagte Karoline. Sie duldete seine Hände auf ihren Brüsten lange genug, um ihn zu erregen, dann schüttelte sie ihn ab mit einer einzigen Bewegung. »Es ist mein Geld, meines ganz allein.«

Sie legte sich auf ihr Bett und wühlte mit ihren nackten Oberarmen in der Schantungseide, die sie dort ausgebreitet hatte, hellgrün mit darauf gestickten gelben Orchideen. Bela gab einen leisen Schnalzlaut von sich. Er wanderte um die wirr auf dem Boden verstreuten Teppiche, Perserbrücken, Läufer, große, in zarten Blumenfarben gefärbte Stücke und kleinere, mit rotem Grundton und schwarzweißem Muster darin.

»Was hast wieder zusammengetragen?« Er beugte sich tief über die farbenprächtigen Teppiche. »Karolin, die sind ja echt!«

»Natürlich echt.« Karoline lächelte stolz. »Ich habe sie von einer Versteigerung. Die Katzelsberger, die mit dem Schlössel am Hietzinger Kai draußen, haben Konkurs gemacht.«

»Sie müssen ein Vermögen kosten!« Bela kniete nieder und prüfte durch sein Monokel die Rückseite der Teppiche mit den Echtheitszertifikaten. »Sag, Himmels willen, was hast du gezahlt?«

»Keine Ahnung. Noch gar nichts. Es war eine private Auktion.«

Ihr Ton warnte ihn, aber er legte die Haarbürste auf den Frisiertisch zurück und setzte sich zu ihr auf den

Bettrand. »So ein Glück. Wir bringen sie zurück. Ich mach's, wenn dir ist unangenehm.« Er wollte ihre Hand nehmen, aber als er ihre finstere Miene sah, ließ er es bleiben.

»Ich habe mir dieses Geld sauer genug verdient, Bela«, sagte sie zornig. »Ich lasse es mir nicht mies machen, auch von dir nicht, auch nicht, wenn du es gut meinst.«

»Jajaja«, nickte Bela mit seinem unerschütterlich freundlichen Lächeln. Er hatte mich in der Tür entdeckt und winkte mir unauffällig, mich zurückzuziehen. Ich entfernte mich nur so weit, dass Bela mich nicht mehr sehen konnte, auf Zehenspitzen.

»Ich warne dich, Karolin. Wer sonst? Einer muss tun. Weißt du es, ich bin immer auf deiner Seite. Du hast Angst, noch einmal arm zu sein, ich versprech, das wird nicht passieren, dafür sorge ich, meine Putzigam.«

Wie mild er sie auch ermahnte, die Verweigerung eines Wunsches brachte sie immer aus der Fassung. »Ich brauche sie«, sagte sie traurig.

»Das tust du nicht.«

Sie hielt plötzlich ein zerrissenes, verschlissenes Stück Stoff in der Hand, das ich augenblicklich erkannte, an der karierten Futterseide auf der Innenseite. Es gehörte zu dem alten Regenmantel, den sie in ihrem Winter als Versicherungsagentin getragen hatte. »Siehst du das?«, fragte sie ihn, und ihre Stimme zitterte vor Aufregung. »Ich werde mich nicht bescheiden. Ich werde mir das holen, was mir zusteht.«

Bela nahm ihr den Fetzen weg und warf ihn in den Papierkorb. Er vergaß die Teppiche. Seine Augen ruhten auf ihr, zart fühlend und liebevoll. »Ich weiß«, sagte er milde. Er beugte sich über das Bett und küsste ihre Wangen, beide Seiten, und dann ihren Mund, nicht leidenschaftlich, sondern zur Versicherung seiner Liebe. Er verstand sie wirklich, ihre Angst und ihre Einsamkeit.

»Ich werde sie nicht weggeben«, sagte Karoline. Sie rückte beiseite, damit er sich zu ihr legen konnte.

»Nein, nein, sie gehören dir«, antwortete Bela im gleichen beruhigenden Tonfall wie vorher.

»Und ich kann sie mir leisten«, fügte sie zufrieden hinzu.

»Ja, du kannst es dir leisten«, wiederholte er. »Aber nicht alle Tage. Vergiss nicht, Karoline, dass gibt es keine wohlhabenden Verschwender. Musst du aufpassen. Darfst nicht den Kopf verlieren.«

»Wie gut, dass du auf mich schaust«, flüsterte Karoline an seinem Hals.

»Vielleicht überlegst du dir?«, versuchte Bela es noch ein letztes Mal.

Und da blühen sie noch einmal am Wegrand Karolines, am Rande des Abgrunds, die ungewissen Wenn: Hätte Karoline seinen Rat gehört, hätte Bela ihrer Verschwendungssucht Einhalt bieten können, wären die Teppiche nicht im Haus geblieben und, was daraus entstand, verhindert worden. Das Verhängnis der Teppiche.

Karoline schüttelte nur den Kopf zu seiner sanften Warnung. Bela stand auf und schloss die Schlafzimmertür. Ich ging in die Küche hinunter.

11. Kapitel

In diesem letzten und wahrscheinlich einzigen Honigmond der »unglücklichen, grausigen Mörderin Karoline Streicher«, so nannte Conrad Holzmann sie in seinem Abgesang, erschien ein neuer Mann in ihrem Leben. Ein Verehrer, der sich Karoline mit Ehrerbietung und tadellosen Manieren, nichtsdestotrotz mit allen Zeichen brennenden Verlangens näherte. Er war Polizeioffizier, ein hohes Tier, sagte Bela, der von seinem Auftreten eingeschüchtert war und Karoline riet, ihn auf Distanz zu halten. Was sie nicht befolgte, nein, sie ließ sich seine Schmeicheleien gefallen wie eine schläfrige Katze, voller Behagen, wenn man auch nie wissen konnte, ob sie ihm nicht schon im nächsten Augenblick die Krallen zeigen würde.

Der Tennisclub Roter Berg in Hietzing war ein exklusiver, besten Kreisen vorbehaltener Privatverein. Man ließ sich nicht einschreiben, sondern wurde von einem Mitglied zur Aufnahme vorgeschlagen. Der Club war nicht nur teuer, die Mitgliedschaft bedeutete auch eine schwer zu erlangende Gnade. Leute aus Karolines und Belas Milieu hatten nicht die geringste Chance hineinzukommen, aber das wollte sie nicht einsehen, partout nicht.

»Was willst mit diese arrogante Pinsel anfangen?«, versuchte es Bela wie so oft mit Diplomatie. Aber wenn es um gesellschaftliches Ansehen ging, war Karoline blind vor Ehrgeiz. »Erstens werden uns nicht aufnehmen, zweitens werden auf uns herunterschauen, drittens sind so teuer, dass wir in Freudenau um gleiches

Geld dreimal so oft können spielen. Vergessen wir die Rote Berg, Putzi.«

Karoline zuckte die Achseln, eigensinnig. Sie wusste, Bela hatte Recht, aber vielleicht gab es doch einen Weg. Das wäre, so erschien es ihr in diesem Augenblick, die Krönung ihres gesellschaftlichen Aufstieges, der sichtbare Beweis, dass sie nun eine Dame von Stand und Vermögen war, wie es ihr seit dem Tag ihrer Geburt zustand.

Der Zufall wollte es, dass Baron Hohenfels in seinem Garten die Rosenstöcke band, als Karoline nahe vor seinem Tor eine Autopanne hatte. Sie beherrschte das Autofahren seit den letzten Tagen ihres Taxiunternehmens, als sie, zu spät, um das Geschäft zu retten, noch an Max' und Ferdinands Stelle hatte treten wollen. Nun war es ihr von Nutzen, weil sie nicht auf Bela warten musste, um das neu angeschaffte rote Steyr-Cabrio zu benützen. Weil Karoline von ihren Beutezügen durch die Geschäftsstraßen immer schwer beladen zurückkehrte, hatte sie sich angewöhnt, mit dem Auto in die Innenstadt zu fahren. An diesem Nachmittag war sie schon müde von ihrer langen Tour und entweder so unaufmerksam, dass sie die Verengung des Straßenzuges nicht sah, oder für einen Augenblick über dem Lenkrad eingenickt, jedenfalls schreckte sie Hohenfels aus seiner beschaulichen Tätigkeit gründlich auf, indem sie ihr Kabriolett Metall an Metall scharrend an seinem Gartenzaun entlangrieb.

Er eilte zum Tor und kam gerade recht, Karoline auf die Straße springen zu sehen. Mit verwirrtem Blick, eine Hand an den Mund gepresst, ging sie um den Wagen herum und prüfte den Schaden. Baron Hohenfels dagegen heftete seinen entzückten Blick auf sie und war nicht mehr im Stande, ein Wort der Kritik anzubringen. Er führte sie ins Haus, damit sie sich erfrischen konnte, während er einen Mechaniker zu Hilfe rief, der sich um das Kabriolett kümmern sollte.

Von diesem Tag an war Baron Hohenfels Karoline ergeben. Untertänigster Diener nannte er sich, in dem hochtrabenden Jargon seiner verstaubten aristokratischen Bekannt- und Verwandtschaft. Er war es, im Rahmen seiner Möglichkeiten. Er brachte Blumen und Champagner, er machte seine Verbeugungen vor und hinter ihr und wartete geduldig, links und rechts mit Karolines Taschen bepackt, bis sie mit ihrem Bummel zu einem Ende fand.

Bela verfügte weder über so viel Geduld noch über so viel Zeit. Er hatte nun Aussicht, zum Direktor der Schadensabteilung aufzusteigen, und engagierte sich daher noch mehr in seiner Tätigkeit als früher.

»Wozu?«, fragte ihn Karoline. »Hab ich nicht Geld genug?«

»Willst du eine Gigolo?«

»Ich will dich.« Karoline küsste ihn mit offenem Mund und schnappte mit den Zähnen nach seiner Zunge. »Geh nicht weg, mein Allesgeliebter.«

Trotz der verschlingenden Honigliebe auf der Terrasse, nachts, im Pavillon, im Morgentau des Grases, im Dämmerschein eines schnell hereinbrechenden Julimorgens, trotz ihrer leidenschaftlichen Beteuerungen und Belas unablässigen Bemühungen, die Wunde, die Karoline trug, zu stillen, zu pflegen, ihr Glück und Befriedigung zu schenken, für kurze Zeit, nur für eine kurze Zeit, verbrachte Karoline die Tage gern und immer häufiger mit Hohenfels. Ich zweifle daran, dass sie mit ihm schlief. Der Adel reizte sie, nicht der Mann. Der Mann konnte ihr nichts bieten, was sie nicht von Bela in überreichem Maß bekam. Und Bela hätte es nicht geduldet. So langmütig er alle Launen Karolines hinnahm, den Baron hätte er ihr nicht gestattet.

Meist war Hohenfels schon da, wenn ich von der Schule kam. Er brachte mir Süßigkeiten mit, anfangs, bis er darauf kam, dass er Karoline damit nicht erfreute und mich nur in den Bannkreis ihrer düstersten Aufmerksamkeit zog. Er konnte nicht ahnen, was das für mich bedeutete, aber dass es kein Glück war, sah er mir an und ihr. Von da an ignorierte er mich oder ging mit einem gleichgültigen Kopfnicken an mir vorbei. Ich dagegen hatte laut und vernehmlich zu grüßen und den Diener vor ihm zu machen. So lautete Karolines Anstandsregel. Wollte ich nicht mit aller Härte bestraft werden, musste ich mich daran halten. Sie wollte vor ihm brillieren, ihn auf seinem eigenen Gebiet, dem weiten Feld der guten Erziehung, schlagen. Dazu gehörten die Unterrichtung in den schönen Künsten, die Fremdsprachen, die Handarbeiten und selbstverständlich untadeliges Benehmen. Ich bin sicher, dass er sie belächelte, aber er verbarg es, weil er ihr zugetan und von ihrer Ausstrahlung hingerissen war. Aber doch musste sie ihm komisch erscheinen, wenn sie ihm im Salon Mozarts türkischen Marsch vortrug mit bleischweren Fingern, und er konnte sie nur zum Aufhören bewegen, indem er ihre Hände abwechselnd küsste, die linke und die rechte und die rechte und die linke, und flehte, ihm ihre Aufmerksamkeit nicht so grausam lange zu entziehen. Sie witterte nie die Schmeichelei. Sie nahm ihn ernst.

Sie spielten ein lange schon abgestandenes Salonlustspiel, der Baron alten Geschlechts und die Neureiche, die Angst hatte vor jedem Hindernis auf der Gesellschaftsleiter, über das sie straucheln konnte, aber zu ehrgeizig war, sich mit einem stilleren, weniger gefährdeten Platz zu begnügen. Sie sah nicht wohl aus in Hohenfels' Gesellschaft, sie war angespannt und gereizt, und wehe, wer ihr in die Nähe kam in solcher Stimmung, ob die Wendelin oder Bela oder ich, einer bekam es immer zu spüren.

War der Baron zu Besuch, trat die Wendelin als Hausmädchen auf, weil Karoline, obwohl sie es sich nun leisten konnte, kein Hauspersonal wünschte. Der Haushalt verwahrloste. Gekocht wurde nicht. Wenn ihr der Sinn nach Essen stand, ließ Karoline es aus dem nahe gelegenen Gasthaus kommen, meist aßen sie und Bela aber auswärts. Die Wendelin und ich mussten selbst zusehen, wie wir etwas in den Magen bekamen. Die Wendelin erledigte den Hausputz und die Einkäufe, so gut sie konnte, mehr schlecht als recht, häufig aber gar nicht, weil ihr Gesundheitszustand immer mehr nachließ. Karolines Haus der Träume war bald von einer Staub- und Schmutzschicht eingehüllt und, so schön es war, ein wenig einnehmender Wohnsitz. Seltsamerweise schien ihr das nicht aufzufallen. Als ob etwas in ihr ahnte, dass die Anstrengung, ihre Häuslichkeit in Ordnung zu bringen, sich nicht mehr lohnte, weil ihre Zeit beinahe abgelaufen war.

Bei einem dieser zutiefst ungemütlichen Besuche des Barons kam es zu der lange in der Luft liegenden Eskalation.

»Richte dem Mädchen aus, dass Herr Baron zum Lunch bleiben«, sagte Karoline mit gezierter, künstlich hoher Stimme und geriet dabei unwillkürlich in die Nähe von Belas ungarischem Akzent, so dass ich grinsen musste, anstatt, wie sie es von mir verlangte, devot und in angemessener Eile das Zimmer zu verlassen.

Karoline, die mich ansah und im gleichen Augenblick ihre eigene Lächerlichkeit fühlte, war mit einem großen Schritt an meiner Seite. Sie packte mich, wie die Katzenmutter ihr Junges am Wickel nimmt, nicht mit den

Zähnen, aber mit ihren langen, spitz zugefeilten Fingernägeln, und grub sie tief in meinen Nacken. So schleifte sie mich zwischen den purpurfarbenen Portieren in das neben dem Salon gelegene Esszimmer. Ich war sicher, dass sie mich nicht vor Hohenfels verprügeln würde, und wagte einen Schmerzensschrei, den ich mir sonst vielleicht verkniffen hätte. Sie schlug mich nicht, aber sie zerrte mich weiter, mit roher Gewalt, dass ich das Blut meinen Rücken hinunterrinnen spürte, ins Vorzimmer, einen langen, engen Schlauch, an dessen Ende sich eine Tür befand, ein niedriges, weißes Türchen, das ich nie geöffnet hatte, weil es in den Keller führte, den ich fürchtete.

»Mama! Nein, Mama, nicht!«, wollte ich schreien, aber meine Stimme blieb unhörbar in dem Hohlraum unter ihrer Handfläche, die sie mir an den Mund presste, gefangen.

Die Wendelin trat aus der Küche. »Was hat der Burliburli?«, fragte sie dümmlich. Sie begriff nicht, was Karoline mit mir vorhatte. Was hätte es auch geändert? Ebenso, wie alle anderen Male kein Zeuge, keine Zeugin etwas an meinem Schicksal geändert hat, das in den harten Händen meiner Mutter lag, so war es auch an diesem Tag. Ich kam in den Keller. Sie kannte kein Maß, keine Grenze. Sie war auf meine Vernichtung aus. Aber zu spät. Ich war nicht mehr das hilflose Kind, auch nicht mehr das böse, das hässliche Kind, das die schlechten Taten seines Vorbildes gedankenlos wiederholte. Ich saß im Keller, einen Mittag, einen Abend, eine Nacht. Erst am Morgen wagte die feige Wendelin meine Befreiung. Ich nützte meine Zeit. Stunden, die nicht vergehen wollten. Angst, die mich fraß, aber nicht mit Haut und Haar. Mir blieb genügend Verstand für einen Plan, einen simplen, aber findigen Plan.

Der Zufall erwählte gerade diesen Tag für Baron Hohenfels' freudige Nachricht, dass Karoline und Bela in den Tennisclub Roter Berg aufgenommen worden waren. Bela zeigte sich beinahe bestürzt über die unverhoffte Ehre. Er war so sehr von der Absage überzeugt gewesen, dass er sich keine Ausrede zurechtgelegt hatte für den Fall der Fälle. Aber Karoline hätte auch kein Nein gelten lassen. Sie schwamm in einem Meer von Glück. Wer sie liebte, musste mitschwimmen. Etwas anderes war unmöglich, sah man in ihr strahlendes Gesicht. Der Baron strahlte beinahe ebenso, verzückt von ihrem Anblick. Bela hatte einen eitrigen Backenzahn, vielleicht lag es daran, dass ihm das Lächeln so schwer fiel. Nachdenklich sog er an seiner Zahnfistel.

Die Wendelin legte mir eine Hand auf die Schulter, die andere tätschelte beruhigend meinen Rücken. Sie führte mich vors Tor hinaus, sie rieb die Salzkristalle getrockneter Tränen von meinen Augen, sie spürte nicht, wie ich die Berührung verabscheute, dass ich sie nur gezwungenermaßen in meiner Nähe duldete, die Bewacherin meiner nächtlichen Albträume, dass ich ihre Freundlichkeit nicht wünschte, sondern verachtete, dass ich nicht dankbar war. Es gab nur Namen für die Gefühle, aber die Gefühle, wo waren sie denn? In meiner Welt existierte von allem, was die menschliche Seele bewegt, nur das finstere Gegenteil.

*

Die Gerichtsmedizin war immer noch in demselben Gebäude untergebracht, in dem die Toten des Mordfalls Streicher obduziert worden waren, ein unscheinbares, graues Haus im 9. Bezirk, von alten Bäumen umstanden, die den Verkehrslärm fern hielten. Ein Geruch, der Maries Nase ganz fremd war, hing in den niedrigen Gängen, spitz und unangenehm, als sie das Haus betrat. Er war unveränderlich in das Mauerwerk und das Holz eingefressen, seit hundert Jahren und mehr, der Geruch nach Tod, das, was vom Leben übrigblieb, die verfaulende Materie, mit chemischen Mitteln konserviert. Der Blick, den sie durch eine offen stehende Tür tat und sofort bereute, traf drei nebeneinander aufgereihte Bahren, auf denen nachlässig zugedeckte Leichen lagen. Sie eilte rasch weiter, aber der Anblick ließ sich nicht so leicht abschütteln. Er verfolgte sie, deshalb prallte sie ungeschickt mit dem eben aus seinem Büro auf den Gang tretenden Mann zusammen. Sie entschuldigte sich stotternd, was er mit einem unwilligen Kopfschütteln quittierte.

»Da sind Sie endlich.« Er winkte ihr, ihm zu folgen. »Ich habe nicht viel Zeit. Ein starker Tag.«

Mit Schrecken stellte Marie fest, dass er sie in das Zimmer führte, in dem sie eben die Bahren mit den Leichen gesehen hatte. Sie wollte ihn ersuchen, einen anderen Platz für ihr Gespräch auszuwählen, aber er war schon eingetreten, mit der größten Natürlichkeit, und ihr blieb nichts anderes übrig, als ihm nachzugehen. Obwohl sie nicht noch einmal hinsehen wollte, wanderte ihr Blick unwillkürlich zu dem mit Krampfadern gesprenkelten Unterschenkel, dem Fuß mit der dicken, gelb verhornten Sohle und den klauengleich gekrümmten, blauen Zehennägeln. Die Haut der Toten war fahl wie Tonstaub und mit großen violetten Flecken verschattet.

»Das sind schon die Fälle für die Nachmittagsvorlesung«, erklärte er knapp und klopfte mit der Schuhspitze auf den Boden vor Ungeduld, weil Marie sich mit kleinen, zögernden Schritten an den Bahren vorbeischleppte.

»Mordopfer?«

»Gasleichen.«

Und noch einmal sah Marie auf das halb entblößte, schrecklich nackte, tote Bein. »Gasleichen? Selbstmörder also?«

»Jedes Jahr im Herbst«, sagte er in geschäftigem, schnarrenden Tonfall, »wenn die Heizperiode beginnt und die Leute nicht mehr lüften, aus Sparsamkeit. Das kostet sie dann das Leben.«

Marie schaute ihn erschrocken und verständnislos an, deshalb fügte er hinzu: »Heißwassergeräte ohne Kaminabzug. Kohlenmonoxidvergiftung durch alte Boiler. Immer im November, Dezember.« Er ging Marie voran in den Nebenraum, sein Büro.

Sie schloss eilig die Türe hinter sich zu.

»Rossauer«, sagte der Gerichtsmediziner. Mit einiger Verspätung schüttelte er ihr die Hand. »Streicher und Kumpane, nicht wahr.«

Rossauer setzte sich hinter seinen Schreibtisch, ohne Marie einen Platz anzubieten. Er schlug das Dossier auf, das auf dem Schreibtisch lag, die Darstellung des Mordfalles, mit dem Marie sich beschäftigte, aus der Sicht der Gerichtsmedizin. »Die ja bei den Opfern der schönen Frau Streicher eine bedeutsame Rolle gespielt hat. Ja, ich erinnere mich noch an den Fall aus meiner eigenen Studienzeit, der Professor Reiterer, mein Lehrer, hat ja seinerzeit selbst die Obduktionen vorgenommen. Einige der Herrschaften waren schon ein paar Jährchen unter der Erde gelegen, bevor sie hier unters Messer kamen, kein schieres Vergnügen, wie Sie sich vielleicht vorstellen können. Dieser Moritz Kritsch, der erste Ehemann, war zwar schon kurz nach seinem Tod obduziert worden, wurde aber dennoch ein zweites Mal exhumiert, und der Mann war, bitteschön, schon neunzehn Jahre verstorben gewesen. Aber man war sich eben nicht sicher, ob man beim ersten Mal etwas übersehen hatte. Schließlich war bei jedem der Opfer eine natürliche Todesursache festgestellt worden, und bei jedem Opfer war die Diagnose verkehrt.«

*

Dreimal in der Woche gingen Karoline und Bela nun auf den Tennisplatz. Karoline bemerkte die Blicke, die Hohenfels' Freunde hinter ihrem Rücken tauschten, nicht. Sie waren von einer Wohlerzogenheit, die einem Emporkömmling die Luft abschnüren konnte, erstickend in ihrer subtilen Verächtlichkeit. Aber Karoline, unter dem Schutzmantel des Polizeioffiziers, bekam nichts davon zu spüren. Anders Bela, der höchst überflüssig hinter seiner Geliebten und ihrem adeligen Verehrer hertrottete, in Gesellschaft der stummen und zutiefst beleidigten Frau von Hohenfels. Sie spielte ebenso wie ihr Mann ausgezeichnet Tennis, und die Turniere zu viert waren der Teil der gemeinsam verbrachten Sportnachmittage, den Bela am leichtesten bewältigte. Das gesellschaftliche Beisammensein danach, bei einem Cocktail im kleinen Rauchsalon des Clublokals, kam dagegen einem Spießrutenlauf gleich. Karoline gewöhnte sich auf Hohenfels' Drängen daran, mehrere der süßen, stark alkoholhaltigen Getränke zu sich zu nehmen. Wenn sie sich leicht berauscht sich im Gespräch an ihn lehnte, konnte er sich kaum mehr bezähmen, und je mehr sie trank, desto besser gefiel es ihr, ihn aus der Fassung zu bringen. Dann wirkte nur Belas Feststellung, dass sie mit dem allzu fröhlichen Treiben ihren guten Ruf im Club aufs Spiel setze, um sie zur Heimkehr zu bewegen.

Aber bald genügte Karoline der Tennisplatz nicht mehr. Sie wollte vor einem größeren Publikum glänzen. Der Baron lud sie zum Pferderennen in die Freudenau. Nicht auf die Rennbahn, wo das niedere Volk ein paar

Kreuzer auf Sieg, Doppel, Einlauf verwettete, sondern hoch hinauf, in die Kaiserloge, wo schon Franz Joseph mit seiner Katharina Schratt die Aufregungen des Pferdesports genossen hatte.

»Herr Baron!« Karoline staunte ihn ungläubig an. »Wird das möglich sein?« Denn die Kaiserloge war, wie jedermann und auch Karoline wusste, den Verwandten der ehemaligen Herrscherfamilie Habsburg vorbehalten.

Es war möglich, weil er es möglich machte, sein Einfluss, seine Verbindungen. Hohenfels' Position im Polizeiapparat war so hoch und bedeutungsvoll, dass jeder ihn gern zum Freund hatte. Die Zeiten, als man an die gerechte Ordnung der Dinge in diesem Staat geglaubt hatte, waren vorbei. Willkür und Korruption herrschten im Land, und jedermann, war seine Lebensführung auch untadelig und über jeden Verdacht erhaben, konnte unversehens in Schwierigkeiten geraten.

Wenn sie mich allein im Hause ließen, schlich ich in Karolines Boudoir. Ich setzte mich vor ihre Psyche, wo man sich dreifach spiegeln konnte, und las in meiner Miene. Neugier, Schadenfreude, Verstellungskunst. Die Mutter hat ein böses Kind, böses Kind, böses Kind, sang ich vor mich hin und roch an ihren Parfumfläschchen und Cremedöschen, probierte die Farben ihrer Schminkpalette aus, nahm die kleinen, scharfen Geräte zum Schneiden, Feilen, Polieren aus ihrem rotledernen Etui. Die Perlenschnüre ließ ich über meine Handfläche rieseln und Edelsteinringe aufblitzen im Licht.

Manchmal kam mir mein blasser Totenengel, die einzige Freundin meiner Kindheit, in den Sinn. Karoline hatte ein Püppchen aus Wolle besessen, ein kleines, orientalisches Kunstwerk, wie man es in Teppichgeschäften als Dekoration ausgestellt sieht. Aus solch einem

Geschäft stammte es vermutlich. Es war ihr Maskottchen und mit ihr gewandert von Wohnung zu Wohnung, bis zu Sissy Gollner. Dort verschwand das Püppchen, und keine Drohungen und Schläge konnten es wieder zum Vorschein bringen. Ich verstand Karolines Hingebung an diesen Kram nicht, mochte er auch gut riechen und schön aussehen und angenehm die Haut streicheln. Ich begriff nicht die Sehnsucht, die Karoline nach Besitztum streben ließ. Das Püppchen hatte ich dem kranken Mädchen geschenkt, bei einer unserer stummen Begegnungen, für sein süßes Lächeln.

Ich wendete mich in meinem Leben ganz anderen Dingen zu als meine Mutter. Die kühle Klarheit der chemischen Formel H_2O zog mich an. Die unverbrüchliche Sicherheit des physikalischen Gesetzes, das den Apfel zu Boden fallen lässt, die abstrakte Schönheit des pythagoreischen Lehrsatzes. Die Unendlichkeit des Universums. Als ich das Mädchen im Schulhof zum letzten Mal sah, gab es mir auch ein Geschenk. Sie schob die Lakritzenstange, die sie in ihrer kleinen Fieberhand gehalten hatte, durch den Maschendraht. Die Lehrerin, die Aufsicht hatte, scheuchte sie fort. Die Gestirne machen sich nichts aus den Menschen. In ihrem Angesicht zählt unsere Existenz nicht. Das tröstete mich.

Bela saß am Steuer des hübschen roten Steyr-Cabrios, Karoline an seiner Seite. Sie waren auf dem Heimweg, schweigend. Er nagte an seinem Zorn. Sie döste vor sich hin. Ihr Kopf pendelte nach links und nach rechts, bei jeder Bewegung des Lenkrades. Sie hatte vier von den pinkfarbenen Cocktails getrunken, die ihr Hohenfels eigenhändig gemixt hatte. »Sie müssen Ihren Sieg feiern«, hatte er sie angelächelt und leicht verlegen, wie immer, wenn er in ihrer Nähe war, ihr Parfum und ihren warm duftenden, frischen Schweißgeruch eingeatmet. Sie hatte Hohenfels beim Tennis geschlagen, zum ersten Mal, der Lehrling den Meister.

Bela biss seine Lippe, bis sie blutete. Auch ihm stach das Parfum in die Nase, es roch stark auf ihrem erhitzten Körper. Er hatte es für sie gekauft, es war französisch und sehr teuer, aber seinen Preis wert gewesen, denn sie hatte ihm zugeflüstert, dass sie nur für ihn diesen Duft verströmen würde, er war den Liebesnächten vorbehalten, in seinen Armen. Aber jetzt roch er es und musste seinen Vorwurf hinunterschlucken, weil sie ihn ohnedies zurückweisen, ihn der Eifersucht bezichtigen würde, zu Recht, des mangelnden Vertrauens. Sie war betrunken. Ihre Wangen hatten rote Lichter, beinahe rosarot wie die Getränke, mit denen sie der Baron betäubt hatte. Klug war es, schweigend den Wagen heimzufahren, klug und vernünftig. Den nächsten Morgen abzuwarten, bis die Hitze ausgekühlt war. Aber er war nicht klug, er liebte sie.

»Ich möchte dir Vorschlag machen«, sagte Bela laut und heftig in die schaukelnden Träume Karolines. Er bog in einen stillen Seitenweg am Fuß des Roten Berges ein, des Hausberges der Hietzinger für langweilige Sonntagnachmittagspaziergänge.

Bei seinem scharfen, unvermuteten Bremsen wachte sie auf. »Was ist denn? Haben wir eine Panne?« Ihre Augenschminke war zerflossen und der mohnblumenrote Lippenstift klebte wie eine verrutschte Maske rund um ihren Mund.

Bela zog sein Taschentuch hervor und wischte ihr Gesicht ab. »Was hältst du von Brasilien?«, fragte er aus heiterem Himmel.

Sie schüttelte den Kopf, nur halb verstehend. Ihre Zunge war trocken nach dem trunkenen Schlafen im Auto und ihr Kopf schwer.

»Es ist Verschiedenes im Gange«, sprach Bela weiter, zögernd. Er wagte keinen Blick in ihre Augen. »Muss ich gestehen, dass ich Lage nicht richtig eingeschätzt hab. War ich zu optimistisch.«

»Ich verstehe kein Wort.« Karoline richtete sich beunruhigt auf. »Wenn ich etwas nicht leiden kann an euch Ungarn, dann ist es dieses umständliche, gezierte Herumgeschwafle. Was willst du mir sagen?«

Bela leckte einen Blutstropfen von seiner misshandelten Unterlippe. »Was meinst du, würde dir Brasilien gefallen?«, fragte er noch einmal.

Karoline stieß ihren Atem mit einem scharfen, wütenden Zischlaut aus. Sie öffnete das Handschuhfach, wo neben einem Fernglas, Belas Raulederhandschuhen und einigen Rollen Pfefferminzbonbons auch ein Flachmann, gefüllt mit Cognac, aufbewahrt wurde, aus dem man Gästen, die das Autofahren schlecht vertrugen, einen Schluck zur Stärkung ihrer Magennerven anbieten konnte.

»Hast du genug getrunken, Putzigam, oder?«, mahnte Bela sanft, aber Karoline schlug seine Hand, die ihr den silbernen Flakon wegnehmen wollte, nervös beiseite.

»Wovon, zum Teufel, redest du, Bela?«, fuhr sie ihn an.

»Ich habe die Direktionsposten nicht bekommen.«

»Na und?«

Er sah auf ihre weiße Kehle, die sich beim Schlucken vorwölbte.

»Habe ich dir nicht oft genug versichert, dass ich genug Geld für uns beide besitze? Du kannst diese stumpfsinnige Arbeit aufgeben.«

»Und wenn dir Geld ausgeht? Und wenn du dir überlegst und mir satt bekommst?«, fragte er mit flacher Stimme, es war eine Wiederholung vieler vorangegangener Gespräche. Er fragte sich, warum sie nicht zuhörte.

»Bitte, Bela.« Karoline schob ihre Hand unter sein Hemd. Sie legte sie gerade auf sein Herz, eine Besitz ergreifende, zärtliche Geste, die ihn sofort versöhnte. »Du bist eifersüchtig auf den Hohenfels«, sagte sie in einem neckenden, glücklichen Tonfall. »Du musst nicht, Bela. Er ist mir nützlich und angenehm, aber damit hat es sich. Ich bin dir treu, mein lieber Bela, mein Geliebter. Lass mich nicht wieder schwören. Das wird mir so langweilig.«

Eine heiße Welle der Erleichterung durchflutete Bela. Später, bei der polizeilichen Einvernahme, hörte Hohenfels, in seiner Funktion als oberster Chef der Polizei dazu berechtigt, mit undurchdringlicher Miene dem Eingeständnis seiner Eifersucht zu, und Bela hätte durch Hohenfels' Benehmen neuerlich Verdacht schöpfen können, aber zu dieser Zeit bangte er nur mehr um seine Haut.

»Bemerkst du nicht, was rund um dir vorgeht?«

»Sprich nicht in Rätseln mit mir.«

»Für Juden ist dieser Land keine sicheres Ort zum Leben.«

»Juden!«, rief Karoline empört aus. »Kriegt es jetzt der Bela Balogh auch schon mit der Angst zu tun wegen diesen schwachsinnigen Parolen? Ich habe nichts mit Juden zu tun, und ich werde vor diesen Nazis bestimmt nicht davonlaufen.«

»Sie haben mir aus die Versicherung geworfen.« Bela beugte sich über ihren Sitz und nahm ihre Hände in seine. »Sie haben es wegen meine mosaische Abkunft getan, Karoline. Und ich bin eine getauftes Christ, genau wie du. Was der Jude glaubt, ist einerlei, in seiner Rasse liegt die Schweinerei. So sagen sie.«

»Warum wiederholst du diesen Unsinn?« Sie riss ihre Hände los. »Ich werde nicht weggehen. Ich habe endlich alles, was ich immer wollte und wofür ich mich abgekämpft habe. Es macht nichts, wenn mein Geld zu Ende geht. Ich kann Schulden machen. Und sie zurückzahlen oder nicht. Wie es mir gefällt, Bela. Keiner wird der Freundin eines Baron Hohenfels den Kredit sperren. Im Gegenteil, es ist eine Ehre, mir Geld zu leihen.«

»Du bist verrückt.«

»Du bist verrückt.« Karoline setzte noch einmal die Flasche an und legte dann, zu der erotischen Neckerei von vorhin zurückfindend, eine Hand in seinen Schoß. »Ich hoffe, nach mir, Liebling. Ich brenne, ich verbrenne. Beeil dich, fahr nach Hause, Bela.«

Sie wollten die Wendelin vor die Tür setzen, als der nächste Rheumaanfall sie bettlägerig machte. Es war aber nicht möglich. Bela musste sich in den zweiten Stock zu ihrer Dachkammer hinaufbemühen, denn sie konnte buchstäblich kein Glied rühren. Er tat es ungern, aber Karoline wollte es so. Ich schlich lautlos hinterher über die steile Treppe zu Wendelins Zimmertür, die Bela nicht ordentlich hinter sich geschlossen hatte. Sie stand einen Spalt offen, durch den ich die flehentlich aufgehobene Hand der alten Frau sah.

»Schicken S' mich nicht fort, gnä' Herr, bitt' Sie, haben S' ein Herz mit einem armen, allein stehenden Menschen. Ich werd wieder, ich versprech's. Ich kann Ihnen das Haus putzen, und servieren tu ich Ihnen, und ich schau auf den Buben. Sie brauchen mir nichts zahlen, grad für Kost und Quartier, und gnä' Frau war doch immer zufrieden, auch mit meiner Schneiderei, aber krank werden tut der Mensch nun einmal, ein jeder, Sie werden's auch noch erleben, werden S' nur einmal so alt wie ich, Herr Balogh, da führt kein Weg vorbei.«

»Es führt keine Weg daran vorbei, dass Sie für die Unkosten uns Ersatz leisten müssen«, hakte Bela in ihren Sermon ein. »Sie liegen schon tagelang im Bett. Kann ich Ihnen nichts anderes sagen, die Frau Streicher leidet nicht, Sie müssen weg. Und kein Diskussion darüber, man kommt sich ja wie eine Untier vor, dabei ist doch nur recht und billig so, nicht wahr, ist es ja schließlich ihr Haus, da trifft sie eben auch der Entscheidungen.«

»Bitte«, quengelte die Wendelin und rang ihre Hände dem verlegenen Bela entgegen, bis er sich mit einem Seufzer abwendete und unruhig in dem engen Zimmerchen auf und ab zu laufen begann. »Bitte«, wiederholte sie. Und ein drittes Mal, aber da schnitt ihr Bela mit einer entnervten Geste das Wort ab.

Ich lief die letzten Stufen zur Dachbodentür hinauf, um besser in Wendelins Zimmer spähen zu können. Das Holz knarrte unter meinen Füßen, aber Bela war zu sehr mit der alten Frau beschäftigt, die mit ihren Händen nach ihm tappte und schließlich einen Zipfel seiner Hausjacke zu fassen bekam. Daran hielt sie sich verzweifelt fest und richtete sich stöhnend in eine sitzende Lage auf.

»Ich weiß Ihnen nur eine einziges Rat.« Halbherzig und vergeblich versuchte Bela, den Griff der Wendelin abzuschütteln. »Sie müssen Lebensversicherung abschließen, zu Gunsten die Frau Streicher. Für die Fall, dass mit Ihnen etwas passiert, hat sie so ein Entschädigung für ihren Unkosten.«

»Aber so eine Versicherung, da muss man doch eine Prämie bezahlen?«, stammelte die Alte. »Wenn man aber kein Geld hat …«

Bela setzte sich auf ihre Bettkante. Er zog sein mit Eau de Cologne parfümiertes Taschentuch hervor, das er sich vor Mund und Nase hielt, um die Ausdünstungen des Krankenlagers etwas zu dämpfen.

»Ich strecke erste Rate vor«, sagte er mit gesenkter Stimme. »Aber schweigst du darüber, Hermelin, gelt, bleibt das unter uns.«

Die Wendelin stieß an Stelle einer Antwort einen winselnden Laut aus. Bevor Bela es verhindern konnte, hatte sie ihren schweren Leib auf ihn geworfen und küsste ihm dankbar die Hände.

Er wartete ungeduldig, bis sie wieder von ihm abließ. Dann zeigte er ihr die vorbereitete Police, die er mitgebracht hatte, einen Versicherungsvertrag. Was wie eine mitleidige Geste aussah, hatte er also schon im Voraus geplant oder als mögliche Lösung der Situation der Wendelin vorausgesehen.

Darauf berief er sich später im Prozess und beharrte, dass es die Wahrheit sei, aber wer konnte es glauben, war doch der Plan des finsteren Paares so durchsichtig, selbst für den Wohlmeinendsten? Das eine Verbrechen gab er ruhig zu, weil es harmlos war im Vergleich, während er das andere, die grässliche Meucheltat, leugnete, sie feige auf Karoline abwälzte. Sie sei noch zu ganz anderem fähig gewesen, deutete er dunkel ein Wissen über den alten Versicherungsbetrug an, das alle mit heißer Neugier aufhorchen ließ. Aber das war nur eine Seifenblase.

Er wusste nichts, weil es nichts zu wissen gab, sagte dazu gelassen Karoline. Auch sie leugnete entschieden das Mordkomplott um die Wendelin. Aber sie tat es nicht auf Kosten Belas, sondern meinte im Gegenteil recht verächtlich, er sei zu einem Mord gewiss nicht fähig, aber zu Mitleid auch nicht, wenn er also der Wendelin eine Lebensversicherung aufgeschwatzt habe, dann nur, weil ihr der Tod schon aus den Augen schaute, das habe er Karoline gegenüber auch mehrmals gesagt und sie dazu ermutigt, die Wendelin loszuwerden. Die Lebensversicherung habe er ihr gänzlich verschwiegen, sondern nur eines Tages aufgehört, gegen das Bleiben der Wendelin im Haus zu hetzen. »Warum hätte ich ihr etwas antun sollen«, fragte Karoline im Gerichtssaal, »die Frau war mir ganz gleichgültig. Sie hat sich um meinen Sohn gekümmert und auch auf andere Weise im Haus nützlich gemacht. Es gab überhaupt keinen Grund.«

Dagegen wandte der Staatsanwalt ein, dass Karoline Streicher zu der Zeit, als die Lebensversicherung abgeschlossen worden war, von den letzten Resten ihres Vermögens zehrte. Ein halbes Jahr noch, und sie hätte die Villa ihrer Träume in den früheren Zustand des Luftschlosses zurückverwandelt.

»Aber davon wusste ich doch nichts«, verteidigte sich Karoline. »Bela Balogh hat mein Geld verwaltet, ich habe mich gar nicht darum gekümmert.«

War eine solche Naivität glaubhaft?, fragte der Staatsanwalt die Geschworenen. Auf die Glaubhaftigkeit kam es an, denn es gab keine Zeugen und keine Geständnisse.

Am nächsten Morgen rief mich die Wendelin zu sich. Auf ihrem Nachttisch lag der Vertrag, den Bela zurückgelassen hatte. Er trug ihre Unterschrift. Sie gab mir das Papier. »Bring es deinem Vater«, sagte sie zu mir, und bevor ich protestieren konnte, weil Bela Balogh nie und nimmer ein Vater für mich sein würde, drückte sie mir einen Briefumschlag in die Hand, auf dem in wackeligen Buchstaben der Name Karl Wendelin geschrieben war.

»Wer ist das?«

»Mein Sohn.« Die Wendelin legte einen Zeigefinger auf meinen Mund. »Pst. Du sagst nichts, versprich es. Nur für den Fall, dass mir plötzlich etwas zustößt.«

»Na und? Was soll dann sein?«

»Damit er weiß, an wen er sich wenden muss.« Sie flüsterte mir beschwörend zu: »Die Lebensversicherung! Weil, das kommt ja vor, dass eine, kaum dass sie eine solche Versicherung hat, schon unter der Erd' liegt.«

Ich widersprach. »Aber wenn du tot bist, bekommt meine Mutter das Geld. Das ist doch ausgemacht.« Jetzt hatte ich mich als heimlicher Lauscher verraten, aber die Wendelin ging gar nicht darauf ein. Sie nickte nur grimmig.

»Da täuscht er sich aber, der Balogh. Das Geld kriegt nämlich mein Karli. Dir kann ich es ja sagen, du verratst mich nicht, mein Burli.«

Ich versprach nichts. Ich starrte sie an, durch sie hindurch, von kühnen Gedanken fortgetragen. Ich hatte die Waffe, den Drachen zu besiegen, gefunden.

Was war mir die Wendelin? Und ich ihr? Sie ihrem Sohn, dem schändlichen, der seine Mutter krank und arbeitsunfähig der Gnade von Fremden überließ? Was war Bela meiner Mutter? Und was ich ihm? Keiner der Mitwirkenden in meinem Spiel war anziehend, hatte den Liebreiz der Unschuld. Sie alle trugen sich mit Absichten, Hintergedanken, Eigennutz, keiner war ehrlich gegen den anderen. Wer will ein Drama verfolgen, in dem es keinen Guten gibt?

Ich stelle die Frage der Marie Horvath. Hat sie schon aufgegeben, sich anderen Geschichten zugewandt, die nicht so hässliche Gesichter tragen? Das hässlichste von allen, die Fratze des Hermann Streicher, ist immer noch nicht enthüllt. Ich habe sie mir aufbewahrt, für den Höhepunkt meines Berichts. Wir werden sehen, welchen Geistes du bist, Marie Horvath, ob du die Geduld und den Mut besitzt, auszuharren bis zum Großen Ritual, wie ich es dir zu Anfang versprochen habe. Denn das Ende, Marie, wiedergeborene Felicitas, durchscheinendes und undurchsichtiges, ungreifbares Wasserwesen, das Ende ist nah.

*

»Wenn es aber stimmt, was Hermann Streicher steif und fest behauptet, dass seine Mutter unschuldig war, dass sie sogar selbst das Opfer eines Mordanschlages gewesen sein soll?«, fragte Marie den Gerichtsmediziner. »Damit hat sich Karoline Streicher auch vor Gericht verteidigt.«

Rossauer ließ sie nicht weitersprechen. »Unmöglich. Ich weiß, die Journalisten suchen immer nach unerforschten Geheimnissen. Aber da gibt es keines. Die Streicher forderte vom Richter, auf Thalliumvergiftung untersucht zu werden, und tatsächlich ergab der chemische Befund Spuren von Thallium in den Haarwurzeln. Das Gift kann noch Jahrzehnte nachher in den Nägeln, der Hornhaut und eben auch in den Haaren festgestellt werden. Aber was war denn damit bewiesen beziehungsweise entkräftet? Vermutlich hat sie selbst eine ungefährliche Dosis Gift eingenommen, als Vorsichtsmaßnahme, um die Schuld, falls man ihr vorzeitig auf ihre Heimtücke draufgekommen wäre, jemand anderem zuzuweisen.«

»Aber wenn es nun gerade umgekehrt war, wenn jemand die Schuld auf sie abgewälzt hat?«, beharrte Marie.

Rossauer strich glättend über das bräunlich gewellte oberste Blatt des Befundes. »Wer?«, fragte er ohne den leisesten Schatten eines Zweifels, ein Mann der Vernunft, der Wissenschaft, der an der Stelle des Richters nicht anders geurteilt hätte. »Ich verstehe schon«, meinte er etwas spöttisch. »Die Frau Streicher ist eine schillernde Figur. Das hat sie ja auch weidlich ausgenützt. Vier Morde in fünf Jahren, und kein Verdacht fällt auf sie, das ist schon äußerst ungewöhnlich, auch für jemanden aus meinem Metier, der sich seit fünfunddreißig Jahren mit Kriminalfällen beschäftigt. Die Verbrechen der Streicher kamen dem, was man den perfekten Mord nennt, schon sehr nahe. Sie wissen ja, perfekt ist der Mord, den die anderen für einen natürlichen Tod halten. Eine Teufelin, diese Frau.«

Etwas glänzte in seinen Augen. Ein Widerschein verbotener Lüste, für die Frauen wie Karoline auf dem Scheiterhaufen verbrannt oder in Folterkammern gequält worden waren für die Schuld, die Tugendhaften in Versuchung zu führen durch ihre Schönheit und ihre Sinnlichkeit.

Es gab Zweifel, für und wider Karolines Schuld. Zweifel, die jene, die sie verurteilten, nicht empfanden. Sie hatten, wie im Sprichwort, kurzen Prozess mit ihr gemacht, fünf Tage genügten, und der Urteilsspruch fiel rasch, kaum dass der Richter den Geschworenen die Rechtsbelehrung erteilt hatte, und ohne Gegenstimme.

»Sie hat nicht gestanden. Bis zu ihrem Tod nicht. Ihre letzten protokollierten Worte sind eine Beteuerung ihrer Unschuld«, sagte Marie und fragte sich im gleichen Moment, warum sie so energisch für Karoline Streicher plädierte. War es nur wegen Rossauers unerschütterlicher Überzeugung, die Karoline Streichers Unschuld nicht einmal als Wenn, als das Unwahrscheinliche und wenig Glaubhafte, aber immerhin Mögliche zulassen konnte?

»Sie haben das Gutachten der Psychiater gelesen«, antwortete er mit einem kleinen, verächtlichen Achselzucken. »Sie war eine hochgradig ehrgeizige, wichtigtuerische Person. Erinnern Sie sich nicht an die Beispiele von größenwahnsinnigem Gehabe im Gerichtsakt? Sie hätte höchstens unter der Folter gestanden.«

Marie widersprach ihm, nun auch ungehalten darüber, dass er nicht bereit war, ihren Gedankengang ernst zu nehmen. »Und doch können Sie nicht ausschließen, dass es ein Justizirrtum war. Es gibt keinen einzigen schlüssigen Beweis, dass Karoline Streicher diese vier Morde begangen hat. Und deshalb hätte man sie freisprechen müssen.«

Rossauer stand auf, mit seiner Geduld am Ende. »Wer hat die Gelegenheit gehabt, wer das Motiv, wer hat sich den Zugang zur Mordwaffe, sprich Gift, verschafft, wer hatte den Nutzen am Tod dieser vier Menschen? Wenn Sie sich mit Kriminalfällen befassen, sollten Sie auch die Rechtsprechung kennen, nicht wahr? Karoline Streicher ist auf Grund einer Reihe von Indizien verurteilt worden, und das ist ebenso rechtsgültig wie auf Grund von Geständnis, Beweisen und Zeugenaussagen.«

Das Gespräch war zu Ende. »Wir kennen verschiedene Arten von Angehörigen«, dozierte Rossacher, während er Marie zum Ausgang begleitete. »Die einen schämen sich und würden am liebsten jegliche Verwandtschaft mit dem Verbrecher ableugnen. Andere wieder entschuldigen die Tat und den Täter. Und dann gibt es noch solche, die sich brüsten und vom Ruhm des Verbrechens zehren wollen. Ich denke, dass Hermann Streicher zu dieser dritten Kategorie gehört.«

Nachdenklich zog Marie ihre Kreise durch die Innenstadt. Rossachers Erklärung war plausibel. Sie passte zu Hermanns Streichers Benehmen, seinem exaltierten Stil, seiner Geheimnistuerei. Sie hatte von Anfang an Zweifel an seiner Darstellung gehabt, aber je genauer sie den Fall der Karoline Streicher durchleuchtete, desto fraglicher erschien ihr auch die so genannte historische Wahrheit. So schlüssig, wie Rossacher behauptete, waren die Indizien für Karolines Schuld nicht. Darin musste man Hermann Streicher Recht geben.

Während Marie vom Gerichtsmedizinischen Institut im 9. Bezirk in die Innere Stadt ging, fiel die Dämmerung ein. Die Straßen waren schon mit weihnachtlicher Festtagsbeleuchtung geschmückt, und vor dem Stephansdom sah Marie zu ihrer Verwunderung einen Weihnachtsmann stehen, dabei hatte der Dezember gerade erst begonnen. Es war nasskalt und nebelig. So rasch sie auch ausschritt, ihre Füße begannen zu frieren.

Keines der lebhaften Kaffeehäuser in der Fußgängerzone lockte sie einzukehren, deshalb wandte sie sich in die andere Richtung und zog durch die stillen Gässchen hinter dem Dom bis zur Ringstraße hinunter. Dort, gegenüber vom Stadtpark, war das Café Scotch. In der Diskothek im Keller hatte sie mit Harry früher viele Samstagnächte durchtanzt. Wie die Gasse hieß, war ihr nie aufgefallen, oder wenn, dann hatte sie es wieder vergessen. Jetzt las sie im Vorbeigehen das Straßenschild und stockte: Liebenberggasse.

Liebenberg! Das war der Name, der ihr aus ihren Notizen entgegengesprungen war und den sie nicht einordnen konnte. Plötzlich hielt sie die Antwort in Händen, wie der arme Schlucker Hermann Streicher zum Hausherrn und Hausbesitzer geworden war. Hoch zufrieden mit dieser unvermuteten Lösung trat Marie in das Café und bestellte an der Bar Tee mit Milch und Rum, um sich aufzuwärmen. Karl Ludwig, der Kriegskamerad von Ferdinand, war niemand anderer als der edle Karl Ludwig von Liebenberg, dem ein ganzes Häuserviertel in Penzing gehört hatte. Das Haus, in dem die Apotheke sich befand, war Streichers Geburtshaus, das Hotel Weißes Kreuz. Der kinderlose Liebenberg hatte dem verwaisten Mörderkind Streicher seinen Besitz vermacht.

*

Wühlmäuse verheerten den Garten. Im ersten Sommer waren die Schädlinge ausgeblieben, aber nun fielen sie über das Gemüse her, das ich zusammen mit der Wendelin im Frühjahr angebaut hatte, Karotten und Rüben, Kartoffeln, Strauchtomaten und grünen Salat. Die Pflanzenwelt war mir vertraut, schon seit ich mit Gudrun in unserem Schrebergarten das Unkraut gejätet, die Rosen und den Wein zurückgeschnitten und im Herbst das

Obst geerntet hatte. Ich liebte Pflanzen. Wie die Sterne bereiteten sie mir keine Enttäuschungen. So war die Gartenarbeit keine lästige Pflicht, sie gefiel mir.

Die Mäuse arbeiteten unerbittlich, bis nicht ein Blatt, keine Frucht, keine Runkel und Wurzel unseres Gartens mehr heil war. Karoline hätte es kaum bemerkt, denn in diesem Sommer des Jahres 1936 hielt es sie nicht zu Hause, nicht einen Abend in der Woche. Bela protestierte gelegentlich über ihre hektische Vergnügungssucht, die sie unablässig die Gesellschaft des Barons Hohenfels und seiner aristokratischen Freunde suchen ließ. Karoline empfahl ihm, daheim zu bleiben, wenn es ihm zu viel wurde. Er war aber klug genug, diesen Rat nicht zu beherzigen. Der Baron hätte nur allzu gern Belas Stelle eingenommen. »Ein Wort von Ihnen, Karoline«, flüsterte er ihr zu, laut genug, dass Bela es hören konnte, »und ich bin der Ihre.«

Bela war gewiss kein Idealist. Nicht nur Karoline, auch ihr Geld übten große Anziehungskraft auf ihn aus. Der gewissenlose Betrüger, den der Staatsanwalt, vor gerechter Empörung bebend, anprangerte, war er dennoch nicht. Ich zweifle auch daran, dass er Karoline zu ihrem letzten, verhängnisvollen Verbrechen angestiftet hat. Vielleicht mache ich ihn besser, als er ist. Er stand nicht im Lager meiner Feinde. Meine Rache galt nicht ihm. Aus meiner wollüstigen Phantasie, es ihr heimzuzahlen, alles, was sie mir an Bösem angetan, war ein Plan geworden, aus feinem Garn gesponnen. Nun kam die Zeit, eine Schlinge daraus zu formen für den zarten, weißen Hals meiner Mutter.

In den Häusern, in denen Karoline ihr ganzes Leben gewohnt hatte, durfte die blauweiße Tube niemals fehlen. Im Dachboden, im Keller, in der Speisekammer, in jedem Zimmerwinkel und Bodenspalt witterte Karoline das Rattenungeziefer und rüstete sich zeitgerecht. Gift war zur Stelle, um den klugen grauen Nagetieren den Garaus zu machen, gleich wo. Das wog am schwersten in den Augen des Gerichtes. Kaum hatte sich Karoline durch den Drogisten Kohn reichlich mit Thallium versorgen lassen, war ein Mensch aus ihrem Umfeld zu Tode gekommen, aus scheinbar verschiedener Ursache, bis man Jahre später, bei der Obduktion, das schreckliche Gift im Körper nachwies.

Zuerst Kritsch, der Ehemann. Schon da hatte es Gerüchte gegeben und eine Obduktion, die seine Söhne verlangt hatten, und dann in den Vorerhebungen zu dem Mordprozess noch eine zweite, die wiederum ergebnislos blieb. Als Nächstes kamen Karolines neugeborene Tochter Ursula und ihr Mann Ferdinand an die Reihe. Beide Male hatte Karoline davor bei Kohn große Giftmengen eingekauft. Beide starben den grausamen Meucheltod durch das Rattengift. Dann zog Karoline weg aus dem Liebhartstal, in die Nähe ihrer Tante Sissy Gollner. Wieder kaufte sie Thallium in Kohns Geschäft ein – und unmittelbar danach fing Sissy Gollners Siechtum an. Das diagnostizierte Krebsleiden war tatsächlich vorhanden, aber nicht die Todesursache. Getötet hatte sie das Gift, das ihr verabreicht wurde. Und zuletzt starb Paula Wendelin, die arme Schneiderin mit der Lebensversicherung. Auch sie ermordet mit Thallium.

Niemand konnte sich vorstellen, wie das hätte zugehen sollen, dass die Streicher zwar Gift und Gift und wieder Gift eingekauft in ihrer Drogerie und dazu sogar den weiten Weg nach Ottakring auf sich genommen hatte, als sie bereits lange woanders wohnte, und doch nicht die Mörderin war. Karoline konnte keine plausible Erklärung für ihre seltsame Gewohnheit abgeben, das Rattengift immer noch bei Herrn Kohn einzukaufen. War es früher die Möglichkeit des großzügigen Kredits gewesen, so galt dieser Grund nicht mehr, nachdem sie wohlhabend geworden war. Dass sie sich gerade deshalb gern in ihrem früheren Bezirk zeigen wollte, wo man sie als das elendig arme Weib und später als den Engel mit der Hacke kannte, diese Eitelkeit bekannte sie nicht ein.

Der Drogist hatte sein Geschäft zugesperrt, als Karolines Prozess begann. Genauer, die braunen Männer der SA hatten sich an dem Namen Isaak Kohn gestoßen und ihm seinen Laden zusammengeschlagen, seine Auslage, sein Warenlager und ihn selbst, wieder und wieder, bis er aufgab. Dennoch meldete sich Herr Kohn als Zeuge. Bevor er die Drogerie seinem Nachfolger übergeben und dafür nichts als leere Versprechungen bekommen hatte, nahm er die alten Geschäftsbücher an sich, die er Jahr für Jahr aufbewahrt hatte und von denen er sich nicht zu trennen vermochte. Aus Kohns peniblen Aufzeichnungen ließ sich das ganze Ausmaß von Karolines Thalliumverbrauch erst ermessen. Der Drogist zeigte sich überdies als guter Kenner der Dame. Sie habe ihm so einiges anvertraut, sagte Kohn, und wenn auch nichts davon der Rede wert sei vor diesem Gericht, habe er doch den Eindruck gewonnen, dass Frau Streicher zu allem, was auf Erden Böses geschehe, fähig sei, und zwar ohne mit der Wimper zu zucken.

Scheint es auch so, oder erschien es den Geschworenen so, denn der Mensch von heute ist aufgeklärt, kritisch und nicht so autoritätsgläubig wie jene Generation, als ob Kohn ein objektiver Zeuge wäre, der Schein trügt auch hier. Kohn hatte, wie alle anderen im Spiel, seine Hintergedanken, war in tiefer Bedrängnis und Not, auf sein Affidavit nach Australien wartend, mittellos, weil er immer noch nicht den vereinbarten Kaufpreis für sein Geschäft bekommen hatte. Er erzählte, was man von ihm hören wollte, das, wovon er, nach dem Rufmord in den Zeitungen vor und während des Prozesses, dachte, dass man es von ihm hören wollte. Durch solches Wohlverhalten hoffte er sich das Recht, das man ihm vorenthielt, zu erkaufen, und Karoline Streicher, dachte er, war mit und ohne seine Aussage nicht besser und nicht schlechter daran. Es waren seine Kassabücher, die unzähligen Tuben Thallopaste, die sie in den Jahren 1928 bis 1936 bei ihm gekauft hatte, die Karoline Streicher unausweichlich in die Zelle mit dem Blick auf jenen dunklen, von hohen Mauern umschlossenen, niemals beleuchteten Hof führten, den sie erst am Morgen ihres letzten Lebenstages betrat.

Isaak Kohn erging es nicht besser als seiner alten Kundin. Gleich nach Karolines Prozess warfen sie ihn ins Gefängnis, wegen Konspiration. Mit wem und wo blieb verborgen, was danach aus ihm wurde, nicht. Der Kronzeuge starb nur wenige Monate nach Karoline Streicher, Lungenentzündung, stand im Totenschein.

Ich hatte das erste Schreiben der Wendelin an ihren Sohn auf die Post getragen und auch die weiteren Briefe an ihn, als sie krank wurde. Die Haare auf dem Kopf fielen ihr aus und dann alle anderen Körperhaare, die Augenbrauen aber nur im seitlichen Bereich, genau wie es beim Vater gewesen war und bei der Sissy Gollner, nur bei der kleinen Ursula hatte man es nicht sehen können, und dann die Fingernägel und die Zähne. Ihre Haut bekam Risse, die schorfig wurden und abscheulich anzusehen waren, verkrusteten und blutend wieder aufbrachen. Ich gab ihr Tee zu trinken, weil ihr Leib schmerzte und sie nichts mehr zu sich nehmen konnte, aber es ekelte sie davor. Ich musste Bela zu Hilfe holen, damit er mir half, ihr den Tee einzuflößen, und auch Karoline. Von Hinauswurf war keine Rede mehr. Ruhig stand Karoline an jedem Morgen beim Bettende der Wendelin und musterte die Kranke. Sie fühlte sich beim

Anblick der alten Schneiderin gespenstisch an ihre eigenen Toten erinnert. Ich sah es an ihrem entsetzten Blick, aber sie fasste sich schnell und gab sich gelassen.

»Sie wird es nicht mehr lange machen«, sagte sie zu Bela.

»Glaubst du wirklich?«, fragte er mit hoffnungsvoller Stimme. »Das wäre ... würde alles leichter machen.«

»Sie stört mich nicht«, antwortete Karoline. Sie fragte nicht nach, was es mit seiner Bemerkung auf sich hatte. Sie war mit ihren Gedanken anderswo, an einem freundlicheren Ort.

Sie hatte Belas Warnungen in den Wind geschlagen, die erste, die zweite. Für die dritte wählte er diesen ungünstigen Augenblick. Oben lag die Wendelin krank auf den Tod in der Dachkammer, unten im Salon stand Karoline am Fenster, zwischen ihren blutigroten Portieren, und schaute in den Sonnenuntergang und träumte von einer Reise zu den Besitzungen des Herrn von Hohenfels am blauen Meer, das sie niemals gesehen, in Duino, nahe der Stadt Triest.

»Brasilien, Karoline«, sagte Bela unvermittelt. »Lass uns gehen, Putzigam. Ist Zeit, noch ist Zeit.«

Wie Recht er hatte. Ahnungsvoller Bela. Sein weiteres Schicksal ist nicht bekannt. In seiner Heimatstadt Budapest, wohin er nach der dreijährigen Kerkerstrafe zurückkehrte, erging es den Juden nicht besser als in Wien, aber vielleicht hatte er seine Absicht später ohne Karoline noch wahr gemacht. Karoline verabscheute Brasilien, verabscheute ganz Südamerika. Auch in Kanada oder den USA wollte sie nicht die Zukunft verbringen.

»Es ist mir ganz egal«, sagte sie wütend. »Ich habe grad genug damit zu tun, mir den Frieden in meiner kleinen Welt zu Haus zu erkaufen, und von den anderen Sachen versteh ich nix, und es interessiert mich auch nicht.«

Von Belas und ihrer eigenen jüdischen Abstammung zu sprechen war verboten. Sie glaubte, als alle rund um sie herum verrückt wurden wegen der Rassen, der guten, der schlechten, der minderwertigen und so weiter, nicht im Geringsten daran. Und sie glaubte, das müsste genügen, um die Rassisten von ihr fern zu halten. Aber es nützte gar nichts. Im Gegenteil, es brachte ihre Gegner nur noch mehr gegen sie auf.

An einem Mittag, als ich von der Schule heimkam, fand ich die Wendelin auf der Dachbodentreppe, die zu ihrem Zimmer führte, in spastischen Krämpfen.

»Ich werde blind!«, stöhnte sie, griff nach mir mit ihren ungeschickt tappenden Händen, weinte und schrie.

Ich lief um Karoline, die wie gewöhnlich die Stunden des Mittags mit dem Baron verbrachte. Eilig machte sie sich auf den Weg, denn das Jammern der Wendelin steigerte sich inzwischen zu einem heulenden Sirenenton, so markerschütternd, dass es durch das ganze Haus und auch zu Herrn von Hohenfels in den Salon drang. Hohenfels wünschte sich über das arme kranke Weib zu erkundigen, er erinnerte sich, dass sie ihm schon den Tee serviert hatte. Karoline gab aus dem Stegreif eine Geschichte zum Besten, in der ihr weiches Herz die Hauptrolle spielte und die Wendelin eine Art altes Mädchen mit den Schwefelhölzern war, das Karoline aus purer Menschlichkeit bei sich aufgenommen hatte, weil es sonst niemanden gab auf der ganzen Welt. »Und nun ist sie mir erkrankt, seit einiger Zeit schon«, sagte sie nervös, denn der Lärm schien näher und näher zu kommen.

»Bitte, Mama!«, rief ich ihr durch das Treppenhaus zu, denn tatsächlich hatte sich die alte Wendelin, blind taumelnd und schreiend wie am Spieß, die steile Dachbodentreppe hinuntergetastet und tappte nun auf das

Speisezimmer zu, langsam und schwerfällig, weil ihre Kräfte sie allmählich verließen.

Ich sprang an ihr vorbei und in das Zimmer hinein, hastig, ich nahm mir nicht einmal Zeit, die Tür hinter mir zu schließen, sondern kniete sofort vor dem schweren, polierten Nußbaumbüfett nieder, um das etwas verbogene Schloss aufzusperren. Hinter einem Stoß ausrangierter Spiele, Mensch-ärgere-dich-nicht und Das kaufmännische Talent, Mühle, Dame und Schach, waren Stapel blauweiß beschrifteter Schachteln verborgen, die Thallopaste. Ich nahm die wie eine Raupe gekrümmte, beinahe leere Tube, die zuoberst lag, und drückte den letzten Rest in ein Glas, das ich eilig aus der Vitrine des Buffets holte. Meine Hände zitterten, aber ich nahm mir keine Zeit, mich zu beruhigen. Ich ging zu der Verbindungstür, einer Doppeltür mit jeweils zwei Flügeln, weiß lackiert und mit Blattgoldapplikationen in klassizistischem Stil verziert. Im gleichen Augenblick öffnete sich die Tür.

»Mama?«, fragte ich vorsichtig, als ich ihrer angesichtig wurde. Etwas hatte sie verschreckt oder verärgert, vielleicht die Wendelin selbst. Es war eine jener seltenen Gelegenheiten, da sie über meinen Anblick erfreut war.

»Bring sie weg«, flüsterte sie mir hastig zu und wandte sich nervös nach Hohenfels um, der in der Mitte des Salons stand und seine Zigarre rauchte.

Ich ging schnell, bevor er das Wort an mich richten konnte. Eine abergläubische Furcht hatte mich plötzlich erfasst, dass er jetzt, im letzten Moment, meinen Plan zunichte machen konnte. Ich glaubte nicht an Hohenfels' magische Kräfte, aber ich wusste, er würde alles tun, um Karoline zu retten. Wenn er damit gleichzeitig mich aus dem Weg schaffen konnte, wäre ihm ein Platz in ihrem marmorkaltem Herz sicher, oder wenigstens die berechtigte Hoffnung darauf.

Aber das geschah nicht. Das blinde, halb tote Wild lief

mir in die Arme. Schwächlich zuckte es nach einem Ausweg und fügte sich, weil ich es nicht freigab. Die Wendelin sank vorwärts an meine Schulter, an meine Brust, in ihr vorgezeichnetes Schicksal. Ich spürte ihr Gewicht kaum. Es waren nur mehr die Knochen, von Sehnen und Bändern zusammengehalten, muskellos unter dem lose gewordenen Faltenkleid ihrer Haut. Sie verströmte einen erstickenden Geruch, ganz gleich, wie er bei den anderen gewesen war, faulig süß und schwefelig. Diesmal hatte ich die besseren Vorkehrungen getroffen. Aus der Erfahrung mit Sissy Gollner gelernt. Ich setzte der Wendelin das Glas an die Lippen. Sie wollte den Kopf abwenden, aber sie konnte nicht mehr, sie musste dem Druck meiner jungen, kräftigen Finger nachgeben.

»Rufen Sie den Sanitäter, schnell, Herr Baron!«, rief Karoline wenige Minuten darauf, als sie Nachschau zu halten ins Vorzimmer kam und mich auf dem Boden kniend, mit der zwetschkenblau verfärbten Wendelin auf dem Schoß vorfand. Speichel quoll aus ihrem Mund und ihren Nasenlöchern wie Rasierschaum, weiß und üppig.

»Ich habe ihr von deinen Kräutertropfen gegeben«, sagte ich zu Karoline mit treuherzigem Augenaufschlag. Ich beherrschte die Kunst zu betrügen wie sie und hob das Fläschchen auf, das neben mir auf dem Boden lag. Ich zeigte es ihr und hielt es hoch genug, dass Hohenfels, der an uns vorbeilief zu dem neuen Fernsprechgerät neben der Eingangstüre, es auch sehen konnte, die Kräutermedizin, die der Drogist Kohn schon seit vielen Jahren für Karoline zubereitete.

Ihr Blick aber ruhte gebannt auf der Wendelin. Was sie sah, widerte sie an, am meisten aber, dass Hohenfels Zeuge dieser unappetitlichen Szene war. Sie ergriff das probate Mittel für solche Gelegenheiten, sie lenkte seine Aufmerksamkeit mit einem tränenreichen Zusammenbruch auf sich. Wirklich war der Baron untröstlich.

Er vergaß die stinkende Alte im Vorraum, vergaß auch den seltsam erregten, hoch aufgeschossenen Knaben, der vor der Tür auf die Rettung wartete, statt seiner Mutter beizustehen in ihrem Paroxysmus. Hohenfels höchstpersönlich brachte Karoline deshalb zu Bett, in allen Ehren selbstverständlich, wie es sich für einen Ehrenmann gehörte.

Ich aber, kaum dass der Baron Karoline ins obere Stockwerk getragen hatte und mit ihr in ihrem Schlafzimmer verschwunden war, schlüpfte ins Haus zurück. Die Wendelin lag, wie ich sie verlassen hatte, mit grässlich verrenkten Gliedmaßen und verzerrter Miene, regungslos. Ich füllte den Rest aus dem Glas mit dem aufgelösten Gift in das Fläschchen Kräutermedizin und war kaum so weit gekommen, als schon das dramatische Hupen der Freiwilligen Hietzinger Rettungsgesellschaft die stille Larochegasse aufschreckte und gleich darauf der Ambulanzwagen vor unserem Haus hielt.

Ohne Unterlass gellte das Folgetonhorn, während wir in wilder Eile auf das Meidlinger Krankenhaus zurasten. Der kahle Kopf der Wendelin lag in meinem Schoß. Ich verbarg meinen Ekel. Es war ein entscheidender Zeitpunkt, denn die zwei Männer, ein junger Sanitätsgehilfe und ein älterer, übel gelaunter Wundarzt, würden sich erinnern und sich, wenn nicht schon jetzt, spätestens dann die Frage stellen, warum denn niemand dieses Kind bei seiner traurigen Mission begleitete. Weil das Gewissen die Schuldige drückte, würde die Antwort lauten, weil sie ihrem Opfer nicht ins Gesicht sehen konnte, während es unter Qualen verstarb. Die Flasche mit den Kräutertropfen hielt ich in der Hand und versuchte noch im Krankenwagen, sie in den bereits erschlafften Mund der Wendelin zu drücken, wie die Mutter es getan hatte, weil sie doch immer recht bald und gründlich gegen die Leibschmerzen geholfen hatten. So erklärte ich es dem Sanitätsarzt, der mich unfreundlich fragte, was ich an der Kranken herumzuschaffen hätte.

Er ließ sich das Fläschchen zeigen und zuckte resignierend die Achseln. »Das hat sie nicht kränker und nicht gesünder gemacht«, meinte er, nun doch etwas angerührt durch meine hilflosen Bemühungen um die Sterbende. »Auch ohne gründliche Anamnese kann ich hier eine Diagnose stellen. Die Frau Wendelin hat den Magenkrebs im letzten Stadium oder ein anderes böse wucherndes Geschwür in ihrem Magen und davon einen Durchbruch der Magenwand erlitten. Es ist hoffnungslos mit ihr, das sage ich dir ganz offen, weil es zu verschweigen auch keinen Sinn hat. Sie wird die Fahrt ins Krankenhaus kaum überleben. Wie lange, sagst du, ist sie in diesem Zustand?«

Er hörte mich an, nicht mitleidlos, nur erschöpft von seiner Arbeit, die ihm das Elend mit so vielen Gesichtern zeigte und ihn abstumpfte, so dass er die giftige Larve des gewaltsamen Todes nicht erkannte, obwohl sie ihm so deutlich vor Augen geführt wurde. So war es in diesem wie in den anderen Todesfällen, die Karoline Streicher später zur Last gelegt wurden, vier Ärzte, vier Totenbeschauer, vier Pathologen, die eine falsche Diagnose gestellt, einen falschen Totenschein ausgefüllt, einen falschen Obduktionsbericht geschrieben hatten. Gab es eine andere Erklärung dafür als das vollständige Desinteresse am Wohlergehen der ihnen anvertrauten Patienten?

Hätte nicht ich, aus meinen ganz persönlichen Gründen, nicht Menschenfreundlichkeit, nicht sozialem Anliegen, nur Rache, die Behörde mit der Nase auf das Entsetzliche gestoßen, wäre auch die Wendelin ohne Aufklärung der wahren Umstände ihres Todes begraben worden. Bela Balogh und Karoline Streicher waren nicht die Mörder ihrer Untermieterin, aber ohne Zweifel die

Nutznießer ihres Todes. Und niemand sah auf mich, und niemand dachte über die Gründe nach, die ich haben mochte, der Knabe mit den fliehenden Augen und dem Gesicht voller Pickel, das von Tag zu Tag mehr dem seiner Mutter glich, in jenem Alter, da sie dem Lüstling Kritsch in die Hände gefallen war.

Hässliche Gefühle verderben die Blüte der Unschuld. Doch ist dieser Schaden unsichtbar. Die Maske der Jugend sitzt perfekt. Erst zwanzig Jahre später zeigt sich allmählich, wer dahinter steckt. Mit siebzig schaut mich endlich mein wahres Gesicht an, ein fürchterliches Antlitz von einem, der kalten Sinns und kalten Bluts gemordet und nicht so viel Anstand besessen hat, den Blick zu wenden von den brechenden Augen seiner Opfer, und nicht bereute, sondern noch schwor, er werde es wieder und wieder und wieder tun, nichts könne ihn abhalten von der Verwirklichung seines gemeinen Plans. Ich war Karoline ein würdiger Nachfolger. Aber ich büßte nicht für das, was ich anderen zugefügt hatte. Nicht sie, ich war das wahrhaft Böse.

Drei Wochen nachdem wir die Wendelin begraben hatten, stand ein Mann vor unserer Tür. Bela und Karoline waren ausgefahren, als er ankam. Ich war wie so oft allein und mir selbst überlassen im Haus.

»Wer sind Sie?«, fragte ich, ohne ihn hereinzubitten.

»Wendelin«, sagte er. »Ich komm die Mutter besuchen.«

Ich starrte ihn an. »Ihre Mutter?«

Er wusste es nicht, und mich verließ der Mut, ich konnte ihm nicht sagen, was geschehen war. Ich flüsterte nur verlegen: »Morgen, bitte, kommen Sie morgen wieder.« Und schnell machte ich die Tür wieder zu.

In der Nacht darauf erwachte ich von einem polternden Geräusch draußen im Garten. Holz splitterte. Ich stand auf und ging die Stiege hinunter. Die Türe zum Salon stand offen. Ein Chaos umgestürzter Stühle, geöffneter Kastentüren, deren Inhalt auf dem Boden verstreut lag, erwartete mich dahinter. Die Teppiche waren verschwunden.

»Mama!«, schrie ich, so laut ich konnte. »Hilfe! Zu Hilfe! Einbrecher!«

Zwischen den roten Samtportieren trat eine Gestalt hervor: Bela. Er hielt ein Brecheisen in der Hand. *»Rosszseb egyen meg!* Sei still, Himmels willen, siehst nicht, dass ich es bin!« Er kam auf mich zu und wollte mir die Hand vor den Mund halten. »Dein Mutter ist krank. Weckst du sie nicht auf!«

»Bela?«, fragte Karoline da schon von oben. Sie beugte sich über das Stiegengeländer. Das Haar hing ihr wirr um das Gesicht, und ihre Wangen waren erhitzt. Bei meinem Anblick zuckte sie zurück.

»Schau, Mama!« Ich zeigte anklagend auf Bela. »Er hat ...!«

Karoline legte die Finger auf die Lippen. Sie verzog ihr Gesicht zu einer schmerzvollen Grimasse. Langsam schritt sie die Stiege herunter und ließ mich dabei nicht aus den Augen. »Pst«, sagte sie, als sie nur mehr ein paar Schritte von mir entfernt war. »Du musst schlafen, Bubi, ganz fest schlafen. Es ist ja nur ein böser Traum. In Wirklichkeit hast du nichts gesehen und nichts gehört.« Sie nahm mich bei der Hand. »Nichts gesehen und nichts gehört«, wiederholte sie flüsternd, während sie mich zu meinem Bett zurückbrachte.

Ich erhob keinen Widerstand, bis sie mich zugedeckt und mir den Polster aufgeschüttelt hatte. Dann flüsterte ich ihr zu, verschwörerisch, wie sie mir: »Aber ich hab alles gesehen, ich weiß, dass der Bela bei uns eingebrochen ist!«

Ihre Hand zuckte vor Verlangen, mich ins Gesicht zu schlagen, doch sie besann sich eines Besseren. »Schlaf gut, Bubi«, lächelte sie mich an, mit ihrem verlogenen Madonnenlächeln, »morgen früh sieht die Welt wieder anders aus.«

Ich rührte das Glas Milch, das sie mir aus der Küche brachte, nicht an, obwohl es zu den wenigen Gesten der Zärtlichkeit zählte, die ich von ihr im Laufe all der Jahre erhielt. Ich lag still in der Dunkelheit und dachte an den morgigen Tag und wie Recht sie doch hatte. Die Welt würde ein anderes Gesicht haben von diesem Tage an. Ich war voller Erwartung, welches es wohl sein mochte.

Sie mussten die Polizei gerufen haben, während ich schlief. Als ich erwachte, waren die Beamten schon am Werk. Sie inspizierten den verwüsteten Salon, überprüften das aufgebrochene Schloss der Gartentür, folgten dem Weg, den der Dieb genommen hatte, durch den Garten, über die Terrasse, durch die Glastür, die in den Salon führte. Eine Scheibe war gebrochen seit dem letzten Sturm, so dass es dem Dieb ein Leichtes gewesen sein musste, die Hand hindurchzuschieben und den Schlüssel, der stets steckte, umzudrehen. Ohne weiteren Lärm zu verursachen, war der Einbrecher so ins Haus gekommen und konnte in aller Ruhe davonschleppen, worauf er es abgesehen hatte, die Teppiche.

»Warum aber nur die Teppiche?«, fragte einer der Männer. Er war kein Polizist, sondern ein Versicherungsdetektiv, den die Auersheimer geschickt hatte, das Ausmaß des Schadens zu prüfen.

Baron Hohenfels, der soeben eingetroffen war und sich voll Sorge um Karolines Wohlergehen erkundigte, traf Bela weiß vor Wut an.

»Moment, Herr Balogh, wir sind noch nicht fertig miteinander«, sagte der Detektiv, als Bela den Baron zu Karoline führen wollte. »Ich weiß nämlich, warum dieser Dieb das Silberbesteck und den Schmuck und sogar das Haushaltsgeld in der Küchenkasse liegen gelassen hat. Und Sie, Herr Balogh, wissen es auch. Wenn Sie gescheit sind, ziehen Sie die Anzeige zurück.«

»Was maßen Sie sich an, Herr«, erwiderte Hohenfels erbost. »Ich rate Ihnen auch etwas, lassen Sie diese Andeutungen! Frau Streicher ist eine persönliche Bekannte von mir, ich stehe mit meinem Namen als Polizeioffizier für sie ein. Genügt Ihnen das?«

Der Detektiv verstummte. Er fühlte seine Felle davonschwimmen. Dies war der rechte Moment. Endlich war er da.

Versicherungsbetrug, das bewährte Rezept. Die Wendelin war schon erkrankt, als Karoline ihre Idee zum ersten Mal vortrug, aber am frühen Abend goss sie, wie Karoline wusste, den Garten, und ich, auf ihre Bitte, half ihr dabei. Eine Biene hatte mich gestochen, die ich unvorsichtig unter meiner Hand gefangen, und der Stich schwoll nun schnell an. Die Wendelin trug mir auf, einen Stoffstreifen mit Apfelmost zu tränken und um meine Hand zu wickeln, was ich auch tat. Nicht weil ich Geheimnisse vermutete, sondern weil es mir zur zweiten Natur geworden war, dem Paar nachzuspionieren und ihre Liebesspiele und Plänkeleien zu belauschen und anzusehen, schlich ich bis zu der Verbindungstür im Salon, durch die ich Karolines Stimme hörte. Die Tür stand, was sie nicht wussten, ein Stückchen offen, ein Leiden aller Türen in unserem Haus, sie schlossen nicht gut.

»Du wirst mich nicht mehr der Verschwendungssucht bezichtigen«, sagte Karoline. Sie hatte sich zwischen ihren Teppichen eingewühlt wie ein eigentümliches, kaum mehr menschliches Lebewesen, das sich von den Blumenfarben und den zart gewobenen Fäden und Knötchen nährte. »Sie sind verkauft, mein Bela, alle, sogar der chinesische Seidenteppich, den ich am meisten liebe. Ich habe verzichtet. Es hat wehgetan. Es schmerzt immer noch. Dafür musst du dir auch einen ganz besonderen Trost für mich einfallen lassen.«

Ich kannte die Schwingungen ihrer Stimme, die kreideglatte Freundlichkeit, die Verlockung, die sie durchschimmern ließ, die Sicherheit, dass das, was sie zu bieten hatte, unwiderstehlich war. Kunst der Händlerin, der Verführerin. Täuschend ähnlich ist, was sie vorgaukelt, echtem Gefühl, wahrer Schönheit. Das blieb Bela verborgen. Mit gerunzelter Stirn hörte er an, was sie sich ausgedacht hatte. Dass er einen Einbruch vortäuschen, nachts durch ein Hinterfenster von der Gartenseite her eindringen sollte ins Haus, nachdem die verschlossene Gartenpforte aufgebrochen war. Die Teppiche, die sie soeben verkauft und für die sie die Bezahlung bereits in Händen hatte, waren, damit hatte sie Bela, den Mann an der Quelle, beauftragt, hoch versichert. Eben diese Teppiche sollten bei dem Einbruch ins Haus gestohlen werden. Das sei, erklärte sie Bela, nicht ungewöhnlich, weil viele Diebe auf bestimmte Güter spezialisiert seien. Und dass es in dieser schönen Villa reiche Beute zu holen gab, konnte man auf den ersten Blick sehen. In der vornehmen Larochegasse kamen solche Vorfälle regelmäßig vor.

Bela sträubte sich, aber Karoline hatte die besseren Argumente, und wo die fehlschlugen, blieb immer noch die Überzeugungskraft von schwellenden Formen und verführerisch ins Ohr geflüsterten Koseworten.

Dann starb die Wendelin. Keiner von uns trauerte. Nach den Ungelegenheiten, die ihre Krankheit mit sich gebracht hatte, herrschte nun herrlicher Frieden unter unserem Dach. Nachdem alle Formalitäten erledigt waren, lösten sie Paula Wendelins Lebensversicherung ein. Karoline bekam das Geld anstandslos ausgezahlt.

Es ist müßig, darüber zu spekulieren, ob es nun einen Unterschied bedeutet hätte, wäre durch den Tod der Wendelin und den damit verbundenen Goldregen Karolines Plan vom Hauseinbruch aufgegeben worden. Karoline kam gar nicht auf den Gedanken. Sie war unschuldig am Tode der Alten und dementsprechend unvorsichtig. Sie hatte sich nicht einmal die Mühe gemacht, die Einbruchsversicherung bei einer anderen Gesellschaft abzuschließen.

Kaum hatte Bela der Auersheimer die Lebensversicherungspolice vorgelegt, wurde der fingierte Einbruch auch schon vorbereitet. Es war, wie Karoline sagte, hoch an der Zeit, denn die Gläubiger drängten. Vom großen Vermögen der Sissy Gollner war zu dieser Zeit so gut wie nichts mehr da.

»Er war es«, sagte ich und zeigte mit dem Finger auf Bela Balogh. »Ausgedacht haben sie es sich gemeinsam. Aber er ist der Dieb.«

Die zwei Polizisten, der Versicherungsdetektiv, der Baron, Bela, alle fünf wandten sich zur gleichen Zeit mir zu. Zorn flammte in Belas Blick, und Hohenfels schnappte hörbar nach Luft. Die drei anderen musterten mich fragend und skeptisch.

Hohenfels fasste sich als Erster. Er kam zu mir, mit seinem eleganten, leicht schleppenden Schritt. »Aber, aber.« Er legte mir eine Hand auf die Schulter und wollte mich beiseite führen. »Komm, Junge, wir wollen das lieber unter vier Augen besprechen«, sagte er mit einem weichen, verständnisvollen Lächeln. Es schwand, als ich eigensinnig auf meinem Platz bestand. »Denkst du nicht daran, dass du auch deine Mutter in

Schwierigkeiten bringst, wenn du solche Sachen über den Herrn Balogh verbreitest?«, fragte er mich.

Die Antwort blieb mir erspart, denn durch die offen stehende Eingangstür trat nun ein Mann in Arbeiterkleidern und schaute sich ein wenig verlegen um. »'tschuldigen«, sagte er in breitestem Wiener Dialekt. Er war der Mann, der schon am Vorabend zu uns gekommen war, der lang erwartete Sohn, gerade zur rechten Zeit kehrte er zurück. »Entschuldigen, wenn ich die Herren störe. Mein Name ist Wendelin Karl. Ich möchte meine Mutter besuchen, die hier im Haus wohnt.«

»Wendelin?«, wiederholte der Detektiv aufgeregt. »Jetzt kommt mir die Erleuchtung. Wendelin Paula, ist das Ihre Mutter?«

»Sie hat mir geschrieben, aber die Adresse war falsch«, erklärte Karl Wendelin schwerfällig, »deshalb komme ich jetzt erst. Wo ist sie?«

»Sie sind zu spät dran, Herr!« Der Detektiv begann in unverhohlenem Triumph zu strahlen. »Die Frau Mutter hat in der Zwischenzeit das Zeitliche gesegnet. Und diese Dame –«, er wies nach oben, wo er Karoline in ihrem Schlafzimmer vermutete, »– Frau Karoline Streicher hat die Lebensversicherung kassiert. Kommt Ihnen das nicht von irgendwoher bekannt vor, Herr Baron?«

»Sie ist tot? Umgebracht!« Anklagend hielt der Wendelin-Sohn den Brief in die Höhe. »Da steht alles drinnen. Vergiftet worden ist sie!«

»Schluss mit dieser Farce«, rief Hohenfels dazwischen. »Schweigen Sie jetzt allesamt! Ich verbürge mich, dass –«

»Viertausend Schilling«, unterbrach ihn der Detektiv mit einem hysterischen Lachen. »Ich erinnere mich, wie erstaunt ich war, dass eine Schneiderin so eine hohe Prämie bezahlen konnte.«

»Viertausend?« Wendelin vergaß seine Trauer um die

verblichene Mutter. »Ich bin der einzige Sohn, mir steht dieses Geld zu. Stimmt's, Herr Detektiv, das darf sich kein anderer unter den Nagel reißen!«

»Glaubst du das aber nur!« Bela verlor plötzlich die Nerven und schrie aus vollem Hals. »Raus mit dieses Schmarotzer, aber schnell!« Er machte Anstalten, sich auf Wendelin zu stürzen, aber auf einen Wink des Barons hin schritten die Polizisten ein.

»Es tut mir Leid, Balogh«, sagte Hohenfels mit einem kleinen, angewiderten Zucken seiner Nasenflügel. »Ich hoffe, dass sich diese Angelegenheit in Ihrem Sinn aufklären wird, aber bis dahin muss ich Sie in polizeilichen Gewahrsam nehmen. Sie sind verhaftet.«

12. Kapitel

Der Briefträger weckte Marie aus einem leichten, unruhigen Morgenschlaf. Sie war schon zeitig in der Dämmerung erwacht und hatte lange nicht wieder einschlafen können. Die Rätsel, die Hermann Streicher umgaben und die sie fortschob während des Tages, fielen über sie her und zwangen sie, wieder und wieder alles, was sie von ihm und über ihn gehört hatte, zu bedenken und von Neuem zu überprüfen. Sie hatte Nemecz nicht zurückgerufen, noch immer nicht, und alle Versuche, sie zu erreichen, vereitelt. Das Manuskript lag auf dem Tisch, ein Fragment. Die Lösung, die sie gesucht hatte, fehlte und war nicht zu finden. Gab es nichts zu enthüllen, keinen Justizirrtum, so war Karoline Streicher die kaltblütige Mörderin, als die sie in die Kriminalgeschichte eingegangen war. Und Streicher entsprach nur dem ersten Eindruck, den sie von ihm gewonnen hatte, ein geisteskranker Mann, von seiner Wahnidee umfangen. Was sich Marie fragen musste, war, warum sie selbst den Vergleich mit dieser scheußlichen Verbrecherin gesucht hatte, ob denn das, was sie als Gemeinsamkeit mit Karoline Streicher empfand, nicht ebenso wahnsinnig war.

Der Briefträger drückte ihr ein Poststück in die Hand. Er keuchte schwer von seinem Aufstieg, und auch das Trinkgeld, das Marie ihm dafür gab, brachte kein Lächeln in sein Gesicht. Er warf ihr nur einen mürrischen Blick zu, murmelte seinen Dank und machte, dass er weiterkam.

Der Absender war Hermann Streicher. Er hatte ihr

seine Schreibhefte, neun an der Zahl, geschickt. »Das ist die Geschichte einer Eifersucht, eines Hasses, die Geschichte einer Mutter und ihres Sohnes«, stand auf dem Deckel des obersten Heftes. Marie erkannte den dunkelroten Karton. In diesem Heft hatte er bei ihren ersten Besuchen geschrieben.

Sie begann zu lesen. Die Lösung, die ganze Wahrheit. Sie begriff, es spielte keine Rolle mehr, ob er log, nur dass sie den Sinn des Spiels erkannte. Sie las. Ihre Hände zitterten beim Umblättern der Seiten, ihre Wangen wurden heiß und ihr Mund trocken. Sie achtete nicht auf Hunger und Durst. Sie spürte ihren Rücken steif werden, weil sie schon Stunden, ohne sich zu regen, an ihrem Schreibtisch saß, und sie vergaß es wieder. Der Tag verging. Die Nacht. Gegen Morgen, vierundzwanzig Stunden nachdem sie in der Dämmerung erwacht war und ihre Gedanken an dem Geheimnis des Hermann Steicher wund gerieben hatte, war sie am Ende des neunten Heftes angelangt. Es endete mitten in einem Satz. Mit einem roten Stift hatte Hermann Streicher unter die letzte Zeile eine Botschaft geschrieben: »Für Marie Horvath. Treffpunkt zu gewohnter Zeit + Ort, am 6. Dezember. Zum Großen Ritual. Ihr Hermann Streicher.«

Marie ließ das Heft aus ihrer Hand gleiten. Sie schloss die Augen. Einen Augenblick nur, sagte sie zu sich, darüber muss ich nachdenken, und fühlte, wie das Wasser unter ihren Füßen wirbelte, aber ohne dass es sie benetzte, ein wildes und dennoch beruhigendes Rauschen, das sie entführte. Beim Erwachen wusste sie nicht, wie viele Stunden sie geschlafen hatte, nur dass mehr als der Augenblick, den sie sich gestattet hatte, vergangen war. Sie sah die Schreibhefte vor sich auf dem Tisch liegen. Immer noch wusste sie nicht, ob Hermann Streicher der Chronist seiner Familientragödie war oder ob er sich ein Leben erdichtet hatte, in dem er eine bedeutendere Rolle spielen durfte als in Wirklichkeit. Eines aber war sicher, dass er diese Geschichte wunderbar aufgezeichnet hatte. Szene für Szene lag Karoline Streichers Leben, Lieben und Wirken vor ihr ausgebreitet. Er hatte das Filmdrehbuch, auf das Nemecz so dringend wartete, für Marie vollendet.

Das Telefon läutete, aber Marie war zu benommen, um aufzustehen. Die Bandansage schaltete sich ein. Nach dem Signalton hinterließ Franz Mohr seine Nachricht. »Marie, es tut mir Leid, in der Praxis war die Hölle los. Ich bin einfach nicht dazu gekommen, dich anzurufen. Und meine neue Telefonnummer hast du auch noch nicht, schreib dir bitte auf: 3991299.« Er wiederholte die Nummer, dann unterbrach ihn der Pfeifton des Anrufbeantworters. Die Aufzeichnung war zu Ende.

Eine Weile verging, in der Marie sich fragte, ob sie mit Franz sprechen wollte. Er rief aber kein zweites Mal an. Marie suchte die Uhr. Am Abend war sie auf ihrem Tisch gelegen. Aber an welchem Abend? Der Briefträger war am Morgen gekommen – des heutigen Tages? Das trübe Licht vor dem Fenster verriet die Tageszeit nicht. Es konnten Nächte vergangen sein, seit Marie an ihrem Schreibtisch eingeschlafen war. Die Uhr, verschwunden. Es gab eine Uhrzeit, sie musste nur die Zeit anrufen. Aber die Nummer, welche Telefonnummer? Sie erinnerte sich nicht. Sie war aus der Zeit gefallen. Der Boden gab unter ihr nach, aber ihre Beine trugen sie, weg von diesem Schreibtisch, in die Küche, wo sie Kaffee kochte, ins Badezimmer, zu ihrem Kleiderschrank und selbst aus dem Haus.

Marie stieg den Weg zum Nußberg hinauf, am Nußbächlein entlang, das nun unter einer Schneedecke verborgen war. Dampfend stand ihr Atem vor dem Mund. Sie fühlte ihr Herz klopfen, in der Brust, im Hals, in den Ohren. Sie hatte keine Angst mehr. Sie wollte die Verabredung einhalten, egal, welche Überraschungen Streicher für sie bereithielt. Sie war nicht länger die passive Zuschauerin, als die sie im Herbst zu ihm gekommen war. Sie spielte eine Rolle in seinem Drama.

Marie fragte sich nicht mehr, warum sie sich mit Karoline Streicher verglichen hatte. Sie hatte dem Mann, der ihr ein Kind gemacht und den sie deshalb geheiratet hatte, ohne ihn zu lieben, nicht den Tod gewünscht. Sein Tod war nur eine heimliche Phantasie, mit der sie sich tröstete, in der sie sich gefiel, an einem heißen Sommerabend in Nußdorf, nach einem freudlosen Grillfest im Haus des anderen Mannes, den sie liebte und dem sie es nie gesagt und der sie liebte und es ihr nie gesagt hatte. Der Wein im Blut machte sie unvernünftig, ließ die Worte, die lange verschwiegenen, aus ihrem Mund springen. Nicht absichtsvoll, nicht absichtslos. Wer verantwortet Unschuld und Schuld? Es wird mit feinen Gewichten gewogen.

Sie hätte nicht einsteigen müssen, als er darauf bestand, zu fahren, das Auto zu fahren, obwohl er getrunken hatte, drei Viertel Wein. Er war das Weintrinken gewöhnt, aber in der erstickenden Schwüle des Abends war ihm der Alkohol schnell zu Kopf gestiegen. Streit lag in der Luft. Das Kind quengelte. Das Kind, dachte sie, als ob er kein Geschlecht gehabt hätte, ihr Sohn, und keinen Namen trüge in ihrer Erinnerung. Und auch der Mann. Mann und Kind, Bausteine, kleine Nippesfiguren aus Gips auf dem Kaminsims ihrer Vergangenheit. Sie wischte den Staub von ihnen, von Zeit zu Zeit, aber sie bedeuteten nichts mehr. Das Feuer darunter brannte nicht mehr.

Schuldig, und niemand zeigte mit dem Finger auf sie wie auf Karoline. Das Mitleid der Gesellschaft gehörte ihr, verwitwet in so jungen Jahren, das Kind zu Grabe getragen, bitteres Los. Die Anteilnahme ging sie nichts an, änderte nichts. Wenn niemand es wissen wollte, sie wusste es. Sie trauerte, aber nicht länger um die Verstorbenen, sondern weil sie die Unschuld verloren hatte.

Die Glut des Sommertages pochte in ihrem Hinterkopf. Das Kind ließ nicht ab. Müde war es, gehörte ins Bett, der Mann aber nahm sich Zeit, viel Zeit, und ahnte nicht, dass seine beinahe vorüber war.

»Du bist so besoffen, dass du doppelt siehst«, stellte Marie fest. »Gerade bist du über den Gehsteigrand gefahren und hast es nicht einmal bemerkt. Aber natürlich, du musst am Steuer sitzen. Wie sollst du auch sonst deine Männlichkeit beweisen?«

Sie stichelte. Jede seiner aggressiven und heftiger werdenden Antworten nahm sie zum Anlass der Belustigung über das eitle und hirnlose Männchen. Sie kannte seinen Jähzorn und seinen stumpfsinnigen Stolz. Sie wusste, wie er zu reizen war. Erfolgloser Lyriker, charakterloser Ehegatte, der sich von ihren Drehbuchhonoraren ernähren ließ und es ihr auch noch übel nahm. Sie ritt auf seinen Schwächen herum. Sie tat es nicht zum ersten Mal, aber zum letzten. Und es kam nicht wie ein Schicksalsschlag. Die hässliche Phantasie nahm in der Wirklichkeit Platz. Der Mann, das Kind. Zwei Mühlsteine. Da lagen sie am Straßenrand. Zu schnell in die Linkskurve und aus ihr heraus, ins Schleudern geraten, das Lenkrad wie ein kaputtes Spielzeug zwischen den tauben Händen des Fahrers und sie noch immer nicht still. Das Kind aber, das Kind keuchte in einem beginnenden Asthmaanfall. Dann war die Herrschaft über das Auto dahin. Geradeaus donnerte es in die Mauer, die gegenüber der Kreuzung in einem sanften Bogen verlief, die Mauer des Döblinger Krankenhauses Siegmundsruh. Marie stieg aus. Unverletzt.

Der Mann starb noch am Unfallort. Am Straßenrand, wo ihn die Rettungsleute liegen ließen, weil Leichen nicht in Rettungswägen befördert werden durften. Das Kind war in eine tiefe Ohnmacht versunken. Es starb eine Viertelstunde später auf dem Operationstisch. Der Schädel war gebrochen, das Gehirn zerquetscht. Sein Tod ist ein Glück für ihn, sagten die Ärzte zu Marie, nicht so direkt, weil das geschmacklos gewesen wäre. Es sollte ein Trost sein, aber sie lehnte es ab, getröstet zu werden. Sie entdeckte, dass die Freiheit ein Gefängnis war, weil man sie nicht büßen ließ für ihre Schuld, weil niemand ihre Schuld einsah, weil sie für krank gehalten wurde, wenn sie davon sprach.

In Karoline sah Marie in den klaren Farben des Spektrums gemalt, was in ihr selbst verschleiert und tückisch verborgen war. Die schlechte Frau. Die vielleicht ein wenig Verständnis verdiente, aber bekam, was ihr zustand.

*

Wie man weiß, starb meine Mutter ohne Geständnis. Aber sie starb auch gänzlich unwissend. Nur von Belas Verrat erfuhr sie durch Hohenfels.

»Der Jude Balogh versucht alle Schuld auf Sie abzuladen«, erzählte der Baron bei seinem Besuch im Gefängnis. »Ich werde es ihm aber nicht durchgehen lassen. Er hat tatsächlich die Stirn zu behaupten, Sie, Frau Streicher, hätten ihn angestiftet.«

Karoline war zu matt, den Kopf zu schütteln. Seit sieben Tagen dauerten die Verhöre an, und sie hatte in dieser Woche höchstens fünf Stunden geschlafen. Sie schrien ihr ins Ohr, wenn sie einnickte. Half das nicht, schütteten sie Kübel mit kaltem Wasser über ihren Kopf.

»Darf ich Karoline sagen?«, flüsterte er über ihre Hand gebeugt, die vor Schwäche zitterte.

Er war in ihre Zelle gekommen, nachdem er sieben lange Tage mit sich gerungen hatte, zwischen Pflicht und Neigung befangen. Als er sie sah, zerronn ihm der Vorsatz wie Butter im Sonnenlicht, er hatte nur den einen Wunsch, sie zu umarmen. Aber Karoline war weit weg von seiner Sehnsucht, betäubt von dem entsetzlichen Vorwurf, der gegen sie erhoben wurde.

Der plötzliche Tod der Sissy Gollner sei ihm seltsam erschienen, gab Bela Balogh zu Protokoll. Er habe gewusst, dass Karoline in großer finanzieller Bedrängnis gewesen sei, und auch versucht, ihr zu helfen. Mit einem Mal aber habe sich die Situation verkehrt. Karoline erbte von einer Frau, die sie flüchtig oder gar nicht gekannt und an deren Fersen sie sich geheftet hatte, um ihre Unterstützung zu erbetteln. Was auch gelang. Bela kam die Sache mit der Tante eigenartig vor, aber er erfuhr nichts Genaueres darüber. Erst viel später, als sich die ganze Geschichte bei der armen, erbärmlichen Untermieterin wiederholte, begann er nachdenklich zu werden.

»Er lügt«, stöhnte Karoline. »O Gott, der Mann ist schlecht. Warum tut er mir das an?«

Die Beschuldigung war ungeheuerlich. Ich las sie in der Zeitung. »Der Todesengel von Ottakring«, schrieb Conrad Holzmann, und unter den schreienden, riesengroßen Lettern war Karolines Gesicht abgebildet, goldrot und lieblich, mit halb geöffnetem, staunenden Mund. Ein Foto, das bei ihrer Festnahme aufgenommen worden war. Zwei Polizisten hatten sie aus dem Haus getragen und in den Rollstuhl gesetzt, den Bela für sie gefordert hatte. Sie habe, behauptete er, einen Blutsturz erlitten und sei zu keinem Schritt fähig. Draußen lauerte die Journalistenmeute. Sie stürzten sich auf Karoline, kreischend und um ihre Beute wetteifernd wie wilde Tiere, und sie sah ihnen ungläubig zu, weil sich seit ihrem ersten Prozess nichts verändert hatte und es ihr scheinen musste, als sei die Zeit stehen geblieben.

*

Das Gartentor stand offen, einen Spalt nur, aber Marie nahm es als ein Zeichen, einzutreten. Sie sah sich nach dem Loch im Zaun um, durch das sie bei ihrem letzten Besuch, dem Beispiel der Katze folgend, geschlüpft war. Es war entweder ausgebessert worden oder unter den grauweißen Schneehaufen am Rande des Weges verschwunden. Die Fensterläden waren geschlossen, ebenso die Haustür, aber als Marie die Klinke hinunterdrückte, sprang sie auf. Der enge Vorraum dahinter war dunkel und leer. Sie durchquerte ihn mit einem einzigen großen Schritt. Dann, mit vorsichtig ausgestrecktem Arm, damit sie im Dämmerlicht nicht an ein Hindernis stieße, ging sie schnell durch die Räume, die ihr verlassener und noch weniger einladend denn je erschienen. Vor allem die kleine hölzerne Tür am Ende des Flurs, vor der sie schließlich stand und zögerte einzutreten, obwohl sie dahinter ein Licht schimmern sah.

Vielleicht war er auch damals, als sie ihn hier gesucht hatte, im Keller versteckt gewesen. In der Tiefe hatte alles begonnen und sich fortgesetzt und sollte hier seinen Abschluss finden. Sie hätte nicht in sein Haus kommen dürfen, wenn sie vor dem Keller zurückscheute. Er wartete auf sie. Sie wusste, was es bedeutete.

Franz Mohr hatte sie zum Psychiater schicken wollen, aber was würde Marie bei einer Therapie anderes lernen, als sich zu rechtfertigen, die Schuld zu verwässern, bis nichts mehr von ihr blieb als Worte, von der Wiederholung abgegriffene Phrasen, der Freispruch. Marie, fragte eine klare Stimme, als sie die Hand auf das rauhe Holz der Kellertüre legte, um sie aufzudrücken, Marie, bist du bei Vernunft, Marie, was tust du hier? Sie wollte nicht hinhören. Sie war ja schon auf der Treppe, sie beugte sich in die Tiefe, sie sah den Alten unten stehen und vor ihm, auf einer Holzleiste, einen Käfig aus Metall, in dem ein Tier scharrte. Als sie näher kam, sah sie, dass es eine Ratte war.

*

Baron Hohenfels erschien höchstpersönlich im Gerichtsmedizinischen Institut, wo er die Obduktionsberichte von insgesamt sechs Personen in Empfang nahm. Nachdem er ein paar flüchtige Worte mit dem Dienst habenden Pathologen gewechselt hatte, öffnete er das Dossier. Moritz Kritsch und die alte Anna Streicher waren eines natürlichen Todes gestorben, Ursula und Ferdinand Streicher, Sissy Gollner und Paula Wendelin an schweren Thalliumvergiftungen.

»Da wurde nicht gespart«, bemerkte der Gerichtsmediziner, der wie so viele seines Standes einen dämonischen Witz hatte, »sogar die Würmer, die von den Leichen gefressen haben, sind am Rattengift eingegangen.«

Der Baron, obwohl vom Ausmaß des Verbrechens tief erschüttert, befahl ihm, Schweigen zu bewahren. Dann empfahl er sich, um seine Beziehungen spielen zu lassen. Solange Karoline ihre Schuld leugnete, wollte er ihr glauben, schwor er sich, egal wie sehr der Schein gegen sie sprach. Aber auch die wohlmeinendsten Absichten können fadenscheinig werden, wenn man sie zu sehr strapaziert. Als er es schwarz auf weiß hatte, fühlte er einen Zweifel in sich aufsteigen. Schreckliche Vorstellungen befielen ihn. Er begab sich in das Untersuchungsgefängnis, wo Karoline immer noch von zwei Polizisten streng bewacht wurde. Ohne Anwendung körperlicher Gewalt, so viel hatte der Baron für sie erwirkt. Als er erschien, erhob sich der Beamte respektvoll, während Karoline nur auf ihrem Stuhl zurücksank und die Augen zufallen ließ.

»Ich bitte Sie«, sagte Hohenfels leise, kaum dass sie allein waren. »Machen Sie es mir nicht schwer, nehmen Sie sich zusammen für die wenigen Minuten, die ich unter vier Augen mit Ihnen sprechen kann.«

Unter Mühen hob Karoline den Blick zu ihm auf. »Ja«, sagte sie. »Sie wollen mir beistehen, Herr Baron, ich danke Ihnen. Aber ich kann nicht sprechen. Es war schon einmal wie hier. Ich werde verrückt davon.« Sie schloss wieder die Augen, aber der Baron ließ nicht von ihr ab. Er packte sie an den Schultern und schüttelte sie.

»Da, Karoline«, forderte er eindringlich, »das Kreuz über Ihrem Kopf. Sind Sie unschuldig, dann schwören Sie es mir im Namen des Gekreuzigten.«

Karoline Streicher, die Gottlose unter den Frauen der Familie Streicher, Karoline, die Berechnende und Rechnende, die Schlaue und niemals um eine Ausflucht Verlegene, Karoline tat nicht, was der edle, gottesfürchtige Herr von ihr verlangte. Sie brach stattdessen in ein ganz unpassendes und dem Baron grässlich in den Ohren gellendes Gelächter aus. Sie lachte und weinte nicht, lachte und sprach nicht, lachte und schwor nicht. Sie lachte sich um ihren Kopf, denn als sie sich nach einer Endlosigkeit wieder beruhigte, hatte der Baron seinen Entschluss gefasst, schmerzlich, aber unwiderruflich. Er gab Karoline Streicher auf. Er wünschte ihr alles Gute, natürlich, er hoffte, und das ehrlich, aus ganzem Herzen, das vor entsagendem Kummer bebte und litt, dass Karoline das Gericht von ihrer Unschuld überzeugen konnte, aber er müsse, erklärte er feierlich, seine Hände von ihr abziehen.

»Ich würde mich selbst gefährden, wenn ich nun wider besseres Wissen für Ihre Enthaftung einträte«, sagte er mit peinlich abgewandtem Gesicht, in dem noch immer der Schrecken über ihr absonderliches Benehmen stand.

»Glauben Sie denn, dass ich den Ehemann und das Kind und die Tante und zuletzt noch die alte Wendelin vergiftet habe?«, fragte Karoline. Auch sie sprach, ohne ihn anzusehen, weil ihr die Lider zufielen vor Müdigkeit.

Der Baron ersparte sich die Antwort. Er hatte keinen Atem, zu sprechen, so sehr klopfte ihm das Herz. Er spielte eine traurige Rolle bei der Ermittlung von Karoline Streichers Verbrechen, und er schämte sich dafür, so sehr, dass er seinen Dienst nicht länger versehen konnte. Das war die Entscheidung eines Augenblicks. Er hatte sich um seine Selbstachtung gebracht und konnte an den Respekt seiner Untergebenen nicht glauben noch ihn fordern. Er war ein Ehrenmann ohne Ehre. Zum Glück gab es das große Vermögen. Er musste nicht arbeiten, hatte es aber als seine schönste Aufgabe betrachtet, dem Staat zu dienen. Damit war es vorbei.

Ein Prozessberichterstatter erkannte ihn später, als Zuschauer unter die Gerichtskiebitze gemischt, und bekam ihn vor seine Kamera. Das Foto erschien in der Zeitung. Andächtig ruhte Hohenfels' Blick auf Karoline. Sie sah ihn nicht an. »Der letzte Geliebte«, stand darunter. Es hieß, dass die Frau Baronin, die den Löwenanteil des Vermögens in die Ehe gebracht hatte, nun die Scheidung verlangte. Dazu kam es nicht mehr, denn der Baron Hohenfels tötete sich durch den Strick, an dem Tag, als sie Karoline Streicher hinrichteten.

*

Die Nebel, die Marie den Blick getrübt hatten, lichteten sich allmählich. Wäre sie von Anfang an aufmerksamer gewesen, hätte sie das Geheimnis auch allein erraten können. In der verstaubten Schachtel, die sie aus der Wohnung der Schwiegermutter in ihre eigene geschleppt hatte. Das Lesezeichen wies ihr den Weg, und sie sah es an und verstand nicht, erst nachdem sie Hermann Streichers Schreibhefte gelesen und sich endlich erinnert und das Buch mit den berühmten Kriminalfällen des Jahrhunderts noch einmal hervorgeholt und die erste Seite aufgeschlagen hatte. »Elisabeth F. Horvath« stand da, und in den Schriften, die in der Schachtel lagen, fand sie den Taufschein der Schwiegermutter, der ihr verriet, was das »F.« bedeutete. Elisabeth Felicitas Horvath, und ihr unehelich geborener Sohn Harald hieß ebenso Horvath, und Marie, die Frau, die er heiratete, nahm seinen Namen an. In dem Namen Felicitas lag das Geheimnis, denn niemand hatte die Schwiegermutter so genannt.

Marie war blond, durchscheinend ihr Teint und sehr hell, und Streicher war nicht der Erste, der sich täuschte, als er Marie für Elisabeth Horvaths Tochter hielt. Marie selbst hatte seinen Irrtum geschürt, als sie ihm von dem Buch erzählte, das seit vielen Jahren im Bücherschrank der Familie Horvath stand. »Aber erst jetzt«, hatte sie bei ihrer ersten Begegnung zu ihm gesagt, »habe ich es aufgeschlagen, an der Stelle, wo Mutter das Lesezeichen eingelegt hat, und so bin ich auf den Fall der Karoline Streicher gestoßen.«

»Es heißt, wer nicht geliebt wurde, sei selbst zur Liebe nicht fähig. Aber ich habe Felicitas geliebt. Ich war versengt vom Feuer des Drachen. Sie war die Quelle, kühlend, erfrischend, rein. Ich konnte mich nicht satt sehen an ihr. Ich glaubte ihr, dass sie mich liebte, und ich liebte sie dafür, dass sie mich lieben konnte. Ich hatte Angst, sie zu verlieren, deshalb verschwieg ich ihr meine Geschichte. Ich dachte, die Zeit würde die Vergangenheit zudecken, bis eines Tages niemand mehr von Karoline Streicher sprechen würde. Ich hatte meine Tante Gudrun vergessen. Das Versprechen, das ich ihr gegeben hatte vor so langer Zeit, dass ich niemals einer Frau angehören dürfe. Gudrun verriet Felicitas, wessen Sohn ich war. Und so lernte ich, dass es die Liebe nicht gibt für einen wie mich. Dass das Wasserwesen das Feuer löschen kann, aber keine Wärme besitzt. Dass die Nähe gefährlich ist und Strafe verdient, wer sie sucht. Auch Sie, wiedergeborene Felicitas, auch Sie müssen bestraft werden.«

Marie ging die Stiege hinunter, während er sprach, und kam zu ihm, nahe genug, ihn zu berühren. »Ich bin nicht wie Felicitas«, sagte sie. »Ich will nicht besitzen. Ich begehre nicht. Ich weiß, dass der Tee nicht bitter ist. Ich fürchte mich nicht vor dem Tod.«

Er nickte dazu, und ein kleines, beinahe unmerkliches Lächeln stahl sich in seine Mundwinkel, weil sie die großen Worte gelassen aussprach und sich wie er an ihrem Pathos ergötzte.

»Heute ist der 6. Dezember«, antwortete er. »Der Tag des Rituals.« Er zeigte ihr das Tier im Käfig, das leise und aufgeregt fiepte. »Jedes Jahr am 6. Dezember gehe ich in eine Tierhandlung. Ich kaufe eine Ratte, wenn möglich ein ausgewachsenes männliches Tier, weil es ein zäheres Leben hat. Ich bringe die Ratte hierher, und, sehen Sie, Marie, das ist das Ritual.«

Das Datum hallte wider in Maries Kopf, sie griff nach der Antwort und bekam sie nicht zu fassen. Hermann Streicher nahm eine Tube vom Tisch und schraubte den Deckel ab. Sie war schon so lange in Gebrauch, dass man den Schriftzug nicht mehr lesen konnte. Die blauweiße Farbe war nur teilweise abgeblättert.

»Geschmacklos, geruchlos, farblos. Ein ideales Gift«, zitierte Marie aus dem Zeitungsbericht.

Streicher nickte ihr zu. »Sie haben mich durchschaut.« Wieder lächelte er, diesen Schatten eines Lächelns. »Der Tee war nicht bitter. Ich habe Felicitas nicht vergiftet. Ich habe nur davon geträumt. Sie wollte keinen Ehemann, dessen Mutter eine Meuchelmörderin war. Lieber bekam sie ein uneheliches Kind.«

Hermann Streichers Kind? Marie schluckte. Bevor sie fragen konnte, sprach er weiter, er war noch nicht fertig.

»Ich sah sie nie mehr wieder. Nicht einmal den Namen, das Geschlecht des Kindes erfuhr ich, kein Wort. Ohne Karl Ludwig wäre ich damals schon zu Grunde gegangen. Er hat mich gerettet. Er gab mir ein Heim und eine Zukunft. Ihm verdanke ich mein Leben, wenn es auch nur eine Schattenexistenz blieb. Bis Sie kamen, Marie.«

Die Nebel hoben sich. Was enthüllten sie? Mehr als Marie gesucht hatte, mehr als sie wissen wollte. Und doch musste sie weiterfragen, alles erfragen, alles erfahren. »Ihr Kind?«

Das Kind des Hermann Streicher, der Enkel der Karoline Streicher, das wäre infolgedessen Maries Ehemann gewesen, Harald Horvath, der hier um die Ecke an der Mauer des Krankenhauses zerschellt war, zusammen mit ihrem Kind. Ihrem Sohn Raphael, dem letzten Streicher.

»Sie haben mich damals bei unserem Spaziergang in den Weinbergen angelogen?« Sie hatte es gefühlt, damals schon, sie hatte gezweifelt, und nun zweifelte sie wieder. Die Geschichte, seine Geschichte, die er ihr als die Wahrheit, seine ganze Wahrheit enthüllt hatte, in neun dicht beschriebenen Heften, war sie nichts als eine weitschweifige Lüge, ein Dokument seines Wahnsinns? »Warum?«, fragte sie.

Er gab keine Antwort, machte nur eine schwache, wegwerfende Handbewegung. Er bestrich den Speck mit der durchsichtigen, wässerig aussehenden Paste. Die Ratte schnupperte neugierig daran, als er ihn durch die Gitterstäbe des Käfigs schob. Sie schwankte zwischen dem Instinkt, der ihr Zurückhaltung befahl, und der Gier nach dem fein duftenden Fleischstückchen.

Lange Zeit standen sie in die Beobachtung der Ratte vertieft, die ihren widerstrebenden Gefühlen deutlichen Ausdruck gab. Sie lief in ihrem engen Gefängnis auf und ab, beschnupperte den Speck, zog sich wieder zurück.

»Es geht ihr wie Karoline. Schicksal, ich muss es so nennen. Es ist ihr Schicksal, das ich wiederhole.« Er sah Marie über den Rattenkäfig hinweg in die Augen. »Heute ist ihr sechzigster Todestag.«

»Ja.« Endlich erinnerte sich Marie. Sie hatte das Datum gelesen, im Gerichtsakt. Der Tag der Hinrichtung ein Fest für die Kinder, Nikolaus. Ob eine Absicht dahinter steckte, hatte sie sich gefragt und nicht erraten können, welche.

»Ich werde dir nicht wehe tun, Marie.« Die Stimme war neu, ein schmeichelnder Ton, der ihre Sinne streichelte. Er schenkte ihr ein Glas von dem goldhellen Wein des Nußberges ein. Er hielt es ihr hin, und sie nahm es aus seiner Hand.

»Danke.« Sie prostete ihm zu. »Trinken Sie mit mir?«

Streicher verneinte mit einer entschuldigenden Geste. »Später. Ich wünsche mir, dass Sie mir glauben. Ich habe ein Spiel mit Ihnen gespielt. Jetzt ist es vorbei.«

Marie trank den Wein mit einem einzigen Zug aus. »Ich kenne inzwischen auch die Bedeutung von Mannitol.« Sie erwiderte sein verstohlenes Lächeln. »Es scheint kein hoffnungsvolles Mittel zu sein, nicht wahr?«

»Ist die Dosis hoch genug, tritt die tödliche Wirkung

von Thallium sehr schnell ein, durch Lähmung des Atemzentrums«, erklärte Streicher ruhig und sah der Ratte zu.

»Gilt das auch für Menschen?«, fragte Marie. Sie setzte sich auf die Kellerstiege.

Er füllte ihr Glas.

Die Ratte stand nun aufgeregt bebend in der Mitte des Käfigs. Sie hatte sich entschieden. Sie begann zu fressen.

»Ich bin aber grausam«, sagte Streicher. »Ich setze die Dosis nicht hoch an. Ich genieße es, meinen Opfern beim Sterben zuzusehen.«

Es war zu spät. Marie konnte nicht mehr davonlaufen. Sie spürte, wie ihre Füße taub und kalt wurden, und den Brechreiz, der ihr in die Kehle stieg. Sie hatte gespielt, büßen und sterben gespielt. Weil die Worte der Reue so bittersüß schmeckten und die Schuld eine zu schwere Bürde, nicht schweigend zu ertragen war.

»Bitte«, flüsterte sie. »Ich will nicht sterben.«

*

Sie haben sie in ein Kleid aus Papier gehüllt und in den kalten Gang gestoßen. Draußen im Hof, den sie durch die vergitterten Fenster sah, lag Schnee, Schnee, in dem das vergossene Blut des vorigen Tages zu Rost verwandelt war. Da, wo zwei junge Männer, die Flugblätter mit Parolen gegen die neuen, braunen Machthaber verteilt, ihr Leben gelassen hatten. Karoline wurde an der Hinrichtungsmauer vorbeigeführt. Sie warf einen langen Blick darauf und dann zur Tür, wo ein Geistlicher stand, sie zu empfangen.

»Werde ich begnadigt?«, fragte sie, ohne auf sein »Grüß Gott« zu antworten.

»Befiehl deine Seele Gott, Karoline«, murmelte er.

In ihren schwarzen Augen flammte ein Zornesblitz. Ihre Hände waren auf den Rücken gefesselt, sonst hätte sie ihn aus ihrem Weg gestoßen.

»Ich werde dir die Beichte abnehmen. Geh in dich, Karoline. Der Herr ist auch dir gnädig, bereue deine Sünden.«

»Ich habe nichts zu bereuen«, schrie sie auf. Sie warf den Kopf wild von einer Seite zur anderen. »Ich bin keine Mörderin! Ich weiß nicht, wer diese Morde begangen hat. Ich bin unschuldig. – Sie!«, schrie sie immer aufgeregter und drängte zu dem kleinlauten Gefängnisgeistlichen. »Verhindern Sie, dass ich für einen anderen Missetäter büßen muss! Treten Sie für mich ein wie für Jesus!«

»Versündige dich nicht, Karoline«, winselte der Priester salbungsvoll. »Dein Ende ist nahe, es gibt keine Rettung für dich.«

Sie hatte kein Haar mehr, das sie sich raufen konnte in ihrer Klage. Es war ihr abgeschnitten worden, im Duschraum, von einem rohen, hässlichen Weibsbild mit fetten Armen, nicht mit einer Schere, mit einem Messer, so scharf, dass es das üppige Haar mit einem einzigen Streich abtrennte. Sie hatte keine Hände, sie vor ihr Gesicht zu schlagen, um das Entsetzliche nicht sehen zu müssen. Zwei Männer in fleckigen langen Schürzen ergriffen von ihr Besitz. Sie schleppten sie in die Todeszelle.

Kaiser Franz Joseph hatte die zum Tode verurteilten Frauen zu lebenslangem Kerker begnadigt, eine jede, seit im Jahre 1908 eine zu Unrecht Beschuldigte am Galgen gestorben war. In seinem Reich würde keiner Person weiblichen Geschlechts, wie finster auch immer ihr Verbrechen sein mochte, das Leben genommen, so hatte er entschieden. Karolines Verteidiger Dr. Feingold hatte sie getröstet mit dem berühmt gewordenen Fall.

»Sie werden Sie verurteilen, daran gibt es gar keinen Zweifel. Aber sie werden Sie nicht hinrichten, dafür lege ich meine Hand ins Feuer.« Nur eine kurze Weile verging, und es brannte nicht nur die Hand, sondern der gütige Dr. Feingold mit Haut und Haar und Frau und Kind in den großen Öfen von Auschwitz. Unter den neuen Herren mit den blutgierigen Händen galt das Gesetz des alten Kaisers nicht länger.

Eine Gruppe morgenblasser, sorgfältig gekleideter Herren stand im Halbkreis um Karoline versammelt. Der Vorsitzende, die beiden Mitrichter, der Protokollführer, der Staatsanwalt, der Verteidiger, der Gerichtsarzt. In einer zweiten Reihe standen die Herren vom Landesgericht, vom Amtsleiter bis zum Regierungsrat, eine krähenschwarze, schweigende Runde. Karoline gellte ihnen ohne Unterlass die Beteuerungen ihrer Unschuld entgegen, hieß es danach, und störte damit die Amtshandlung nicht unbeträchtlich.

Endlich verließ den Richter die Geduld. Er hob den Arm und brachte sie mit dem mächtigen Klang des Gerichtshammers zum Schweigen. »Hören Sie zu!« Er schlug das oberste Blatt im Akt auf. »In der Strafsache gegen die durch rechtskräftiges Urteil des Landesgerichtes für Strafsachen Wien II als Schwurgericht vom 24. Juni zum Tode verurteilte Karoline Streicher habe ich beschlossen, von dem Begnadigungsrecht keinen Gebrauch zu machen, sondern der Gerechtigkeit freien Lauf zu lassen. Berchtesgaden, den 27. November 1938. Der Führer und Reichskanzler Adolf Hitler.«

Karolines Ende kam so schnell, dass ihr gar keine Zeit mehr geblieben wäre für all die Sprüche, die ihr danach von ihren Feinden in den Mund gelegt wurden. Erotische Versprechungen, die sie angeblich gemacht hatte, wenn man sie nur begnadigte, mit denen sie aber, herabgekommen, wie sie aussah, nicht einmal die primitiven Henkersgesellen verlocken konnte.

Pünktlich um sechs Uhr wurde der rote Vorhang in der Todeszelle beiseite gezogen. Das Schafott kam zum Vorschein, aus dunkel gewachstem Holz, mit einer blinkenden Schneide, funkelnagelneu, noch mit niemandes Blut befleckt. Es war erst am Vorabend aus München geliefert worden, rechtzeitig für Karoline Streichers Hinrichtung. Nicht nur ihr Blut und ihren Atem, ihren Kopf wollten sie. Sie war die Erste auf der langen, langen Liste der Opfer. Auch sie ein Opfer. Nicht ihrer Überzeugung, sie hatte keine und keine Ideale. Kein Vorbild, keine Heldin. Und dennoch unschuldig wie die Besten und Edelsten unter ihnen.

Um sechs Uhr fünf bestätigte der anwesende Gerichtsarzt den eingetretenen Tod. In der Zeitung stand am nächsten Tag zu lesen, dass die feige Meuchelmörderin würdelos gestorben war.

Drei Wünsche nannte Karoline am Morgen ihrer Hinrichtung, nachdem ihr der Vorsitzende Richter die Vollstreckung des Todesurteils ankündigt hatte. »Ich wünsche keinen Geistlichen«, sagte sie. »Ich möchte im gemeinsamen Grab mit meinem Mann bestattet werden. Ich will nicht obduziert werden.«

Alle drei Wünsche wurden ins Protokoll aufgenommen. Keiner ging in Erfüllung. Unmittelbar nach der Exekution brachte man Karoline Streicher ins Gerichtsmedizinische Institut, wo Professor Reiterer die Sektion vornahm. Ihre Leiche verschwand in einem Massengrab auf dem Zentralfriedhof. Der Geistliche blieb in der Todeszelle, und Karolines Ablehnung verhallte ungehört. Er segnete sie, einem höheren Willen dienend.

*

Marie hält die Augen fest geschlossen vor dem Tod. Sie hört ihn kommen, das jämmerliche hohe Quengeln der Atemnot, die feinen Pfötchen, die am Boden des Käfigs scharren, den Tod der Ratte, quälerisch langsam, wie Streicher es sich ausgemalt hatte. Marie wünschte sich die Courage, mit ihr Schluss zu machen auf einen Schlag. Sie saß still auf der Kellertreppe und lauschte der heiser geredeten Stimme des Wahnsinnigen und stellte sich taub gegen das Todesröcheln im Käfig. Sie fragte sich, bis wohin er das Spiel zu treiben gedachte, was er mit ihr vorhatte, wenn es zu Ende war.

Da wurde er mit einem Mal so laut und heftig, dass er sogar die sterbende Ratte übertönte.

»Ich habe mir die Welt nach meinem Geständnis anders gedacht«, sagte Hermann Streicher. »Nun erfahre ich am eigenen Leib, was der Magnetiseur Mesmer erlitt, als sie ihn Scharlatan und Lügner nannten und aus Wien vertrieben. So sind die Menschen, leicht entflammt für eitle Erfindung, schwer zu erwärmen für die Wahrheit. Ich habe Sie nicht überzeugen können, Fräulein Horvath. Sie zweifeln immer noch an mir. Ich sehe es Ihnen an.«

Die ganze Wahrheit. Nicht Karoline, sondern Hermann, das verstoßene Kind, das gegen das Böse in der Welt kämpfte, tötete mit Gift, so sollte sie seine Worte verstehen. Aber da war noch Gudrun. Wenn seine Tante, wie die Nachbarin Amalia Bogner Marie erzählt hatte, als junges Mädchen gestorben war, konnte sie Ferdinand und die kleine Ursula nicht vergiftet haben. Log Hermann Streicher? Lügen über Felicitas, Lügen über Gudrun? Log er in allen Fällen, gab es keinen Justizirrtum, war Karoline die Mörderin.

»Marie, antworten Sie. Glauben Sie mir?«, unterbrach Hermann Streicher ihre Gedanken.

Sie ließ das Glas fallen. Es kollerte über die Stufen der Kellertreppe auf den steinernen Boden, es zerbrach nicht.

Sag ja, Marie, befahl die klare Stimme, die immer noch existierte inmitten der Schreckensherrschaft der Unvernunft. Widersprich ihm nicht. Du hast dir etwas vorgemacht.

»Ich war im Liebhartstal. Ich habe mit der Nachbarin Frau Bogner gesprochen. Sie hat mir erzählt, dass Gudrun vor ihrem Bruder starb«, sagte Marie. »Schöne Grüße von der Malitante soll ich Ihnen bestellen. Und dass Sie doch wieder einmal zu Besuch kommen sollen.«

Streicher starrte sie aus wüsten schwarzen Augen an. »Amalia Bogner ist schon lange tot.« Seine Lippen zitterten. Mehr verriet er ihr nicht. Er nahm die Flasche und kam zu ihr. »Sie haben Angst. Haben Sie keine Angst.«

Er drückte den Inhalt der blauweißen Tube in den Wein, verschloss die Flasche und schüttelte sie, bis sich das Gift in der Flüssigkeit verteilt hatte. Marie fühlte sich zerfließen in einer Woge der Erleichterung. Der Brechreiz ließ nach, nur ihre Beine waren unbeweglich, betäubt.

»Erst jetzt begreife ich.« Streicher hob ihr Glas auf und füllte es. »Ich habe mich so sehr mit den Worten abgequält. Es handelt sich doch nur um Schuld. Ich habe meine Mutter an das Schafott geliefert. Die Schuld für diese schreckliche Tat hat mich gefangen gehalten. Ein Schmerz, der nicht endete, weil Reue ohne Sühne das Herz nicht erleichtern kann. Die einzige Freiheit, die ich besitze, ist mein Tod, der Freitod. Warum braucht es so lange, bis einer versteht?«

Marie wollte die Hand nach dem vergifteten Wein ausstrecken, verhindern, dass er daraus trank. Aber sie fühlte sich zu schwach, gegen seine Entscheidung zu kämpfen. Dann hatte er das Glas schon an den Lippen, trank, trank den Schierlingsbecher zu Ende.

Die tödliche Dosis. Sie wirkt mit Sicherheit und rasch tödlich, tödlich rasch. Kaum war Marie aufgesprungen, die Treppenstufen hinaufgelaufen und wendete sich noch einmal um, unschlüssig, ob das, was vor ihren Augen geschah, nun der Höhepunkt des finsteren Spiels oder bitterer Ernst geworden war, da krümmte Streicher sich plötzlich, von einem Krampf niedergerungen, der die Luft aus ihm herauspresste. Ein rasselndes Geräusch drang aus den Lungenflügeln, als sie zusammenfielen, weil das Gift sie lähmte, und das Herz stand still, weil die Muskeln in der Brust versagten. So schnell ging das, nicht qualvoll wie der Tod der Ratte, schnell wie die Messerschneide des Schafotts dem Leben der Karoline Streicher ein Ende bereitet hatte, starb auch ihr Sohn.

Maries Verstand hatte die Telefonnummer gespeichert, ihr Verstand stand nicht still, ihr Finger fand die Ziffern auf der altmodischen Wahlscheibe, und dann läutete es, drei Mal, bevor am anderen Ende abgehoben wurde, ein Wunder, dass er zu Hause war und dass er verstand, was sie sagte, und dass er ihr zu Hilfe kommen wollte, sofort. Er schärfte ihr ein, auf ihn zu warten, ganz ruhig, er sei gleich bei ihr, aber sie ging dennoch in den Keller zurück, allein, sie wollte mit eigenen Augen sehen, ob Hermann Streicher sie ein weiteres Mal genarrt hatte oder ob sein Tod, wenn nicht die ganze Wahrheit, so doch die Wirklichkeit war.

Weder die Ratte im Käfig noch der alte Mann auf dem dunklen Kellerboden regten sich. In der Stille da unten gab es nur ein atmendes Leben, ein Herzklopfen, ein Schluchzen, tief in der Kehle, das schnell zurückgedrängt wurde, weil es zu nahe dem Wahnsinn verwandt war, ihn anlocken und die Stimme der Vernunft auf Nimmerwiedersehen vertreiben würde.

In Maries stockende Atemzüge mischte sich das Motorbrummen eines rasch näher kommenden Autos. Sie nahm sich zusammen und ging ihm entgegen.

Der Friedhof Ottakring liegt tief verschneit. Der Wind klirrt in den Fenstern der Friedhofsverwaltung, einem geduckten Häuschen aus Stein neben dem Eingang. Zwei Besucher, ein Mann und eine Frau, beinahe unkenntlich in ihrer dicken Winterkleidung, folgen dem Sarg. Lautlos sind ihre Schritte im frisch gefallenen Schnee.

Der Weg ist kurz. Ein Engel mit gebrochenen Flügeln beugt sich über das offene Grab. Steinerne Blumen fallen aus dem Füllhorn zu seinen Füßen, umrahmen vergoldete Lettern. Ferdinand Streicher, liest Marie. Die anderen Namen sind verborgen im Schnee, schimmern golden unter der weißen Decke, unlesbar.

Franz Mohr, der Mann an ihrer Seite, stößt sie an.

Ein Rettungswagen hat beim Tor Halt gemacht. Der Sanitäter, ein junger Mann, Schneeflocken in seinem bürstenkurz geschnittenen Haar, hebt einen Rollstuhl aus dem Wagen, danach die Frau, eine Greisin in Schwarz. Er fährt sie über den verschneiten Weg bis an das Grab. Sie gibt ihm ein Zeichen, und er lässt sie allein.

Ohne Umstände wird der Sarg in die Grube gesenkt. Es gibt keine Zeremonie. Kein Priester wohnt dem Begräbnis bei. Der Tote hatte nur einen Glauben, einen Aberglauben. Er ruht in Eichenholz, gediegen, ein teures Stück für den letzten Weg. Die alte Frau hat keine Blumen, sie vergießt keine Tränen, sie starrt in die Grube, dem Sarg hinterher. Ihre Augen sind hell, von strahlendem, durchdringenden Blau. Marie nickt ihr zu, die

Frau scheint es nicht zu bemerken, hat sie nicht erkannt. Will sie nicht erkennen? Ist sie es? Wer ist sie?

»Komm.« Franz nimmt Maries Arm. »Worauf warten wir? Es wird kalt.«

»Herzliches Beileid«, murmeln die Totengräber, als sie an ihnen vorübergehen.

»Danke«, sagt Marie. Franz steckt ihnen einen Schein zu.

Am Friedhofstor wartet rauchend der junge Mann mit dem Bürstenschnitt. »Das ist aber schnell gegangen«, meint er. »Soll ich die Frau Streicher schon holen?«

Marie bleibt vor ihm stehen. »Welchen Namen haben Sie gesagt? Streicher?«, fragt sie und löst sich mit einem Ruck von Franz.

Der Sanitäter greift in seiner Tasche nach dem Formular. »Gudrun Streicher«, liest er vor. Er wirft einen neugierigen Blick auf Marie, aber sie sagt nichts mehr. Sie geht den Weg zurück.

Die alte Frau schaut immer noch in das offene Grab, ohne eine Bewegung, als wäre sie Hermann Streicher schon ins Totenreich gefolgt. Marie hastet, ihr Atem ist fort, die Worte, die ihr auf die Zunge geraten, verschluckt sie und sucht nach neuen. Auch diese entgleiten ihr, als sie Gudrun Streicher gegenübersteht, in ihre unschuldsvollen Augen sieht, die nichts verraten und nichts verbergen.

Sie hat Marie ins Gesicht gelogen, ihr die Rolle der Nachbarin Amalia Bogner vorgespielt und Gudrun Streicher für tot erklärt. Aber sie lebt, sie ist die einzige Überlebende dieser Tragödie, die heimliche, unbeachtete Hauptdarstellerin.

Der junge Sanitäter ist Marie gefolgt. Fragend beugt er sich über die alte Frau. Sie nickt wortlos, und er führt sie über den verschneiten Weg langsam fort.

Nein, sagt Gudruns stumm zusammengepresster Mund. Zu

spät. Es war immer schon zu spät für uns beide – Hermann Streichers Nachruf ist stumm, eine Zeile aus dem Schreibheft mit dem roten Karton. Nur Marie erinnert sich daran.

Die Totengräber beginnen ihre Arbeit.